凤鸣岗上

长篇小说

周雨清 著

北京时代华文书局

时间指向公元一九〇一年的一月五日,翻开老黄历便是晚清光绪二十六年,庚子年的十一月十五日。这是新世纪里遇到的一个黄道吉日!

　　为趁这个日子,黄泥山地方上有三对新人同一日摆开合卺婚宴。头一家数新科举人孔祥和;伊是孔老夫子的嫡传子孙,年前,孔祥和在杭州乡试时高中前三名。红榜放出后,府城西安县丞马同知就把长女许配给伊。为了择个良辰吉时,孔家掐日子挨时光,等的就是这一天。

　　还有一人,姓汪名三牛,伊是财东里正汪狗倪的长子。这汪家历代男丁不旺,到了狗倪这辈,先生二胎因妮,吓得伊到处烧香磕头,拜佛求嗣,好不容易第三胎生下儿子,取名三牛。这一年三牛十七岁,去年刚成大人,汪家就迫不及待地到处托人保媒,在衢城北乡上方峡口地段,找了个门当户对张姓人家的长女合了八字,慌里慌张地赶上这个日子,邀约了亲众朋党风光地摆开了酒席……

　　再有一户是雷家。这雷家世居黄泥山,连他们本族人都不清楚至今有几辈几代。整个雷姓当今有五百多人丁,今日摆酒的是雷姓的一个大房:雷老标的长子——二十七岁的雷石头。

　　雷家虽世居此地，光景却越过越烂，早年间拥有的一些土地，寅一点卯一点地割给了别人。至眼前，一家八张饭口，只剩下四间瓦屋、三间茅棚，四亩水田、三亩旱地，一片荒山鬼不撒尿，只长杂草野林，种不出一勺粮食半匙五谷。家里一个爷爷、一个老爸、一个老娘，石头兄弟四个长成四堵门板山墙一样的汉子，至今还是四条光棍。

　　因家境贫寒，雷老标夫妻忖破脑壳、刮尽脑浆都没能给自己拢回一房儿媳妇。最终是六七十岁的爷爷出了个主意，东挪西借凑了三千文钱，在本村本姓本族一个多女的人家屋里买了个童养媳回来，在家养了七年，新媳妇今年十五岁，三个月前来了红信，为了这个日子，雷家也清清淡淡地邀了几桌近亲，为石头圆房。

　　三日前，黄泥山地方就热闹起来了，孔、汪两家的一些远地亲朋，东一群西一簇地凑拢过来。到了正日，孔家门口的官轿、车马，把村里的弄堂过道塞满了，这让汪家很堵心，因为汪家在村子的西头，过往的客人需得经过整个村坊。拥堵的车马挡了汪家的道，要不是孔家，汪家父子早把人家的马赶了，轿踢了。

　　巳时，一乘白马嘚隆嘚隆朝黄泥山过来。当马蹄踏上黄泥山鹅卵石铺设的村道时，汪狗倪的侄子汪吊子，大老远一见那匹白马就追迎上去。伊今日的职责是迎宾。那匹白马这一带人太熟悉了——那是本乡团练所何团首的专门坐骑。何团首是这一带最大的官，伊为人活络，倚仗府衙里的一个远房亲戚攀上了官府，拜在官渡镇分巡金事的门下，拉起一帮人自立山头，办起团练所自封团首。伊是汪狗倪家今日最稀贵的上宾。

　　早在几年前，汪家就邀何团首在儿子结婚时来坐镇捧场。汪家发迹了，攀的朋党也不是常人。这些年何团首没少得汪家的好处，光扶汪狗倪当上黄泥山等三庄的里正一项，就得了几个大的元宝,其他年节的朝贡就不消说了。汪何两家交的是一个有钱,一个有势。有钱又有势就能把天地玩转……汪吊子且蹦且跳地到了何团首马前,从兜里摸出一盒骆驼牌洋烟卷敬了一支上去:"何团首来得早啊,汪老叔叫吾专门候着您呢,辛苦了,请抽烟哪。"说着话,汪吊子伶俐地牵过了何团首的马,将马绳夹在腋下,从兜里掏出一个稀见的美女壳火柴盒,推开拉屉,撩起一根火柴划出火花,双手捧给了何团首。何团首弯低了腰,深吸一口气,点燃了烟,直起头吐出一口长长的烟雾说:"走吧。"

汪吊子牵着马,哈着腰从前头走着,不一会儿就进了村。看见了道上的轿乘马匹,何团首思忖着:"谁家这么大排场? 轿马都压到这里了……"正想着,只听见汪吊子在前头嚷嚷着:"让开去,别挡了何团首的马。"

伊的叫声招来了几张陌生的面孔回头瞪了几眼,却没人让行。汪吊子显然恼了,叫了起来:"长耳朵了没?! 这是何团首的马,挡道也不看个人头,让开让开!"

这回,那几个回头的陌生人,连头也不回了。这回恼的不是汪吊子了,何团首在马上发起了火:"谁家的野狗没个规矩,把路堵死了还不让开!"

无缘无故地遭了一顿骂,那几个生面孔同时回过头来,几双眼睛同时称着何团首的斤两。少许,有一穿洋衫的主发话了:"哪里来的野驴在此放臭屁。"何团首一看对家的阵势噎着了。汪吊子慌忙插上前:"麻头主,抖啥呢? 这是何团首……"

"团首算个卵!"穿洋衫的人抢过了汪吊子的话茬,丝毫不把人往眼里放。汪、何两人顿时一阵发懵。不要说何团首,就是汪吊子也没受过这样的气。在这方土地上不要说是受人欺侮,只要他们不去欺侮别人那就是老佛开眼了。今日遭此抢白,谁能受得

了？汪吊子立马跳了起来:"皮贱骨痒了不是？找抽呢!"说着就挽袖抡拳找架打。

听到了不是和气的声音,有许多人围了上来,有认得何团首的一个孔姓子侄,连忙跑到孔家大屋里找孔祥和:"不好了,怕是有人要打架了,快去看看……"

孔祥和正陪几个城里来的客人,坐在上房聊天喝茶嗑瓜子,听说要打架,连忙从座上跃起:"谁这样胡来!"急忙赶了出去。几个城里的客人也纷纷跟了出去。老远就看见何团首坐在马上连吼带叫。几个人急忙分开众人赶将前去,只见穿洋衫的那个人正和汪吊子相互扭着前襟。孔祥和连忙大叫:"都给吾放了手,这能打架吗？今日是啥日子?"话落已到了两人跟前:"王老弟啊,收手,啥过不去的事吾来承担。汪老哥你吾同戴一个日月,这是吾的同窗年兄,啥事都好讲,不可动粗。"说着,伸手掰开两只扯在一起的手。

这时,那几个跟来的城里客,有一人叫了起来:"这不是何团首吗？都戏弄到自家人头上了。"来人这么一嚷,何团首闻声望去,即刻从马上下来,抱拳当胸道:"得罪得罪得罪了……"毕恭毕敬地朝那人赔礼:"徐大人原来是您啊,你们这是——?"

一看两人如此相熟,孔祥和连忙作揖道:"得罪了何团首,今儿是小侄成家的日子,邀了几桌客人不想阻止了团首的道,实在对不住。"何团首看看阵势马上见风使舵:"吾说呀,孔家老侄你的架子也忒大了,这样的喜事就不通个气,红包再小,你也得让何老叔弄杯酒喝不是？这就是你的不是了……"

"咋地?"那个被称为"徐大人"的人朝孔祥和看了看说,"外甥官呐,你有失检点了不是,连何团首你都忘了请,你这酒摆得也忒缺分量了。还好机缘未尽,何团首正好撞上,那就一块请了咋样?"说着话,丢了个眼色给孔祥和。聪明的孔祥和拾起话头:"实在怕何团首公务繁忙,日前不敢下帖,正好今日团首得空,那就不必推托了。"说着话就挽上了何团首的手臂。何团首脸上痒酥酥地不知如何是好,那个徐大人也把一条臂膀套住了他的另一条膀臂,生拉硬拽地往家里请。何团首虽然心里不情愿也只得依了。因为,那个徐大人是伊的顶头上司——西安县金事。

打事情一开始何团首心里就窝着火。这孔家也忒不把人放眼里了。在伊的地面上办这样的事连个招呼都不打……伊口里不说心里抱怨道:"好的,总有一朝要撞到自己手里的……"

何团首被人半拉半推地请走了,这可急坏了汪吊子,伊急切地在后头叫道:"何团首,吾汪老叔在家等着您呢……您——"

"哦——这样好了,你把马牵去跟你老叔言一声,说吾先到孔家吃个饭,晚间大席吾再过来。"何团首回头交代了汪吊子,汪吊子垂头丧气地牵着马……待到汪吊子把马牵到汪家门头时,汪三牛一看到汪吊子的样子就问:"哥唉,何团首呢?"汪吊子正好一肚子气没地方:"你去问孔家的。"说完不理不睬地把马拴在门口的大青石鼓上,径直走向里屋。

堂上早已排开了席面,一屋的客人,就等何团首到来开饭档。上堂两桌主席坐的都是官渡镇各村的都长、里正和团练所里的几个头头,汪狗倪正陪着他们聊天,一看汪吊子的样子心里就打咯咚,忙问:"何团首呢?"

"何团首被孔家抢走了。"汪吊子这个三十好几的大男人眼窝里汪汪地来水了。汪狗倪一看情势把汪吊子叫到新人房里,合上房门问:"出啥事了? 慢慢讲,讲清楚。"汪吊子把事情直直白白地说了一遍。汪狗倪听着听着,脸上的皮好像被人揭了一层又一层,伊不知该怨谁,咬牙切齿地骂一句:"姓孔的也忒霸道了。"窝

着气看着窝窝囊囊的侄子不解气地骂道："平日里看你千能万能的,真正到桌面上全散架了,真是个没用的东西……"

汪吊子争辩道："吾有啥办法,人家有当官的,又有城里的,人又那么多,吾只手难敌双拳,人家有八只手十只手,吾就是老虎也叫人打趴了……"

"好好好,你啥也别说了委屈你了,你去招呼客人开桌吃饭好了……"汪狗倪无可奈何地吩咐侄子,独自一人坐在房里生闷气。自从伊自己举自己的事以来,一直都是伊在欺侮别人,还没有遭受别人的欺侮。今日的事让伊喉咙里噎了颗铁核桃,想吞吞不下,想吐吐不出——憋气啊!

孔家的饭桌上,孔祥和陪着几个主要的客人在上堂觥筹交错。何团首和徐大人被按在上横,孔祥和在下首作陪。席间,何团首还在抱怨:"孔老侄啊,不是何叔数落你,你是读书人,有文化,礼俗晓得比吾多。这么大的喜事红帖不给一个,那粗话你总得传一句吧?像老侄这样的喜酒,吾再忙的公务也得放一边去,这真是你的不是了……"

孔祥和被何团首这一说,真的感到不安,伊跟何团首平日里根本没有什么交情。伊只知道官渡镇目前举事的是个何团首,人长得高矮胖瘦一概不知。这些年,伊都在衢州城里西安县学——"鹿鸣书院"读书。寒暑两假除了温书就是串亲戚,根本不管社会上的各项杂事。因为,天塌下来有一对能干的父母顶着。伊只要一门心思读好圣贤书,考个好功名,其他的就不再是伊的事了。伊不管社会上驳杂的人际关系,也看不起俗人世间的交情。凭他的禀性,他孔家的家风,不愿结交官痞无赖。直至今日,孔庙的大门口还立着一块碑石——"来官不迎,去官不送,文官下轿,武官下马"的礼仪。他的家学渊源——"学而优则仕",只要有好学问,其他的都不重要了。所以，像何团首这样的土地官伊不放在心上，连伊的父亲孔瑞云也不会巴结他们——这就是孔家的家风。

何团首这番埋怨的话使他很难堪。伊连忙起身端着酒碗道："多谢何叔看得起小侄，小侄这厢给何叔赔礼了，吾自罚酒一碗。"说完，不顾自己不怎么样的酒量，仰头一口闷下了半碗米酒。何团首看到了人家的诚意，这才脸上有了喜色，从怀里掏出一个红纸包来："老侄啊，你不把何叔放在心上，可何叔却在意于心呢，吾早已为你备下了这份薄礼，别嫌少，收下。"说着，故意重重地往桌上一放。只听得"嘭"的一声，红纸炸破了，一堆洋钿散在桌上，少说也有廿来个。

这是很重的一份礼了，何团首为了在自己的上司面前巴结上司的亲朋，打落牙齿和血吞，把原本预备给汪家随礼的两块大洋的红包拆开，将身上尽带的洋钿全都包了进去。

这份大礼让在座的每个人都吃了一惊，不明底细的还认为何团首是个大方的人，普通朋友随的礼，就让一户四口家庭的人能过上一年的节俭日子。这份大礼一显，桌面上一阵静默，大家不约而同地把目光锁定在散落的银圆上，让有的人真觉得没脸坐在这里吃饭。自己的那几个铜钿和何团首比起来，真的连份茶钱都不如。何团首看把大家震住了，得意地咧嘴一笑，满口黄牙一撇："为了表示吾对老侄的器重，这点钱不算啥的，只是心意……"

"你的心意忒重了。小侄真的受之有愧……"孔祥和想不收这份礼，却不能驳人的面。伊也耳闻了一些何团首到处搜刮，惜财如命的故事。受这种人的短，怕是日后要吐骨头的。但是，打人不挨脸笑的，拒钱不拒随礼的。孔祥和满腹心思地叫来了理事的本家大伯："大伯，烦你把何叔的礼金收好。"

专门负责收礼登记的大伯过来敬了一盏酒，然后双手拢起桌

上的银圆对何团首道："何团首真的太客气了，这么大的礼……"

"没啥没啥，只要大家开心这点钱算不得啥。"何团首不当回事地一句带过。只是，伊把眼睛对着孔祥和道："贤侄，家里来了这许多马呀轿啊的，你看是不是找个地方搁置搁置？别挡了人家过路。"

对这条要求，孔祥和马上允诺："这事老叔不提侄儿后半日也会叫人统统归置到祠堂去的，吾也不想碍着人过路！"

"这就对了，吾说老侄是个读书人，果真是个眼睛洗开的明白人，这样对大家都好，吃罢饭就不用吾再提了……"

何团首狡黠地朝孔祥和一丢眼，露出了他官场上的手段，道路不清空，怕是下半日汪家过门的彩礼担没地方过，到时指不定又会闹出什么事情来。这显现了这个文化不高，却谋事过人的何团首的处事能力。什么事伊总是走一步看三步。这时的何团首终于放开了手脚在酒桌上呼风唤雨了。

伊有着一副好酒量，最多的时候半日里咽下三斤多头道的荞麦烧。那都是五十多度的烈性酒，陪伊的七八个人全都躺在了桌子底下。唯有伊借着酒疯到处寻人干杯。伊一见酒啥事都丢得开，因为在酒桌上伊从未遇到过真正的对手。只有在酒桌上，伊才能显示出过人的本领。那才叫风光，那才叫男人！因为有个上司在，起初伊还有些拿捏，收着禀性装着斯文，敬上司的酒："徐大人，吾知您不擅酒，但今日这好日子，在这样的场合里，属下无论如何都得敬您一碗。"说着人站起，双手把碗举在胸前，等着徐大人喝酒。这弄得徐大人不得不站起来："哎呀，何老兄，你清楚吾是不擅酒的还来这个，这不是要吾的丑吗。"

"酒桌上没大小，您问问在场的各位朋友，如果大家同意您不吃，吾就准您不吃，您问问大家，问问。"说完话何团首做好了喝酒的姿势,单等徐大人一端碗一碰杯。徐大人没了办法只得端起了碗:"这样好了,十个指头有长短,酒量有大小,吾就舍命陪你一碗,下不为例可好?"

"痛快!"何团首一声爽叫,一仰头把酒倒进了肚子里,把空酒碗在半空反扣过来,不见一滴酒滴下,那动作真像变戏法,让在场的暗暗叫好。徐大人见何团首饮干了酒,没办法,便大口地吃着酒,分着四五次才把酒碗里的酒喝光。酒水在他的嘴里又苦又辣,伊连忙岔开了块肥肉塞进嘴里,咀嚼了一通解解酒气,拿勺子舀了几勺汤到空酒碗里,慢慢地以汤洗喉解解酒味。

见有人空着碗,专司倒酒的"壶瓶蹲"——孔祥和的本家叔叔——这人也有二斤烧锅的量,今日见何团首自己挑事,就起意想称称何的斤两,赶忙抓起桌子底下的锡瓶酒壶给何团首倒满了酒:"何团首呐,今儿您在上首,岁也最大,位也最大,那您就一路上敬过来咋地?"

"你不提吾也要敬呢。"何团首不客气地端着酒碗,对着上午跟他吵架的穿洋衫那人说:"这位朋友,古人云不打不相识,吾姓何,你贵姓?头晌的事吾先向你赔个不是,吾就先干为敬了。"话完,不管人家的态度就把酒倒进肚子。那穿洋衫的人急忙从座上站起,陪着端起酒碗,正想说话人家已经喝空了酒碗,倒弄得伊十分局促:"何团首真是大人大量,小侄王敏章,家在衢城上埠头,是孔兄的书友,今日结识何大人十分有幸,早间的事望何大人包涵,小侄这就赔礼。"话落一口闷干了酒碗。何团首一看人家不示弱的样子,心中不悦,伸手朝"孔壶瓶"要酒壶:"孔老弟把酒壶给吾,吾要跟这位王贤侄独干一壶。"

"孔壶瓶"不给何团首酒壶:"团首你今日是长辈哪能叫你筛酒?你只管尽兴吃酒,劳力的事有吾呢。"说着就分别给俩人的碗

里倒上同样满满的酒。何团首马上就端起满满的酒碗："来王侄，再干一个。"不管人家愿意不愿意抢着跟人一碰碗，又把酒倒进肚里。如此三番，一人三碗酒下肚，王姓书友的脸上红潮泛起：先从两颊继而眼睛，再后耳根，直至项颈都红成一片。读书人没遇到过这样的场合，估计有两斤米酒下肚，这对他来讲早已过量。伊只觉着胸口发烫，胃里发胀，想控制着不让自己失态，可那强烈的酒劲使他恶心想吐。伊起身离座："失陪一下。"说着就朝门口跑去，刚到天井就"哗——"一下全喷了出来。

在座的一片寂静，何团首暗拢着得意，等姓王的回到座上说："王贤侄对不住了，早知你酒量这样浅，吾就不让你喝了，吾自罚一碗向你赔罪。"说着硬夺了"孔壶瓶"手中的酒壶给自己满倒了一碗酒，一抬头一口干了。

何团首把场面完全震住了，谁都怕被伊挑上，场面有些发涩，孔祥和站了起来："何叔你真是大本事，这酒对你来说真的连水都不如。吾这几个书友都不怎么吃酒的。吾还没给介绍呢，不慌，这是吾失检点了。吾先吃完碗里的酒自罚吧。"

孔祥和诚恳地跟在座的都对过一次眼，然后提起酒碗，把剩下的半碗酒分三口喝光，然后夹了块鸡肉压压酒。再然后，从何团首开始介绍了起来：

"这位是官渡镇团练所里的何团首何大人。

"这位是吾的姨父，在县衙干事的徐大人。

"这位是本家的孔伯。

"这位是本家的孔叔。

"这几位都是吾的书友，伊姓王，这也姓王，是哥弟俩，我们一起读书有五年了。"最后将跟伊坐一横的扯了起来："这位也是吾的书友，姓毛，伊是江山石门人，读了很多的书懂得可多了，年前会考第一名,将来前途无量……"

孔祥和的这番解说,倒使人家不好意思地潮红了脸:"各位长辈叔伯,同窗好友,晚辈毛家清给大家敬酒,只是吾酒量不行,不能一一陪饮,烦请大家一同饮了——以表吾的心意。"

毛家清谦逊地跟每一个人点头,举碗请酒示意,然后说:"各位叔伯、同年,随意,吾这里先干为敬。"话完分几次喝下了酒。

毛家清的言谈举止赢得了别人的好感,在以后的劝酒中得到了大家的宽饶。只是何团首还有一个目的没有达到,今日的孔家不把伊放眼里,伊要杀一杀孔祥和的风头。何团首端起酒碗站着说:"今日是孔老侄的大喜日子,这碗酒人粗礼不粗,孔老侄可不能驳了这个面哦。"

何团首挑逗着把酒碗递到孔祥和面前。孔祥和上下不得,只得端碗应酒:"何叔这么说,那小侄就不好推托了,吾喝了就是。"孔祥和硬着头皮把酒喝完。

何团首见对方喝了酒,手指扣住碗沿一横,酒水便凌空流进伊的嘴里。完了,反一扣碗左右一照,不见一滴酒滴下,然后把空碗放到桌上,"壶瓶蹲"孔叔便又给两个碗倒酒。伊怕自己的侄儿喝醉,给他倒了半碗酒,何团首一把夺过酒壶:"哪有你这样小气的壶瓶蹲,怕东家没酒不是?满了!"随即便不由分说地把孔祥和的酒加满,然后把自己的酒倒得跟他一样满,把酒壶放在自己跟前,又端起酒碗:"来,孔老侄,老叔头一碗是敬你洞房花烛长大成人。这第二碗呢,祝你明年早生贵子,来,干了!"

何团首不容分辩地把酒喝了,孔祥和无可奈何地端着酒碗:"何叔啊,小侄真的不胜酒力,有检点不到的地方请你担待。"伊看看酒碗,怕是这些酒下肚自己就差不多醉了,下午还有很多事离不得伊亲自奔忙。就说:"吾今日很多事情,这酒先存着?日后有

机会,吾就是一堆烂泥摊在你面前也心甘情愿。"

"不行!"何团首态度强硬:"哪有你这样喝酒的?还不如你城里的书友。人家多痛快,大不了醉了。再说,你喝这点酒根本没怎么回事。赖酒也不是这样的。是男人就摆出男人的样子,喝了!"孔祥和被将了军,说:"既然何叔这么说,那小侄喝了就是。"然后不情愿地把酒喝了。

何团首慢慢地把自己碗里的酒斟满,又端起孔祥和的酒碗往里倒酒,摆着一副长辈的样子:"贤侄莫急,先吃菜,慢慢来,你的酒量好着呢。这点酒对你来说是毛毛雨……"稍坐一会儿等孔祥和顺过了气,何团首又把酒碗端起了:"贤侄,前两碗喝了,这第三碗呢,老叔知你是块读书的料,将来指不定会考个状元榜眼啥的,今日,吾就借花献佛祝你来年会试考个头首,来吧——干了!"

孔祥和真的为难了,站起来,双手抱拳于胸:"何老叔,小侄真的不能再喝了。"

正当孔祥和为难之际,他的父亲孔瑞云从旁过来,对全场抱拳作了个揖,端起儿子的酒碗,对何团首道:"何团首百忙中能来屋里吃酒,实在是给老孔家面子,这碗酒小儿喝不了,吾就替儿干了如何?何团首你看?"

"好的,孔老东家来了,哪还有不行之理。"何团首不能再不给台阶,顺风就起帆了。孔瑞云怕儿子拖下去会喝醉,寻个由头对儿子道:"这里交由吾陪何团首喝两碗,祥儿,你娘先前找你有话说,你过去看看。"

孔祥和巴不得如此,立马抽脚从位上退出:"列位多吃点,吾有事先告退了。"

孔瑞云坐到儿子的座上,先端起儿子的酒碗说:"这碗酒吾多谢列位今日来捧场,包括何团首以及徐老弟两位,包括祥儿的各个书友,实在难得很,吾干了,列位随意。"说完话,孔瑞云大气从容地双手捧起酒碗,慢饮几口把酒喝干,便又吩咐"孔壶瓶":"老三把酒满上,吾要专门敬何团首一碗。"说话间,"孔壶瓶"已把酒倒满,孔瑞云便又双手端起酒碗,高举在胸前,对何团首道:"何大人今日登门,来就来了,还备下这么一份大礼,足见何大人的真心真意了。这实在让在下受宠若惊。孔某这厢真心实意地谢你了——"

孔瑞云端端正正地朝何团首双手举起酒碗:"何大人,这碗酒是老孔家的心意,请了——"

何团首见对方态度诚恳,话语间滴水不漏,连忙起身应诺:"这哪里话,只是何某自己面厚前来叨扰,来,干了——日后就是一家人了。"两人轻轻碰了一下碗,同时把酒干了。因为孔瑞云今天有很多事,不能多陪,吃了这碗酒就要起身告辞:"列位慢饮,菜蔬不好各位将就着,酒有的是,各位放开量喝。"特意吩咐"孔壶瓶":"老三,你好好敬敬各位,特别是何团首——"

孔瑞云起身告退,接下来"孔壶瓶"分头敬酒。

隔壁席里已有人开始划拳行令了。"孔壶瓶"先和何团首对干了三碗,何团首这才好像吃到了酒的味道,他反过来又和"孔壶瓶"干了两碗。至此,何团首一人至少吃了有五六斤米酒,虽然米酒只有十几个酒精度,但总的合起来也已经不少了。到此时,何团首看出苗头,知道"孔壶瓶"的来意,两人对干了五碗后,"孔壶瓶"一点也没当回事,何团首便提高警惕,不愿自己撞石塔——碰硬了。伊对"孔壶瓶"道:"方才吾已敬了一圈了,你今蹲壶瓶,接下去该你敬团圈了,吾要歇力了。"何团首要借在场人的力,打一打"孔壶瓶"。再说,按礼规来讲,也该"孔壶瓶"敬酒了。"孔壶瓶"不推托这个要求,只是伊不像何团首那样带点强蛮的味道,他呢,主随客便,礼数不能少,酒多少由客人自己定,挨个地敬着酒来……

何团首慢慢地感到酒的力量起来了,脸面发起了烫,伊没想到这米酒还有很好的后劲,便觉得兴奋起来,又怕自己会钻进"孔壶瓶"的套里,兴奋得话多了有些难以自控,就倚老卖老地和徐大人聊起了政事。

因为上半年里,衢州城里出了一档子轰动世界的事,至今那个烂摊子还没有收拢。何团首想趁这个场合和徐大人套套近乎,也好在同桌面前显摆一下资格。伊在腹内打了好久的底稿,终于虚心地用压低能让人听见的声音,在徐大人身边轻轻地说:"徐大人,前头吴知县那案怎么样了? 听说捕了几十个疑犯,起头的是个杀猪的可真实?"

听到这件事,徐大人脸上立马凝沉起来:"世道太乱,人心难平,列强压顶,国难当头……抓了那些人又能怎样? 天下还不是这样乱纷纷……"

听见两人谈话,其余人都停住碗筷,心神像被磁石吸引了一样,都立起耳朵倾听。那个穿洋衫的王同学已趴在桌上打着盹,听见议论不由得抬了抬头,当伊集中精神想聆听徐大人的高论时,人家却把话匣子刹住了,这令伊很扫兴。伊好像对这件事有许多不平,哆哆哝哝着:"姓吴的死得活该,谁叫伊护着洋人……"

"轻声——!"徐大人心惊肉跳地打断王同学的话。王同学的话已是很轻了,徐大人听了却如雷贯耳,连忙止住伊的嘴:"这位侄辈小心讲话,当心被人捏了话柄。官府对这件事绝对不放手的,公众场合少议为妙。"

众人都默不作声了,何团首酒劲上冲,直横不自在,怎么也把不住自己的嘴,又低声地凑近徐大人:"吴知县死了,谁替伊缺呢? 新亲家还不往上升一升? ……衙门里就这么几个人,新亲家肯定有戏份……"

"别胡诌。"徐大人赶忙打断何团首的话，"莫谈国事！该吃酒吃酒，不该过问的事莫打听。"徐大人端起酒碗："来来来，大家吃酒吃菜。"

"来来，吃酒吃酒。""孔壶瓶"忙附和着，招呼大家重新回到了酒桌间……只是，那个王敏章对吴知县的死念念不忘——

说起吴知县的死，这事就有由头了：

话说打从康乾时期，小小的衢州府城就来了洋人，先时，人们把洋人当妖怪一样地躲着，慢慢地又把洋人当猴子一样地看待，再后，听着洋人讲着稀奇古怪的故事，直到后来，帮着洋人传说那些奇谈：什么天主啊，圣母啊，耶稣啊……什么地球是球一样圆的，太阳像铁水一样滚烫等等。

每个洋人身上都有一个铁皮包水晶的宝贝，那个宝贝有几根针滴答滴答地围着一个圆心转着，日日夜夜从不间歇，高兴的时候还会叮铃铃地响几声。这样的新奇玩物让人惊叹不已，洋人只要对那个东西一瞧，就能清清楚楚地告诉你，现在是巳时几刻，还是午时几分。后来人们知道那个东西叫怀表或叫挂表，专门计时用的。那个东西走一圈正好一天，又走一圈是一夜，半点都不差。慢慢地人们从洋人的身上知道了：洋火、洋烟、洋油、洋肥皂……再后来，领教了鸦片、洋枪、洋炮、洋鬼子……

自从有了洋人，然后就有了高高的尖顶教堂，教堂里慢慢地聚集了众多的兄弟或姊妹。他们为了祈求一日比一日更艰难的日子好起来，或为了某种时髦新奇而敬仰圣母圣子。总之，教堂里的人越来越多。

教堂不仅在拥挤的府城中有了一片土地，连闭塞的乡村里也竖起了几座尖尖的屋顶。洋人越来越多地来到了这块古老的土

地上,有葡萄牙国的、英吉利国的、法兰西国的、意大利国的、比利时国的、美利坚国的、俄罗斯国的……人们不再把洋人当猴看,而是把洋人当成了上帝的使者、先进的代表。可上帝的使者,先送给你一盒自来火,教你抽一支洋烟,然后送给你一盒神药——一种包除百病的神药。这种药先是用烟枪对着火吸,改进后变成一粒粒圆溜溜像糖果一样的红丸子。

这种宝贝神药真的很管用,你牙痛得满地打滚时,烟膏子往牙缝里一塞,便立马平静如初。如果你肚子痛得万箭穿心,只要吞下一粒红丸子,立马就定痛了。不但痛停了,还让你精神振奋,浑身充满邪气,想唱想叫想跳……人们不再把洋人当人,而是当神顶礼膜拜了。没想到,这时的洋人却变成了魔鬼,他们再也不白给你东西,你想要他的东西,就得掏出你心爱的银子,且东西越来越贵,越来越贵,贵到你无法承受。可是,再无法承受你还会疯狂地去获得它——鸦片!

这是个魔鬼! 或者说是魔鬼的工具。这个魔鬼吞噬了繁荣的大清帝国的血液,魔鬼的工具面目狰狞地撕掉了二百多年大清王朝丰腴无比的筋肉,使得这个垂暮的老人只剩下一副病恹恹的骨架。生活在这病病恹恹胸怀里的子民们,越来越觉得日子艰难。

时髦的东西先围绕着教堂从上层社会传开,请客最好的地方从饭局转向了烟馆,在享受美女的捶背、烟枪的愉悦时,社会风气急转直下。每一个进入烟馆的人再也不能自拔,什么大事小事乃至公文急件,都在烟馆里完成交易……可烟馆的消费并不便宜,似乎最低的标准也要一块银圆以上,可趋之若鹜者却纷至沓来。

这是一趟一开动便没有刹车的列车。只要一上了这趟车,就没有谁能主动地、从从容容地从这趟车上下来。数以百人、千人、万人的队伍,从府官到走卒,有钱的痛痛快快掏出钱来消费,有权的拿着权力去抵押,没权没钱的变卖家产乃至典当妻儿,走着同一条不归路。至此社会混乱了,偷盗抢夺司空见惯。头年,水亭门码头上,就有一个烟鬼,为了抢夺路人的一个包袱,而把人杀了。那包袱里拢共才有五百文钱,直到捕快逮着那人时,那人还死死不放地抱着烟枪求着人家:"行行好,让吾吸完这泡再去死……"

人们愤怒了,但怒火不知该对谁去撒,对官府?对洋人?成群的吊儿郎当者,结队的妻离子散者,满街满巷满城遍乡。直到那一刻,一颗火星点燃了积聚已久的炸弹——

一八九九年,光绪二十五年,衢州地区遭遇了五十年一遇的大旱,五月间插下的秧苗正长到扬花时节,突然没了雨水,田里裂开了缝,小腿都塞得进。先是高坎田里秧苗发焦,然后溪滩瘦田禾青发黄,只剩下几块落坞的冷浆田里,稻苗长得出奇地好。有实力的大财东雇人挖井运溪水,零散小户眼睛直勾勾地看着稻苗枯死,起先还有人日夜挑水浇苗。到后来连吃的水都找不到了,人也乏了,心也死了,八乡里正动起来,组织整村成群结队地拜佛求水。直到后来,人们赤着膀,抬着庙里的龙王老爷游街……

天热得每个人心里都冒火,到了秋罢,农户过半没有吃的了。往年还能从旱地里刨些萝卜、番薯充充饥,而这年,水塘里都晒死了泥鳅,旱地里浇泡尿便能听见化石灰似的吱吱响,莫说庄稼活不了,就连蚯蚓都绝种了,赤脚的脚心都烫出来水泡。穷人们七典八借地熬过了年关。到了一九〇〇年,大批的饥民再也没处可借,没啥可当了。在江山有一个叫刘家福的人,听说北方有人包着红头巾,专门跟官府作对,杀洋人,分浮财,抢米行,放粮食。于是,几个饥汉一议论,十个有十个都赞成去造反。不用怎么样密谋,话风一放出去,一日里就聚集了好几百人,在三不管地带福建九牧起事。在小杆岭上,他们夺了守备兵丁的武装,到江

山城里的米行里借粮,人家不借就抢。驻守仙霞关的金衢严道守备营的守备带着兵丁来弹压,结果被愤怒的饥民缴了械。饥民们一不做二不休,干脆见财东就抢,见米行就夺,造反者越聚越多。二百多兵丁的仙霞关守备营,被愤怒的饥民占领了。饥民们扛着兵丁的火枪,提着木棍、长叉冲进了江山县城,赶跑了知县。很快常山、龙游、衢州的饥民纷纷前去邀请刘家福的义军前往开仓放粮。义军先后攻破了常山、龙游两城,聚集了黑压压一大片成千上万灾民……

那时的金衢严道总兵营总共两千六百多兵丁,且分散在建德、西安、龙游、江山、常山、开化各地,府城上营下营两街驻扎的镇守总部也只有九百六十几人。面对浩大的饥民队伍,官府无力抵抗。那年七月义军围攻衢州多日,因城中有了准备,衢城又有坚固的城墙,且有上千个训练有素的官兵,未能破城。义军首脑们见硬攻不破,想混入细作做里应外合,提议撤兵他处,等官府放松警惕,开放城门之后,再混入细作。

果然,义军撤退二日后,城里恢复常态,又开城开市。不过盘查开始严格起来,尽管如此义军还是利用本地人的便利,混入了百把个细作,传出信去,约定二日后里外合攻。二日后,近万名饥民头上包着红布,从四面八方围住衢城六门,守备官兵每门一百多人,紧闭城门,在门楼上放枪放炮。义军一时不能进城,百十号细作这时候把藏着的红布包在头上,在街上闹将起来。四旮旯里游荡着的烟鬼们,这时正好找到由头,到处抢掠。人们围着包红头的人叫道:"砸了官府! 砸了红毛!"不知谁一声号令,已有几百人的队伍朝教堂冲去,那些半死不活的烟鬼们,现在把一肚子的怨气全撒向了那些传教士,总共是十一个"红毛"传教士全被堵在教堂里边的贵宾室内。人们撞门不开,不知谁好事地把天主面前亮着的白蜡烛对着圣像前面的帐幔点燃,把教堂烧着了。面对轰轰而起的大火,造反者纷纷逃了出去……又有不知谁一句:"去砸官府!""轰"一下,一群人又朝县衙涌去。半道里,知县吴德潇正领着十几个兵丁朝教堂赶来。当两支队伍相撞时,吴德潇被蜂拥而来的人群踏死。人群冲进县衙,有人踢翻了堂案,有人撕破了法鼓,有人想点火被人止住:"知县死了,大家快去开城门!"

"呼"一下人群又朝最近的小南门冲去。这时候城外已改变了景象,浙江巡抚已调来了救兵,前队快马已在城外对着义军横冲直撞,放着火枪杀人抓人。近万人的乌合之众,一哄而散。饥民、义军纷纷逃命而去,几个意志坚定的头目不是被打死就是被活捉,刘家福当场逃脱,经官府多时追捕在江西玉山被打死……

此事被官府钦定为"衢州教案"上呈。事后,各国使节压迫清廷严惩凶手,责令衢州官府赔银五万多两,划地十亩重建教堂。至此全事尚未平息,余党抓捕明里暗里正在进行当中……

王敏章听到徐大人对此事讳莫如深,禁止别人议论,只能独自趴在桌上瞎想着自己心中的愤愤不平……

一桌人又在酒桌上放开手脚划拳行令暗较着酒量不提。

按照风俗,这日下午,新郎官须得备上香纸,上各自祖上的坟地祭拜祖宗,以求得祖上保佑其婚后子嗣兴旺,生男成龙,生女为凤。就这么大块地方,孔氏、雷氏、汪氏的共同坟场都在一个叫"凤鸣岗"的地方。那里树木茂盛,立有三株参天古木,从东到西一为银杏,又名曰"白果",其木合五围高十数丈,夏秋季节枝头挂满葡萄一样晶莹剔透的果实。果实成串累坨,其木从人知晓开始,经年产出果实三两百斤。覆地虽不及旁的枫、樟两树,却独有傲天之风骨,人见之不由得心生敬畏之情。其树荫里罩着雷氏世

世代代的祖宗。那些坟墓有的仅剩一土包，有的只是一蓬乱草，历经历史的风雨，墓碑消失了，坟堆冲平了，有的坟包间又起了新的坟头。新起的坟头前立着的墓碑刻着乾嘉至今的纪年……

只有一处十分的特别：那是一处坟不像坟、庙不像庙的建筑，高不过人头，阔不及庙门，由两根石柱和一块石碑构成，顶覆着经过雕刻的披檐石板。这个建筑在银杏盘曲的根枝中存在了百年还是千年？谁也不清楚它的来历。只是雷氏人看重它和白果树胜于自己的性命。

挨着白果树四五百步开外，又有一株充满沧桑的枫香树，枫树三抱不围，中间早已腐朽成空，树腹中可摆下一方小桌。其树虬根盘曲，古木新枝。打从南宋建炎二年（一一二八年）孔氏第四十八代孙孔端友背负孔老夫子、亓官夫人楷木像，扈跸南迁。朝廷设文庙于衢州，封部分庙产于斯地，故孔氏有一部后裔安家于黄泥山。

自从起了烟火，就有百年老人。孔氏将南渡后跟孔端友同辈的堂中兄弟埋在这里——那是一座考究的墓葬，青石浆砌的坟堆，墓前立着一对石人、一对石马，历经七百多年，始终伴着孔氏的后人。其余的墓葬在它面前只不过是一堆堆黄土罢了，平了一个旧的又添一个新的。人们习惯于将自己的尸骨埋于祖宗的怀抱中。

再往西四五百步，立着一株枝繁叶茂的大樟树——那是汪姓人家的祖宗树。汪姓来源于义乌佛堂镇。那一年始祖挑着货郎担一路鸡毛换糖生意做到这里，看见此地的风景，汪姓始祖自认为懂得阴阳五行，认定其处是一块风水无可限量的宝地。黄泥山前面是一片平展的良田，不过五里便是滚滚不息的衢江。整个黄泥山地方处在一块平展的高地上。从村后的岗背（乱坟岗）开始，地势起了变化——东边是从绵绵不绝的千里岗大山里汇聚来的一条小溪,小溪到了村后背自然地积成一个百十亩大小的浅潭。溪水到这里积淀后,才缓缓汇入衢江中。这在汪姓的始祖看来是一个天生的龙潭。西边,在高地的旁边,立着一个千亩大小的小丘。丘上长着突兀的奇状怪石,嶙峋的山上,百木兴盛,阴云遮天,这不是天然的虎山吗?左青龙右白虎这不是宝地是什么?何况,绵延的千里岗山脉,从此间开始一直后延,这说明此地前途平坦,后有靠山,青龙护东,白虎佑西,在这样的地方汪姓始祖不肯走了。

从此汪姓始祖搁下货郎担,搭了个灶棚,买了把二爪子锄,开荒立足:先种番薯后种橘,农闲时节挑起货郎担,不二年就置起了一份家业。又二年在当地官渡镇上娶了个堂客回来成家,日后百事顺当,子孙满堂。直至今日,汪姓在黄泥山地方已有三百多人丁,分支近百家。只是,汪姓从未发过迹,祖上的坟穴清一色是草包。至今日,当初埋葬始祖的纪念樟树已把整个坟包侵吞了,让人怎么也看不出树根里出现过什么墓葬。只是那棵樟树吸着死人的膏腴,枝繁叶茂盖过旁边那两株古木。

在前后脚的工夫,三位新郎官分别提着祭品出现在乱坟岗里。孔祥和来得最早,伊由那个"壶瓶蹲"叔叔挑着一个祭盒、一个香篮。祭盒里放着祭酒和一个猪头,猪头口里含着猪尾表示全猪。一只余好的公鸡,公鸡高昂着头,留着三根翎毛,脖弯里夹着一块圆圆的鸡血,肚里还放着洗刷干净的鸡内脏。一碗堆尖的白米饭,米饭上放一块油镬里炸得两面金黄的四方豆腐,一个大红喜字由一根结籽的柏树枝插着。猪头和公鸡上面都有柏枝和红喜字。祭盒和香篮的柄上裹着红纸,香篮里放着一叠烧纸和金银箔折的元宝。孔祥和和他的叔父一路聊着话一前一后去向坟场。

作为长辈,叔父交代了一些让人生厌的做人道理。孔祥和却

知书达理地表示接受。到了坟场，孔祥和的叔叔把祭品先摆在始祖坟前石人石马中间的一块拜石上。孔祥和亲手将祭品恭敬地摆在始祖的坟前，从香篮里拿出一沓烧纸用火柴点燃，放进墓前的钵头火塘里烧着，又捧出金箔银箔元宝一起烧起来。这时，孔叔父已从香篮里取出一把红香来，放在火苗上点燃。整把香蹿着火苗烧起了明火，孔叔父熟练地把香头呈扇面状在手中分开，对空划两下，明火就熄灭了。孔三叔分给了孔祥和三炷香。孔祥和从三叔那里接过香，双手捧在手中，就地跪了下去，朝始祖毕恭毕敬地拜了三拜。一旁的孔三叔这时出声说话了："孔门的老祖宗啊，今日你的子孙孔祥和要成家成人了。祈求祖上保佑伊婚后子孙满堂，生子成龙，生女成凤，后辈这里给你跪下了。"

说着话孔三叔也正儿八经地跪了下去，拜了三拜，然后两人起身把香火插进香塘，接着从酒壶中倒出三杯酒，敬酒在坟前的地下。孔祥和亲手在始祖的坟头上压下一块大红喜字，然后一个提香篮一个提祭盒，到了自己亲太公的坟前，复做了一遍重复的事，后续的礼数就随便起来。二人对着仙逝的孔门先人，一个烧纸，一个插香——费了将近一个时辰才完成这项工程。

在孔祥和烧纸的同时，汪三牛由父亲汪狗倪亲自陪着来上坟了。汪三牛弓着腰，挑着一个考究的木祭盒，里面装着一整条小猪，一个锡瓶酒壶，一只肥得流油漆黄的公鸡，公鸡长长的翎毛在汪三牛的步伐里一上一下地抖动。一大碗满尖的白米饭压一块砚台大小的豆腐。豆腐没有煎好，一半焦得发黑，一半又白得没有煎透。和孔家不一样的是，猪和鸡身上只有一大块红纸。另一头的香纸篮里，装着满满一篮纸烛，上面合着一打"半斤通"、二踢脚花炮。叫汪三牛去拜祖宗，伊十分不情愿，在家劝了老半日，伊就是不肯去。汪狗倪生着气，亲自逼着儿子去上坟。半道里一头重一头轻的担子叫伊很不舒服,虽说只有三四十斤的东西,对汪三牛来说,却重过三四百斤,中途歇了好几次力,看得汪狗倪眼里冒火:"没出息的东西,一副空担都挑不起,都成家立业了,看你以后怎么过日子……"

汪三牛本就十分不情愿,把担一扔:"你能你来挑!"气得汪狗倪横着就一巴掌兜过去。汪三牛双手捧着五道血印的脸,目中生火地瞪着父亲,看到父亲像个钟馗似的瞪着一双正在喷火的眼,再也不敢顶嘴,老老实实地把担重新拾起,一路奔跑着去向墓地。

差不多前后脚,雷石头也提着一个破旧的祭盒,独自一人来上坟了。伊的祭盒里只有一小刀肋条肉、一碗酒酿、一只瘦鸡。鸡的三根毛已经有一根脱离了鸡体,为了不违规矩,伊把翎毛插进了鸡尾巴尖的毛孔里,却插不住,鸡毛半挂着耷拉在祭盒里。一个小碗装一平碗白米饭,一小块生豆腐压在上面。三大枝结着丰实果儿的柏枝,分别串着三小块红纸,插在猪肉、鸡和饭碗上。伊一手提着祭盒,一手握住一张香纸,咣啷咣啷快步走向墓地。半路追上汪氏父子,也不打招呼,一掠而过……

大老远就看见孔祥和在墓地里点香烧纸,伊便加快脚力,直头直脑奔向那座石头墓。到了白果树下伊把祭盒往地上一放,忙从兜里掏出一把铁火镰,从铁火镰的圆管中掏出一个纸媒头,摸出一粒白石子,一只手提着火刀,一只手将纸媒头抵着白石子,伊用力将火刀在白石子上劈了几下,就有一颗火星种进了纸媒头里。只见黑黑的纸媒头红了起来,伊鼓腮一吹气,纸媒头上蹿起了明晃晃的火苗。有了火种,伊捏出三叠在家折好的纸马放在石头墓门前烧着了,然后连忙摆出三炷香,对着纸马点燃。不等纸马烧灭,伊便对着古墓匆匆拜了三下,把香插入泥土中,压上一块烧纸,便提着祭盒朝自己亲太公的坟头而去。在亲太公的坟上伊

做了同样的事,只是伊对着太公的墓,跪了下去,拜道:"太公啊,保佑吾吧——!"

那是一种绝望里满怀希望的祈求,当伊抬起头时眼睛里已泛起了泪光。少顷,伊恢复了常态,拿眼瞄了瞄孔家的墓地,看到孔祥和已快结束了整个祭祖过程,伊就加快了速度,敷衍地拜了各个公祖的坟墓。当伊剩下四五座墓还未拜时,孔祥和同孔三叔不慌不忙地回程了。雷石头算计着,拜着那几座墓,恰恰孔氏叔侄经过伊身边。孔祥和招呼道:

"雷哥,你也来了?"

"来了,你好早!"

"你快好了没?"

"好了,这就好了。"

"好啦,那就一道回吧。"

"好的。"

雷石头拎起那个祭盒,从小坎上跳到小道上,跟在孔祥和的背后和着走。嘴里说道:

"祥和哥弟,多谢你昨日送的联对。"

雷家和孔家有着很好的关系,雷家这些年来的日子过得稀烂,一家八口人只有一个半女的(半个指的是还没拜堂的媳妇),且这一家子人除了有一堆力气外,其余的都拿不出手。农忙时节孔家都会雇雷家的工。当然,雷家五个男子个个都是田地里的好手,且做活从不惜力,那是村坊里公认的好劳力。孔家边带帮衬,边带爱惜,大小农活都叫雷家代劳。一年到头了,腊月廿七夜前都把工钱结清,落到有的年份,雷家非但早已领过了工钱,还拿过头了一点(当时说是借),孔祥和的父亲孔瑞云便会端着一斗白米,搭上二斤猪肉,到雷家屋里对雷家人说:"这点米,这点肉,给你家过年。多谢你一家一年的辛苦。"

稍坐坐，喝点茶把工日结一结，如有多领多结的，数目不是太大的钱银时，便会一句带过："今年多拿的那点钱就算了，就当给石头哥弟压岁了……"激动得雷家老小不知怎样感谢人家。孔家知道雷家的底细，雷家打从太公辈起，就没有一个人上过学堂，每年辞旧迎新的对联都是孔家代劳的。这不，孔祥和在给自己写喜联的时候，特意吩咐多写了几条送给雷家。这对孔家来说是随手一带，但对雷家来讲，却是大事一桩。所以，雷石头有机会特意要向人致谢。

"这没啥的，吾见红纸有余的，就顺手多写了几条。"孔祥和全不当回事地回人家，又和雷石头拉起家常："今儿的婚礼，东西都全吗？吃得用得还好吧——？"

"好的，都有。"雷石头愉悦地接上了孔祥和的话茬："从你爹手里借了五百文钱，称了十斤肉，买了副猪肚里货，家里杀了两只鸡，磨了十斤豆的豆腐，给新媳妇做了里外两套新衣，至于瓜菜、萝卜是自己地里的。吾这样的小户人家，黄昏摆个三桌酒就打发了……"似乎雷石头已经很满足了。孔祥和很贴心地对雷石头说："雷大哥，真都齐全了就好。如有啥困难，叫你爹过来跟吾爸讲，不用客气的……"

"都有了，都有，这就很好了，哪还能再烦你家。"雷石头谨小慎微地应着话。孔祥和立住脚转过身，双手抱拳于胸："那就恭喜你新婚愉快了！"雷石头没想到孔祥和会来这样的礼节，傻呆呆地直在孔祥和面前，只是笑，脸喝了酒似的红了。孔祥和拍拍雷石头的肩膀："雷大哥，看来你是真高兴了。那媳妇你满意不？"

"嘿嘿，吾这样的人，还有啥不满意的。能有个暖被窝的，不要断了香火就好，还能起啥不满意的不平心？"

孔三叔这时搭上话:"看来石头今日真的高兴了,要圆房做爹啰……"

"嘿嘿。"雷石头只是笑。

笑谈间三人已进了村。远远望见"十里红装"已进入村道,孔祥和就知道,那是自己的媳妇的嫁妆。三人不自觉地加快了步伐。看到红漆彤彤的彩礼担队伍,雷石头的脸慢慢地沉了下去,心头酸酸的,同是一样的人,命咋就这么不一样呢!

要说红装,孔家的再普通不过,只是一担箱笼,一个衣柜,和新媳妇房里起居的什件。几床缎被、几个绣花枕头等,拢共才七八个杠头。论杠头寻常百姓都能置办得起。只是孔家的红装材料考究不一般。箱笼描花漆凤,用的是红木材料,四个青铜包角,四边螺钿镶嵌。衣柜的四扇柜门是金丝楠木材料,独块板用的是同一株,起码也得是几百年才长成的粗树的树心锯出来的板做的。做工没的说的精细,漆皮用的是产自云南的清漆,四扇门上画着春夏秋冬四景、活灵活现的花鸟。其他的如梳妆台、绣墩、腰子盘、红马桶……全都是细工细活。

孔祥和媳妇的娘家——马同知并不是出不起嫁妆的银子,而是孔祥和一再要求不必铺张,才这样做的。孔祥和虽然自己无法决定婚姻,但在马同知家,曾经瞄过一眼新媳妇的背影,那背影孔祥和心里是承认的。他婚姻的整个过程,都是经过三媒六妁的,双方大人一起合得八字,他没有权利同意或不同意。伊唯一的要求得到了双方家长的赞同,都说孔祥和识礼数、懂做家。孔祥和不必铺张的意见,双方一致赞同,岳父说:"这孩子性情好,志向高。"父亲说:"这伢儿懂节俭能顾家。"

其实,孔家啥没有?何必出这样的头,招别人眼红呢?反之,马大人更加爱惜自己的女婿,在姑娘的箱笼里压下了四根金条、六封大洋。这是高明人的做派,表面风光是做给别人看的,实在收获是自己得的。

正相反的是汪家,两亲家说得上是半斤对八两,谁也压不了谁,谁也胜不过谁。汪家现有家产——好田八百多亩,明地四五十亩。年收谷租就有六七百担,还不包括自己几十亩肥田的收入。几十亩旱地里,大年能收四五万斤迟、早福橘、几千斤"七点红"、几千斤夻柑,小年里也能得一半收成。大小屋宇有三座,一座双天井对合堂,一座三间两搭厢大屋,还有一排七八间矮屋,包括牛栏猪舍,包括四个长工的住房。

汪家佛堂始祖虽早来此落脚,但真正发迹却是近几十年的事。汪家有着经商的传统,伊的始祖当年虽做小本生意出身,但经过经年累月的积累,财富增加,雪球越滚越大。直到汪狗倪的爷辈,载着一船橘子到上海冒了一次险后,回来就变了人样。汪家人每每会在别人面前津津乐道去上海的经历——那是要发财门板都挡不住的运道!

他们说,那一年正月里,他的爷爷把一船二百个件头的迟福橘运到上海,船停在十六铺码头。上海真个是花花世界,啥样的东西都有,啥样的人都在。只要你说出的东西都能寻得到,还有你认不出、叫不来、不知道的玩意儿,实在多得你头都晕了……汪家的爷爷先前到过严州、金华、兰溪,算是见过世面的人了。只听人说上海地方大,是个花花世界,到处是洋钿。没到上海之前心里算是做了预备的,但是到了地方后还是眼睛发直了。在当时的衢州来讲,伊也算是个大贩了。一个人能雇得起双帆四舱船,在那时的市面上,扳指头都能数出那些张三李四来的时代,实在也难为他了。

船在钱塘江口海宁地界遇上回冲潮,吐得伊先前吃到胃里的

豆腐渣充的盐鸭蛋倒了个精光。汪家人自己说——他的爷爷当年节俭又怕丢面子，日日见他一日三餐咸鸭蛋下饭呷酒，其实是家里酿好的豆腐乳，装在青皮鸭蛋壳里避人眼目。那日里他的爷爷认为没命了，钱江潮冲着木板船在阔茫茫的江海里打旋儿转。他的爷爷头一遭尝到了晕船的味道，吐得差点连胃都出来了。到夜，船好不容易停进了东海边。夜间，他爷爷还不觉得啥不对。等到次日日头出现在地平线时，他的爷爷"天呐！"一声叫："打死再也不到上海了！"为啥？因为他的爷爷看到了阔茫茫一片无边无际无头无尽的大海。四舱双桨的木船到这里比小溪里的鸬鹚筏都不如。人要是一掉进水里怕是连影都捞不起。

在恓恓惶惶中船总算到了十六铺。到了地方汪家爷爷再也不敢把自己当老板了。跟他停在一起的有千吨万吨的几屋栋那么高的大铁船，八舱大官船被那样的船冲过来的浪头，顶的一浪一浪地晃，他的小木船差一点被掀翻了。还好祖宗大人保佑，一路平安。当他的爷爷双脚踏上上海的土地时，完全蒙了。分不清哪里是东南西北，问了百十次口信，戴出了百十顶高帽，总算找到一家经营水果的商行。说明了来意后，一个商行的小伙计，将像个讨饭头样的爷爷领到了老板面前。老板正躺在一张自己会前摇后摆的椅子里，玩着两粒鹅蛋般大小雪亮的铁球。听说是迟福橘到了，老板一头从椅子里弹了出来。

那年月，这是一种稀见的水果，老板只在市面上零星地见过，能过来的只有掮客从杭州码头倒手运到上海的高价货。像当地人批量发上海的怕是头一遭。到了小船上，看到码得齐齐整整的一只只大木桶，老板不相信地对船家、对小船、对身边这个头蒙一顶猢狲帽，腰里扎一条蓝汤布，着粗布蓝衫，土里土气，像个叫街乞儿似的老板爷爷看了又看。实在有些不相信眼前的现实，"这船也能过海?"他自言自语地摇着头。如不是亲眼所见的事实,别人再怎么说,那个老板打死也不会相信这样的事。

其实从杭州到上海不用从海上走,另有一条航道。只是那条航道七弯八拐,不是当地的人很难知道路线。航道先从钱塘江拐进杭州市区,在当地纵纵横横、小肚鸡肠似的港、泾、河、汊中走着让人分不出东南西北的八卦路线,接上京杭运河后,从运河经嘉兴、嘉善接松江抵上海。自从汪家爷爷天方夜谭的经历传出后,就有人寻觅出这条内陆航路。衢产橘子在上海不再成为稀罕的宝贝了。最多的时候十六铺码头停泊了几十船衢州红橘,有很多人非但未能发财,还蚀了大本。

发财要靠机遇的,机遇要靠人去把握的。汪家爷爷就把握住了这次机会。当汪家爷爷忐忑忑忑心,撬开一只只三寸钉封死的木桶时,一旁的老板两眼放出饿狼似的绿光,再也不肯把视线移开。这是他见到过最好的迟福橘!个个都精挑细选鲜亮饱满。汪家爷爷从老虎山上捋来一捆捆新鲜松毛。每一只木桶的底部先垫上手掌厚一层,再放上一层橘子,再垫一层松毛,直到装满全桶。汪家爷爷不愧是个有脑筋的人,竟想出了这种运输方法,直到今日还有人习惯用松毛储存橘子。松毛既松软又保鲜,还能产生一种自然的芳香。

果行老板内行地翻验了几桶橘子,每一桶都品质一致。这时老板心里大谱定下了。伊抓起一把橘子一个挨一个单独在手心握一下,感应到每一个橘子都有良好的弹性。这说明橘子足够新鲜。老板顺手掰开一个橘子,随着橘皮的开裂,一道橘水夹带果皮的油脂,水枪似的射到他的脸上,让老板上身一怵。有一滴汁水溅到了他的眼里,让他感到轻微的难受,但这并不影响老板的兴致。他迫不及待地将半个橘瓣塞到嘴里,那个甜啊,充斥着他

的整个口腔。老板用宁波腔叫着："好吃好吃。"立马对汪家爷爷道："侬个橘子啥价钿?"

汪家爷爷思考了好一阵,才弄明白老板讲的意思,伊心里不知该怎样开价。这一段察言观色,伊知道这个老板肯定会要自己的橘子的,只是价格在商言商,谁都为了赚钱。开高了怕人家不会要,开低了自己又吃亏了,犹豫着迟迟回答不出来。老板在旁又催促起来:"这位大叔侬个橘子多少一桶的啦? 是标准件? 或者随分量的? 想想好多少一斤……"

老板问是否标准件,汪家爷爷听懂了。他的橘子每桶毛重九十三斤。除了松毛和桶的分量,每桶净重八十斤橘子只多不少。这种木桶是专门装红橘的包装,设计的容积净盛橘子一百斤刚好平满。桶的皮重约九斤。汪家考虑到这次长途的运输,对橘子的保护格外重视。因为屁轻的松毛占去了木桶的容积。木桶最大的限量只能装得了八十四五斤橘子的样子。汪家爷爷干脆留出一些余地给橘子透气,统一把净橘的分量标在八十斤上。在家装桶时,伊领着一家大小过秤的过秤,铺松毛的铺松毛,摆橘的摆橘,整整忙了两日搭半夜。汪家爷爷亲自磅着分量,每桶八十斤高高的。末了每只桶里又抓了一把添称,以防里边有个别伤损的烂头……

"八十斤!"汪家爷爷坚定地回答:"每桶八十斤有多不少。"

"连皮八十? 还是净橘八十?"

"毛重九十三。净橘八十斤! 全都是吾一手过的秤。"

"有错没错的? 都一样不?"

"错不了的! 老板,你行里不是有的是秤? 上钩抬一抬不就晓得多少分量了不是?"

老板观看汪家爷爷满骨头乡里大伯的样子,不怀疑汪家爷爷说话的真实性。再说自己吃了半世的水果饭，一切还能逃过自己的法眼？只是问过了二遍，人家还没开出价钿，老板清楚这是块肥肉，肥得一上手油就下淌的难得逢着的机会。又问道："想好了没？一斤多少铜钱？一桶多少洋钿？"

老板看着汪家爷爷正仰着头扳着指头，嘴里有声没声地算着："一五得五，二一添作五……二九一十八……"好像又算错了，出个重声："不对！"把心里算出的结果撸了，又一五一十地算了起来。老板见汪家爷爷的举止满副傻相，嗤笑起来了，说："老板，算了老半天，算对了没？一五一十……这还用算，痛痛快快地一句每斤多少，每桶多少。这用得着动脑筋？"

"好吧，吾就开个价，论斤二十文。论桶十八块。"汪家爷爷不敢抬眼看人家。因为伊开的价自己心里发虚，伊自己清楚每斤橘子的本钱不过是一斤谷换一斤。加上船的脚力钱，加上桶的包装钱，加上其他吃用开销，满打满算，上了七文钱一斤（相当于现在的人民币七角钱）。凭着伊几辈人的经商经验——伊的老祖宗代代相传——不懂的时候先漫天叫价，然后来讨价还价。最笨的办法，实在磨不开了，就拜本钱为师傅。

其实这次来上海，汪家爷爷真的不清楚这些橘子值多少洋钿。那个老板弄明白了汪家爷爷带着土腔的官话时，老板跳了起来："啊——打抢啊，十八块？！"

老板大大地张着嘴，他被这个土财主的表象蒙骗了。其实他这时内心非常佩服这个人。人家开的价格，正是他所估的行价，老板不再把人当傻瓜，而是开始欺侮人了。因为老板知道汪家爷爷头一遭来上海，不了解市面，没有靠山，明摆着压价，愤愤地装着不满，骂起来了："哪有你这样做生意的？人家还吃饭不？没厘头鬼替你卖……"

老板劈头盖脸地一顿臭骂,不容汪家爷爷分辩。汪家爷爷心里噌噌噌地猛跳,伊认为自己开价太离谱了,招惹老板不高兴,想对人家赔不是,偏偏嘴几次想说话都没底气说出口,耷拉着头像个做错事的伢儿,在接受长辈谴教的样子。

老板看把人家震住了,手中有了牌:"格样好来。侬是做生意的,奴也勿欺侮侬,公道价,十块洋钿,侬卖不卖?"

"卖,卖!"

正低着头没有主张心头噌噌乱跳的汪家爷爷脱口应承。话一出口就后悔了。伊暗暗狠掐了自己一把,做生意要讨价还价的,不能一口应人的,那样自己会吃亏。伊被人盛气凌人的架势压糊了,自己生自己的气……

老板见人应了口,马上对身边的小伙计吩咐:"侬快点到行里叫人,搬橘子。"

一会儿,橘子到了果行。老板亲自张罗起生意,商贩们你一桶我一桶地拿货,就不见人家付银子。汪家爷爷急了,没见到一个大子,就让人搬了半船橘子,伊赶忙跑去找老板,带着哭腔对人道:"老板,吾的橘子都叫人搬光了还不见你收一文铜钱,这钱吾管谁要去?"

老板风光无限地转着手中的铁球:"侬把心放在肚子里就是,银子管我付,你一边去,二百件头不少你就该做啥做啥去,明朝十块一桶来结账。"

听到了老板肯定的答复,汪家爷爷放心了。开始留意人家是如何交易的。伊见着每一个拿货的人都到账房那里画个押,十分地好奇,见一个摊贩正从账房出来,伊拉住人家的衣襟问道:"这位老哥,你拿东西咋就不交钱呢?"

商贩见人家是个外地人就告诉伊:"我们都是老主顾,付不付钱没得关系。常年来拿货,都相熟的,只要东西没有出入,我们不会赖账。"

汪家爷爷终于明白了,接着又问:"那你这桶橘子多少钱拿的?"老板好事地反问汪家爷爷:"侬也想买这个橘子? 这个橘子是好卖。"还故作神秘地告诉汪爷爷:"你想拿? 没有十八块洋钿下勿来。我是十六块拿的货,这个价钿你是拿勿来的。嘿嘿,我是跟老板有交情的……"

那个摊贩得意地扬长而去。汪家爷爷顿时呆若木鸡愣在那里,动都不会动了,因为——

伊被人宰了个大肥猪了!

第二日里,老板在汪家爷爷的催促下把账结了,一共两百个件头,总共两千块大洋,一块大洋约二十克,两千块大洋合起来有市称八十斤银子。这是天上掉下来的一笔横财。见到了这许多银子,汪家爷爷日夜不肯合眼了,把一个麻布褡裢,片刻不离身地抱在胸口。临别时果行老板在一个不大不小的饭店里请了伊一顿饭。上的是伊基本不曾见到过的海鲜菜,不论荤素全是甜的,叫伊吃得很不习惯。席间,老板对汪家爷爷又拍肩膀又拉手臂,一味地示好。希望汪家爷爷能够多运橘子过来,有钱大家挣,有财二人发。汪家爷爷除了点头别的都不会了。

在一间不小的浙江会馆里,汪家爷爷花了一个大洋住了一个独间,这一夜那真是活受罪。软绵绵的棕绷床垫躺得伊两腰发痛。一直都硬板床睡惯了,有福享不起。伊一进房间就搬着房里的简易桌子抵死房门,生怕有人进来。躺下时把褡裢压在枕头下。一夜里起上趴下没有合过一时的安稳眼。过道里一有脚步声,伊就会满身毛孔竖起,两只耳朵比石兔还灵地听着动静。熬到了天明,伊用蓝汤布把一千五百个银圆卷好,贴肉扎缚在腰间,

然后穿上一件差不多一扯便破、领口磨穿了层的蓝内衬,套起光板大腰棉裤筒,把衬衣塞在里面,用一条丝裤带扎缚妥当,立定蹲两下,试试银两会不会掉出来。看看很稳当,便套上里衬带毛的皮棉袄,外面穿起那件斜襟的黑褂,把剩下的五百块洋钿装进搭背里,打开房门雄赳赳地出门了。伊先在街边的小摊上吃了一顿饱饱的鲜肉包子,然后去了码头。到了船上,伊大声嚷嚷:"船家,快起来咯,我们把账清了!"

船家还没有起床,这几日劳顿伊有些受累,趁没事好睡个懒觉。在汪家爷爷的嚷嚷声中,伊从被窝中探出了头,一脸倦怠地朝汪家爷爷道:"这老早就起来啦,进舱来坐。"

汪家爷爷在船家的话语声中进了船舱,屁股一沾床沿,就把褡裢放在大腿上,试着从包里拿银子,对船家道:"老哥,动身前支了你五块银洋,还欠二十五块,吾把这二十五块给了你咱俩就清账了。"说着话汪家爷爷掏出一把银圆来,数了二十五个给人家,船家似乎有些不乐意,对银圆无动于衷,绷着脸慢腾腾地穿衣服,唠叨着:"这不少了点?"

汪家爷爷一听急了:"在家不是说好的?一共三十块,吾又没有少你半个子,咋能说少呢?"伊有些不快地把二十五个银圆往舱板上一放。船舱"嘭"的一响,把船家吓了一下。船家出气了:"在家是说好的三十块,可一路来你也看到了,这是拿命换盐吃,这钱好挣?早知海里这么大的浪头莫说三十就是三百吾也不兴来……"

"好好好,路上的确很辛苦,这样吧,吾再加五块,总是心到了。"

"五块忒少!吾还不晓得回不回得了家。来时有橘子压船舱,回头空船怕是被风刮到天老边去。五块?你打发讨饭的?"船家老不乐意。

汪家爷爷叹口气："话是对的，可是理不是这样的。"伊见人家不乐意，又做了让步。"好好，算吾少赚五块，再添你五块，一共补你十块总着了吧——？"

船家还是不接银圆，汪家爷爷老没奈何，又从裆裤里掏出两块银圆："老哥弟，图你下次生意，吾再添两块，这总能满足了吧？"

船家这回接话头了："别的吾也不多讲了，一共添十五块，就当卖老弟一个情面。"

汪家爷爷犹犹豫豫地答应了，说实在的，船家的做法有些不合生意，哪有这样敲竹杠的？事先讲好的价能这样反悔的？只是，伊清楚上海的买卖，有了起头就没有结尾的了。衢州那地方想找个合意的脚力不容易，在家时为了找这个船家，已托了许多门径。船家一半是为了贪人家的大额运费，一半是被汪家爷爷连哄带骗来的。小船以前只在严州、兰溪、金华一带来回。双方都没有出海经历，不知道出海的恐怖。汪家爷爷当时骗人家说是自己出过海的，轻描淡写地告诉人家："出海有啥怕的，不就是水多一点，地方阔一点不是？行船的哪有不吃水的？都在水里走，哪有啥好怕的……"

来了之后完全不是那回事，两方都有些后怕了！汪家爷爷清楚地知道是自己在吃明亏，但为了日后的生意，还是应了人家的要求。要知道给人家的至多不过是整头牛——腿上的一节骨头——熬的汤而已。双方达成了一致的意见，船家收起了银圆，问汪家爷爷啥时动身回程，汪家爷爷赶忙对人说："老哥你先回吧。吾就不跟船了，还有些事耽搁要到上海耍两天。"

的确，汪家爷爷要想在上海耍两天，再说，来程的经历伊真的从心底里怕了。要是一个浪头把船弄翻了……还能活着看世界？这回凭空捡了这许多钱——那是一个平常人十辈都聚不起

来的财富啊！汪家爷爷要开洋荤了,伊从船上上岸就见街是街、见巷是巷地一路逛到了法租界——那是十里洋场,一切时髦的发源地。

在法租界外熙熙攘攘的人群中,汪家爷爷东张西望,一切都觉得新奇。伊穿梭于一家家大店小坊,店坊里的每一件东西伊都想买却不敢买。不是伊心痛银子,而是伊不知该买啥好。一路闲逛着,来到一家旧货行。进到店里,伊被一样东西谜一样地吸引着腿脚,走到一个展柜前面,伊的眼睛见着里头整整齐齐摆着的一个个怀表。伊做梦都想要一块这样的表。自从在衢州城里见到过洋教士、县老爷戴这样的东西时,伊就羡慕得魂灵出窍了。终于有了这样的机会,伊下决心要把这个东西买回去。店里很冷清,只有伊一个客人,值店的一个相公正埋头看一本荤书,里头描写性的情节正令他瞧得入迷,客人站在他面前也没看见。汪家爷爷被怠慢了,不高兴地说:"老板,吾要买东西!"

值店的相公被耳边的大嗓门吓了一跳,仰头看见一个叫花子似的人时,便发火地骂道:"讨饭上别处去,这里不生火的。"骂完又埋头专注地看他的书了。这样的不礼貌,让汪家爷爷心生愤怒,伊把搭背重重地往玻璃柜上一放,"呼"的一声响,相公跳了起来,以为柜台被砸破了,慌忙对柜台看了看,还好没破。相公说话了:"客人轻一点呢。"忙上前迎客。相公朝人家看了看,实在不敢把这人跟主顾连在一块想。这里的东西每件都是几十上百洋钿的,这样的一个人能拿得出哪些银子? 相公压着疑虑,挤出一副笑脸,问:"客人想要点啥?"

汪家爷爷老大不高兴地绷着脸道:"要点啥? 想买你的店! 哪有这样做生意的,客人站了老半日也不来迎迎,怕人没银子不是?"汪家爷爷拎了拎柜上的搭背:"吾有的是银子,要买东西。"

"好的——"相公马上冒起了笑脸,问:"客人想要点啥?"

相公这一问,汪家爷爷反倒犹豫了。柜里那一排排挂表伊还真没挑准哪一件,伊又叫不出那个东西的名字,手指戳在柜子上寻觅着,见着其中一款有一根硕大的银链子串着的怀表时,伊的心头定了准头说:"喏,这个拿来。"

相公顺着伊手指的地方拿出了那块怀表,汪家爷爷喜欢得一把要抢那件东西。机敏的相公忙把东西往后一藏,心想今日怕是遇着打抢的了,非常警惕地看着人家。

汪家爷爷怒不可遏:"你的东西到底卖不卖!"相公把东西高高地举到身后:"卖! 当然卖。"

"卖,你还不拿过来!"

"拿过来可以,那你先把银子拿出来。"

汪家爷爷感觉遭到了侮辱,从褡裢里抓出一把银圆要照相公的脸上砸去,手在半空硬是把气吞了下去。见到了明晃晃的银圆,相公这才把东西递过来。汪家爷爷一把就把东西拿到手。相公还是一头紧抓着那根粗链不松手。因为上海这个鱼龙混杂的大世界里,什么样的人都有。他的店里就出现过,托着买东西的痞子,抢走过东西。对汪家爷爷这样的主顾,人家不得不防。末了,汪家爷爷把东西捏在手心里看看,见玻璃盖里的几根指针在里面滴答滴答匀速地转着圈。伊喜欢得不得了,又把东西放在耳边听了听,听着清脆的金属声响,汪家爷爷的兴奋之情溢于言表,非常激动地问人家:"几个银洋?"

一旁察言观色的相公长长地吁了口气,把那只牢牢抓着链子的手松开了,他真不知该怎样评价这个特别的客人。往常对待客人,他都会把价格往高里抬个三成五成开口。对于这样一个特殊的顾客,相公实实在在地报了价格:"你手中拿的怀表八十五块洋

铷。"

汪家爷爷听了人家的报价，从此晓得了这个物件叫怀表。按着伊以往的经验，无论买什么东西都以半数杀价，忙着回话："能有那么贵！五十块卖不卖？"

相公一把从人家手里抢过东西，认为汪家爷爷涮他寻开心："哪有你这样杀价的？不买拉倒。你到别处问问，少于八十你买一个来试试。"

汪家爷爷又一把从人家的手里把东西抢了过来："你开店就不兴人还价？货是你的，银子吾的，合得来就成交，合不来就散伙，吾还没听到不让还价的生意。刚刚你还讲八十五块，一还手你自己都说八十了，吾诚心想要这个东西，七十五块卖不卖？"

"七十五块我就亏本了。八十要的话你就拿去。"

汪家爷爷见人家口气强硬，认为东西就值这个价了："八十就八十。"说着从褡裢里掏出一把大洋来，"哗"一下放到柜台上，十个一摞地码着。码好了八摞，把剩下的银圆又抓回到褡裢里对人家道："银圆你收好了，八十个没有错的。"

相公点了一遍八摞银圆，又数了一摞银圆的个数的确没有错，相公把一个银圆放嘴上吹口气，放耳边听了听，又把一个银圆放到牙上咬了咬，东西的确是真的。这时候的店相公才真正地朝汪家爷爷弯腰哈头地堆上笑脸："客官你慢走，下次来给你打折。"

汪家爷爷拽着那块怀表从店里扬长而去。伊想像伊所见过的，那些有表的人那样，将表挂在胸前，表链露在衣外，表件塞在胸前的口袋里时，伊失望了。因为伊穿着的是古式的斜襟衣衫，通身没有一个口袋，这让伊感到很不满足。有了这块表在手，伊一下子觉得自己是个有身份的人了，在大街上敢直起腰了。最终伊在一个卖洋衫的店里，买下了一黑一灰两件胸前有口袋的洋装回去。还在小摊上买了堆吃的、玩的、稀奇的东西回家。在旱路伊先坐轿到杭州，从杭州搭船紧一程慢一程地往家里走。回到黄泥山时，一切都成了新闻。

　　差不多在汪家爷爷到家之日，那个船家也到家了。伊十分害怕渡海。打听到内陆有航路，伊宁愿多绕些路程。终于在错综复杂的各个河、泾、港、汊里，寻到一条捷径，这为伊日后多赚了许多银圆。差不多三月底，汪家爷爷又收了一船橘子想发上海，找到了那位船家。船家这回要价五十块洋钿，汪家爷爷爽快地答应了。这回走的是内陆航道，路上虽多耽搁了一些时日，但不冒风险，船平稳地到了十六铺。这回算是熟客了。汪家爷爷把每件橘子的价格抬到十三块钱，老板也答应了。只是下半日里，老板气冲冲地找到了汪家爷爷，夹鼻子夹眼睛地一顿好骂："侬个瘪三，骗人骗到你爷爷头上了……"

　　原来，汪家爷爷这次办的货远没有上回的硬，因为已是三月了，橘子已近尾声，能凑齐一船货相当不容易，汪家爷爷顾不得质量了，勉强凑齐两百个件头，里头的橘子大小不一。只是面上一二层的质量和上次相当，底下的以次充好，且出现了许多烂头。很多小贩上午拿去的橘子，下午又退了回来，惹得果行老板破口大骂："奴当侬是个实诚人，才第二趟就动手脚，侬的橘子奴不买了，奴吃不消好了，侬自己看着办。"

　　这下好了，一船橘子一点都卖不出去。汪家爷爷两眼发直了，在船上待了两日，汪家爷爷再也待不下去，硬着头皮去找果行老板："好老板，你帮帮忙，替吾想想法，贵贱也要将东西销出去，天这么热了，皮包水的东西见风就烂，算吾求你——帮帮忙……"

　　老板是个面恶心善的人，忍不得人家遭难，就替伊出主意：

"这样子好了，侬把橘子挑一挑，好的放一桶，差的放一桶，烂的撇了去。好的十块一桶，差的随行就市。"汪家爷爷照做了，从此一日到夜挑橘子，挑几桶卖几桶，自挑自卖。老板只管替伊记个账。一连挑了半个多月，挑出来的好橘子刚开始十块一桶，后来八块七块一路跌价，差的橘子先是三块五块，后来竟一元一桶都没有要的。挑出来的烂橘子差不多对半了，汪家爷爷心痛得连饭都吃不下，整个人脸色发僵，头发蓬乱，眼睛挂屎，一下老了十多岁的样子。从早晨到半夜，一直埋头挑着橘子，人也不觉饿。那些从烂橘堆里挑出的好橘子，伊用蓝汤布挑一个擦一个，汤布头擦成抹桌布一样烂脏。伊把汤布放水里洗洗又去擦，这样经历了二十来日，能卖的橘子挑得差不多了。还剩下几十桶烂橘子堆在那里。将近尾声时，撞上一个冤大头。

单等汪家爷爷就想把一切做个清理，好的该拍卖的拍卖，烂的该扔掉的扔掉时，一个洋人到了伊跟前。也该那个洋人倒霉，因为洋人上次买了汪家爷爷的橘子，洋人是一家俄国洋行里搞买办的。上次买的橘子，洋行里的人都十分喜欢。这次洋行要举行一次几百人的紧要会议，为首的长官点名要用这样的橘子招待客人。所以，那个洋买办一路追到这里来。刚刚好，汪家爷爷有十来桶挑出来不烂的橘子。洋人用汪家爷爷怎么也弄不懂的话语，问人家橘子怎么卖。两人一边比画一边对讲，讨论了大半日，汪家爷爷终于弄明白了人家的来意。人家一开口，便说要把伊的橘子全包了，关于价格，汪家爷爷用夹带衢州土音的官话告诉人家十块一桶，说了四五遍，洋人耸耸两只肩膀，一双手左右摊着表示听不懂。汪家爷爷见洋人那样，认为洋人嫌贵，便八块七块地往下降。洋人一直摊着双手表示不明白，汪家爷爷急了，伸出四个手指比比，又对木桶指指，大声地绕着舌头，尽量学着官话的腔调说:"四块一桶。""四"的意思洋人明白了,点点头,汪家爷爷见洋人点头了,用一边干净的汤布头擦擦满头的汗,又用手比画了一次:"四块一桶"。一只手伸出四个指头,一只手伸出一个指头。洋人OK、OK地叫着,"一起四百? 一起四百?"

汪家爷爷认为人家清楚了他的意思。见洋人眉飞色舞地说"一起四百,一起四百",伊也跟着说:"一起四百。"洋人边OK、OK地说"一起四百",边从一个牛皮包里掏出四百块有老鹰图案的银圆,客客气气地交给了汪家爷爷。汪家爷爷完全傻不楞登地木在那里,只见那个洋人叫伙计把十只木桶装到一辆板车上拉走了,伊招手拦下一辆人力车,一跃跳上车座,盘脚架起二郎腿,抬手过头朝汪家爷爷打个响指:"OK、拜拜——"地扬长而去。

这样的经历只有冒险者自己品尝到甜、苦。汪家爷爷完全没料到,确定亏本的生意最终赚了钱,而后伊将"人要发财,门板都压不住"这句话随时随地地挂在嘴边。

第二日里,汪家爷爷去跟果行老板把账结了,以前老板代收的一共二百零二块洋钿,付账时老板交给伊一百九十六块大洋,汪家爷爷数来数去少了六块,就说:"老板还差六块呢?"

老板眼盯着汪家爷爷老半晌,直摇头说:"弄弄清爽好勿啦?奴花了将近一个月,收你六块洋钿多啦?"

"上次都没要的。"汪家爷爷分辩道。果行老板算是领教了啥叫乡里大伯,破口大声叫着:"行行好,好勿啦——上回是经销,这回代销——经销代销晓得否? 经销是奴买了侬的橘子,代销呢,橘子是侬自家卖格,奴只管帮侬收收洋钿晓得否? 代销奴收侬百分之三管理费,百分之三晓得否? 侬到隔壁打听打听收你百分之三多勿多?"汪家爷爷又多长了一回见识,花了六块银圆买懂了啥叫经销啥叫代销。伊再也没啥好讲了,向老板赔了不是,表示自

己并不是故意要这样做，还向老板表示了一番多谢的客气话。

总之，这次的上海之行，让伊领教了啥叫商道风云。伊再也不敢盲目地乱搞，虽然每年都会来上海一两遭，以后的生意再也没有头一次那样富有暴利，只是从此为衢州百十年后埋下了重重的一笔。临别时，果行老板送给伊三只鹅蛋那么大的橘子告诉伊说："格只物事叫作广柑，是广东汕头、福建漳州那路来的，味道么老老好，侬拿回去叫家人开开眼……"

这只"物事"非但叫汪家开了眼，若干年后全国人民都为它开了眼。自从汪家爷爷到家后，伊屋后的菜地里就有了几十株对外秘而不宣的宝贝树——椪柑！

汪家爷爷歇了生意回家后，便立马买田造屋。尽管祖上那"三间两搭厢"的老屋住着还宽敞，但伊不满足，有钱了，就置产业，跟人比阔气。伊想做起码是衢州西门外第一大的财东。伊计划建造一座比伊祖屋大一倍的双天井对合堂。购买材料时，伊亲自带着一个匠作把头，在船埠头的溪水里，在一溪的木排上，跑来跑去。每一种料头都寻最大的要，造好的房屋，柱头一抱难围，桁条比普通人家的柱子还粗些。二个天井八个牛腿——每个都花了一个洋钿买材料，选了四段一抱都拢不过来的红酸枝木，雇了二个雕花木作，凡能雕刻的地方都雕上花，刻上图案。木作师傅问人家雕什么样的故事时，汪家爷爷发愣了。伊只知道好房子要有雕花的，花花草草的让人见着舒服、阔气。伊不知道每组雕刻都有深刻的含义。比如有的文人家庭喜欢七贤的故事、兰亭的故事，会叫匠人刻一堂这一类的传说在上头，配以梅兰菊竹四君子，显示出一种雅气。有的官宦人家便会挑一些如姜太公的故事、孔明的故事放在上边，这样的以示贵气。武行发迹的便会选一些如薛仁贵的故事、岳飞的故事、杨家将的故事……以示精忠报国。

最普通的是满堂八仙，这便是寻常百姓都能引起共鸣的故事，汪家爷爷对人家匠作说："吾要那有葫芦的，有荷花的，有大蒲扇的……"

汪家爷爷所指的是暗八仙图案。八仙分为两种，一种是明八仙，将吕洞宾、张果老、曹国舅、何仙姑、蓝采和等八位地仙的故事，以人物的方式雕刻。还有一种是以八位地仙手中所持器物所替代。一般而言，选用暗八仙图案，只是普通人家为了装饰一下格调，所做最小成本的雕工。匠作师傅听到东家提出的特别图案时，心里犯嘀咕，既然打造最大的最好的屋，这个暗八仙图案有些不般配，就提议："东家佬，你喜欢荷花、蒲扇、葫芦那个的？吾倒想帮你雕几个八仙的人物出来……"

"不好不好。"汪家爷爷马上表示意见，"人头有啥好看，还是花草叫人一看就懂，人头是八仙花草也是八仙，还是蒲扇、荷花好看，吾一看便晓得这个是何仙姑那个是蓝采和……"

匠人再也不多嘴了。那时候的匠作师傅只比要饭的高一等，三十六行里让人比作替人看门的——同狗一肩齐。

匠作师傅对着那一堆扎扎实实的材料，用一个工匠的良心，日日替人家感到浪费，但又不能怎样多嘴。八仙雕好后，问人家牛腿怎么雕："当家的，八仙由你定，这个牛腿雕啥呢？"

这一日，汪家爷爷正在祖屋上堂坐着抽水烟。人家问伊，伊便把水烟枪放下，从洋装上衣的口袋里掏出怀表看一看。自从有了这块怀表，每到犹豫不决犯难之时，伊都会习惯性地拿出那个表，倾听着那悦人心扉的嘀嗒声。伊的心绪，便会在均匀的嘀嗒声中静下来。在汪家爷爷的记忆中，伊见到过让伊最倾心的是一对龙凤。那是几年前，伊在一家做官人家的客堂的小厅上见到的。那龙盘曲着，只有一小段身躯，昂着大大的头，探出一只巨

爪，十分有威，让伊至今过目不忘。伊首先想到了这个。还有一次，伊记不得在什么地方见到过一头飞鹿，让伊觉得雕得活灵活现……

汪家爷爷把伊记忆里美好的东西想了一个遍，最终定下了四样东西："雕一对龙凤，雕一头奔鹿，雕一只飞蝠。"

"我的天老爷！"一听此话，匠作师傅心里叫苦不迭。这四样东西拼一堂牛腿，这不难为人吗！"龙凤蝠鹿"，意思勉强还能凑到一块，可要用来雕牛腿这样的大件作品，工匠师傅真的发愁了。龙和鹿虽然难以表现，但有一个大的个头，动动脑筋还能雕出好的作品来，凤凰虽然单调，配些云朵、山水还能做些创意。到了飞蝠——就那么大的个头，怎么表现都不能成为一个好的作品——总不能将一个蝙蝠的样子，放大成一个牛腿那样吧？匠作师傅被吓到了，这是伊出师以后遇到的第一个难题。一块石头压在伊的心里。还好，等匠作师傅问下一堂天井的构图时，汪家爷爷再也想不出啥怪招了，就对匠作师傅说："下一堂你看着办，尽你拿手的来，吾不怕花铜钿。"

匠作师傅总算吁了口气，日后伊跑去跟师傅叹苦："啥饭都难吃呀，这样乱七八糟的创意不是砸人饭碗吗？那个飞蝠怎么雕呀——

不管怎么说屋是造起了。汪家特意在五里路外的窑场里订下十万块砖头。给人家一个特制的模子，砸出来的砖比现成的砖厚一倍、大一倍、重一倍。等到上梁归屋那日，一座豪华的、一边六个鳌头气派的徽式建筑出现在大家眼前——门庭是座飞檐翘角的半搭亭子，两根柱子边立着两个溜光的青石鼓，门里一幢照壁写着一个大大的"福"字。一座宏大的建筑立在黄泥山的土岕上，汪家富有的名声也随之传播开了。

自从汪家爷爷发迹后,汪家和人比的事只有一件——富有。因为,其他方面汪家并没有过人之处。论人丁,汪家近几代总是女儿成群,子嗣孤单。论学问,子孙除了学会跟人比阔,在学堂里不是打架就是睡觉。汪三牛从七岁被父亲领进学堂门里,书一直读到伊拜堂为止,却是别人问伊一百个一百是多少,或是叫伊写一个稍不常用的字来,伊便会愣在那里,气得汪家的上一辈无话可说。汪家想获得别人尊敬,能压住别人的除了富有还是富有。为了能让别人高看得起,在汪三牛媳妇的聘礼上,汪狗倪慷慨地包出二百大洋的红包,指定儿女亲家到日子必须置办三十六杠红装。

　　汪家新结的儿女亲家,是离衢州城四五十里远的上方地区,一位有名的张姓财东。上方地界都是黄土丘陵,张姓财东家里除了稻米的收入外,还有一项是他人所不及的。那些矮山小丘,很适合杂树生长,张家便满山头地种了一种“皂子”树(乌桕)。这种树生命力特强,生长得也快,几乎只要种下一株苗,以后就等着扳树丫“落皂子”了。近年间张家能收清油几百斤,“皮油”(皂子蜡)十几担,一担皮油的价值抵过十廿担谷的铜钿。所以,张家缺的不是钱。当汪家把聘礼交由媒人送来时,张家人手都不去摸一把,叫媒人原封带回,只是叫媒人带一句话给汪家:“张家虽比不了汪家,但嫁个女儿还能嫁得起的。只要自己的女儿到公家能得到尊重,这嫁妆钱张家自己出。”

　　浩浩荡荡的三十六个红杠头从午时就出动了,因为两地将近有七八十里路程,不赶个早,怕是到地方要错过时辰。迎亲队伍半夜就从汪家出发,到了新娘家,新娘家的人正在吃“五更”(早餐)。张家的亲友和帮厨的一看娶亲队伍到了,便赶紧用条凳拦住大门,向汪家上门娶亲队伍讨彩。男方的代表媒老爷被要得

团团转。

媒老爷想截留下几个红包得点小利，费尽口舌跟人磨牙，娘家人清楚伊的小九九，狮子大开口不依不饶，最终翻空了媒人的衣兜才得以放行。

见到了公家来的客人，女家的父母即刻叫人摆上"三套头"——敬茶，上瓜子、糕点、茶鸡蛋，最后一人一碗长寿面。礼数过后，男方客人觉得刚刚收了早间的碗筷，人家又摆出一桌丰盛的日间席面。接新娘的队伍有十几桌人头，光三十六个杠头就需七八十个抬手。生怕路途遥远，娘家丰实，有的杠头过重抬得人吃不消，汪家有意安排三对富余人手，万一路上有体力不支的好找个替脚。九点多钟，张家就摆开桌档，不到十点，一群人就狼吞虎咽起来，也不给老汪家留个面子，十八碗满尖的菜蔬不管味咸味淡一扫而光，有的连汤都喝了。惹得女家有多事的亲朋讲了风凉话——"听说男家是个好东家，来时怎么不给饭的？你看看这班饿鬼，连碗都舔干净了，洗都不用洗——"

实话传到媒人那里，媒人羞得满脸通红。那一群帮忙抬杠的相互一瞧，一个个都憋不住"哄"一声笑起来，窃窃说："这下汪家丢丑了。"

看着这帮饿狼怕失体面，女方的父母叫帮厨的去添些菜，厨头发了狠话："不给添，伊男家不怕丢人，咱家还怕出丑……"索性叫帮厨的不管吃好没吃好的全都给碗筷收了："告诉伊大家，娘家的客人要开桌了。"

娘家吩咐十几个能负责的男宾客把嫁女的红装悉数一件一件从祠堂里排好，拼好杠头。

原本嫁女时，嫁妆不必经过祠堂，只是张家的东西太多了，平常的屋子摆不下。制定好结婚的日子，女家就提前半年叫了一班匠作,把作坊摆在祠堂里好让工匠放开手脚,紧赶慢赶才没有耽误了日程。

被撸了碗筷的客人,便一群蜂似的跑向了张家祠堂。精明的人捡一些轻巧的、好扎缚的家什绑缚杠头;呆笨的随手就挑了一件料理起来,伊们不知道,这样会叫伊们半道里叫苦不迭的。当每一件嫁妆都有了抬杠的脚力时,剩下那个个头最大、材料最厚、橱肚里装满了稻谷、又大又笨的大橱谁也不愿意去抬。古话讲,抬八十不如挑一百。那个笨重硕大的大橱加上稻谷,少说也有三百多斤。两个人如果拿来挑,一人一百多斤东西轻松得很,而抬三百多斤的杠就会压死人的。百来号接亲的队伍没有人敢沾手那个物件。这时女方的娘老子真的发火了:"没人抬更好,通通给吾搬回去。不是张家不肯嫁,是汪家嫌差不肯要……"

急得媒人抓耳挠腮到处找人帮忙,找这个不愿抬,找那个不乐意,有人反讽媒人:"没人抬你不会自己抬……看你今日媒(霉)汤喝得饱不饱……"引得哄堂大笑。

媒老爷今日是男方的全权代表,出了事伊必须出面摆平。万般无奈下,媒人出了下策,大声叫:"这样好了,大橱四人抬,两个一换班。"有利的条件还是没有人应承。媒人急了,放开喉咙让在场的所有人都听得见:"有不嫌重的站出来,一人二文钱红包。"

没人应他,媒人又叫:"四文钱红包。"

没有人应声,媒人豁出去了自言自语说:"回去挨骂骂吾的。"于是放开喉咙叫:"四人一换班,每人十文钱。"

话音还没落地,却有七八个人在抢了。

看热闹的女方宾客一个哄堂笑了开去:"啧啧!这是好东家的做派。"

"呵呵——汪家的钱就是多……

在一旁的厨头师傅实在忍不住生气，激动地数落着："哼哼，吾经的红事白事不说过万也有几千，哪见过这么不能担事的主顾？有钱人个别的——早知这样，吾还给你们吃热的，生米待你们正对路——一群牲口！"

这话实在太难听了，这庞大的红妆队伍肩背着"一群牲口"的骂名，一直传到今日。在一阵热烈的花炮声中，那一群人面色无光地上路了。

女家理事的新娘娘舅在安排着各杠的次序：

头二扛箱笼一副，缎被四床。

三杠四杠，官皮箱一双，纱帐四顶。

五六七杠，金漆雕花儿孙满堂大架床一张。

第八杠，描金实木大橱一个。

第九杠，红木雕花梳妆台一只。

第十杠，浴桶、脚桶、尿桶、腰子桶、七桶八桶一套。

…………

第三十五杠，披红木板四块。

这一杠，大家都不知道啥意思，看热闹的窃窃私语："张家凑不齐数，随便啥家什做一件总比四块木板强吧……"

可是他们不知道，这四块木板有着极其深刻的含义——那是一副寿材！

张家的意思是，女儿这次出嫁，娘家为女儿从生到死都预备齐了，不用求夫家。这一杠过百年纪的长者以前也从未听说过，这是张家的创举……人们数来数去只有三十五个杠头。这第三十六杠呢？

第三十六杠：肥头大耳粗腰"美女"一个。

将近日头西沉的时刻，头杠嫁妆进入了黄泥山的石子路面。

抬杠的放了三个花炮,在村口歇最后一个力。一路上不知道歇了多少力。这七八十里路的抬杠生活,平生难得碰到二次,生疏的活计叫人特别感到不适。虽然都是做粗出身的人,但还是有不少人磨破了肩头皮。到后头,肩膀火辣辣地痛,杠都不敢往上放。头一杠到家的是两个"精明鬼",属汪三牛同辈的堂中兄弟,在家时就有意抢一杠箱笼抬。因为那东西又小巧又轻便,通常放的都是细软值钱的东西。看到了红装进村,一村子的人包括汪姓的、雷姓的、孔姓的几乎全村出动看热闹来了,人们难得见上一回真正的十里红装。在第一个杠头歇在黄泥山村口时,最末的那个大橱还在浮石码头的渡船上。整个队伍的跨度十五六里路程,总共三十五个杠头,每杠的间距快慢相隔一二百米,算起来那距离就像抬着喜气道具、舞着耀眼光芒的长龙队伍。每过村坊都遭遇人们羡慕的目光,啧啧称奇地赞叹。汪家赚足了人们的眼光。

慢慢地有十几廿来个杠头来到村口。男家理事的汪狗倪的堂哥叫接亲的队伍再等等,等差不多都齐了再一起抬进村。见着日头一点一点往西沉,那些抬杠的忍不住了。十一月的天,风来钻骨,这一群人一个个都满身流汗,行动起来不觉得寒冷,一停下脚,一股风来就会令人毛孔竖起,出一身鸡皮。头杠的汪氏子侄便嚷嚷不休地叫着:"等啥等,再等天都杀黑了。想等齐整怕是到半夜,抬大橱的怕是把人的渡船都压沉了……"

古语云:上半年日头落山一炷香,下半年日头落山一溜烟。眼见天色暗下来,理事的堂哥只好放弃主张,叫前头的嫁妆进村:"这样吧,看看也实在等不齐,前头的先把礼杠抬家去安置……"有人放了三个花炮,红装队伍便浩浩荡荡地往村巷里抬去,队伍走了一阵便动不了了,后边的人便催促起来:"快点走,快点走。"前边的应口道:"走哪里都到家了。"这条长龙队伍实在太长,最前

面的正把杠头一件一件往老汪家气派的对合堂里抬，后边的便拥塞在村道里动弹不得，整个村子过往的交通中断了。

天慢慢暗了起来，孔瑞云眼看着家门口那些杠头不见少去，心急起来，照时辰自己家的新娘花轿这时间总快到了。就前往对那些抬杠的说："烦你们把彩礼快些抬。"人家回他："没处抬。"他有些恼躁："没处抬总不能拦在人家门口不动的吧！"

孔瑞云算得上是好脾气的人，这时也不免有些着急。伊清楚跟下人多嘴没用处，就从横七竖八的红装队伍里绕来绕去，转到了汪家大屋里。只见汪家一门全动员着搬着置着东西，房里摆满了摆到堂前，后边还有许多东西不知道如何安排了。只见汪狗倪正在屋里旋磨似的转，晚间一屋里要摆五六十桌酒席，就算伊家的屋宇充裕，摆五六十张桌子也有些挤了，一下子多了一条街的嫁妆，真觉得没处规整了。孔瑞云本想好好说一说汪狗倪，见到人家没头鸡似的也就心软了，走到伊跟前，对伊道："汪老弟，你看看，把嫁妆快些处置了。别挡了人的道。"

汪狗倪正一门心思地寻找地方，本来心里就焦躁，也不看看谁跟伊说话，被人一催随口就答应："催啥催，还要你教？能归置还等你讲，吾这不就在归置吗？"

孔瑞云见人家的态度不礼貌也来火了："有你这样办事的？占了道不说你，能把吾的门头当菜场了不是，还有理？"

汪狗倪万没想到有人敢这样数落伊，转头想知道哪个胆大的。伊没料及这时节孔瑞云会来到家里，见到了人时，一愣，连忙消了火气："孔老哥有事？吾正忙昏头了，对不住。"

孔瑞云见人赔了礼也就消气了："吾看，今日真够你忙的，都晕头了。这么多的嫁妆实在难安置……吾过来看看，时辰差不多了。怕是吾家的新媳妇要进门了，到时别挡了道，两家难堪。"

汪狗倪清楚孔瑞云指的"两家难堪"是啥意思，老传统，如果结婚那日，两支接亲的队伍相撞，是不吉利的。对两家人往后一辈子都会有阴影的，那样的日子里，人们都会自觉地避开那种事情发生。孔家和汪家谁都不愿意生出那种事端来，汪狗倪也知道自己理亏。只是，实在难想办法，两处大屋里能摆的地方都摆满了新嫁妆，还剩下这么多，伊一时真想不出办法来。最终一道灵光让伊高兴了，汪狗倪实诚地应答了孔瑞云："老哥你放心，不会挡你道的，真没办法吾叫人先把东西抬到祠堂里撂下再说，等明日客人散了再搬过来。"

这个结果两家满意，汪狗倪和孔瑞云一道出门去。两人一同到了孔家门头，孔瑞云礼貌性地对汪狗倪说："要不要进去坐坐？"汪狗倪连忙道："不了！你吾都忙，改日吧。你还等着让路呢……"说着，汪狗倪不停脚地往前去。到了弄堂路口，对那里歇着的一个杠头说："把东西都搬到祠堂里，明日再说。"一会儿，由后路改前路，那些红装被请到了汪姓的祠堂里去了。这边刚清完，那边孔家的媒人就进屋了。

媒人在这一日是个"小丑"角色，大小都可以捉弄他，但是，一到新媳妇从女家出门，媒人的地位就一百八十度地反转过来。打从媒人提着一个精致的细篾点心篮，里头装着女家回敬的四样点心回到男方家时，这就告诉人们，一切都在顺利地进行当中。

孔瑞云见媒人回门了，就亲自迎了上去，接过媒人手中的提篮："伊大伯，今日劳你累了。到上房喝茶去，一切还好吧？"

"好的，女家客气得很，一点都没怠慢的架子。祥和的命好，交了这么好的一个长辈，娶了个全才全貌的好媳妇……真该你老孔家的福气……"

这番话，孔瑞云听着真是舒服，但是还没等伊品味这舒服的

过程时,一个天大的消息叫伊一屁股跌到了太师椅上。

"不好了,出事了!"

一个人赶着媒人的后脚印冲进了孔家门里。这厢,孔瑞云提着礼品篮走到上堂,正把篮放到摆有一对插着手臂粗红烛的银烛台的香几案上时,听到异常的响动急忙回头看。见到早间派出的一个轿夫,青着脸满头大汗地冲进来,心便咯噔一下沉了下去。一日间,伊总是眼皮跳,不想事情成真了,伊慌忙镇定自己,急切地安慰来人:"不要慌,慢慢讲。"

"不得了了,不得了了!"来人语无伦次,"闯祸了!"整个人直直地站在孔瑞云跟前。察言观色间孔瑞云知道出了大事,迫不及待地想知道出了什么事,忙问:"轿呢?人呢?"

一听到轿和人,那个轿夫犯了天大罪似的泄尽了气,人一下软在地上抹眼泪,话都说不上来。这档口,后边的一群人冲进门来,孔瑞云忙迎上前,赶到天井里与进来的人接个对面,见人便问:"出啥事了?"

进来的人相互递个眼色,当中一人把一面大鼓交由旁人,对孔瑞云说:"老哥,先别急你坐下,吾便告诉你。"扯拉着孔瑞云到一旁的太师椅上坐倒,然后那人把事情的大约经过告诉大家:

在媒人先走报信过后不到一刻钟,花轿便顺顺当当地抬上路了。在花炮声中,八个唱草台戏的便响起了锣鼓。一抬大轿装扮得喜庆祥和,轿里坐着本日的主角——新娘,还有一个本不该出现在轿里的角色——新娘的胞弟,年方七岁的小舅佬。

本来,有钱人家这日里会单雇一乘轿子,专门供小舅子用的。只因为新娘子在家时与弟弟十分贴身,小孩子见最亲自己爱惜自己的姐姐要出嫁了,日后再也不能在姐身边受关爱了,死活赖着要跟姐姐同一轿,大人再怎样说,伊也不从轿里下来。还好轿夫们不在意，多一个人不就多出四五十斤力？还能抬得动，就由他了。马大人付了轿夫双倍的钱，又掏出本已预备了的轿子的脚力钱，人家落得一阵好高兴——吃了一桌少见的好酒席，领了一份不出力的工钱，还可以去赚别人的铜钿，这样的好事一生能碰上几回？那顶被辞的轿子，人家千谢万谢地走了。

接亲的队伍从府山上下来，到了新桥街，在孔庙门口遇到两边厢看热闹的人们。都说县老爷的女儿出嫁，瞧热闹的想见识见识当官的和老百姓有啥不同。结果市民们看到了县老爷跟他们并没啥不一样的，有些人感到失望，没瞧到想见识的风景，有的却在说着好，称赞马同知做人实诚，不出风头。只是那八个唱戏的尽他们所能地把欢喜锣鼓敲得有板有眼，四个抬脚雄赳赳比平常更精神，因为肩上抬的是县老爷的女儿，他们的脸上也觉得有光彩。花轿的队伍一路经十字街头，过南街经坊门街从水亭门出城，走浮桥过衢江，一直顺顺当当。到了河对岸，光景就两样了，不出三五里，便是一片阴阴森森的乱坟岗。乱坟岗长长短短、方方圆圆有几里地横阔，堆的坟头像蒸笼里的馒头那么密——那是衢城里世代老辈的栖身之所。平常日子胆小的，三五结群走到那里，毛孔都能竖起来……

一行人经过这里时，不由得停了一切响器，都放大了脚程不敢出一点响声，飞快地朝前奔。茂密的树林里，偶尔传出一声乌鸦回巢的叫鸣，惊得一群人逃命似的往前钻。忐忑中一行人穿过那个乱坟岗，看到前面山岗上的一座凉亭时，众人的心才算定下来，放松了精神，也收住了脚步，平常态地走起来。轿夫们有出声说话的了，搭七搭八地讲一些罕见的所闻所见，讨论着到凉亭里歇歇力，定定神。正当他们沿着路就要进凉亭之时，后背的树林里钻出三个强盗，一个挥着大刀，一个提着竹叶枪，一个比画着一

把大鱼叉大叫着："轿子留下！轿子留下！"

一行人一看遭遇了强盗，拼命地跑了起来。这时，前面的凉亭里又闯出三四个大汉来，都提着家伙。其中一人头大如斗，身高体长，魁伟雄壮，少说也有一米八九的样子，手中横着一把火铳，爆竹似的大喉咙叫着："想活命轿子留下！"那声音愣是把人震木了。

一行人进退不得，全堵在那里。强盗围了上来，对不顺眼的不是棍敲就是拳打，恶狠狠地叫："统统蹲下，不老实一铳打死。"

那些人哪见过这样的阵势，都老老实实地就地蹲下，抱着头，一个强盗过来把他们的荷包都收了去。遇着没有荷包的一脚踢，"穷鬼！"一声骂。那个扛铳的上前撩起轿帘，见一个标致的新娘子盖着红头巾，像一尊观音似的坐在轿里。强盗一张口，一个惊叹："天底下竟有这样标致的人？"一时间都忘了打抢的目的。后边的强盗同伙不见人动手，就嚷嚷："快拿银子！"那个强盗这才把心猿意马的思绪收回来，恶狠狠地说："包袱拿来！"

一听人家要包袱，小舅子死死地把一个锦帕小包抱在身前。打一上轿，新娘就把这个包交由弟弟保管。新娘从红盖头下垂的缝隙里窥到弟弟的举动，伸出一只手示意弟弟把东西给她。见姐姐想要，弟弟把包袱递了过去，新娘接过东西双手递了出去。见东西递来，强盗一伸手就夺。拿东西时手指接触到了新娘的手指，一股电流麻了他的全身。包袱啪一下掉在轿前的地上，东西撒了出来，尽是些金的、银的镯子、凤钗等女儿家首饰，夹带着几块大洋。有银圆咕噜噜顺着路边朝草丛里滚。见有银圆跑了，后头的几个强盗都跑上前去捡。那群人暗想："今日的大哥怎么了，连包袱都拿不住，八成轿子里有异样。"几个人一把扯掉轿帘，一个个都泥塑一般不能动了，半晌后有人赞叹："这是人还是天仙？"

只见新娘穿着一身红装，披着金银丝绣的披肩，两只绣着荷花的鞋头露在裙摆外面,两手自然地垂在胸前,在双腿交叉处轻轻地互搭着。十根手指就像高贵人家堂上供的玉佛那样光洁纯净。盖着描有金凤的红帕头,那股高贵的气势让人不敢逼视……在新娘的光环里,那个穿戴鲜亮的小舅佬已经不存在了。就连小舅子腰间的玉坠、西瓜礼帽额前那块大大的翡翠玉片,强盗们都视而不见了。

对峙了许久,有一个强盗终于忍不住好奇心,揭下了新娘一直罩着的红盖头,想看一看这尊玉雕佛一样的人儿,到底是怎样一张面孔。当他们看到那张脸时,整个人浑身上下都酥了——

新娘端庄地坐着,自然地睁着眼,不管眼前发生了什么,她都纹丝不动。那两汪水灵灵的丹凤眼没有表现出一丝的慌乱,细巧而又高挑的鼻梁恰到好处地嵌在她的脸上。紧揾着的嘴唇上擦有淡淡的口红,更叫人觉得妩媚可心。小巧的两颊抹过淡淡的胭脂,这更强化了她洁白细腻的皮肤,让人联想起充分成熟时的蜜桃——只可看不可摸,仿佛一碰就会化了一样让人心疼。今天的新娘,一头乌缎般的头发在脑后盘结着,横插着一支金钗。一绺流苏垂着,叫人联想起走路时发出的叮当声。额上戴着一个展着双翅的金凤凰。端庄大方的双耳上,一副耳环垂着两粒心形的红宝石。齐齐的刘海在额前弓出半个月弯,一刷齐地在眉毛上方听话地停着……

这是一个美人,那群强盗从未见识过的美人。那个为首的强盗痴痴地想:要是自己有一个这样的女人伴在身边,那是一种怎样惬意的日子啊。最终强盗们见色起意,几个人一阵嘀咕,本来打算劫财,这时连带劫色一起了。那个为首的强盗一把拽住新娘的弟弟,凶狠地说:“滚下来。”

小舅子一把拉住姐姐的手,又哭又骂,乱踢乱蹬:“坏人!坏

人!"马小姐这时一把将弟弟拢到怀里,愤恨无比地瞪着那个强盗,毫无畏惧之色。强盗见不能得手就不管了,嘴里邪淫无比地说着:"不走也好,看姐夫们给你臼麻糍吃啰——走咧,哥弟们,抬上轿子吾们观里拜堂去——"

一伙强盗抓起手中的家伙,对着那些接亲的队伍一阵乱轰:"还不逃命?等爷们一不高兴,拿了你们的性命就迟了——"

那些人哪还有不逃命的,一阵风似的全逃走了,一口气跑到了孔瑞云家里。

这伙强盗在这里等候了有一段日子了。一直未碰上合适的对象,终于等到了一桩生意,刺探的早间听见山道上来了锣鼓队,人躲在草丛里看到一班确确切切的接亲队伍从这里经过。他们料定回来时迎亲的肯定原路返回,就跑去纠集同伙,埋伏了一下午。本想朝抬嫁妆的队伍下手的,一看到八个杠头,十六个年轻力壮的男子,强盗群里分成两拨,一拨同意抢劫,一拨不同意抢劫。同意的认为这样精致的嫁妆,箱笼里肯定藏有好东西,不同意的认为就算是箱笼里装的全是银子也不能动。因为对方有十六个大汉,多自己的人手两倍还多,且抬杠的只要一抽十六根杠棒就是十六种武器,且又在白天,成功的胜算不大,弄不好鸡没偷到,小命先搭上了。讲得先前那几个要打抢的也生怕了,一致商定挨到傍晚抢花轿。

花轿被强盗们在刺丛蓬蓬的柴草窝里抬着,七拐八弯来到一座古庙里,庙门上还能看清"回龙观"三个字。庙里塑着张天师的坐像,天师脚两边曲伏着两个龇牙咧嘴吐着鲜红舌头被降伏了的小鬼。那两个小鬼,故事里表现的是降服的情节,但在世人来看,庙里可怕的不是庄严的天师,天师就像一个人间的长辈,两个小鬼才是让人不得不敬畏的恶煞。说是观,却是一个精瘦的云游和尚在这里收拾着香火。古庙只有三间主殿,其余的建筑都已倾圮成了一堆砖瓦,明显一副破败不堪的样子。自从来了强盗,那个和尚便不知去向了。

花轿被直接抬到庙里。强盗们一到庙里,那个为首的便把土铳往地里一丢,双膝着地拜了下去:"神仙爷爷打扰了,今日要借你的宝殿拜回堂,如果以后发了迹,一定要来塑金身……拜望神仙爷爷大发慈悲,千万不要计较……"

为首的强盗拜过了张天师,就对手下叫道:"哥弟们,把新娘拉下来拜堂。"

一声令下,一个大块头男子奔向轿门去拉马小姐。马小姐死死地拽着轿子里的一个拉手,小舅子见姐姐被人欺负了乱抓乱打,见到一只强盗的手拽着姐姐,便扑上前狠狠地咬了一口。疼得那个强盗立马把手松了。强盗吃了亏先丢开马小姐,一把将小舅子拎小鸡似的拎在手里:"小猢狲吾叫你咬,先拔了你的牙再说。"说着话就要打人。没料到马小姐倏地站起,整个人挡在强盗面前,香腮里愤恨地咬着一口牙齿,毫不退让地对着强盗。强盗被激出真火,瞪着马小姐,整个人扑了上去,把马小姐压跌在花轿的坐垫上。强盗见怀里多了一个秀巧柔软的小姐身子,顿时兽欲膨胀,胡子拉碴的嘴直往马小姐粉嫩的脸上亲:"美人啊,爱死哥哥了……"

马小姐奋力抵抗躲避,双手乱打乱抓。强盗已感受不到马小姐打他的任何感觉,腿间那东西蓬勃着想要寻找一个虚妄的归宿。强盗任由马小姐厮打,一只手拢着马小姐的后背,将马小姐死死抱在怀里,一张嘴猪拱食似的往人家脸上拱,另一只手伸向了马小姐怀里。马小姐双手连忙来掰这只手,可那只手有着千万斤的力量,马小姐拼尽了全力也没能阻挡人家的进攻……

马小姐一阵眩晕,慌乱中,她将牙齿对准了强盗暴露在眼前的一只耳朵,同归于尽地咬了下去……强盗已经感觉不到疼了,只觉得腿间那东西疯狂地膨胀着,膨胀到他的七支八脉每个毛孔都紧得像块铁板一样时,一股热浪滚滚的洪流从那个东西里喷涌而出……强盗觉得裆腿间热乎乎暖融融恍若从仙境里来。他像满足了人间的一切似的,四肢松散得连骨头都没有了。当他再次有知觉时,他的半边脸已经被小舅子抓破了所有的脸皮,深深浅浅的指印中,一滴滴鲜血珠子像绿豆、像黄豆、像芸豆、像蚕豆一路大去,直至满脸红成一遍。当强盗毫无反抗地被姐弟俩推出轿门时,他丢掉了半只耳朵。另外半只在马小姐的牙齿间如一截舌头似得滴着血。那个强盗自从马小姐身上下来,便着了魔似得软去了双腿,散掉了魂魄。别人再怎么叫伊也不回应,只听见他口中不断重复着一句没头没脑的话:"娘哎……老子成仙了……"独自一人跌跌撞撞地朝庙门外走去,走向草丛里……

眼前的这群男人一个个蒙住了。刚才还是好好的一个人,只是跟新娘亲热了一下就完全变了样,像是被谁拐去了灵魂。一阵风吹来,破庙门"呼"一下撞到了墙上,把这伙强盗吓了一跳,纷纷回头寻找是什么发出了这样恐怖的声音。

在这恐怖的声音里,马小姐又恢复了平静,伊镇定地穿好一层层衣服。脑子里飞快地想着各种对策,怎么样才能保住自己的清白之身。来硬的伊根本不是这群狼一样男人的对手,伊尽量拖延时间,只要伊为自己争取到了时间,那么伊就完全会获救的。伊知道,只要那一群接亲的人到了夫家,夫家肯定会来人救她的。想到这里马小姐又有了勇气,只要自己不慌张,坚持住,就一定能胜利的……

在一段长长的寂静中,那群强盗也慢慢地恢复了本性。面前装在笼子里的这只"小洋鸡"，伊们实在不甘心就放她自由地飞去，那个为首的强盗改变了一种策略。为了想满足自己的愿望，伊装着非常愤怒的样子，抓起地上的火铳，对姐弟俩恐吓着："小婊子，还挺狠啊，敢咬人，老子一铳打烂你，看你还狠不狠？"

马小姐把弟弟拢在怀里，根本不在乎这样的恐吓，将一直咬在嘴里的那块耳朵"呸"到强盗身边的地上。那块肉在地上跳了几下，滚到强盗脚边，吓得强盗跳着倒退几步，通身毛骨悚然。强盗头看吓不住人家自己反倒被吓着了，犹豫一阵便将同伙都叫到庙外的树林里，几个人讨论着如何让这个女人服软、屈从……

这时，天已经完全黑了，庙里只有姐弟俩在寂静中紧紧地抱着，风轻轻地摇动着破窗，发出吱吱吱的声响，吱吱声在寂静中被放大到极度夸张的地步，恐怖地在姐弟俩耳边回荡。他们不知道强盗走了没有，她想趁着没人看守逃跑出去。当伊试着想抬腿时，那脚抽筋得根本没法抬起。再说乌漆墨黑的乱岗上，伊也不知往哪里逃，就算强盗们不追她，她的一双小脚也从未走过这样的路。刚才在强盗面前虽然面临危险，可那危险只是人与人之间的危险，那危险就算抵挡不住，却能与之奋力一搏。而现在面对的是一尊天师两个小鬼，还有传说中不知有无的灵魂和鬼怪。人与人之间较量的是智慧和力量，人与鬼神之间交锋的又是什么呢——

那是一种灵魂与意志的对抗！

对有的人来说，人与神的较量，无非是如何为自己、为他人、为世间的万物谋求善良、宽容、和解……神道即人道，人道即神道。神是人心灵的寄托，鬼是神的另一面，神和人一样有着好与坏、正与邪之分。

有的人对于神与鬼的认识却不尽然。神与鬼是万能的，人是不能与之抗衡的！神与鬼具备魔力，那是一种人天生就缺失的武

器。这种武器对人来说，当是无所不能的，有摧毁一切的力量。人只能屈从在这种力量之下。忠于神祇，以此求得万能力量的保佑。敬之鬼魅，臣服在罪恶势力之下，以换取鬼怪的宽宥……

还有一种人，处于两者之间，他们既向往与神鬼同尊共处，又不轻信与屈从。他们每天都挣扎在是与不是之中，这种人有时候表现得非常坚强，有时却显示出极端的柔弱。马小姐就是这种人。她是一个受过相当教育的人。虽然她足不出户，但是她在家中受她的父母以及父母之外一些有教养、有学问的人的教育。她接受了有神和无神两种论调的滋养。她读过很多书，那些书包括天文、地理、历史、算数，更包括背得滚瓜烂熟的四书五经……她也接受了一些儒释道的著作，她寻求着她所能弄到手的每一本书，不管好与不好，一经翻阅便能抓住书中的要害。正是这些要害，真正成了她的"要害"。这些要害自相矛盾，她不知道谁的更对，谁的更不对。这些要害，她都知其然，却并不懂得真正的所以然……

面对着身边那尊天师和两个小鬼，马小姐有时真希望来一个天神或者厉鬼把她的肉体带走，好让她丢掉凡人世间的一切屈辱。当这种希望不断滋长时，她仿佛见到眼前身后一个个叫不出名来的熟悉面孔——那些人穿着神袍或披着鬼衣一同朝她围来，且越围越多越围越紧，紧得她不能透气。而她又想生着去见父母，见新婚的夫婿。她还年轻，还没有做成一个真正的女人。她害怕死，她不能死，这种寂静孤独比强盗更可怕。有时她甚至想把强盗们叫回来……

新娘在黑暗中抱着弟弟在孤独和恐惧中竭力地挣扎着。她的弟弟比她更害怕，整个人钻到她怀里，时不时从指缝中偷看那个神佛会不会活起来把自己抓了去。大人们告诉过他："小孩子不听话老佛就会把他抓去的。"现在他就在老佛面前,他不知道自己算不算听话,他后悔今天没听大人的话,错误地跟姐姐坐进了同一顶轿里,今天的这一切都是他引起的。他十分地后悔,抱着姐姐发自内心地哭出来:"姐姐——是我害了你,是我不听话——才会被坏人抬到这里来。我看见佛爷爷活起来了,他朝我走来,要把我抓去——姐姐,帮帮我,我不想被抓去,我以后一定会听话的——姐姐——"

一听到弟弟的哭喊,新娘"嗡"地一下头脑发胀,脑子变成糨糊,停住了一切活动。一股无形的巨大的力量将她箍住,身子由不得她做主了,在轿子里她对着天师像跪了下去,把满世界的委屈哭了出来:"张真人哪——吾可没有做错啥呀——老天不能这样对吾呀——"

这一声如厉鬼般的哭诉,在这样的场合里,在漆黑的夜幕中,在荒无人烟的荒草岭上,在一个破败的古庙里——连古庙里神圣庄严的张天师也变得面目狰狞——

那一声凄厉的叫声划破天幕……

这一声痛哭传到了强盗们的耳中,把一种信息传递给他们。他们从哭声中分辨出她已经崩溃了。这声惨叫把强盗们又引回了破庙——他们正朝破庙走来。听到了远处的脚步声,新娘恐怖的心情顿时松缓起来。只要来了人,不管是救自己的,还是抓自己的都无关紧要。只要来了人,在这个世界上,她就不是孤单的、唯一和神鬼抗争的人了。

她估计来的人有可能是强盗,也有可能是救自己的人。如果来了强盗,她便即情即景地应付。如果来的人是救自己的,那她此刻还有一件极为重要的事情必须做的。这事关系到她的名誉,关系到马孔两家的脸面,更关系到她后半生的命运。她必须在来

人到来之前把这项事情做好。她飞快地让自己镇定,扶起弟弟的身子,极端严肃地对弟弟说:"三,快别哭了,不要怕,有人来救咱了。你千万记住,千万千万不要把看到的讲出来。如果姐夫家有人问你强盗把姐咋样了,你就说姐姐跟强盗讲了很多道理,把东西给了人家,人家对咱好好的,没有欺侮咱,千万记住,千万千万不要把看到的说出去……"

这个问题对于一个七岁的孩子来说,太过严肃了。他从姐姐的举止和神态中懂得问题的严重,他一边止哭为噎,一边听着姐的话,一边不停地点头。

就在姐弟俩将要结束谈话时,那群强盗和着她最后的话语声奔进了破庙。一进门那个强盗头就说:"怎样了?这老半日想通没?你那东西借哥弟们用,又不会破,又不会少损了的。好好的,哥弟们快活你也落得快活,反正都要叫人用的,叫哥弟们用一回又会怎样呢?"

黑暗中那些话新娘听得满身皮肉绷紧全是鸡皮疙瘩,既羞又恨,只觉得昏暗的夜光中有一只饿狼的眼睛盯着伊,要把伊生吞活剥。伊现在怕了,真的怕了。面前的这些人,头上冠的是强盗的名头。强盗的释义——要怎么样就怎么样,没有天理,没有道德,没有人性!

她估计这伙强盗会在黑暗中群起而攻之。要是那样她不但会被污辱,而且会被污辱得体无完肤。在黑暗中,她只听强盗头在轻声地分配手下:"你抱着她的头,你捉住她的手,你绑她双腿,你把那个小的拖到庙外的树丛里扔掉,一个一个来,吾先……"

新娘绝望了,彻底地绝望了,她清楚无论她如何反抗,都不能抵挡眼前这群强盗的攻击。她不甘心呐!最后一丝希望使她鼓起勇气,要是这一丝希望破灭了,那她就听天由命了。就当众强盗将要发动攻击之时，满带哭腔的她，对强盗们说："几位大哥，你们真的要那样做，吾也没有办法，可你们不能这样啊——吾还是一个黄花闺女啊——就算要那样你们也一个一个来……"

强盗们喜出望外，也对！这本就不能在别人面前做的私密事，哪能那样呢？私密中才能更有乐趣。强盗头把手下全赶到庙外："你们到外面等着，一个一个来……"

那群强盗精神振奋地到了庙门外，各自盘算着挨到自己该怎么样……强盗头支出了众人走到轿前，富有礼貌地、体贴地对新娘说道："小姐你莫怕，吾也是寻常百姓人。今日是你吾的缘分，我们高高兴兴的……"新娘长长地叹了口气："唉——命啊——"伊想想自己将要面临的下场，真的不甘心哪！廿年来，自打伊记事起，伊自认，从没做过一件对不起天地良心的事，伊敢对天发誓。想想自己的遭遇，新娘对这个世界有满肚子的愤恨，伊认为这个世界不公平，连神佛老天也分不清好的恶的。伊长呼一声"老天啊——"把一肚子愤懑不平，朝天地万物，朝庄重的张天师，朝天师脚边的两个龇牙小鬼，朝身前的这个强盗，呼啸着喷薄而出——

"来吧！你们来吧，要是不怕天雷劈，你们一个个全来吧！你们也有娘亲，也有姊妹，也有相熟相好的女人，你们能把你们的亲人、熟人也这样吗？你们想想——如果换个身，叫你们的亲人熟人遭遇这样的对待，你们会怎样？你们也不是一生出来就做强盗的。吾想你们走这样的路，也有逼不得已的缘由。这个世界乱纷纷，你们劫个财，或许因为遭了天灾人祸或者某种逼不得已的原因。这不怪你们，你们也想活命才做了强盗——可是，你们不应该这样对待一个女人。吾与你们无冤无仇，你们这么做只图了一刻的快乐。可对一个女人来讲，那将是永世的苦痛。你们想过了没有？张天师啊——你睁开眼！老天爷——你听着！你们造了

这个世界,放出了千千万万个人来,你们不应该放出一帮强盗来毁坏良善人家的名节啊!张天师啊——如果你真的有灵,那你就听着,民女马氏打出娘胎没有对各路神佛天主圣母不敬,没有不怜恤贫穷孤苦,没有做过一件有违良知道德的事,没有贪过一丝的便宜,没有得到一分不该得到的食禄。民女无辜啊!如果你有灵,那你就显示出来,民女即刻危难难挡了,要是民女生有不测,你的罪过比强盗还大,要是真的有三长两短的话,天师啊,吾要扳了你的神位,拆了你的庙宇!这样令人作呕的事,就在你的家里、你的眼前这样一步一步地做出来,你难道没见到吗?这样不公平的事你都不管,那你还受什么香火顶什么朝拜?你还不如一块泥巴,泥巴都能生出五谷!你受着人间的香火,不管人间的好事恶事,难道你不觉得过意不去吗?老天啊你听着,你既然创造了这个世界,那你就有责任管好这个世界。你不闻不问不管不顾,你算什么皇天?……"

这场没完没了的倾诉比说书的有过之而无不及。说书的有脚本,而她的这番话没有间歇,没有停顿,没有事先想过,完全倾倒而出。那些愤懑、那些不平能不叫人动容?那个强盗头聆听着这段精彩的独白,感受到那种悲苦。说实话自己只是被逼得没有出路才出来打抢的。人家说得很对,劫点钱银为了活命,或许能得到神佛皇天的宽恕。可这种只图自己一刻的快活,而不顾人家一生痛苦的事,不仅得不到神佛的原谅,就连自己的良心都有些不忍了。强盗冷静了下来,真觉得自己做得太错了。那早间勃发的欲望之火被浇灭了。

在一个没有欲求的境界里,强盗也只不过是个人,有的说不定还是十足的性情中人。强盗头没想到这个才刚刚坐花轿的年轻女人,能说出这些他都不懂、不知、想说而说不出的道理,这彻底地荡涤平了心中无端的欲火,对人家心悦诚服充满敬畏……

如果对一个平常的、了有恻隐之心的人来说,眼前这个女人是值得尊敬的。也许她的这番话击中了强盗头子心中某一个心结,解开了强盗头难以解开的一个死扣时,强盗头就变成了一个通情达理的人了!强盗头不再有那种要求,十分坚定中肯地对新娘说:"这位妹妹,你放心好了,我们不会犯傻了,你很了不起,这么年轻知事,跟你比,吾等枉为男人,且是一帮糊涂的男人。今日的事真是抱歉得很——"

稍停,强盗头子长长地叹了口气:"谁又愿意做强盗呢?这是辱没祖宗的呀——"

这个时候,门外边响起了嘈杂的声音,有人喊:"在这里!在这里!"又有人喊:"杀了他。"只听得外面有铁器碰撞得叮当响,有人大叫一声:"啊——哟——"

只听得刚才威风十足骄横无比的强盗,这时正群龙无首地乱叫着:"快逃命啊!来人了——"

强盗头一听就知道情况不妙,慌忙抄起丢落的火铳,想从庙门里出逃,一扭头见有人影朝门里冲进来,立马拔脚往破窗奔去。强盗们非常熟悉这里的地形,这说明他们是做过充分准备的。强盗头从窗子里窜出身子,便在草丛里一路狂奔,往一块光溜溜的岩石跑去,在刚上的月影中,瞅见了几个同伴的黑影正紧张地拽着一条野藤往悬崖下落去。这时节,追他们的人,也有人朝这里跑来,只是追的人不熟悉当地的形貌,借着灯笼火把的光线,在草丛柴林中摸索着前行,口中大声地叫着:"别叫强盗逃了……在这里哪……拦着他们……"

听到这样的叫声,强盗们飞快地往悬崖下逃窜,当追的人到悬崖边时,那伙强盗已到了崖下的一条小船上。他们一切都事先

布置妥当了，只听崖上一阵嘈杂的叫骂声，强盗们飞快地把船在衢江中划走了……

救人的人来到庙里，在灯笼火把的映照下，人们看到新娘满头是汗，整个人像一块木头一样完全僵在那里。

来人中有雷家的老大、老二、老三、老四，有孔祥和的那几个书友。人们接到凶信后，孔家老屋里乱作一团，就连遇事老辣的孔瑞云也昏头了，孔祥和更是整个人不停地抖，孔家人料千料万断断未曾料到会出这样的事，孔家屋里乱哄哄，女眷们哭天哭地地叫着骂着更使孔氏父子六神无主，消息爆炸式的在村子里传开了。

何团首以到汪家吃酒为由走了。伊压抑着心中的狂喜，打算将这天大的笑话告诉汪家……

消息立马就传到了雷老标的家里。雷家正预备着给新人拜堂，消息一到，大家不约而同地丢下手中的事。雷家的五名男子都朝孔家老屋里跑去。到了孔家，一行人脸色凝重地来到孔氏父子跟前。见没有一个能主事的乱纷纷叫着哭着的一屋人，雷家老四大吼一声："都别哭了，抄家伙救人！"

这声吼唤醒了一屋子懵懂的人群，有人随即扛扁担、提柴刀、捏锄头……拿到什么是什么。徐大人这时出了个主意："把马都牵来，骑马快些……""对对对，骑马快些，马呢，马在哪里？"嘈杂中有人在叫，在问。这时徐大人见自己的姐夫已六神无主了，便代姐夫操理起来："挑几个年轻有胆量的骑马先行，后边的能去的都去，一起去救人。"

有了主事的，行动便有了头绪。孔祥和的几个书友自告奋勇地要求先行，雷家一家也争着要去。这场面感动得孔家父子泪流满面。

六七匹快马骑出了村子,雷老四在家门口停了停,窜到屋里从灶头提了把刃部雪亮的铣山刀出来,为摆酒席,那把刀前日刚刚磨得十分锋利,手臂粗的乱柴棍只两刀就被劈断了。有这样的武器握在手中,人的底气提升不少。一行人,马不停蹄地跑到凉亭,见没有人,雷老四把缰绳一丢,留下一个人看马匹,便带领着其余人往"回龙观"搜来。在庙门口雷老四便头一个发现强盗,冲上去大喝一声:"在这里,在这里。"手里的柴刀就朝一个强盗劈去,只听见"啊——呦——"一声惨叫,强盗们就和来人对打起来。慌乱中,雷老四的手臂上被强盗捅了一竹叶枪,伊也不怕痛,挥舞着那把柴刀尽朝强盗的头上砍,强盗见来人凶狠抵挡不住,一声叫,纷纷跑了……

赶跑了强盗,一行人来到庙里,发现了轿子和轿子里已经虚脱了的新娘时,一行人也不多说话,七手八脚地把轿子抬到凉亭里。当他们从山上下来之时,看见来路上亮着无数个灯笼火把,他们知道,那些没骑马的也赶到了。孔祥和的大伯和叔叔提着灯笼正在头里跑着,见到了花轿,拿灯笼照照轿里的人,察看新娘和小舅子有没有受伤,在看到两个人都好时,便向前头的人大概问了个过程,然后问:"你们都没伤到吧?"

"吾们没有。"孔祥和的书友王敏章抢着回答。伊跟在雷老四的背后,黑暗中只有雷老四跟强盗发生过打斗。伊见到雷老四劈伤过一个强盗,好像强盗朝雷老四刺过几枪,伤没伤到黑暗中他没看清,就说:"好像看到过一位大哥跟强盗对砍过,这位大哥伤没伤到——?"雷老四这时才意识到自己受伤了,说:"好像吾被捅到了。"孔三叔忙把灯笼朝人照去,发现雷老四的一条胳膊上有一些血影,便问:"痛不痛,要紧不?"

雷老四抬抬手臂,只觉得手臂有些发麻,痛到还不是特别难

当,觉得没啥大不了的,就说:"没大碍的,咱们回吧。"

孔三叔听人这么说,便把灯笼交给旁人,在黑暗中叫道:"老大,老大在哪里?"

"在这里呢。"孔祥和的大伯应着话来到孔三叔跟前。孔三叔见到了大哥,便放开喉咙说:"有哪位贤弟叔侄受些累,再来两个人抬轿子。"黑暗中雷石头和一个弟弟不声不响地来到了轿子的另一头,说:"三叔哎,吾两哥弟抬一头,你两哥弟抬一头,咱们动起来?"

"好嘞!"孔三叔这时已经完全放宽心了,高声说道:"哥弟们,起轿来!"后边和一声:"好嘞——"

前头说一句:"走嘞——"

花轿在灯笼和火把照耀下,被百十人拥簇着上路了。半道里,孔三叔一边抬着轿子一边吩咐着:"有哪位脚力健的兄弟,麻烦你跑快些去家里说一声,叫家里安排安排,叫锣鼓响器出来迎一迎。"

话声没落就有自告奋勇的跑起来了。轿子离村子还有三四里路时,花炮便来迎接了,见到了灯笼火把,八个唱草台戏的,起劲地响起了锣鼓。花轿被拥簇到孔家的堂上。这时,原本混乱不堪的孔家老屋,已有步骤地安排妥帖了。

当花轿安安稳稳地落在孔家中堂时,所有的人都围了上来。孔祥和的母亲一把抱住惊魂未定的新娘一声呼:"心肝宝贝,难为你了——"七姑八婆便纷纷围上前说着一堆宽心话……

一直软在太师椅里的孔瑞云接到有人报回的平安信,精神才好过来。那些迎接的事还是小姨父操办的。徐大人一边宽着孔瑞云的心,一边坐镇着家里的大小事情,关键时刻才体现出啥叫自家人,啥叫贴心。当花炮锣鼓响起之时,徐大人吩咐理事公婆,把一切礼数都检点一遍,虽已生出了变故,但不能少了礼节。已经出了岔子,再不能叫旁人生出口舌来。理事公婆把需要准备的一切重新拾掇了一遍，把香几上的红烛点起，把四盏"三枚火"(三个头的煤油灯)的灯花剪去，把灯点得通亮，门口的两个大红灯笼里换了一对蜡烛，天井四角的四个红灯笼的蜡烛也换了。锣声响在村道里之时，理事公把惊魂未定的新郎请到了新房里。新房布置得雅致整齐，床头的案桌上一对大红烛把房间照得通亮。新郎坐在雕花床沿上显得非常疲倦没有心情，理事公对伊说一番宽心的话。

听到花轿落地的声音，孔祥和一下从床上站起，想冲出房间。理事公一把将伊拉住："沉住气，外头还没叫呢，先等着。"

当花轿落地时，有一群男人围到了孔瑞云的身边，为首的孔三叔把所发生的一切告诉了屋主人，听得孔瑞云热泪盈眶。当得知这次雷家出的力最大时，恍若梦中的孔瑞云再也抑制不住激动，从椅子里站起来，来到雷家兄弟中间，一边掩着泪一边哽着声对人家道："多亏了老雷家啊，谢谢你一家的尽力帮助。你们的恩情，孔家世世代代不会忘记的。"

当他看到同为新郎官的雷石头时，他的话说不下去了，紧紧拉住人家的手，有点想对人跪下去的意思，吓得雷石头赶忙拉住孔瑞云。孔瑞云用臂弯一抹脸，瘪瘪嘴，终于说出了一句话："石头老侄，孔家扰了你的婚礼了，我们真的过意不去——"

孔瑞云朝雷家人一个一个地致谢，当伊握住雷老四的手时，手心湿湿的，伊心头一惊："啥东西这么凉？"手拿起来一看全是红的血，顿时惊呼着："老四你的手怎么了？都是血？"

人们把目光全集中在雷老四的手上，只见雷老四垂着的手指间，鲜血一滴一滴往下掉，地上已红了一片。有人惊呼道："雷老四受伤了。"

孔瑞云连忙把雷老四拉到灯光底下。在明亮处他看清了雷

老四的一只棉袖子全是血浸的红色,那鲜血还在不停地往下掉,立马大惊失色地嚷开去:"四伯你受伤怎么不吱声呢?谁去,快拿棉花、菜油来。"

人群中有日间帮厨的知道菜油放在啥地方,不多会儿就端来一个菜油碗。孔瑞云忙叫雷老四把棉袄脱了。当雷老四褪去棉袄时,人们看到雷老四的内衬全是湿淋淋的血,都惊得说不出话了。孔瑞云既惊心又痛惜地叫雷老四把内衬也脱了。当雷老四脱掉内衬时,有人晕血当场"哇"一下吐出来。人们看到一个血口咕嘟咕嘟冒血泡。那手臂肿得有小腿那么粗,白花花的肉朝外翻着。看到这里,孔瑞云心疼得再也看不下去:"你这个蛮爷呀——"说罢,用手捂着那个血口,只觉得自己的手心有一股挡不住的热泉,任由他怎么按也按不住。他慌了,一把撕破雷老四的棉袄,乱抓一把棉花往菜油碗中一浸,一把按在那伤口上……

三家的结婚典礼差不多同一时间摆开。本来,要是没出变故,雷家是准备在酉时举行仪式的,为去救人,时间耽搁下来了。孔家的原因大家都晓得了。老汪家本来可以随时举行典礼的,只是因为路途太遥远了,新娘从娘家下午两点不到就上路了,接着便一刻也没停歇过,半走半跑也花了六七个钟点才把花轿抬到汪家。当花轿在老汪家的对合堂上停妥之时,汪狗倪从怀里掏出那个伊爷爷一路传下来的挂表看了看,时间已过了八点,将近九点了。当司仪和理事婆给新娘预备妥帖时,理事公到处找新郎寻不见人影。在人们差不多把整个黄泥山地方翻了个遍,有人发现汪三牛正领着一帮跟伊差不多年纪的人,在汪家祠堂里跟人卜铜板赌钱。伊的技艺好,把几个跟伊玩的人的几枚铜钱都赢了来。到后来有人输多了不肯给,汪三牛就跟人家抢,双方打了起来。

寻人的到祠堂时,只见汪三牛和对方一起滚在地上,身上的绸布马褂、缎面长袍沾满了泥土,西瓜礼帽滚落一旁,便上前把两人掰开拉起。来人是汪家堂房的一个叫汪通达的子侄,年岁跟汪三牛相仿,见人不成样子,就数落人家:"看看你,啥样子,花轿都在等了,还在这里赌,你老爹满世界找呢,还不快回去——"说着就拽人家的手臂。汪三牛不服,认为人家不帮他,年纪相仿太欺负人,伊就朝来人的手上一把抓:"放开吾!"来人直摇头:"哪有你这样的新郎官,吾到你爹处告诉去。""管你到哪里告诉去,伊还欠吾三个铜片没给呢!"汪三牛总觉得自己有理,和来人顶嘴。来人没办法,只得到汪狗倪那里告状去了。

汪狗倪听完了告状,那个火呀,真的没有言语可以表述,伊啥也不说,怒不可遏地冲向祠堂。在祠堂里伊看见儿子还在管人家要钱,愤怒到了极点的汪狗倪,一巴掌连祖上积下的怒火都撒了出去。那一巴掌将汪三牛打出了一米开外,重重地摔在地上。汪狗倪瞪着二个铜铃大的眼睛,冲上前去朝这个不争气的儿子狠狠地一脚踢:"你这个扶不起的——!"咬牙切齿地骂了一句,再也不出声,一把拽起儿子不由分说地拉到家中。到家时,汪三牛的半边脸上已经肿得像个馒头了。

婚礼开始了。

汪三牛被人按着,和那个伊不认识盖着头巾的新娘,面朝天井,跪在一块拜垫上,对天地拜了一拜。又被人从地上拖起扭转身,对着香堂,朝自己家的太公画——那些几乎同一副面孔,穿着伊分辨不出等级的不同衣冠的男的、女的两列所谓的先人画像按了下去。最终伊又被人从地上拎起,转过身和对面的新娘拜了一拜。由于位置没摆好,当伊的身子下弯时,他的头和新娘的头重重地撞到一起,痛得伊不由得叫起来:"啊——哟——"

在一阵哄堂大笑中,在嘈杂哄哄的氛围中,汪三牛完成了从

一个孩子到大人的重大过程。伊在一只贴有大红福字的米筛开路下，被人们拥进了新房。他被人们不由分说地按到床上……

与此同时，雷家的小屋里也展示着同样的过程：

新媳妇穿着一件斜襟的花布棉袄，罩一件新做的绛红色外褂，光着脚板，穿着一双新娘自己做的新布鞋，那粗糙的做工，配她的一双大脚相当合适。她的打扮让人根本看不出这是结婚的场面，就连中等农家做客时穿的也比伊光鲜，即便是这样，新娘也满足了，这是伊来到雷家七八年来穿得最好的衣服。

婚礼开始时，雷家狭小的堂屋里唯有一对"半斤通"红烛和屋柱上的几副结婚题词的对联，还能让人想到这是结婚的场面。整个过程简单到只能用"寒酸"二字来比喻。就在将要开始拜堂之际，雷老标从上堂那个充作香几的谷柜里翻出一副破烂不堪的所谓太公画来。那幅画雷家人一直以来对外秘而不宣。不是说画金贵怕人偷盗，而是那幅画让雷姓人自己都觉得难为情。画面上画着一个獒头人身、背后一条大尾巴的怪物和一个粗犷的女人——他们是雷家的发脉始祖。獒头人身者叫盘瓠——他是五帝时期，喾帝宫中一嫔妃耳中所生之物，初生如一乳鼠，见风即大，日内即成人形，灵异异常，善得帝女欢喜。传说那一年，喾帝南行至云梦大泽（现今洞庭湖），遇当地土著房王作乱，围喾帝于危难，盘瓠奋不顾身咬死了房王手下的大将吴将军，保全了喾帝的性命，喾帝将心爱的长女许配其为妻，又将帝女最亲近的丫鬟收为义女，一并许与盘瓠。

自此，盘瓠的子嗣受封国有二：一曰蛮，封地云梦（今洞庭武山）；一曰东越，封地涂山（今会稽山）。曰蛮国者，为帝女之后，所生子嗣身后无尾，赐蓝姓；东越之后乃丫鬟义女所出，身后留有狗尾，自姓为雷，这便是雷姓最初的出处。黄泥山雷氏不知从何时来此定居，连伊们本族人都说不清。

因为雷氏的祖宗画像不甚美观，雷姓人平时万万不肯拿出那张太公画。每年的年三十晚上关门之后才敢请出祖宗一道过年，次日清晨开门之前便将画收好。而今是雷姓的子孙结婚之际，那个祖宗才被扭扭捏捏地又一次请了出来。

雷老标亲自取出那幅画，取了条长凳登上谷柜，站在谷柜上撩开堂上仅有的一副贺联，那是雷石头的娘舅送的，雷老标将自己的祖宗挂在那副对联之中，然后下来，对家人说："就叫新人出来吧——"

新郎被老娘舅用一对红烛引路从东房领出，新娘被自己的一个婶婶，用一只贴着大红福字的米筛罩着从西房牵引出来，新娘没有红盖头，只用一块红绸扎着头发，整个人看上去像个孩子，羞红着脸，一切由人摆布着。两人来到堂屋正中站定，雷石头七十多岁的爷爷对伊说："孙哎，你今日圆房了，日后两口子相互帮衬，把日子往好里过，爷爷也没啥好给你的，祝愿你多子多孙——"说完了祝愿的话，老爷爷对儿子说："叫他们拜堂吧！"

新娘新郎被老娘舅按到泥地上的两个草蒲团上，先头朝门跪倒，老娘舅两只手将两人的头往地上一按，然后叫他们自行起来，又背过身跪倒，对着太公画磕了一个头，两人又被叫起，双双对面而跪，这时老娘舅把新媳妇的头低低地按到新郎怀里，意思是往后的日子里媳妇要向自己的男人低头。仪式既有作弄人的味道，又有深刻的含义。老娘舅又把新郎的头往下一按说："外甥，圆了房之后要体惜自己的女人，两口子好好过日子。老舅祝贺你日后子孙满堂——"

就这样，整个仪式就完成了。新郎便牵着新娘，前头有老舅红烛开路，后头有米筛红福高照，一行人拥护着两人进入洞房。

新房简陋得只有一张木板搭就的床,床上一张草席,床里边一条蜡染印花蓝粗布被套,里边装着一层单薄的棉絮。只有一个冬瓜状的长枕头是新东西,枕套里塞得满满的一膛稻草。当红烛放在床前用砖块临时拼凑的一个台板上,那个贴有"福"字的米筛被放在新人的床上时,这个婚便结成了。这时雷老标的堂客提着一个草篮向大家分发着一把把洋红染过的花生,这便是最让人高兴的事了。

然后,三张八仙桌摆到房中央,帮厨的摆上十二碗菜蔬。一碗方形乌肉块,那碗肉有些像东坡肉的样子,共十六块,每桌八个人,一人二块。余下还有一碗鸡肉、一碗豆腐干炒猪腰、一碗熘肚片、一碗红薯淀粉蒸的圆圆粿、一碗肉片年糕、一碗八个剥了皮的茶鸡蛋,另加几样青菜,最后一碗汤豆腐。客人不用招呼分头坐定,便大口吃菜大碗喝酒开了。新人坐在床沿上,雷石头的母亲为他们各人端来一碗喜面,上面摊了三个荷包蛋,这是做娘的今日能拿得出的最高的待遇了……

不到个把小时,雷家的宾客便吃好了婚宴。每桌十二碗菜蔬,一大桶满尖的蒸饭,全都被扫荡一空。还有肚里少油无粮的主顾,一连吃了五大碗饭,还觉得没吃饱,当再去盛饭时,饭甑已经空了。一坛米酒也喝完了,人们虽不尽兴但也就罢了,然后把碗箸收了去,八仙桌撤了去,一堂人挤到狭小的新房里,开始闹洞房了。人群分成男女两拨,围在新人两旁,唱起了只有雷姓人才能听得懂的歌来。那些歌从远古的盘瓠、帝女开始一路唱着,男一句女一句,男一段女一节,是有节奏、有旋律的畲族大歌。

畲族在浙江各地都有分布,这个民族没有自己的文字,却以大歌的形式传下了极具本民族特色的语言,历经了几千年。他们用自己的语言传说着自己的历史。这种大歌,畲族人会在一些本民族的重大节日里聚集传唱。婚礼便是极好的场合。当畲族人唱起大歌，他们会废寝忘食，如果遇到两拨咏歌者正好棋逢对手，他们会不间断地唱个几天几夜。对畲族人来讲，唱大歌是一种荣誉，能唱大歌者都会得到尊重。每年的三月三歌节上，畲族人便摆开擂台，不管雷姓还是蓝姓，都会踊跃参加，最后的获胜者能获得一条猪腿或两只鸡的奖励。对畲族人来说大歌几乎无人不会，只有当他们唱起大歌之时，他们才能融入自己的民族之中，那时便没有长幼没有尊卑，所尊的只是谁的歌唱得最好最多。畲族人将会唱大歌视为一种荣耀，所以畲族所有的子孙都会唱大歌，大歌是他们交流思想、传递情感的工具。能者便会在族群中混得游刃有余，不会者便会被轻贱，所以他们会尽力学习他们的大歌，像雷家四兄弟这种粗犷的汉子，也能吟唱一些歌谣。那种歌声对他们本民族的子孙来讲，具有十足的吸引力。就连雷老四这个伤兵老爷也吊着胳膊，坐在人群里，用伊老黄牯似的喉咙和着人群唱着……

就当雷家人欢唱着大歌之时，汪家的对合堂上响着热烈的划拳音。何团首坐在汪家的贵宾席上，伊是老汪家今日最尊贵的客人。伊坐在汪家上堂第一桌上横东边的位置，和伊同坐的是新娘家的十八岁弟弟——今日的新亲小舅佬。汪三牛的亲娘舅只得屈尊在侧位。伊今日一肚子不满，外甥结婚，照理今日伊这个大娘舅应该坐在上横头首的主角，这是规矩。可汪狗倪却把伊分配在旁边做陪衬，当时伊就想撕下贺联走人。亏得众人相劝，加之自己的姐姐连哄带劝，伊才勉强留下。

其余坐着的全是汪狗倪的同僚，官渡镇各村的都长、里正，以及团练所里的首脑。酒席间除了新老两个娘舅是汪家的人外，其

余的全是何团首的同党。这班人全都是酒桌上历练出来的酒鬼，每个人都有二斤以上烧锅的量，喝起酒来痛快淋漓。伊们相互间敬着劝着，冷落了一旁两位娘舅，惹得两位"大人"很是不高兴。新娘舅也是个善酒的人，因为人生还有些敛着，老娘舅可就老大不高兴了，一个人自己喝酒自己倒。那伙官场人只管谈些伊们圈里的事，说着一些别人的糗事烂事呷酒。不是说老汪家没有菜蔬下酒，老汪家的饭桌上全是满碗的鸡鸭鱼肉，可这群人就喜欢那样，戳别人的痛处换自己无聊的快活。

席间有人起了个头谈论着教案的事，你一言我一句的，话头说着说着议到了强盗头上。一提到强盗便有人起了兴致，问何团首："团首大人，你说现在世面上为啥会有这许多强盗？听说今日老孔家的花轿都给强盗抢了去，你从那头来可听得些啥实信？"

一聊到强盗抢花轿的事，何团首顿时眉飞色舞起来，那伙强盗替伊出了日间的恶气，伊压住心头的兴奋，滔滔不绝地说开了——

"你说这强盗也真会挑人头，挑到老孔家头上，真是长眼睛了。省得伊老孔家跟着县衙有依靠，不把吾等毛卒放眼角里，你们看这不就眼前报了吗？"说到这里，何团首故作神秘地压了压嗓门接着说："吾听说——"伊又停顿了一下，为自己以下要说的话作个注脚，以免日后落得麻烦，强调了一句："吾是听说的，不是吾乱说的啊！吾听说呀——老孔家的花轿被强人抬到回龙观里去了。四五个强盗把新媳妇给……这帮强盗也真会挑人头。听说那个新媳妇有一张西施一样的面孔，那腰条像马蜂那么细，那屁股滚圆滚圆……啧啧……真过瘾呀……那群强盗太有艳福了……"何团首说得口水直流，听得人把眼睛直直地对着何团首，好像何现在是那个美女新娘一样。

何团首见一堂的馋饿眼神,败兴地斥他们:"看吾做啥? 吾又不是那新媳妇。看你们一个个都丢了魂样,告诉你们,你们没那福气的,人家是县老爷的千金小姐,哪像吾等的堂客,粗腰撇口的货……"何团首想想自己再想想那群强盗,真是羡慕,不由地从心里骂出来:"他娘的强盗,比吾还有福气……"

最后,何团首传播开了这个"杰作",便哈哈一笑地一句带过:"各位,都把神收回来,你们也不用替人家难过了。人家的事我们管不了,人家上头有县老爷呢,轮不到咱丫头坯子空着力。那群强盗上头肯定不会放过的,说不定到时倒霉的还是在座的各位了。县里发下话,跑腿的还不是吾们?"何团首有节制地阻止话题扩大,端起酒碗:"来来来,我们今日最大的目的是吃酒,给老汪家助兴,来来来,吾们干杯!"

"来来来,干了!"

一桌子人又回到了酒桌中。

现在的何团首心中说不尽的畅快,那酒喝得特别有味道,伊现在真想跑到某个没人的地方大声地唱两句或叫两声,可眼前的场合不容伊那样做,伊便改用伊惯使的伎俩——敬人喝酒,自己饮酒。何团首终于想起了新老两个娘舅。伊托大地端起酒碗,先对同横的小舅子说:"小舅佬今日你姐的好日子,吾代汪家敬你三碗。"小舅子本就一人觉得没趣,自己今日又拿捏着没有喝到多少酒,伊不清楚来人的酒量,不知深浅地爽快地应了酒,双方当场立定连干三碗,连箸都不提一下。何团首喝着这样的酒真觉得痛快,又朝老娘舅来敬。伊也听闻了老娘舅今日不高兴的由头,自己的位置本来应该是人家坐的,伊心里清楚自己今日压了人家一头,带着些歉意对老娘舅说:"老娘舅哎,今日得罪你了,老哥弟这里给你赔礼,先敬你一碗。来,吾们干了。"

老娘舅并没有伊想象中受宠若惊的样子,更让何团首始料不及的是,人家根本不买他的账,一直坐着头都不抬一下,排场比他还大,自顾自地喝酒吃菜。何团首何时受到这样的待遇?这在拆伊的台不是?叫伊的脸面放哪里!更何况身边的都是自己的手下,这话要是传出去,自己的脸面日后该往哪里放?尽管伊十二分不乐意,也还压着火气,不失风度地又把酒碗端起,更显诚意地敬人家:"来来,老娘舅,一个人吃闷酒多没意思,这样的场合,疯着喝才痛快呢,像你这样喝的是女人酒,哪像个男子样?"

本来,何团首想用激将法激人一下。没料到老娘舅倏地从座上站起,用一双愤怒的眼睛对着何团首。何团首顿时蒙住了。要不是看在老东家汪狗倪的脸面,伊何团首难道还给你这样的小老百姓敬酒?真是给脸不知厚薄。

老娘舅不知别人是怎样理解的,本来伊今日就憋着一肚子的火气,照礼规,伊今日非得坐在何团首这个位子,而今天本该伊的位子,非但被人占了不说,还被人半冷半热地讥讽着,这明摆着在揭他的脸皮。要是别人问起自己做娘舅如何风光时,伊该如何回答?要是这一切叫别人说了,自己哪还有面子啊,简直就是丢丑!老娘舅看着一晚间得意扬扬的何团首,更给自己的一头火气浇了勺油,恨不得朝何团首脸上一拳砸去,回头想想今日是姐姐家的好日子,硬是强压了火气。但是伊再也不能忍受别人鸠占鹊巢的得意了。斗不过你,跑还不行吗?拔脚就走!

何团首还从未碰到过这样的角色,真是给脸不要脸。伊心想自己又没得罪人家,叫自己坐这位子,是汪狗倪的意思,又不是自己要求的,你有气应该找姐夫去发,不该冲自己来发火。这不就明摆着当着这许多人揭自己的脸皮吗?何团首心里很不服气,一把拉住人家:"你先别走,要走你也得把话放明里说,吾又没得罪你，能叫你那么大火气对吾——"

老娘舅忍无可忍，伊本想自己吃亏就吃亏些，躲开了已经够小道了，还想怎样不依不饶。那愤怒再也不能控制了。见人扯着自己不让走，伊怒不可遏地瞪何团首一眼，本想朝人的脸上一拳砸过去，想想人家毕竟没跟自己冲犯，那样子人前自己说不过道理，可那气实在忍不住了，便奋力一甩挣脱何团首的手，将一头的怒火朝桌子撒去："叫你们吃，叫你们得意。""轰"一下把桌子掀了。只听得叮吟咣唧一阵响，一桌子的碗盘酒水、菜蔬肉汤往四周飞去……

顿时，全场都蒙住了。老娘舅一不做二不休，冲上堂去，一头纵上香几，双脚左右一撸，将一对烛台踢到地上，在挂满贺联的照壁中，一把扯掉挂在正中的对联。那是自己送的，既然汪家不把自己当亲戚，伊也不在乎这门亲了。直横被人瞧不起，现在不走，难道还要再丢人现眼忍下去？换个别人也许能忍，可伊的秉性火暴怎么也无法再忍了。伊扯下对联撕得粉碎还不解气，又从香几上跳下来，把上横的另一席重要酒桌也掀了，然后放出话："汪狗倪你听着，做人不要太过头，你心里没有吾这个娘家舅，平日里吾又不求拜你啥的，你不应当这样糟践人……吾今日跟你一刀两断，日后就是要饭、饿死，也不会挨你的门头……"

说完这些，老娘舅觉得气出尽了，扬长而去。

汪家热闹的婚宴被搅了。

这一切发生得太突然，当汪狗倪赶来时，看到了两张桌子翻在堂前，汪家的脸面全丢完了。同僚见到汪狗倪纷纷围上前，七嘴八舌地控诉着自己的小舅子，那一头的无名火啊，再也压不住。这一切不知该怨谁，汪狗倪一边咬牙切齿地骂着自己的小舅子，一边不知该找什么撒气。左右寻着东西砸，见旁边有条板凳

倒着，索性上前一脚踏。听得脆脆生一声响，两根凳脚拗断了，伊还不过瘾，撩起啥就砸啥，引得自己的堂客失心疯地从房里奔出来，一把扯着自己的老公："你这是做啥呀？"

汪狗倪这时找到了真正的出气筒了，不知轻重地朝着自己的女人满头满脸地一顿拳脚，一边打一边骂："都是一个娘胎里出来的货，没有一个好东西，吾叫你坏了老汪家的名声，吾叫你坏！"骂一句打一拳，伊有节奏地不停地打着。汪狗倪的那群同僚也不上前劝解，在一旁袖着手瞧热闹。本来高高兴兴的当头，伊们酒还没喝够呢，真的不尽兴，这时抱着一种讥讽的心态在旁窃笑着："老汪家想出风头，这回风头真的出足了……"本来汪家见人就一副比富的做派，那些都长、里正平日里就受着气，今日汪家自己找倒霉，落得让伊们看笑话。直到汪家的堂客被打得趴到地上，何团首见人真的不行了，怕汪狗倪再这样打下去要出人命，便上前劝住汪狗倪。汪狗倪被一群人拖着劝着，伊再也没有脸面在别人面前趾高气扬。羞愧、愤恨无以排解，伊仰天一声长叹："祖宗——啊——你都看见了——汪家脸面丢了啦——"

汪狗倪这些年来和别人明里暗里都争着自认为重要的脸面。伊想获得别人对伊的尊重、敬畏、顺服、巴结。伊不知道如何才能获得别人真正发自内心的敬重，只会用银子换取别人对伊点头哈腰的虚荣。伊本想趁儿子结婚之际大摆一番，好让人议论着某年某月某日在某地举行一场让人眼红的气派婚礼，好让伊在那些不知名姓的张三李四的街谈巷论中，获得伊想要得到的那些美谈。这下好了，一切全都反了过来。汪狗倪真的很绝望，一屁股坐到地上，那几个都长、里正一起拉都拉不住……

老孔家的厅堂里，正有条不紊地举行着婚礼，先前发生的慌乱已经不见了，一切都变得有条有理。

由两张八仙方桌拼起来的一个长案台，上面铺着一层缎子面料，充作临时主持台。台下方的地上铺一层红绸，绸布上设两块锦缎蒲团——那是冷天时，太师椅的两个靠垫。

主持台后边的香几上摆着一对银烛台，上面点燃了两支比胳膊还粗的大红烛。香几上有一个雅致的进口闹钟，那是件稀罕物件。拜堂的门板中挂着孔老夫子和亓官夫人的双人画像，两边从里到外分别挂着从亲到疏的各个亲朋好友的对联。新娘一直躲在轿子里，由人给她端了水，洗过脸，重新又打扮了一番，又盖起了盖头，等待司仪的传唤。司仪由孔三叔担当。伊对本门的一些礼仪比较熟悉。婚礼的第一项：接新婚夫妇进入拜堂。

新郎胸前斜挎着一朵绸布扎的大红花，由理事公提一对红烛，寓意着前途光明，从新房里一路照出来。新娘由来客中挑的两个年纪跟新娘差不多的姑娘左右搀扶着来到先前铺垫的红布前站定。新郎占着东边，那是大手，是青龙的方位，新娘在西边的白虎位站定。双方都面对拜堂。

当两位新人做好准备后，孔三叔清清喉咙高声唱诵："两姓联姻，良缘永结，看此日桃花灼灼，宜室宜家。卜他年瓜瓞绵绵，尔昌尔炽。由——孔门老太公传诵孔氏家训。"

每当新人结婚时，孔氏有别于旁姓的就是这传诵家训的特殊过程。孔老太公虽年过八十，却能一口气读完那篇祖训。祖训的大意无非是：做人要厚道，待人要真诚，非礼勿视，非礼勿听，非礼勿传。对长辈要尊敬，对平辈要友爱，对下辈要关心。能者应以学问为要任，轻者当自食自立、自给自足。不偷不盗不欺不骗，当夫以慈，当妇以爱，当父以严，当子以孝等。

当孔老太爷传诵完家训时，孔三叔宣布婚礼的核心内容："结

婚典礼第三项,由新郎新娘拜天地!"话音传出,新郎主动跪倒在拜垫上,新娘由两位女宾搀扶跪倒在拜垫上。新郎合着新娘的节奏,对着天井拜了一拜。

"第二拜——拜高堂——"

这时,已有人端来两张太师椅,布置在主持台前。孔瑞云和夫人分别整理衣冠当堂坐定。接受新人的跪拜。新人便转过身子,朝两位长辈拜了一拜。受了拜后,孔瑞云夫妻从椅子上起来,每人从怀里掏出两个红包,一个交给儿子,一个交给媳妇。当二位新人收到长辈的礼物时,异口同声地叫了一声:"爸,妈。"

当两位老人听到新郎新娘的叫声时,高兴的笑容浮满了脸上各条皱纹间。两位老的分别拉起俩小的。亲情从他们的举止中相互传递,让人看到了其乐融融的景象。这时司仪高声地呼喊:"第三拜——夫妻行礼——"

两位新人又在拜垫上跪倒,相互拜了一拜。

然后,孔祥和搀上了新娘,从拜垫上起来,等着司仪的那句:"新郎新娘进洞房——"

在一片欢笑祝贺声中新娘由新郎牵到了新房内,当新郎搀扶着新娘坐到雕花的大床上时,看热闹的纷纷要求新郎快些揭去新娘的盖头,新郎羞红着脸,在别人的怂恿声中挑起了新娘的盖头,人们一阵欢呼:"哇——好漂亮的新娘啊——"

这张脸,新郎第一次见到,伊听媒人说过新媳妇是个美人坯子,当伊真切地看清这张脸时,伊还是有些吃惊,这真是个美人坯子,比伊想象中的还要漂亮,那种漂亮不是来源于秀丽的脸蛋,而是从新媳妇全身渗透出来的一种高雅。那是一股一照脸便让人从心底生出敬重的气质,那气质压迫着孔祥和,使伊不由得对新媳妇产生敬意、怜爱。

这时帮厨的开始支桌子上菜了。新房里也摆开了一张桌子，七姑八婆和几个干净伶俐的姑娘被安排在新房里陪席。外间，孔瑞云招呼大家入席。在几桌重要宾客席上，客人互相让着上座。最终是东家孔瑞云安排着各人的座次。最重要的那桌，上横坐的是新娘的弟弟和孔祥和的姨父徐大人。徐大人硬是不坐，一定要叫孔祥和的亲舅舅上座，孔祥和的舅舅说什么都不肯。双方让着谁都不肯落座，最终孔瑞云过来，就让连襟徐大人上座："没事的，都是自己人，谁坐都一样。徐老弟年长些，就上座吧……"徐大人这才不好意思地来到上横，抱起本已坐在西首的小舅子往东一放："来吧小宝贝，今儿你最大，这上首是你的。"

当客人们纷纷落座之后，差不多接近十点，饿了将近一天的人们再也等不住了，谁也不客气地摆碗开桌了。

孔家酒桌上的菜蔬，论分量比不过汪家，汪家一共二十个大碗头，孔家只有十六个。汪家尽是大碗的鸡鸭鱼肉，而孔家有一味蜂蜜炖银耳，一盘黄花烧排骨，一碗鱼头豆腐汤，最后还上了一份团圆汤团。只是，孔家请来了"衢州酒家"饭馆里掌勺的厨头来把锅铲，做出来的菜色虽然平常，却十分美味，别有一番风景。花的钱虽没有汪家的多，但吃过后大家都说孔家的好，这便是孔汪两家的不同。

说及孔汪两家的不同，其实还有更不同的地方：

老汪家的婚宴被新郎的亲娘舅搅了之后，主席里的两桌最重要的客人才吃了半饱。有人扫兴地散去了，还有人等着不肯走，待会儿闹洞房时新房里会再一次摆开酒席。汪狗倪经过一番号啕大哭释放出了心中的冤屈。那群同僚把伊扶到椅子上，有人给伊点上了一支洋烟卷，伊几口便吸掉了那支烟，只见烟头里的火星像小蚂蚁那么快地爬着，只三二下，火头就烫到了汪狗倪厚实

的嘴唇。初时汪狗倪还没感觉到，直到伊发觉烫时，嘴唇上已经起火泡了，那被烟烫伤的轻微疼痛，伊感到很受用，让伊暂时忘记了心中的烦恼。这时，汪狗倪强打起精神，看着身边的那些同僚，汪狗倪非常过意不去。伊向他们赔罪表示歉意，叫他们再等等，待会儿伊亲自陪他们到新房里喝酒。

　　一行大男人站着没事，便挤到新房里，本是宽大的新房已被红嫁妆堆得差不多满了。家具太多，已经规整不出条理，胡乱地一件挨着一件地摆着，占了一半房子的面积。那张分着三杠才抬过来的雕花大床支了房间一头的窗子底下。窗子有一人多高，只比狗洞大不了多少。这是徽派建筑的一大特色。建造者的意思是提防外面看见房里的私密。窗子底下摆着一张结结实实的硬木洋八仙桌。这种长方形的桌子，有宽大的肚腰子，正面里有五个拉屉，里面放的是新人房里起居的一些什件。墙角摆了只箱橱，箱橱上摆放着箱笼。挨着箱橱箱笼，放置了一个洗漱用的梳妆台，上边嵌有一块洋镜片，里边照出的人影比铜镜强多了。这个新奇的玩意招惹了那群男人的好奇，一个个争着要到里头看看自己是什么德行。

　　新娘已扯了盖头，那是一个非常富态的形象，大脸、大额、大鼻、大嘴、大耳朵一大到底，粗脖子、粗腰、粗臂、粗腿、肥腚、大胸，还有一双让人吃惊的大脚。因为这双大脚，媒老爷连猪腿都没能赚到，本来新人圆房后，媒人会得到东家的一份厚礼——猪腿，直到今日，坊间还有把媒人说成"赚猪腿的"。因为这双大脚，汪狗倪狠狠地将媒人一顿骂："你说人家是绕脚的，宝开了，你自己去看看到底是猪蹄还是牛腿？说你骗人你不承认，说你眼瞎，你的两个瞳仁比吾还大，那么只有不尽心了，老汪家信任你，你却寻来这么一个'宝'，叫老汪家丢丑。大块头吾不嫌伊，就这双大脚，哪是吾这种人家要的？吾又不缺丫头，不缺佣人，还要拜托你寻来这么个泥塘胚子……"

　　媒老爷被伊训得哑口无声。这是伊做了千百个媒中最倒霉的一次了。伊的主业便是说媒拉纤，某某人家想要娶亲，某某人家想要嫁女，在横阔二三十里之内伊心里有一本书，只要经伊合的媒，八九不离十，没有几家不成的。怎么样的人家该配什么样的人，伊心中十分有数。只是年初汪家给伊开出的条件，要门当户对，且年龄又能合得上的，在官渡镇，伊寻来翻去，把心里的那本书翻破了，也没翻选出张三李四的影。经多方打听，得到消息，上方地界有个张姓财东有个女儿急着出嫁，便跑了一天的路，亲自上门保媒。得知张家想要嫁的是头生女，今年的岁数刚好廿岁。媒老爷心中狂喜，伊暗暗给两家合了八字，女大三抱金砖，有钱的财东娶个大的媳妇回来那是一种阔气。伊料定汪家不会反对。然后媒老爷便将伊的手段充分发挥出来，说得张家心里痒酥酥的。媒人当然问过女家姑娘是否小脚，只是人家回伊："是裹过脚的。"至于大脚小脚没有明说，只要是裹脚的，那就行。也许因为媒老爷太急于想成就这门婚姻，也许是太轻信人家，才酿成了今天这场错。张家直直白白地告诉媒人，女儿的块头比较大，人性子比较直，有时做事急，在家不曾干过活，由一个丫头照顾大的。还叫媒老爷到女儿的房里看了看。媒老爷只瞟了一眼，便十分肯定：这就是老汪家的媳妇了。

　　媒老爷带着那份信心，在汪家把所见到、所听到的全告诉了人家："人吾是看到的，高高大大的看上去很有福气的一个人，大头大面大大方方的样子。女方家的父母说女儿的性子直、做事有点急。"汪狗倪听后回道："性子直才好呢，吾就怕拐里抹弯藏心眼的人。做事急不关紧，年纪长了会好的。"媒人又告诉伊："女家从

小到大不曾干过活,由丫头照顾大的。"汪狗倪听后很不以为然:"这没啥的,吾又不指望伊下田干活,千金小姐更好更有身份。"末了,汪狗倪问:"女家大脚小脚?"媒老爷一阵犹豫后回答道:"是绕过脚的。"汪狗倪虽听出了媒人的语气不怎么肯定,但伊自己想想:既然人家是由丫头服侍大的千金小姐,还会是大脚的?想想也就放心了。汪狗倪听到这些话后十分高兴,问人家女家长辈是否同意。媒老爷卖着关子说:"怕是有点儿难度,女家嫌两家的路途太遥远,想走一趟亲戚不方便……"急得汪狗倪连忙说:"媒大哥,这就全靠你了。你多跑跑腿,多动动嘴,到时事成了,谢个二块大洋的媒钿……"

媒老爷心中美滋滋的,哪有东家出二块大洋媒钿的?这是小户人家买多半个媳妇的开销了。这能不叫媒人兴奋的?其实媒老爷已经探明女方恨不得立即将女儿嫁了。已养到了廿岁的大姑娘了,再不嫁出去,怕是要错过行市,削价处理了。如今有这好的买家哪有不乐意的。如媒老爷所料,双方一拍即合,一切顺顺当当地进行着。只是媒老爷不知道女家指的性子直、有些急,到底直到啥程度、急到啥程度。

原来张家此女在家是个霸王,全家人谁也不敢惹她,自小养尊处优,一切都饭来张口,衣来伸手,就连自己的生活起居也一直由一个丫鬟照料。十多岁后她被爹娘锁到屋里,这便使伊感到浑身的不自由,爹娘给伊裹上了脚布,你才绕上去,伊便立马拆了。如此三番,伊的亲娘老子没了耐心,就一巴掌兜过去:"小蹄子不裹脚,到时给你嫁个要饭的。"这句话起了一些作用,从伊的印象中,要饭的比自己家养的狗都不如。娘亲老子又跟伊讲小脚的好处,大脚的坏处,伊就忍着了,只是说"很难受很难受",娘老子便给伊买了这样那样的吃的。伊也真能吃,一天到晚那张嘴就没有一刻的停歇，就连讲话时，舌尖上还滚着瓜子仁啥的。这么着几年，只吃东西不干活，伊养得像一头猪似的胖壮。由于一直关在家里，连个说话的人都没有，伊的性格变得很急躁，时不时摔东西，发脾气。娘老子也知道女儿很孤独，就给伊买了个丫头陪陪说说话。可那丫头只是个小孩，你叫她拿个剪子搬个凳子啥的，手脚快得很，叫伊跟你谈天说地，就把两只圆鼓鼓的眼睛对着你，表现出一脸的茫然，还是无法排解张家女儿心中的寂寞。

张小姐从此手边多了个出气筒，多了件使唤的工具，活得轻松自在无忧无虑。要啥只要张开嘴，爹娘老子都会给伊预备齐的。这使得伊变得头脑简单，处事张狂。娘老子叫伊学学绣花、识字，头三日还能耐着性子，到第四日，拿绳也绑伊不住。娘老子强迫伊，伊就把鞋样、花架连同那个书呀啥的全用剪子剪成一堆碎片。爹娘老子管教伊，伊就吵闹，头几年是小孩，吵吵闹闹只是小孩子发脾气而已，没啥大破天的不是。近几年，年纪大了，吵起来弄得张家上下不得安宁。在一次吵闹中，伊用剪子剪掉了绕在脚上的那块叫人难受的布条后，获得了从未有过的自由体验，伊再也不裹脚了。伊的那双脚裹了四五年，最终功亏一篑。在伊长大后，再也由不得娘老子管教时——就两年——当伊的身子发育后，伊的那双脚也跟着疯狂地飞长了……

到了汪家，新媳妇认定这就是伊的家，伊好像前世来到过这里一样，这里的一切伊都觉得似曾相识，一点也不认生。坐到了床沿上，两等新郎不来撩伊的盖头，就不能三等了。自己一把扯掉头巾，往床上一扔，左右寻自己的新老公，看看周边没有一个人的影，新郎不知啥时候又溜出去跟人赌钱了。新娘找不见新郎，只见旁边摆着一张桌子，看着一桌子各色鸡鸭鱼肉，馒头被勾起了，便蹑手蹑脚地跑过去抓起一只肥鸡腿塞到嘴里。这时，房门

外响起客人要进房的声音，伊急了，将整条鸡腿包进嘴里。门开时一群女眷闯进门来，只见新娘抿着嘴，两片腮帮鼓囊囊朝外凸出，人家招呼伊，伊回话只点头摇头，支支吾吾，叫人家见了就想笑。客人招呼伊入席，伊也不客气，一屁股就占了个座，随便嚼了几下嘴里包着的鸡腿，连骨头都吞进肚里，然后伸了伸脖子吐出一句话："你们怎么不早些进来，吾都快被噎死了——"惹得人家窃窃地笑。

新娘落座后，也不认生也不客气，不等人家动手就抓起箸来又一块肥肉，对大家道："快吃，都是好吃的不要客气。"话还没说完全就把那块肉塞进嘴里。有滋有味地嚼了起来，"哧哄哧哄"的声音叫旁人听了毛孔都紧了。伊也不觉得，只顾吃，不停地吃，肉吃多了，觉得咸，就抓个馒头压压。馒头吃了还是咸，便对人讨要："哪里有茶喝吗？"人家觉得伊是个新人，便有人给伊端来一碗白开水，伊一接碗便仰头一口干了，然后把碗交还给人家，也不致个谢，一捧肚子，扎扎实实地打了个大大的嗝，然后觉得今日才算是真正吃饱了。伊便对新家很满意，来了就有这么多好吃的……

新娘自己吃饱后也不跟人打招呼，满房子转着看着那些新嫁妆。伊很高兴，这些东西都是伊的，伊长这么大对爹娘最满意的是送伊三十五杠嫁妆。这种待遇是别人所不能享受的。伊在房里转转，不过瘾，便探头探脑地想朝门外去。这时跑来一个年长的堂客拦住伊，叫伊这时候不要出房门。伊不尽愿，便在门缝中看着房外热热闹闹的一堂人。当伊听见一阵乱响时，伊便再也控制不住打开房门，探出半个身子，看见了人家从踢烛台、撕联对，到掀翻另一张桌子的全过程。伊心想自己暴躁的性格跟那个人相比根本算不得什么，不由惊得吐出舌头。心想："看来这个家里怕是不好待，火气比自己大的人有的是……"

伊看见了公公打人的狠劲儿，心中有些怕。自己的亲娘老子再发火，也不会那样打人。要是自己被那样打了，那还不被活活打死？想到这伊心生恐惧。看着地上自己的婆婆，伊真替伊感到没出息，要是自己挨了打，还能有那么好的心情不还手的？伊早就上前咬死人家了……

当何团首踏进新房的那一刻，就注定要跟汪家发生不正常的关系。被人搅散了席的不痛快，何团首只得到新房里找乐趣。当伊一把推开房门，一脚冲进房间时，一抬头，一眼照见一个人，一堵墙似地拦在他面前。他的脸跟人的脸就要贴一块了。伊只感受到别人的热热的呼气朝伊脸上扑。一股奇异的香味从对面那人的身上发出，直攻伊的脑门。伊一顿，看清了是新娘子，便展脸一笑，咧开一嘴烟熏的黄牙，情不自禁地摸了一把那张可笑的脸："新娘子在看啥呢？魂不守舍的？"

新娘正在门背后偷看，没料到会突然多个人到自己的跟前，竟也吓了一跳，她不知自己在别人的心中有多么可笑。其实，新娘张氏，并不是个难看的人。伊只是胖了些，整个人就是胖，也让人觉得很合适，那是一种富态的表现。只是张氏很浅薄，不出声还行，一张口就差了味道。从她口中、行动中，传出来的尽是低俗的信息。何团首摸了一把人家的脸，人家非但不惊，反朝人家发哆地瞪了一眼，何团首再也不能抑制，有些心猿意马了。伊要闹新房，在闹新房的过程中占便宜，三日没大小，就是动作有些大，主家哪怕心里不痛快，口头上也不会有话的。何团首精神振奋地大声嚷嚷着："新郎官在哪里，吾要闹洞房了。"

新郎官又在小屋里和人掷骰子赌钱。这回都是伊输，伊要大的，来的点数便是小的，伊要小的，不是四五六便是三个一色的数，伊不但输光了先前赢来的，连自己结婚时大人给的红包都输

了好几个。正输得他不顾一切时，那几个都长、里正找到了伊，把伊拎鸡似的提走了。三五个大汉将他往床上一扔："你小子赌瘾真不小，这么大块的新娘都不守着，尽赌钱。待会儿叫你尝了女人的味道还叫你贪赌不？"

何团首见捉来了新郎，便一声号令："来人，把新娘捉过来。"

号令中便有几个大汉不由分说地把新娘架到床上。那群人有人把新娘仰面朝天按住，有人架起瘦小的新郎往新娘身上压。惹得新郎又瞪又踢不尽愿，但又没办法，伊也闹过别人的洞房。这样的恶作剧是伊的长项。伊今日也遭到了报应。

新娘对这种游戏感到很新奇，觉得很刺激。伊长这么大，还没人陪伊这样无顾忌地玩过，伊觉得很痛快。混乱中，何团首做出不该有的举动，伊将一只手塞到了新郎的身子底下，往新娘的胸前挠着、摇着、抓着……

纷乱的人群叫着闹着压在新人的身上。他们都在占人家的便宜，在占便宜的同时发出疯狂的呼声，洞房里热闹非凡……

这边的洞房里热闹非凡，孔雷两家的洞房里也同样热闹非常。雷家的洞房里自撤了桌子后，一直不停地对唱着大歌。这是这个民族的一大特色，这个特色传了百年千年非但没有失传，反而更强化了它的作用……直到二十一世纪的今天，畲族人，用他们的大歌开创了一项意义特别的旅游项目……

老孔家的堂屋里也正热火朝天地进行着闹洞房的乐章：

那是一种文明的、富有诗意的形式，形式活泼且充满乐趣。腹有诗书的人可以在这种场合充分展示自己的学问，获得别人的尊敬。这个场合不管你是谁，哪怕你是一个街边的乞儿，只要你能唱得出一口好的"彩话"，那你就是上宾。

这项活动由孔三叔起头，差不多酒席散了之后，帮厨的便把上堂的桌椅悉数撤去。孔三叔喝了杯清茶，清清喉咙，对全场围着的人抱了抱拳，说："大家别看吾的笑话，今日侄儿结婚，做叔的心头高兴。为表示心意，到时彩话唱得不好大家一笑带过，千万别捏吾的话柄……"

孔三叔这么说着，人群中有人起哄，大叫一声："好哇——"旁边有许多人附和："好——哇——"

在众人的"好哇"声中孔三叔干咳两声，仰着脖颈大喝一声："伏羲——来哦——！"

伏羲乃中华民族始祖，上古神话传说是——伏羲和女娲制定了婚嫁的制度。女娲和伏羲被人们尊为神媒，因此，在大婚的场合唱彩话时首先要请出神媒以示尊敬之心。孔三叔熟知那个套路，请出神媒后大声唱起来：

"列位客官敬请坐，待吾小弟来恭贺——"

话音没落，响起了满堂的喝彩声："好——哇——"

"孔老先师堂前挂——""好——哇——"

"亓官夫人陪一旁——""好——哇——"

"先师开创万世业——""好——哇——"

"孔门子孙受福荫——""好——哇——"

"今日孔门又新喜——""好——哇——"

"八方宾客集门庭——""好——哇——"

"轿乘马匹累满街——""好——哇——"

"小弟不才来斗胆——""好——哇——"

"先师堂上卖文章——""好——哇——"

"若有失言莫取笑——""好——哇——"

"待会喜糖大家分——"哄堂大笑。

这时,孔三叔一边唱着彩话一边根据内容需要即兴编排着彩话的内容。只见孔三叔提起堂前香几上的一只红烛台唱道:

"左手提起千年烛——"

人群一致欢呼:"好——哇——"

"右手提起万年灯——""好——哇——"

"双手并举亮汪汪——""好——哇——"

"照耀新人入洞房——""好——哇——"

"有福之人掇金鸡——""好——哇——"(注:彩话唱出,自有长寿的长者端起了堂上的日间祭祖用的那只公鸡)

"金鸡日日报时辰——""好——哇——"

"往日金鸡啼天明——""好——哇——"

"今日金鸡邀凤凰——""好——哇——"

"有禄之人捧起凤凰蛋——"

徐大人代表有官职之人端起一碗红鸡蛋。

"凤凰本是蛋里出——""好——哇——"

"凤凰蛋里出凤凰——""好——哇——"

"有德之人掇花生——""好——哇——"

"花生本是同根生——""好——哇——"

"花生一生无数个——""好——哇——"

"祝愿新郎新娘多子又多孙——""好——哇——"

这时在孔三叔唱彩话当中,一对红烛,三样代表吉祥的物件,分别由三个德高望重的宾客端着,孔三叔唱一句彩话,抬一只脚,一步一步地朝新房走去:

"有劳列位抬抬步——

"抬起玉步去新房——

"堂前贵客满位座——

"先由八仙来恭贺——

"洞宾背剑清风客——

"采和花篮献蟠桃——

"果老骑驴道情唱——

"仙姑荷花呈瑞祥——

"湘子云中吹玉箫——

"国舅云板手中响——

"铁拐葫芦藏宝贝——

"钟离祖师把扇摇——"

人们见伊的彩话唱得好,就有意为难他。在房门上别了两根筷子,插上一株柏树枝。只见孔三叔毫不犹豫地唱出来:

"列位来到新房前——

"新房门上插柏枝——

"祝贺新郎新娘做对百年好夫妻——"

在一片欢快的叫好声中,恶作剧的人自觉地把柏枝卸掉了,单等着孔三叔应付那双筷子。只见孔三叔毫不犹豫地唱道:

"门前柏枝做夫妻——

"留下箸头叫我伤脑筋——"

"哄——"一下,满堂的人笑得前仰后翻,有人大声地叫着倒好,看孔三叔出洋相,孔三叔有意博大家一笑,见达到了效果又严肃地唱道:

"箸头本是吃饭用——

"劝你新人莫忘了父母养育恩——"

顿时满堂叫好声一片,有人鼓起掌来。为难的人朝孔三叔抱拳行礼:"孔三叔真是好文才。在下领教了,佩服得很——"说着

知趣地拔下了那双筷子。这时孔三叔用脚轻轻地踢了下房门，口中唱道：

"一脚房门两扇开——"

房门并没有开，孔三叔又唱道：

"一脚不开两脚开——"又踢了一脚，房门还没开。他又踢了一脚，唱道：

"三脚不开四脚总会开——"

这时房里有人在吃吃地笑，笑声传到了孔三叔耳朵里，孔三叔一猜便知房里有人在为难自己，就唱道：

"里头的君子听吾道——

"在下不才得罪了——

"今日放了在下过——

"待会花生瓜子吾来付——"

众人在孔三叔的幽默声中哈哈大笑。房里的理事婆主动地把房门打开了。孔三叔又唱道：

"打开房门看新郎——

"新郎像个状元郎——

"状元司里吃块肉——

"得头得脑得俸禄——"

这四句是孔三叔特意编出来送给新郎的，这是伊今日最衷心的祝福。然后孔三叔一脚踏进新房唱道；

"进新房，看新娘——

"新娘一身富贵相——

"今日祝你做新娘——

"望你明年此时做妈娘——"

这四句是孔三叔对新娘的祝福。一行人随着孔三叔的脚步进到了新房。到了新房里孔三叔又编了一段：

"进新房,看嫁妆——

"只见嫁妆精又细——

"描龙画凤红彤彤——

"嫁妆本是爹娘送——

"请你新郎新娘千万别忘了老高堂——"

这一段是孔三叔用一个长辈的身份,在教导他的侄儿、侄媳。孔门就用这样的方式阐释他们的儒雅。此时,孔三叔领着众人涌进了新房。孔三叔立在雕花大床前,将手中的红烛摆放在床头边精致的红木小桌上唱道:"红烛放在小桌上,照耀新人前程亮堂堂——"

此时"送子"的过程便完成了。三个捧礼的分别把东西放在小桌上。好事的理事婆又出了一招,把鸡、红蛋、花生放到了床中间,想以此考一考孔三叔,希望孔三叔能唱出更妙的彩话,或者看孔三叔出丑。总之,这是一件大家乐意见到的事。最终理事婆把洋纱蚊帐放下。静等着孔三叔,看他如何来应付这一道道难题。一路唱来孔三叔有些口干,伊便叫人泡了杯茶喝喝,大家都不肯退去,现在的主角不是新郎新娘而是孔三叔。大家都等伊精彩的表演。在大家的起哄声中,孔三叔吩咐道:"趁大家都在,现在把箱笼开了。"

开箱笼的习俗不知从哪朝哪代开始,一直流传到今天。这一日,嫁女的人家,会在嫁妆中放一些时令糕点,以便抬杠的路上力竭时有个点心充饥。其他家什中吃的东西,在路上早被人摸光了,只是箱笼上着锁。不仅因为里面吃的东西多,还因为有的人家箱笼里放着贵重东西,怕在道上遗失,所以箱笼必须在新房里,当着众人的面才能打开。一般而言,箱笼的钥匙是新娘随身带

的,还好早间新娘的钥匙没被强盗抢去。听说要开箱笼,理事婆从新娘处把钥匙要了来。孔三叔当着一堂人把一只箱子打开了。伊看见一张红纸上放着两包点心,当众取了出来,交给旁边日间参加抬杠的代表。那个代表接过东西,就有人在旁边叫了起来:"这么客气呀,两包点心哪!"孔三叔取出那张红纸,看到半箱子女人的新旧衣服上头,压着三大条红纸包着的圆柱形纸包和二根金条。孔三叔吃了一惊,从箱子里把东西拿在手上当着众人的面亮了亮:"你们看看,新娘家这么客气,这个箱子里有两根黄货三封洋钿。"

众人看见了孔三叔手中的东西都啧啧称羡,当孔三叔用同样的方式打开另一只箱子取出同样的东西后,新亲家对男家器重的话头也就随之传开了。在场的人分着吃箱子里取出的四包点心:一包鸡蛋糕、一包大红糕、一包玉带糕、一包甜油枣,这四样东西是衢州地方特有的糕点。那个时代,人们串亲戚能拿出两样就是殷实人家了。拿四包点心专门赏给抬杠的下人,在当时并不多见。这说明马同知是一个比较开明、怜惜百姓的人。

一房子的人吃过糕点后纷纷嚷着:"摸床摸床!"伊们想看看孔三叔如何对待那几道难题,有的人想学一学,日后给别人闹洞房时好有个经验,有的人想瞧一瞧热闹,看一看孔老三如何出洋相。人们怀着不同的目的,要孔三叔把未完的事做全。孔三叔在众人的一再要求下又开始唱了起来,伊干咳了两声示意大家静下,然后一拉嗓子唱道:

"东边一朵紫云来——

"西边一朵紫云来——"

在两朵紫云中,伊轻松地把放下的蚊帐重新挂到牛角帐钩上,又接着唱:

"两朵紫云合起来——

"新人床上放光彩——"

这四句博得了满堂喝彩。人们聚精会神地看着孔三叔如何破解下边的难题。孔三叔不慌不忙,伸手在锦被中不停地摸着,慢条斯理地又唱道:

"一摸摸到其东方——

"只见东海老龙王——

"龙王坐在龙位上——

"龙子龙孙站两旁——"

孔三叔一边唱一边摸,在东边的床角摸出了一把把花生、瓜子等吃的东西来。那些东西由刚才接东西的抬杠的代表收着,等摸尽了东西后,又换了方向唱了出来:

"二摸摸到其南方——

"南方南海观音堂——

"观音坐在荷花内——

"金童玉女护两旁——"

孔三叔又在床南边的锦被中摸出一把麦芽糖果,剥一粒含在嘴里,含混不清地又唱道:

"三摸摸到其西方——

"西方如来佛祖堂——

"佛祖坐在供坛上——

"十八罗汉列两旁——"

又做了同样的事,孔三叔摸到了床的北边:

"四摸摸到其北方——

"北方当今万岁堂——

"万岁住在金殿上——

"文武百官守两旁——"

最终孔三叔将重点放到了中间的那几个物件上：

"再摸摸到其中央——

"中央孔氏老祖堂——

"孔门老祖堂上挂——

"子子孙孙接两旁——

"凤凰不落无宝地——

"金鸡专伺吉祥家——

"十子团圆事事好——

"新郎新娘配成双——

"早生贵子早得福——

"生一子——

"多读诗书受礼教——

"位及一品把朝纲——

"生二子——

"习文练武举三甲——

"率兵领将卫中华——

"生三子——

"不当将军不封官——

"专事稼穑孝爹娘——

"若生女——

"白马尽坐，官轿尽享——

"三百后宫一手抓——

"皇后娘娘就是她——！"

至此，孔三叔的彩话全部结束，那彩话余音绕梁，三日不绝。

这样的过程每个人都可以重复一遍，"送子"的人越多主家越有面子。这个环节徐大人又重复了一遍，只不过伊编的词和孔三叔的不一样，多了些书卷气，却没能像孔三叔那样引起众人的共鸣。后面"送子"的人因为有了孔三叔这把标尺，便很难博得满堂的欢呼，人们只是礼节性地喝个彩。当后边再也没有人敢出头时，一阵欢快的竹板声从门口一路响来，来人是个唱莲花落要饭的。刚刚伊到雷家，当莲花板在门口响起时，雷老标的堂客迎了出来，伊晓得是专吃这碗饭的上门了，便客客气气地从破菜橱里掏出三个馒头，夹了三块肉进去，用个碗盛着来到门口，见人家正起劲地唱着一些好话，便把东西给了那人："这位大哥，吾是小户人家，拿不出银两，这几个馒头都是明日预备待客人的，你别嫌少拿着吧。"

见人家这样说，打莲花板的欣然接受："大嫂，哪能这么说呢，心到比啥都好，看你们也是本分的实在人家，老叫花别的拿不出，就为你们在皇天面前说声好，叫老佛菩萨保护你一家……"打莲花板的打听清楚今日黄泥山有三家摆酒的就一路过来，到了孔家门前，一见是个大户人家，便打响了莲花板一路唱来：

"嗨嗨，竹板敲起来啊，各位听吾讲——

"好人有好报啊——

"恶人要遭殃——

"大红灯笼堂上挂——

"财主东家接新娘……"

随着竹板声、说唱声的到来，孔瑞云忙从自己的房里迎了出来，从怀中掏出几个铜钱给要饭的，口里说着："多谢客官美言了。"

打莲花板的收下了铜钿朝人家致了谢，看到堂上预备着的红烛，伊知道是为唱彩话"送子"准备的，便不客气地对孔瑞云道："东家佬，老叫花要给你送个子，祝你多子多孙多福多寿多……"

孔瑞云不能驳了人家的好意，便欣然答应了："既然客人有这个意思，那就请吧。"

唱莲花落的毫不客气，说声"起"就唱开了：

"各位听吾唱——

"财主东家好人家——

"准吾彩话唱……"

叫花子尽说些好听的，词语虽然很粗俗，但表意却是好的，大家就陪同伊又送了一回"子"。当礼仪完成后，孔瑞云找了块红纸，给人家包了一块大洋的红包，欢喜得人家千谢万谢："哇哟哟，这么大的红包啦，你这个东家太大方了。做人好，上苍一定保护你家多子多孙，生男成龙生女成凤……您老人家长命百岁——！"

叫花子说着话倒退着走出门去。打莲花板的又来到汪家，一看人家的门庭，比孔家还大，还气派，认为能够要到更大的红包，便提足了精神，大声地唱着，响亮地打着莲花板往门里进，还没到天井就被汪狗倪轰出来了："滚，死要饭的，酒席都散了，还要什么吃的！"

打莲花板的被人轰出来后非常想不通，但又无可奈何。伊要饭经常碰到这样的事，伊想不通这满堂的酒桌，就少伊要饭的这一口吃的？多少你也打发一点，抹抹人家的嘴。为了这个，要饭的自编了一套词在四乡八镇里把汪家唱得恶臭冲天：

"汪家是个大东家，

生个儿子猢狲相，

讨个媳妇像猪样，

生个孙儿没屁眼，

……

三十六杠大红装，

棺材鸡舍全齐档，

请个团首是上宾，

却把媳妇送与人，

弄顶绿帽戴千世，

汪家真是个'大东家'——"

过了子夜，三处洞房都安静了下来。雷家因为宾客少，那几个人唱来唱去心里那点货唱得差不多了，再炒就是陈饭没味道了。见时辰差不多时，也该让新人好好享受一下洞房花烛夜的幸福生活，客人们纷纷散了。正当雷老标在顶大门要睡觉之时，有人在门外砸门，大叫着："开门开门开门！"

雷老标不知是谁这么晚了还来访，且还将门敲得这样急，估计找自己的人肯定有啥急事，忙将门打开。还没等伊问出"谁呀"时，来的人一头闯进了伊的门里，劈头便问："你是雷老标家的？谁是雷老标？"

雷老标一时慌神了，都半夜三更了，怎么会有这么多兵老爷找自己，便怯着问："官爷你们要找雷老标——？"

"对，找雷老标，把人交出来——"

来人凶神恶煞，丝毫不容人抗辩。雷老标想想，自己家里没有谁会和官府搭上关系，壮着胆问了句："官爷，你们找雷老标啥事？"

"找人就是有事，这还用问？"

在两人的对答中，十几个穿皂衣，前胸后背印有一个大大的"兵"字的守备兵丁，在一个戴红缨马尾官帽的游击头目带领下，闯进了雷家的屋里，几个一组，拿着枪把守着一个个房门。头目高声放话："房里的都起来，交出雷老标。"

雷老标一看情形不对，完全慌神了，对着那个头目带着哭腔说："官爷，吾就是雷老标。"

"你——?"

游击头目不相信地对伊看了看。他们这次的目的是抓杀洋人、烧教堂的凶犯雷老标。眼前这个胆小怕事,话都说不清楚的人会是杀人放火的乱党? 人家就是不相信,凶狠地说:"别乱认,你想包庇不成? 快把雷老标交出来!"

听到堂上的响动,刚刚脱衣服和没脱衣服的都从房里出来了。一看这架势,雷老标的堂客腿就软了,想迈出房门都出不来。新媳妇躲在雷石头背后整个人瑟瑟发抖。雷家四兄弟见到这阵势也怕了。官兵头目一见到雷老四,就断定伊是要抓的犯人,一扬手,立马有三四个兵把枪对准雷老四。那个头目拉着脸,凶狠地问:"你叫雷老标?"

雷老四摇摇头,伊不知人家找雷老标做啥,壮着胆问:"官爷,你们找雷老标有事?"

"屁话! 没事老子半夜三更吃饱了没事干,快把人交出来。你们谁也不许乱动,上头说了,谁乱动就把谁一同抓去,谁想反抗一枪打死。好好的你们把雷老标交出来,免得祸及满门。"

雷老标听到这么说,战战兢兢地来到那个头目面前:"官老爷,吾就是雷老标。"

"你——"头目死活不肯信,伊怎么也不会把眼前的这个人和杀人放火的乱党联系在一块。头目一照面瞧见雷老四,就认定这个人有一种造反的气势,且手臂上有伤,猜测要抓的雷老标应该是这个人,就上前盘问:"你叫啥?"口气不容置辩。雷老四怯怯地回道:"吾是雷老四。"头目又盘问:"那雷老标是哪个?"雷老四实话实说:"雷老标是吾爹。"

"咦——"这就奇怪了,头目对真的雷老标从头到脚看了一遍,心里就是不相信,绕着雷老标转了一圈看,还是不相信,自言自语着:"这人也能造反?"最终头目暗中拿定主意,突然一声叫:"雷老标。"一双眼睛飞快地观察雷老标和雷老四的反应。真的雷老标听见叫声一怵,应了声"哎",而雷老四好像没听见似的毫无反应。头目这才肯定谁是雷老标,伊戒备放松了。来时,上头交代的是抓一个杀洋人、烧教堂的乱党,他认为犯人会在抓捕的过程中有一场打打杀杀,特意带了一大队的兵丁。没想到要抓的乱党,原来是这么一个矮小且老实的人,头目自己都觉得好笑:"你这个雷老标,把吾吓得带了这许多人来。"现在,那个头目有些玩猢狲把戏,开始要猴了:"雷老标你告诉吾,你是怎么杀洋人、烧教堂的?"

"吾没有啊!"雷老标见人问伊如何杀人放火,激动地脱口而出否定指控,笨拙的脑子突然回过神来,这个指控是要被杀头的。雷老标一明白人家问的意思,双膝立时及地,跪在人家面前,焦急万分,大声地辩解道:"老爷,老爷,吾没有杀洋人放火,没有啊老爷——"

"吾看也没有。"那个头目也相信伊的话,只是这个苦差叫伊一夜不能睡觉,一肚子火找地方发,指指脚前跪着的雷老标额头说:"你也能杀人? 就是给你十个胆怕你也不敢。"

"对对对,对得很,就给吾一百个胆吾也干不了。人不是吾杀的,就放了吾吧?"

"不行,就算你没有杀人,还是要带你去见官的。上头叫吾等来抓人,有理无理你跟官府大人去说,别坏了吾等跑腿的差事。"那头目说着,吩咐两个手下将雷老标绑了起来,然后对手下招呼一声:"到处搜搜,看看有啥物证……"

其实雷家屋里也没啥地方可搜的,几张木板搭的床,房里连条凳子都没有,只有雷老标的房里摆着当初结婚置的一对破薄

板木箱。堂上别人摆香几的照壁前,立着一个破谷柜,柜的四条腿都被白蚂蚁蛀空了,四壁尽是老鼠饿得难受时乱咬的破洞。堂中一张散开腿的八仙桌、四条长脚蛮凳倒是月前为应付客人才新做的,旁边一个破碗架。所有的东西一目了然。几个兵丁为了应付一下,随便把床上的破被抖了抖,破席掀了掀,一个兵丁无意间从雷老标的草窝枕头里抖搂出一样物件来。那东西在黑暗中也看不清是啥,那个兵随手一拾就感到不是寻常的物件,起码这个物件出现在这种人家屋里就有由头。那兵将东西拿到堂前,在菜油灯下照照,大呼起来:"老爷,搜到一支钢笔。"

听说搜到钢笔,头目立马叫人交给伊,伊仔细一看:不得了,这是只有官府、贵族、洋人和财主才能用得起的东西——一支名贵的钢笔,笔尖有两粒白金。那东西只有上层人物配用,在雷家搜出,那便是疑点重重。那队官兵再也不听人分辩,粗暴地将雷老标押解走了……

遭了这样的变故,雷家一堂全昏头了。雷老标的堂客只会哭,连哭泣都拼命地抑制着,好像生怕别人听见会把伊也连带抓去似的。四个孩子面面相觑,谁也没有啥办法。雷家爷爷这时从柴架楼上扶着一张偏梯慢腾腾地下来了,上气不接下气地说:"天要灭人没办法。你们该睡的睡,该做啥的做啥,老大你留下,到孔家看看,要是人家门还开着,就找人想想办法。孔家跟府里结亲的,你去问问——"

说完这些话,雷家爷爷又慢腾腾地爬上楼梯。本来今日伊挺高兴的,终于在有生之年看到孙子圆房了,而刚刚所发生的一切,伊在柴架楼上全看见听清了。没运的人好好地坐在自己的家里,都有横祸寻上门的,没办法呀。雷家爷爷本来年事就高,因为盼着孙子的好日子,心中有个愿望支撑着,还活个盼头。如今心愿了了，凭空又多了这一出，老爷爷觉得那口气快提不上来一样。晚间，伊吃了两个馒头，不等席散，便一个人早早地上柴架楼里的破被窝里蹲着。天又冷，衣又单，在破被窝里尽管睡不着却能暖和些。现在，伊自己觉得快不行了，本想在下边多待一会儿，却感觉待不住，当伊回到被窝时，只能大口喘气……

　　雷石头听命来到孔家门前。伊来到时，孔家的大门已经关闭了。老屋里只有厅里的长明烛还点着，雷石头想敲门，又怕扰了人家，一个人在门口彷徨不定地走来走去……伊想想，人想活条命真的不容易，自己一家人，一年到头，不管刮风下雨，不管日头赛过火，三百六十五日里，除了生大病下不得地，就没有安稳地歇过一天。日日劳作，到头来换个饱暖都困难。自己一辈子才一次的结婚大事，想做一身新衣都置不起……伊不知道这一切都是因为啥。说做人，自己一家都很本分，没有一个不勤快的。七双不停劳作的手，养活八口人都很艰难。正当日子有些起色，又来这一出横祸，难道这一切都是命里注定？伊觉得苦啊——就连黄连缸里泡出来的也苦不过伊一家。伊羡慕孔家、汪家，同是一样的人，怎么境遇就这么的不一样呢？伊只认为自己苦，伊却不知别人的苦，家家都有难念的经。穷人有穷人的苦楚，富人有富人的苦头。此刻，孔汪两家也没有睡得稳的——

　　孔家堂上。

　　当席尽客散之后，孔家除了几个路远的客人还留下过夜之外，其余的都回去了。当安排妥了一切后，老孔家的屋里只有孔氏大小两对夫妻和孔瑞云的连襟徐大人，还有做事贴心的胞弟孔三叔，跟新媳妇的亲弟弟小舅佬。孔瑞云有意留下这几个人，伊还有些事没做决断。日间的一切发生得太突然，有一块石头压在伊的心头之上。这堂虽然拜了，可事却还没了呢！孔瑞云一贯处

事坚决有主见，今天伊却变得一点主见都没有……这一切都是那群杀千刀的强盗害的。孔家自从始祖开始在黄泥山立足七百多年来，一直引以为傲的便是名声。孔门并不十分富有，可一直以来日子过得稳当，为人处世并不张扬。一代一代的子孙有出息的尽量栽培读书，平庸的也能自给自足。孔门的子孙多少都识些字，有条件的上私塾、官学，无条件的门里传教。祖传的那些家训家规一直被子孙们传承着。伊们一直都努力维护着孔门清白的名声。而今天，这"清白"二字怕是在自己的手上毁了去。孔瑞云心中十分痛苦，而这样的痛苦又无人可怪。这便是孔瑞云最大的心病。伊把襟弟、胞弟和新媳妇的亲弟弟叫到自己的房间里。老夫妻的房间在大屋的西头，新媳妇和儿子的房间在大屋的东头，中间隔个中堂。以防接下来的谈话被小辈的听见，孔瑞云小心地掩上房门后，招呼弟弟和襟弟在事先安排好的两张椅子上坐下，自己和堂客坐在床沿上，面对着两个弟弟，第三个"弟弟"被抱到自己和堂客中间坐定，然后，伊长长地叹口气，艰难地吐出了一句话："两位老弟，日间的事——唉——该杀的强盗啊——！"孔瑞云说不下去了，便问："你们怎么看？"

　　这个问题谁都不好回答，当孔瑞云丢出话头时，两位弟弟相互递递眼色，都不敢妄断。猜测谁都有，可谁也不敢说。这可不是随便可说的一句话！关系太重大了。这几个在地方上算是有学问的人也犯难了。该怎么说，如何说呢？场子僵着，谁也不肯开口，只有同一种叹息声你一句我一句他一句地叹着。僵持了好长的时间，脸皮最厚的孔三叔开口了："这事依吾看——"孔三叔观察了在场人的表情，接着说："事情怕是不妙啊！据抬轿跟唱戏的回来描摹，强盗不光为了要银子，怕是冲着人把轿抬走的——"

　　这是大家最怕的一句话，顿时全场的人都手脚发凉了。孔瑞云的堂客眼泪滴溜溜地流出来了。孔瑞云听到这句话，觉得心尖上被人捅了一刀绞着地痛，伊强忍着不让眼泪滚出来，仰头看着楼板，长长地叹了口气：

"老天——没——眼——呀——！"

顿时声音哽住了。

孔三叔安慰了一下自己的哥嫂："也别难过了，既然事出了，哭也不顶用。动动脑，想想有啥解法……"

这时徐大人接了话头："要解法不难，问题是，到现在，到底是怎样一件事还没弄清楚，疙瘩在哪里都不知道，怎么解？"

四个人又相互看了看，都摇摇头。整个过程只有新媳妇和小舅子在场，别的人除了强盗，又有谁清楚呢？四个人不约而同地把目光对准小舅子。只见小舅子一直听话地坐在床沿上，一动也不动，一直低着头，像是做错事似的。

孔瑞云的堂客见大家都盯着小舅子看，和蔼可亲地扶住小舅子的两个肩膀，低下头，轻轻地问："小舅舅，你告诉大娘，白天你都见到啥了？"

小舅子把头低得更低了，嘟哝了半天说："见到了强盗。"

声音虽然很轻，可对他们来说却震耳欲聋。四双眼睛又对碰了一下，孔家的女人继续问："你见了强盗，强盗吓人吗？打人了没？"

小舅子点点头，众人又对了一下眼神，表情非常严肃。孔家的女人继续追问："那——强盗打你了没有？打你姐姐了吗？"

小舅子不语了。孔家女人生怕小孩惊吓，宽慰他："没事的，把你晓得的告诉大家，好不好？"

小舅子再也不吱声，场子又冷了下来。不管大人如何哄他，小舅子就是不开口。最终孔三叔使了个计，说："吾都晓得了，强

盗没打你,你姐护着你,你姐被强盗打了是不是?"

"没有的,强盗没有打姐姐,好好的,姐姐跟强盗讲了很多的道理,把东西给了强盗,强盗没打姐姐……"小舅子一下子答了这许多话,八只眼睛不约而同地碰在一起,都听出了话里有文章。他们并不是不相信小舅子的话,而是怀疑这番话从一个七岁小孩的口里毫不犹豫地说完全,一点也不思考或者停顿,如果不是大人教的,那么这个小孩有着过人的口才。小舅子越是这样说,众人的怀疑就越大。孔三叔见施招成了,便继续进攻。伊装出一副胸有成竹早就知道的样子说:"你还骗人,吾早都晓得了。大家抓了个强盗,强盗都招了,强盗亲你姐姐的脸……"

说到这时,小舅子一双惶恐的眼睛对着孔三叔,心中的不安跃然于表情,孔三叔见把人唬住了继续往下探:"强盗还脱了你姐姐的衣裳……"

"呜——"的一下小舅子再也忍不住了,伤心地哭了起来。一切的猜想得到了证实,在场的人都瘫痪了。在一阵长长的寂静过后,小舅子把事情杂乱无章地告诉了大人:

"强盗把轿子抬到老佛家里,强盗要拉姐姐拜堂,姐姐不肯,强盗就扑到轿里往姐姐的脸上咬。吾见姐姐被咬了,就去咬强盗。强盗被咬痛了,放了姐姐来打吾。姐姐见强盗要打吾,就挡在了强盗面前不让强盗打吾。强盗把姐姐扑倒,整个人压在姐姐的身上,撕破了姐姐的新衣裳,扒出了姐姐——"小舅子惶恐地抬头看看,轻轻地带过两个字"奶奶"。

这两个蚊嘤似的发音让孔瑞云脑子"嗡"一下头晕目眩,天昏地暗,小舅子接下来的话语:"姐姐不让坏人吃,打坏人,把坏人的一个耳朵咬了下来。吾也帮姐姐打坏人……"

小舅子的讲述听得伊们心惊肉跳,小舅子以为大人不相信伊

的话,强调着:

"真的,吾没骗人。姐姐和吾真的跟坏人打了。姐姐真的把坏人的耳朵咬下来了,吾真的没骗人,真的——"

小舅子见到了满堂严肃复杂的表情时,再也不知道该怎样说,回想到当时的可怕,"哇——"的一声,哭了个天昏地暗。

对面的房里,新娘子一屁股软到了床上。伊知道,一切都瞒不住了。

尽管谈话声压得很轻,可声音断断续续地传来,还是让人听到了。新郎孔祥和顿觉得一阵强烈的恶心,也不知是酒喝多了还是因为别的,再也控制不住,从早间就憋闷着的一切,"哗"一下吐了出来……

同样的时间里,老汪家的新房里又是怎样的一番场景呢?

当客人散尽,大门紧闭之后,汪三牛一头钻到了新大床上,抖开一床锦被,连衣服也不脱就往被窝里钻。一天疯下来,伊也真觉得累了,头一沾上枕头就来了睡意。似乎结婚跟伊一点也没关系。

新娘张氏,没料到自己刚拜过堂,老公就不理自己,心里很生气。在临上轿前,老娘千叮咛万嘱托,叫伊到了公家要和和气气,千万千万改改自己的烂脾气。因为刚刚上花轿说的话,伊现在还记得,还有些在"学做好人"的样子,一直在克制自己。没想到自己想学好,别人不容伊,就再也不顾什么千金小姐的操行了,上前一把掀去了新郎的被子。汪三牛见被人欺侮了,一头从床上跃起,朝新娘的脸上吐了一口浓浓的痰。"呸!大胖猪!死远点,别到吾家里。"

胖张氏一听,头发汗毛都竖起来了。往日都是伊这样子对人的,哪有谁这样待自己的?伊啥也不管不顾了,冲上前去一把抓

住汪三牛的头发辫子一边骂一边打:"敢骂吾,吾是你的老婆,是你家花轿抬来的,才拜了堂就不认了……"

汪三牛也不服气,一边顶着嘴一边和人厮打:"你这死胖猪,谁要你做吾的老婆……"

汪三牛才回了一句,胖新娘就来了十句:"你不要吾,为啥请人说媒,为啥叫人把吾抬来,为啥跟吾拜堂,为啥为啥为啥?!"

巨大的叫声把刚刚褪衣入被窝的汪狗倪惊起,伊连忙披上一件外套奔了过去。新房大门敞开,大老远汪狗倪就看见一胖一瘦在床上扭成一团,各自叉开双脚抵着,自己的儿子被新媳妇顶在一头的床档上。伊实在看不下去,便一声断喝:"成啥样子? 都把手松了!"

两人被长辈一喝都松了手。汪狗倪见两人打成这样,认为出了啥大事,忙摆出一副不偏不袒的架子对两人道:"你们为啥打成这样? 讲出来,吾给你们评评理。吾谁也不帮,谁也不护,只按理,你们谁先说?"

汪狗倪话一落,两头抢着说:

"他不理吾。"

"伊掀吾被子。"

汪狗倪一听头都大了,原来新媳妇和儿子在新房里撒欢呢。"好好好。"这种事就不必掺和了。只是伊觉得,响声也实在太大了,就吩咐:"你们闹闹可以,可响声别太大了。让旁人听了去还认为家里出大事了。待会儿把房门关好,说话声音放小点,拿点小姐少爷的样子出来……"

接着汪狗倪摇头叹气地从房里退了出来,临出门还不忘带了一下房门。长辈一退出,新娘立马从床上跳下来跐着鞋把房门闩死了。伊今日的气还没出呢! 接下来谁也不许进来,伊要好好地跟人打一架了。

张氏新娘关死房门跳到床上,一手叉腰一手用指头戳着汪三牛的鼻尖问道:"你不要吾,为啥把吾抬来——?"

刚才一交手汪三牛就知道自己不是人家的对手,别看伊平日里骄横使诈,一旦遇到强过自己不肯饶让自己的敌手,面对眼前这一堵墙似的大块头,伊就服软了。看到房门被闩死,再也没有人来帮自己时,伊有些心怯,低声道:"又不是吾要把你抬来的,是吾爸要把你抬来的。"

新娘见人服软了,口气也放松了些,继续质问:

"好,就算你爸把吾抬来的,那吾问你,把吾抬来跟谁拜堂,给谁做媳妇的?"

汪三牛被问得哑口无声,看到对方气势汹汹的架势,不敢跟人来硬的,又不服气,只得嘤嘤嗡嗡地回道:"给吾当媳妇,跟吾拜堂。"

新娘没听清一声呵斥:"大声点!"就像长辈调教儿孙那样严厉。汪三牛没奈何,放大声又说了一遍,不过那声音里全是愤怒和不满,新娘还是不满意,这样来回拉扯了几轮直到最后伊用尖叫的声音对准新娘的耳朵发疯般地吼:

"给吾当媳妇——跟吾拜堂听见——没——?!"

尖叫声差不多把人家的耳朵都震聋了。新媳妇又骂,"不能轻些吗?"

"一会儿叫吾重,一会儿叫吾轻,到底叫吾重还是轻,你说?!"汪三牛反倒质问人家。新媳妇见伊没有诚恳的样子,一把抓起伊的前襟:"到底服不服?"

"不服!"

好了,双方又扭打到一块儿了。

汪三牛奋力抵抗着,新媳妇一时也占不得便宜,又不肯放手,

凤鸣岗上

双方一直僵持在那里,最终还是汪三牛支撑不住,先求饶:"好了,算吾怕你了,吾困了,想睡了——"

"想睡了?有那么容易?今日是啥日子?"

"今日是十一月十五日,啥日子?"

"十一月十五啥日子?"

"十一月十五日就十一月十五日,还要啥日子?"

"告诉你,十一月十五日是吾、你结婚的日子。"

"结婚跟吾有啥相干?"

"结婚跟你无相干,你为啥要做吾的新郎官?"

"又不是吾愿意的。"

"管你愿意不愿意,反正吾就认你了。谁叫你跟吾磕头拜堂。"

…………

汪三牛接不下去了,一提到拜堂伊就伤心,就是因为这个拜堂,本来天王老爷宠着的宝贝,今日连挨了老爹的两顿好打。这个待遇以往伊从未碰到。就为这个拜堂,花轿里抬来一个伊不认识又不喜欢的猪一样的媳妇,就因为这个女人,自己的地位变了。是这个女人把自己以往一切美好的享受都剥夺了。伊恨透了这个女人。自己现在很累了,这个女人却不让自己睡,伊真的很愤怒,可是又打不过人家。汪三牛几乎崩溃了,一屁股瘫在床上,整个人笔直地往床上一躺,眼一闭,耍起了无赖。

新娘子看到自己的老公直条条地摆在面前再也控制不住,跪下去,七手八脚地解人家的衣扣。汪三牛起初由着人家,认为自己的无赖行为人家服了,正服侍自己脱衣服,于是很享受地由人家翻来扳去。当外边的衣裤剥了,只剩下短裤内褂时,汪三牛再也不肯了。伊没有脱光睡觉的习惯,就不肯了。

见脱得差不多了,人家又不配合,新娘将自己的衣服脱一件扔一件,最终脱得一丝不剩,满身火辣辣的。伊回想起闹房时被人家胸前腿里挠着的火烧火燎的刺激,迫不及待地要把新郎的衣服剥光,让伊压到自己的身上。可汪三牛死活不干,挣扎中汪三牛睁开眼,顿时发现自己的眼前多了一个伊从未见到过的异样的女人身子。那身子,让伊感到新奇又感到害怕。新奇的是,这样的女人身子,伊从未见到过;害怕的是,这个大块头的女人对自己并不客气。从一开始到现在,自己一直处在别人的股掌之上,伊不知道接下去会怎样。伊虽已懂得在别人面前脱光了感到羞愧,但伊并不知道结婚的真正目的是什么,只是害怕被人扒光后,挨打不能逃出去。伊自认为猜懂了人家的心思,人家要剥伊的短裤和内裤时,便拼命地拽着大裆裤头的腰身。经不了几下,内裤的布扣不是被挣开了,就是崩落了。那个瘪瘪的胸膛虽然并不壮实,但能释放出一股夺人心魄的力量。新娘疯狂了,几次死拽裤头扒拉都没能脱下,便不管三七二十一扯起来就撕。她的力大,真的将一条裤管撕开,便发疯地一头扑上去……

汪三牛这支刚被女人启封的新蜡烛,一次次被点燃熄灭,再点燃再熄灭……伊稚嫩的身子经不住这样没完没了的打击,可是人家一点也没有作罢的意思。

这个女人只觉得热血沸腾,通身膨胀,她不知自己想要获得什么,冥冥之中有一股意念支使她不停地这样做。她只觉得她的意念越来越难以达到,她不尽兴,满身火烧火燎,可人家又不理她,她真的不知道该如何收场,不满足地朝那个瘫软的身子扑去,一口咬住了一条胳膊……当她松口时,对方胳膊上的一块肉已经被咬起来了……

窗外的月亮很明很亮。

明亮的月光下有个身影蜷缩着抱成一团,那个身影在孔家门

口走来走去,他在等待着天亮,天亮了他好去求孔家的人,到府里救救自己的父亲。他的父亲虽然老实没出息,可不管怎么老实没出息那都是他的父亲——雷家的顶梁柱。要是这根顶梁柱塌了,那雷家就散了。就像一支军队,不管打仗如何没有斗志,如何溃不成军,只要还有一杆旗子在,便能招呼起几个兵士。一旦这杆旗子没了,那这支军队便会成为一盘散沙。这杆旗子不能倒,雷家必须全力保住这杆旗,这是雷家艰难活着的希望,不管怎样,目前是父亲在苦苦地支撑着这个将要倒塌的家庭。自己的婚礼就是父亲千方百计百计千方地操办起来的。如今父亲有难了,做儿子的必须义无反顾地救父亲于危难,救父亲唯一可行的办法就是求孔家的人。而孔家现在已经歇息了……

雷石头在孔家的门口,顶着霜露,顶着彻骨的寒冷,可他的心里有一股热切的希望,希望天快些明了,日头快点升起来。他知道日头终究会升起来的,只要日头升起来了,他就有希望,他一家就有希望。他把希望寄托在别人的身上,可怜的人啊,你想过什么时候把希望握在自己的手里吗?

…………

正当雷石头在孔家门口备受煎熬时,孔祥和在自己的家里经受着另一番折磨——伊不知如何对待自己的新娘,平心而论,自己的新娘没有让伊有挑剔的理由。不是说人家攀了自己的门庭,正相反,是自己攀了人家的高枝。人家是县老爷家正经的千金小姐,论家境、论相貌、论才学都在自己之上。自己还能有啥不满意的?

可是,伊太注重名节了!伊不能接受一枝残花败柳,却怪不得人家呀!面对新娘,伊百感交集。当伊听到自己小舅佬述说着强盗的所作所为时,强烈的生理反应使伊再也控制不了,顿觉得有一张妖怪的面孔、一副肮脏的身子附在新娘的身上,使伊强烈恶心,"哗"一下喷吐出来。秽物溅了一地,自己的新长衫和新娘的红裙摆上都沾了点点污渍。胃里吐空了,伊还在不停地干呕——那五脏六腑似乎都快吐出来了,吓得身旁的新媳妇想上前搀扶,却又不敢,只能在伊身边着急,异常轻声地关切:"官人,你怎么了? 酒喝多了?"

孔祥和始终没有回答人家,急得新娘眼泪珠子一串串往下落。

过了好长一阵子,孔祥和才稳定下来。当伊稳住自己的情绪,看到身边的新娘那种无助的悲苦时,不落忍地泪如泉涌。伊再也不忍心,一把将新娘揽到自己的怀里。此时的新娘,像一块面团似的瘫软在丈夫的身上,忍了一天了,伊太需要真心的关爱了。现在,伊在伊后半生寄望最大的男人怀里,开始释放自己——先嘤嘤地泣,后呜咽地哭,那忧伤、那悲苦像暴涨的衢江水奔流而下。

孔祥和只觉得怀里有一个弱小的身子在颤颤抖抖,无限可怜,伊只觉得要保护这个身子——紧紧地将人往胸口抱。伊越是这样,新娘越是哭得伤心。那哭声使孔祥和乱了方寸,伊一边安慰人家"不哭了不哭了",一边又感觉着自己遭遇到的无法排解不可倾吐的不幸。压抑到突然失声痛哭了,伊"呜呜"地将新娘死命地抱住,仿佛抱住的是一个唯一可救命的宝物。

孔祥和的哭声让人听来更觉得可怕。新娘马氏经受不了这种哭声,反过来安慰起自己的新郎:"官人不哭,官人不哭。"

温柔的细语像炎夏里的一把扇子,轻拂着孔祥和那负重不堪的心扉,伊的心像被神佛抚慰了一般,那么的平静。伊觉得此时此刻此世间最能理解伊的——便是身边这位女人。伊放任自己,

毫无顾忌地把压抑了一天的悲苦一丝丝地往外抽。

命运把他们紧紧地连在了一起，两人觉得现在唯有哭泣能释放自己的一切。两人紧紧地抱作一团，两颗心靠得越来越近。孔祥和一边怜爱地用手抹着媳妇脸上的眼泪，宽慰着"不哭了，不哭了"，一边自己的泪水又像决了堤的河水不停地往下淌。新媳妇更加体贴，反过来用自己的柔软的手抹着孔祥和的泪，说："官人，咱不哭，有啥天大的事咱们一起担当好吗？"

孔祥和热泪盈眶地颔首点头，想止住自己的泪水，可那泪水就是不听话，仍一个劲地往外涌，让新娘一直擦个不停。这时，新娘刚有些止住的眼泪，又不禁往外沁，惹得孔祥和不住地替人擦。当相互抹泪不止时，两颗心终于贴到了一块。这时，彼此都听到了两颗心在激烈地跳动，感受到人间的真心真意真情。

突然，新娘马氏当着自己男人的面，缓缓地朝地上跪了下去。一个膝头正正当当落在了孔祥和吐出的秽物上。伊顾不上这些，仰着头真心实意地对孔祥和问："官人，你嫌弃吾吗？"

这话使得孔祥和的心头像被刀子绞了几下似的痛。伊低头看着悲切的媳妇，再也不忍心眼前这个女人再受伤害。可是，伊的心里一时难以释怀——一张妖怪的面孔，一副肮脏的身子，又强势地跳到自己的眼前。伊清楚，这一切都不是媳妇的错，这怪不了人家。可自己就是不能面对这一事实，过不了这道坎。伊真的感到痛苦！

孔祥和仰天长叹一声："这就是命啊！"

新媳妇已从新郎的言行中窥探了伊的内心。伊看到人家那么为难，心一横说："官人，你要是受不住就把吾休了吧！"

这句话像凿子，在孔祥和的心尖上重重地凿了几下。孔祥和的良知告诫自己，人家根本没有做错啥，伊说啥也不能这样做。

伊在告诫自己必须接受这个事实,不管自己如何不乐意,也必须接受这个事实。伊仰着头将目光穿过楼板,透过屋顶,在黑夜里,伊用心看到了一缕光明,伊不忍人家跪在自己面前乞求自己。面对这么个柔美人儿,自己怎么也不能再去伤害人家了!

伊强迫自己把这一页翻过去,必须翻过去。可当伊在竭力地翻这一页时,那张妖怪的面孔、那副肮脏的身子又顽固地挡在自己面前,使伊的目光由柔和又变得凌厉。伊用凌厉的目光穿透着黑夜,要用凌厉的目光刺透那个心魔……

新媳妇始终仰着头看着孔祥和,在等待自己男人的决定。伊不是在乞求人家的可怜,伊没有必要让人家可怜!伊需要的是人家真心真意的爱。对于这门婚姻,伊和人家只是刚刚才认识,真的谈不上爱与什么感情。虽然从别人的口中得知孔祥和是个不错的后生,现在自己看到了也确实是个过得去的小伙子。在短暂的相处中,伊也认为孔祥和是个可以托付终身的人。伊也清楚,如果没有遭遇强盗,那么此刻,他们会在温暖的被窝中鸳鸯戏水,过着神仙般快活的日子。

可是,一切因遭遇变故而改变。伊知道一个女人的贞操意味着什么,伊完全能理解此时自己男人的心情和感受。伊想过,在破庙里就想过,要是遭到了强盗的玷污,人家轻贱自己,自己就会主动提出来将这场婚姻了结,去找一个没人知道的清净地方出家。

还好,自己竭力保全了身子没被强盗们玷污,事情还有个转机。伊忍辱等待着孔祥和做决定。伊能够接受孔祥和做出的任何决定,伊用下跪表达了自己最真诚的心。廿年了,除了对自己的父母,伊没有对任何人跪过,伊用伊最大的诚意承担了这场变故里应该或不应该她担当的责任——伊是一个有担当的人!能够担当生命中所经历的任何痛苦和荣耀。伊跪在孔祥和面前等

待着人家的决定,在人家没有作出决定之前,伊不会从地上站起。伊此刻的心情倒十分平静,一场风暴已经从心头过去了。反倒是孔祥和,还在跟"贞操"这个心魔做最后的决斗!这个在儒家思想教育中成长起来的孔氏后人,面对的是人生最大的矛盾:这个敌人不是别人,正是自己!!!伊在竭力地说服自己,可伊的内心一时硬是说服不了自己。面对着跪在自己面前的新媳妇,伊不能无动于衷。终于,伊艰难地伸出双手,怜惜地对人家说:"起来吧!地上脏着呢。"

新媳妇现在心里已经打定主意,人家不做出选择是决不起来的。伊摇摇头,倔强地跪在那里说:"你做个决定吧。你做啥样的决定吾都依你。如果做不出决定,吾就在这里跪着。"

孔祥和看着人家,心头刀绞似的痛,口中骂着:"该千刀的强盗啊!"平静半分钟后,善良的孔祥和伸出手去要扶人家起来:"娘子啊,你跪在这里真叫人心疼啊!"

就这一句,新娘马氏立马泪如泉涌。伊听出了这话是人家发自肺腑的。伊一把抱住孔祥和的双腿,无声的泪水顺着脸颊滚滚而下。孔祥和不由自主地替新娘擦着眼泪。新娘真想从地上起来一把将男人抱住,可伊内心的倔强硬是将自己按住不让起来。孔祥和第三次伸手请人家:"起来吧!"

新娘马氏坚定地摇摇头说:"你做决断吧!"

面对这样一个女人,孔祥和没法了。伊不知该如何是好,不由自主地双膝下屈,不管地上脏不脏,对着自己刚才吐出的污秽,同样跪了下去。当两人面对面地跪到一起时,不约而同地将对方紧紧抱住,两颗伤痛的心在一起跳动。已没有了时间的概念,直到侧门背后鸡舍里的鸡公"喔喔喔"地打过了第三遍鸣时,新娘马氏才挣脱了孔祥和的怀抱,再次坚定地说:"你做个决断吧!吾不会怪你的。"

孔祥和在马氏面前显得十分苍白无力，央求着说："你告诉吾，强盗到底把你咋了，行吗？"

听了这句话，马氏心头一阵悲伤，自己托付终身的男人，对这事竟如此地在意。伊虽然能够理解人家的心情，却还是心生怨恨，但是伊很快平复了心情，坚定倔强地把事情详细的过程——丝毫不予隐瞒地告诉了人家。

....

孔祥和静静地听着那些话——如此狂风暴雨般激烈的事，在面前这位女人口中说出来却是那么平静，伊不得不佩服人家。这种事要是换个别人，一千个里敢说有九百九十九人都会六神无主，还能有这样的反抗？虽然有强盗侵犯过伊，但是伊最终还是斗赢了强盗。仅凭这一点，这个女人就值得尊敬！尽管伊被强盗污辱过，但是伊还是保住了自己清白的身子。这难道还不够吗？孔祥和十分钦佩地看着人家，从心底里发出声音，对人家道："姐姐呀，你是吾认得的最了不起的女人，吾真的从心底敬重你。你这样坦诚地待吾，吾也不能欺瞒你。虽然吾一时扯不开强盗这件事，但是，请你给吾一些时日，慢慢地让吾真心真意地欢喜你，吾们这样跪着天都快亮了。起来，咱一起到床上歇会儿，好吗？"

孔祥和说着，自己先从地上站起，又伸手搀扶人家。这时，新娘子马氏看到了孔祥和的真诚，终于一言不发地从地上站了起来。由于跪得时间过长，脚都麻了，起来时一趔趄直往孔祥和身上歪。孔祥和马上将人扶住，搀到床边。二人双双踩上脚踏凳，在床沿上坐下。这时，天井里已射进了亮光。新媳妇稍坐片刻，便从床沿上站起，不声不响地打开箱笼，从箱笼里取出两套衣服，一套递给孔祥和，一套留给自己，道："官人，天就亮了，别让人见

了不舒服,把外边的袍子换了吧。"

话语声让孔祥和心头一热,心想:这样的媳妇哪里去寻? 如此会体贴人、照顾人。伊顺从地接过了衣服,将脏衣换下,换上了姑娘家在娘家时为别人做的第一身衣裳。那衣裳就好像从伊身上扒下的一样合身。孔祥和再也无话可说,问道:"这袍子谁做的? 你做的?"

马氏点点头。

孔祥和大出意外地问:"你咋就做得这么合身呢?"

马氏淡淡地说:"吾问过媒人你的长相。媒人跟吾说过你跟吾爸差不多高矮,只是比吾爸稍瘦些,吾就估摸着吾爸的身材下了料,只是放小了些。你穿上还合身吧?"

"这何止是合身,简直就是量体裁衣,真心谢谢你这份心意了。"孔祥和真心实意地说。马氏对着孔祥和看看,这身衣服真的很合身,伊自己也觉得满意:"在家时吾还怕不合身呢,往后吾可以做得更好。"

马氏说着话,自己将一身粉色的衣裳换上,再穿上一双方口的绣花鞋——那鞋很小巧,是马氏自己做的,方口的样式是伊自己创造的,伊的那双脚半大不小,虽然也缠过脚,但到了十二岁后,伊的父母白天黑夜给她套一双定了模的铁鞋,这样她的脚既不受伤害也不难看,人们现在看到的还是个十三岁孩子的脚。

伊到了梳妆台洋镜片里照了照自己,发现一夜间自己完全变了个人似的。最大的感觉是自己一下子老掉了许多似的,好像镜子里的人已是个典型的少妇了。只见到镜里的人一脸的倦怠,伊对着镜子里的人轻轻叹了口气,捧起梳妆台上从娘家嫁过来带的一个黄铜脸盆,打开房门要去找水。伊看见天井里有个水缸,半缸水面上浮着个瓠壳水勺,水勺四周结着一层蒲扇厚的冰。马氏一拉水勺，冰面咔啦啦地破了。伊舀了一勺冰水回来，把脸盆放到梳妆台上，一拉袖头双手往冰水里一浸。冰水好像长了牙似的将伊的手一咬，使伊感到一阵冷痛。伊通身一紧，赶忙双手用力地搓擦起来，水里好像掺了油一样，使伊手心感到越来越热了。当伊将搓得热烘烘的手再次放到冰水里时，那水好像温汤一样舒服了。伊弯下腰将脸对准水盆，双手捧起一捧水泼向双颊，冰水使伊整个人全身一颤，伊不容这不适的感觉扩散开来，立刻用发热的手心在脸上不停地搓擦，直到把脸也搓得火烤过一样。伊再捧一捧水时，感觉就舒服了。伊今日有意多搓擦几遍。最终，伊在镜片里见到了自己容光焕发，昨夜的倦怠全被伊洗落了。

今晨，伊已是一个新人——和昨日不一样的新人了。

最后，马氏从梳妆台凉巾架上取下一条双面提花印有一个大"双喜"字的毛巾擦了擦脸。当柔软的毛巾贴附在肌肤时，伊深深地吸着毛巾上新鲜的气味。随着毛巾在脸上滑动，伊觉得有一双手正在轻轻地抚摸自己。这块毛巾是自己最要好的姐妹，费了好多周折从上海买来送给自己的。自己也还是头一回使用这样奢侈的洋毛巾，这块毛巾使伊感到亲切。当马氏擦过手脸，晾好毛巾后，伊从梳妆台格架上取下一个小玻璃瓶。揭开瓶盖时，一股奇异的芳香直冲口鼻而来。伊欢喜地将瓶盖放在鼻前闻闻，眼前又一次浮现出那位好友的姣好面容。

伊这次结婚，两个好友难过了好几天。伊的这位密友是府太爷家的千金。这次结婚，伊的好友与家父闹腾了好一阵子，最终被府太爷容许去了一遭上海，在百货商店里挑了好些稀奇的物件回来送给自己。上轿时，府太爷的千金送给伊四条洋毛巾、两瓶雪花膏、两块香皂和一个精致的香皂盒子。

那个香皂盒子上头是透明的盖子，下边是雪白的底子，精巧

得让马氏不忍拿来装香皂这样的消费品。伊想这种开合灵光、大小适宜的盒子，装自己的首饰再好不过。那两块香皂和那个盒子，马氏舍不得用它，将它们珍藏在箱笼里。当伊打开雪花膏瓶盖时，看到一层薄薄的锡箔纸，伊细心地揭起锡箔纸的一角，底下细白的膏状物比凝脂还细腻。伊将瓶子凑到鼻前深深地吸了一口气，一股沁人心脾的芳香使伊陶醉。伊珍爱这样东西，翘起食指轻轻地挑了一点出来，抹在另一只手的手心，然后双手搓抹起来，手上就有了一层带着芳香的薄薄的油层。伊将这个油层在脸上也抹了一遍，刚刚冷水洗过收紧的皮肤立马湿润开来，伊顿觉得舒畅无比。伊在洋镜片里立刻见到自己鲜活回来了！

　　洗过脸后，马氏又到了房门外，在大门背后拿来了一把笤帚，提一个垃圾畚斗，从灶膛里铲了些炉灰回到房中，把炉灰盖在男人吐的污物上，顺便把房间里的地扫了一遍，收拾干净，把换下的脏衣服提到了房外。这一切孔祥和默默看在眼里，心中十分地赞许。伊不清楚这位千金小姐在家时，是不是也干这些事，反正人家现在的做派，叫伊心里无可挑剔。

　　马氏来到堂前看到昨日晚间还未来得及打扫的地面时，悄无声息地来到大门口，趁着晨曦的光亮，从大门后开始一路打扫起来。里边的响动惊动了门外等候了一夜的雷石头，伊想敲门叫人，一看天还是黑的，便把手收了回去，扭头从门缝里探了探。看见了新娘马氏，伊心里一惊——这是千金小姐吗？伊立马打消了叫门的念头，又转头朝东方看看，天边慢慢开始发亮发红了。过不了多久，孔瑞云肯定会起床了。雷石头知道，孔瑞云每天都有早起的习惯。伊不用担心这个，一夜都等过来了，伊不差这片刻工夫。伊在门外静听着屋里均匀的扫帚声。孔家大屋的面积起码也有三百平方米。那一爿地面在新媳妇手中很快就被打扫干净了。当孔瑞云堂客在被窝中听见屋外的扫地声响时,怀疑地披衣下地趿着鞋到房门背后往外探,见到了新媳妇正在天井角头的过弄里,在摆着的"黄妈妈"炉子上生火烧茶。孔夫人立马趿鞋回到被窝里,用手肘碰碰还闭着眼睡的老公说:"当家的,新媳妇把地都扫了,正在烧茶呢。"

孔瑞云一双眼睛立马睁得铜铃那么大,其实伊早醒了。伊有个习惯,忙时五点起床,闲时六点起身。今日还不到五点,伊不承想新媳妇会这么早就把地扫了,还在炉边烧起了茶水。伊一下坐起身,不敢相信地问身边的女人:"真的假的?"

"还能有假,吾都看过了。"孔瑞云堂客肯定地回答。伊心里就不明白,自己儿子昨日娶回来的千金小姐媳妇会做下人做的生活,伊心头十分赞许又十分疑惑地问老公:"你看咱的媳妇像个千金小姐吗?"

听到了堂客的问话,孔瑞云也十分疑惑,不要说是县太爷家的千金小姐,就是自己的女儿到这一日怕也做不到这样吧!此时,孔瑞云和自己堂客一样,怀着同样既赞许又疑惑的心情,再也睡不稳了,伊立马穿衣套裤起床。孔夫人也跟着穿起了衣服。当老夫妻俩从房门里出来时,新媳妇已将半壶水烧开了。听到房门声响,新媳妇将水刚烧开的黑陶茶壶提起,轻快地朝上堂走来,也不用抬头看,就知公婆起床了。伊来到上堂将黑陶茶壶往圆八仙桌上一放,上前几步,在离孔瑞云夫妇四五步开外福了两福,道一声:"爸,妈,早!"

孔瑞云此时百感交集,面对这样一个媳妇,心头昨日结下的疙瘩瞬间解开了,一切都烟消云散。不管怎样,这么好的媳妇天下难寻哪!自己遇上了那是烧高香的结果,还管啥强盗欺没欺过的,就是欺过了也不是媳妇的错。孔瑞云从心底往外叫了声:"媳

妇啊——难为你了!"

马氏轻声地应了句:"没啥的。"说着轻手轻脚地绕过八仙桌,去到了香几前,在茶叶锡瓶里掏出两撮茶叶来,放到两个青花瓷茶缸里,泡了两杯热腾腾的茶放到八仙桌的上横,又回到孔瑞云夫妇跟前,道了一个万福说:"爸,妈,请喝茶!"

此时,孔瑞云夫妻俩心头热烘烘的,茶还没吃,心里早发热发烫了。孔瑞云堂客再也抑制不住地说:"好媳妇,你太懂事了,叫吾们做大的反倒难为情了。"

新媳妇平静地回答:"爸妈,这没啥的。这本就是该小辈做的事。你们享受媳妇的茶水,这是吾应尽的本分。媳妇还该煮粥烧饭给公婆吃呢,就是吾不知米瓮在哪里?"

新媳妇这么一说,孔瑞云堂客真慌了:"你刚来到家里,哪还能叫你做这些事?烧粥做饭的事吾来做,这事你可别惦着。"

"不行的。"新媳妇立马应承道:"在家时,吾父母交代过,到了公婆家不能摆千金小姐的架子,要孝公婆、恤夫君。吾不敢违背父母教诲,今日的五更粥就让吾来烧吧。"

听了这番话,孔瑞云堂客不知该怎么回答,只得把眼睛直对着丈夫征询。孔瑞云心里坚决不同意媳妇干这样的活,对自己堂客说:"老辈讲的理是没错的,媳妇说的话也没错。吾也相信媳妇能做到孝敬公婆的,但是孝道有好多方面的。这些粗笨的活,以后断不能叫媳妇来做。别人家的事吾管不了,自己家里日后像扫地、烧饭、洗衣……这类的粗活,断不能叫新媳妇沾手。老太婆你听好,日后要是媳妇再做这些事,莫怪吾待你不客气……"

孔瑞云说这些话有伊的想法,人家是本县老爷家的千金小姐,看上自己的儿子已经屈尊了,如果自己没个分寸,将别人的好意当作自己的福气,那就大错特错了。人家看上自己的儿子,是仰慕儿子的才学，辅助儿子来的，而不是将女儿嫁到家里来当丫鬟做粗活的。要是自己连这点道理都不懂，那就会叫人笑话，这个道理伊心里十分清楚。伊不能强求媳妇怎么样，伊有权力压逼自己堂客怎样做——这就是过去的男人、爷们。说了这些话，孔瑞云吐口长气继续说："难为你今日半夜就起来献孝心。你的心我们都看到了，感动得很。吾跟你婆不会怪你的。反倒是你做这些粗活，叫吾俩老的心里不踏实。你别过意不去。现在天还早，又这么冷，你还是回房再歇息吧。"

新媳妇马氏再也无啥好说。伊心里感激公婆能体谅自己，说一声："谢谢爸妈的关心，吾这就听爸妈的话。"说完，马氏轻手轻脚地回到房里。

孔瑞云今日心里非常高兴，兴致勃勃地又喝了一阵媳妇给自己泡的茶。媳妇的做派已抵消了昨日的阴霾。伊打定心意，不管别人怎么说三道四，伊也不会嫌弃媳妇。媳妇已经遭遇不幸，如果自己人都看不起的话，那别人还不把人踩到粪坑里踏上几脚？伊已经看出媳妇是个正派的人，背个污点那是命里注定的。本来结这门亲，自己的心里犯些虚，这样说句不好听的话，倒使自己腰杆子硬了几分，挺起来不会在亲家面前抬不起头了。伊要好好待媳妇，比先前想的还要好。伊要让人家觉得，来到孔家来对了。

孔瑞云这么想着，兴致勃勃地从椅子上站起来。伊要去开大门，迎接新的一天到来。当伊打开门时，只见雷石头整个人屈身弓在门框旁，头发上、胡茬上结着一层厚厚的霜。因为寒冷，整个人被冻得瑟瑟发抖，一个年轻小伙像个五十多岁的小老头一样。孔瑞云一看就知道不妙，忙问："石头，你这是——?"

雷石头一听，整个人便像装上弹簧似地抖个不停，想稳都稳不住。孔瑞云一看人已冻坏了，也不多问便扯住伊的胳膊，拉到

了上堂,忙着给泡了一杯热茶递过去:"看你都冻成这样了,快把茶喝了。"雷石头双手捧过茶杯,那杯茶在伊的双手握持下还在抖,滚烫的茶水上边浮着的茶叶都溢了出来。伊想把茶杯递到嘴边都非常吃力,痴呆呆地一边把茶杯往上送,一边将头硬邦邦地向下弯,好不容易才喝到茶。当伊十分费劲地喝到了第一口茶时,便一口紧一口地连水带茶叶一咕噜全喝到了嘴里。一杯热茶下肚后,身上开始有了些许暖意,伊开始巴巴地看着孔瑞云,把孔瑞云看得心里发怵,连忙又给伊倒满了一杯茶。雷石头双手捧着茶杯,比先前要活泛些了,又将茶一咕噜喝光了。孔瑞云看到眼前这个完全被冻傻的人,连忙又倒了第三杯茶。这时,雷石头手捧着茶杯取着暖,上下牙打着摆子,整个人抖动不停,一双眼睛直勾勾地瞪着孔瑞云,露出乞求的眼神。孔瑞云被瞪得心中发毛,忍不住地问:"石头,出啥事了? 你说话呀。你这样子吓着人咧!"

听到这话,雷石头的眼眶中两行泪水顺着鼻翼淌了下来,含糊不清地说:"吾爸被抓走了。"

"啥?"孔瑞云十分吃惊,"你说啥?"

"吾爸被抓走了!"

"啥时的事?"

"昨夜子时。"

"啥——? 你都在门口待一夜了?"孔瑞云算是明白人家为啥会冻成这样了。心里埋怨又怜惜地说:"哪见过你这样的呆老大,有事你不会叫门吗? 做新郎官竟在人家门口遭了一夜的罪。哎呀,你呀。你告诉吾,你爸为啥被抓去的?"

"吾也不晓得为啥给抓走的。"雷石头弓着腰从头至脚不停地发着抖。孔瑞云一看架势急也没用,便将一把太师椅移到伊身边说:"先别慌,你先坐下。"

雷石头顺从地坐到椅子上。过了好一阵,伊平静了一些,全身也没有先前那么抖了。孔瑞云才又问道:"到底咋回事?你莫急,慢慢讲,讲清楚。"

　　"昨晚,客人散走后,吾爸正顶门想歇息,就听到外头有砸门声。吾爸又把门开开,冲进一队穿黑衣的兵,拿着枪,把一屋里的人都赶到堂前,说是抓乱党,说吾爸杀洋人、烧教堂,把吾爸当乱党抓走了。吾们都晓得的,吾爸哪里会干这样的事呢?吾爸被绑走后,吾爷爷叫吾来找您,说您跟官府结亲的能说得上话。"

　　说到这里,雷石头将乞求的目光对着孔瑞云,央求道:"叔哎,你救救吾爸吧!"说着雷石头的一双膝头从椅子上滑了下来,一下跪在孔瑞云面前。孔瑞云连忙上前将伊挽回到椅子上:"你别这样,你家的事就是吾的事,这事帮不帮得上忙吾都会尽力相帮的。吾相信你爸是遭冤枉的。"

　　这时,孔瑞云丢下雷石头,来到天井边的厢房外敲起了门:"徐老弟,你醒了吗?"里头没有响动,伊又敲:"老弟,快起来了!"这时,里边响起了含糊不清的应答声:"你等着,吾就起来。"稍停,门吱一下开了,门里边徐大人一边扣着斜襟长袍布扣,一边问:"啥事,这样急?"

　　孔瑞云给徐大人丢了个眼色,抬步闯到了房里去:"吾有事跟你说,老弟,有件事要烦你。昨夜雷家的雷老标被抓走了,要烦你去查查风声,通融通融。"

　　"唔——有这事? 谁来抓的?"

　　"不清楚。只听说是一群穿黑衣的兵。石头在堂上坐着,吾再去问问。"

　　俩人火急火燎地来到堂中,孔瑞云说:"石头,你晓不晓得是哪里的兵把你爸抓走的?"

雷石头摇摇头："吾不清楚。来了有十几廿来个人,穿的都是皂衣,胸头后背都有个'兵'字。"

说着,雷石头不安地看着俩人。徐大人又"唔——"了一声,心想:这些兵怕是府里派出的。伊眉头一皱,要是府里抓的人那事情就难办得多。要是县里来抓的,自己在哪里都熟,只要不是大破天的事,自己还是能讨来个面子的。就是自己的面子不够大,搬出新亲家,估计没有谁不买账的。如果府里抓了人,那事情就大费周章了。徐大人想知道雷家犯了啥罪,心里好有个数,便问:"雷老侄,你爸犯了啥错你清楚不?"

雷石头摇摇头："来人讲吾爸杀洋人、烧教堂。可是,吾爸哪里会杀洋人、烧教堂啊。一年到头都在家里,连城里都没去过,您说哪会呢?"

"是的。"孔瑞云也肯定地做证,"别人不了解,雷家吾是知根知底的。老标那么老实的一个人,怎么会杀人放火呢?再说伊一年到头都在家里田地里转着,平时难得去一遭官渡镇。一年里怕是府城都没去过……"说到这,孔瑞云突然止了话头,伊心里一沉:"难道——?"

孔瑞云脸色沉重起来,七八月间,自己叫伊将两桶菜油送到孔庙里。伊家管理着庙产,每年秋后都会给庙里送去官租。春花收起一年交庙里四桶菜油。先前交了两桶还欠着两桶,难道——孔瑞云不敢往下想。伊再仔细一回想:"怕是就这么回事。"伊现在回忆起来了:"那几日周边闹'红头'攻城呢。对,就是那些日子!"孔瑞云完全弄清楚了。那几日正好是"红头"退去时,庙里怕世道乱进城不方便,特意传话来将还欠着的两桶菜油送进去。这事,好多年了,都是雷老标做的,一直以来都没出过差错。就那段日子,伊派过雷老标进过城。算说时间不会错,可伊清楚,雷老标是个再老实不过的人,说伊杀人放火,村坊里的人谁都不会相信……要是事情真那么巧,那么事情跟自己有瓜葛,伊还负有一定的责任呢!到此孔瑞云心里不安了,忙说:"徐老弟,你难得来家一回,吾本想留你多嬉几日,今日出了事,吾就烦劳你了,你骑马先回衙门,吾后脚便跟来。"至此,孔瑞云放开喉咙对儿子房里喊道:"祥和,你起来了吗?没有就赶紧起来。"

语声刚落,孔祥和应声来到了伊跟前问:"爸,有啥事?"

孔瑞云连忙吩咐道:"你快去祠堂,把你姨父的马牵来,快去!"

孔祥和应命而去。

孔瑞云对身边的徐大人说:"老弟你先坐一会儿,茶自己泡,吾去收拾一下。"话一说完,孔瑞云就往房间里钻,找出那个点心篮,装进四包点心———一包桂圆干、一包荔枝干、一包南枣干、一包银耳干。这四样东西孔家早就专心备着了,本来要再过两日,待新媳妇过门三日后回娘家门时,自己亲自陪两个小的去致谢亲家的。现在有急事,也顾不得那么多的礼数了。伊将礼篮收拾停当,便打开一把铜条锁,从一口木箱里掏出一封一百块银洋来。伊就知道,这种事怕是要花银子的。伊更清楚雷家根本拿不出那些钱来,就先预备着。当一切准备妥当时,伊将那个点心篮提到堂前往圆桌上一放,在天井边的脸盆架上拿了个木盆,从天井那水缸中舀了一勺水,到小门边的过道里,提起那个黑陶茶壶。那里已被自己堂客坐上一壶热汤了。孔瑞云将茶壶里的热汤往木脸盆里倒,调出了一盆适宜的洗脸水后,对徐大人道:"徐老弟,你先洗把脸。"

徐大人不客气地洗漱起来。这时门口响起了马蹄声。一会儿,孔祥和出现在大门口,徐大人一见人就问:"马牵来了?"

孔祥和一边朝徐大人点头,一边脚不停歇地迈过天井,来到

父亲身边问："还有啥需要吾帮忙的没有？"

孔瑞云对儿子看看，说："你把脸盆水倒了，给石头兑盆水。"

孔祥和应命来到姨父徐大人身边。这时徐大人洗漱过了，便顺手将脏水倒在天井沟里，将空脸盆递给了孔祥和。孔祥和冲兑好一盆洗脸水后，叫道："石头大哥，你也来洗把脸吧。"一直以来好像不存在似的雷石头，木讷地来到洗脸架边洗过脸。此时，孔家香几上的时钟响了五下。孔瑞云对徐大人说："吾们就出发吧！老弟，你先头骑马，吾跟石头跑路来——"孔瑞云说着，便拎起那个点心篮，急匆匆朝门口奔。这时，孔瑞云的堂客从大门口的厨房里，提着把镬铲出来急切地说："粥就烧好了，吃一碗再上路——？"

孔瑞云道："不吃了，赶时间要紧。吾们到路上随便夹一夹天罗筋（油条）、烧饼就对付了。"话音一落，人就消失在门外。倒是雷石头一时还没反应过来，一个人还在天井里待着。孔瑞云见雷石头没有跟来，在门头打住脚叫："石头，快跟来，这事你不去不合适！"

雷石头一听便赶快走了出去，跟在孔瑞云身后跑。

徐大人早已骑上马，对俩人说了一句："吾先头走了，城里再会。"便策马而去。

当俩人连跑带跳上了水亭门码头浮桥时，有人朝俩人伸手。孔瑞云啥也不说，从口袋里掏出两枚铜钱放到人家手中——那是俩人的过桥费。每年秋后枯水期，衢江上便会搭起浮桥。原来摆渡的变成了管浮桥的了。孔瑞云知道雷石头身上一点铜气都没有，帮这个忙操心不说，肯定又要搭上不少钱的，但是伊从来不在意这个。这些年来伊帮了雷家不少，从来都没有心疼过钱，再说昨日雷家为自己出了那么大的力，伊就更舍得了。

当俩人越过浮桥上了水亭门码头,穿过水亭门,正好旭日初升。城里的店铺有的在卸排门的门板,有的在摆放新一日的生意,有街边的吃食店蒸好了第一笼包子,蓬松的天罗筋正在冒热烟在油锅里膨胀……孔瑞云瞅着一张空桌,便朝边上的条凳上一坐,叫声:"老板,来两碗豆腐脑,来十个包子。"说完,对身边发窘的雷石头道:"坐倒,吃点暖暖身再说。"

雷石头不好意思地朝孔瑞云怯怯地说:"叔,吾没带钱,你借点铜钿吾好不?"

孔瑞云不置可否地朝雷石头看看,生硬地说:"坐倒,坐倒!"

这时,店家已舀好了二碗豆腐脑,正在浇酱油撒葱花,一转身,一碟包子、两碗豆腐脑摆在俩人面前。孔瑞云见雷石头还在磨蹭就懊恼了:"叫你吃你就吃,快点——还赶时间呢。"

雷石头在别人命令式的口气中,坐到凳上,眼里噙着泪花。伊心里感受到别人的真情实意,那感动让伊做牛做马都心甘情愿。伊低着头羞愧地吃着一碗豆腐脑,突然,碗里多了一个肉包子,旋即听到孔瑞云的话声:"别光舀豆腐脑,多吃点包子。你不吃,吾要这许多做啥?吾有四个就够了,余下的你都吃了,快!"

这命令式的口气,雷石头不敢抬头看人家,一口一个包子,一口一个包子,伊吃的不是包子,而是人家的一片真心哪!当雷石头吃着碟里的最后一个包子时,孔瑞云付过了铜钿,起身离座,提起了那个点心篮,说:"莫耽搁了,赶路要紧。"话没落地便拔脚而去。

雷石头紧跟身后。俩人穿过水亭街,拐到下街头,经过十字街头,来到新桥街,从县衙门口经过后,越过孔庙,从面对孔庙的北门,过了府城壕的石桥,上了府山。在府城八百多步圆圈围着的一丈多高的城墙北边城门进去,踏上府前街——这条街,是衢

州最古老的街道，打从唐朝武德四年设衢州府辖江山、常山二县起，一千二百多年来建了毁，毁了建，一直保存了下来。太爷府就坐落在峥嵘山的西北角，衙门坐北朝南，面对着府前街的是二丈多高的一个气派门楼，翘檐飞阁中嵌一块"衢州府"三个字的青石匾额。进门后是一照壁，壁后藏义门。过义门见一六角亭，亭中置一块衢江中捞来的被江水冲刷打磨得无比光滑细腻的一丈来高的大石头。石头正面勒刻"戒石"两个阴刻描墨大字，背面又有两行绯红的戒文云："尔俸尔禄，民膏民脂，下民易虐，上天难欺。"戒石后边便是知府办案的大堂……这一切，俩人都无暇顾及。俩人从戒石前往东一拐，从刑厅捕房门前经过，在一排排房屋的夹弄里穿来穿去，到了最里边的旮旯里，那是内衙马站以及官员家眷居住的地方。

孔瑞云来过两回亲家的屋里，对门径熟悉。当俩人来到亲家住处，马同知正在开门，相见后马同知吃了一惊，心想："这时节亲家不应当来探门的。"伊嘴里不说心中嘀咕："难道出了啥事？"便说："亲家，好早啊！吾才起床呢，你就跑了这许多路到这里了，快屋里请！"

孔瑞云也不客气，径直走向屋里。这是一处不大的住所，却被主人家收拾得雅致清爽：小厅的地面是一块黑间一块白，石灰拌黄泥的三合土，经过反复锤打夯出来后，一点一点打磨得光滑平整。里头的香几上摆着一座自鸣钟，指针正走到七点二十的位置。自鸣钟上头的照壁间，挂着一幅名家的兰竹立轴，两边的楹联是马同知自己的手笔，上书"虚心傲霜立，无骨生暗香"十个遒劲简约的颜楷大字。屋子一边摆一对硬木椅子，一张小茶桌嵌在椅子中间，茶桌上摆一盆含着花蕾的水仙花……一切都那么简约而雅致。马同知把俩人请进屋里，接过孔瑞云手上的点心篮，把篮子放到香几上,叫俩人在那两张椅子上坐倒,然后开始泡茶。其间,马同知的夫人从茶桌边的房门里走了出来,朝孔瑞云问好:"亲家公来得这么早啊?"

孔瑞云忙把屁股抬起,从刚坐倒的椅子上站起回礼:"亲家母早!"

马夫人见人家有些局促连忙招呼:"你坐着,咱家没那么多礼数,都是自己人,你们坐,吾去买些早点回来。"

孔瑞云连忙止住,说:"都吃过了,亲家母就不必为吾俩操劳了。"

马夫人接茬应口:"亲家呀,你这也太生分了。下回来这样子就不好了。已是儿女亲家了,就当自己家一样走动,不必这样拘礼。"

就当俩人一说一答间,马同知将两个茶盏放到俩人跟前说:"二位喝茶。"

孔瑞云连忙应诺连声:"好——好!"

马同知已经看出了新亲家可能有啥事,便问道:"亲家,这么早来,有事吧?"

孔瑞云复又从座上起身,郑重其事地道着:"亲家啊,吾今日来有三个目的。"说着,神态凝重地看向亲家和亲家母,然后说:"第一个目的,吾今日特来感谢亲家和亲家母,将这么好的一个女儿嫁给了祥和。第二个目的,吾要告诉亲家和亲家母,昨日花轿遭了强盗——"

"啥——?"马同知和夫人几乎同时惊叫起来,接着,几乎同时问,"出啥事了?"

孔瑞云看到俩人惊恐万分,赶紧将大事往小里说:"不过还好,花轿后来抢回来了。姐弟俩都好好的,只是受了些惊吓,无大碍的。"

亲家母听完了这话,用手轻拍着自己的前胸自言自语着:"阿

弥陀佛,吾的心都快要吓出来了!"

马同知心想,既然强盗把花轿抢去了,那总得有个目的吧,或为财或为色……总不会无缘无故。伊从亲家的口气中察觉出一些异样,便探问:"强盗没有欺侮人吧? 丢东西了没有?"

孔瑞云知道人家要这么问的,早就预备起了该回的话:"还好,姐弟俩都浑全着回来的,只是媳妇的一些首饰叫强盗掠走了。"

"哦——"马同知长吐了口气。伊最担心女儿的身心会受到摧残,丢几件首饰根本不值得往心里去。伊总觉得事情没有那么简单,自己问了,既然人家不肯说,也不好当面叫新结的亲家太为难不是? 马大人把目光停留在孔瑞云身上,话里有话地说:

"真没事,那就谢天谢地了!"

孔瑞云知道新亲家有疑虑,可是,这种事叫伊怎么开口怎么说呢? 伊有数,此事亲家早晚会弄清楚的,这么难堪的故事,不该自己仔细说来伤人心啊! 伊避开了马大人的目光,只得用沉默混过此关。

场面一下子冷了下来,马同知感到浑身的不自在。新亲结成后,亲家公头次探门不应该冷落人家的。既然亲家一开口就说有三件事,那肯定还有话没说完的。伊不知亲家所指第三件事是什么,一个激灵在脑里一闪:"莫非因为强盗而来退亲吧?"这念一出,马大人把自己吓了一跳。人家这大老早来,面色又这般严肃……马大人不敢往下想,再也憋不住了,先开口问人家:"亲家,你说有三件事。这第三件是——?"

孔瑞云长长地叹了口气,内心觉得自己不应该在结亲后的头一日里,就难为人家。而且,又是一件不大好弄的且不是自己家人的事,伊实在感到内疚。这个口真的很不好开。伊一度没有勇气在马大人面前提出来。可当伊看到那个哑巴一样的雷石头时,又心生怜悯,不忍心不帮这个忙。伊在马大人面前欲言又止,这一切马同知都看在眼里的。人家越是说不出口,伊心里越是往坏处想。伊太心疼自己的女儿了,女儿在身边二十年,自己对女儿无微不至地关怀。伊知道女儿是个禀性好、内心善、十分聪慧的一个人。伊一直以来都为女儿惋惜,要是女儿是个男身,那他肯定能把伊培养成一个比自己还有作为的人。所以,伊对女儿的终身大事十二分地上心,一直在用心地为女儿物色一个佳婿。

日常里,下属徐佥事会在同僚面前有意无意地夸自己外甥孔祥和如何相貌端正,如何家风严谨,如何才学过人,如何品行超群,等等。马大人一句句都听在心里。乡试放榜后,孔祥和的名字出现在红榜上时,马大人相信了下属的话,有意调了孔祥和的考试文章(抄卷)翻看。在孔祥和的文章里,马同知看到了一个人中庸端正的思想,儒雅又不乏灵性的文笔——这正是马同知最欣赏的地方。

在看过了孔祥和的文章后,马大人心中起意了。伊找了个由头,说是要犒赏激励一下新科举人们,把西安县十来位新科学子召集在一起,在府山上做了个笔会,暗中考察孔祥和。

孔祥和的做派平稳又大度,言谈举止中透着一股清雅。马同知把十来个士子带到府山顶,衢州城尽收眼底。面对千年古城,马大人叫士子们每人赋诗一首。孔祥和面对山下鳞次栉比的楼舍,熙熙攘攘的市井,伊看到了六座高大的城门楼子,看到了高高的天皇塔以及塔下那座自己在那里读了七八年书的鹿鸣书院……还看到了那精致的钟鼓楼,再看过来便是自己老祖宗孔老夫子的家庙——伊经常到那个大院子里聆听祖宗无声的教诲,每年,父亲都带着伊到庙里参加春、秋两季祭拜仪式。伊还经历过一届由朝廷组织的祭孔大典,仪式隆重,从上午十点一直进行到

下午三点。在伊记忆中,那个仪式印象最深的是六十四个男人穿着一色服装,排成八排跳着那个八佾舞。伊记得那六十四个人,动作整齐划一,不管从哪个角度看去,队列都直线一样。伊还参加了几百学童一齐朗诵《论语》的仪式。至今那几百人如一的"子曰"声还在耳边萦绕……那些都是伊儿时美好的记忆。伊喜欢这座城,热爱这座城——这座古城是伊的家……

当一行人坐在府山东南坡的草地上时,四五个烟鬼晃荡了上来。当他们无精打采地从伊身边经过时,孔祥和的眼睛忽然看到了面前那座高过千年古樟的教堂顶上的十字架。对于这座房屋,这个红屋顶,伊以前并没有啥特别的感觉。伊不止一次来过府山,此前,伊对这所房子没有特别的在意,只是每逢礼拜日,便会听到从那里传来千百人齐唱的、但似乎谁也听不清是啥的唱诗声。可此刻,伊的心头被触动了。就在不久前,教堂里那些主教洋人所在国家的军人,举着洋枪洋炮闯进了北京城,烧毁了三山五园,野蛮地抢杀掠夺……伊此刻感受到国弱被欺的屈辱。伊不知道教堂为啥会建在这寸土寸金的太爷府的府城里,建在衢城地标的峥嵘山顶,远远比衙门高出一头,傲慢地俯视着大清的衙门。那个醒目的十字架肆无忌惮地架在人们的头顶……

至此,有四句诗浮现在孔祥和的脑海,伊便大声地吟诵了出来:

峥嵘千古立,

国弱外夷欺。

吾辈当努力,

更植龟峰绿。

就这四句诗深深打动了马同知。伊心意已定,要将爱女许配给这位有志向的青年。会散后,马同知只留下孔祥和一人,并且,将人带到家中。正在厅堂上绣花的马小姐,听到父亲回来的声音,抬头看见大门处有个陌生的英俊后生陪着父亲走进来,便收起绣花筐箩,往阁楼上回避。当伊正拔脚踏上木板楼梯时,孔祥和望着伊的背影进入了马家厅堂。当把客人让到茶桌边的椅子上时,马同知对房里说道:"掌内的,出来迎客。"

马同知的堂客心中纳闷,平常里在外人面前,夫君都叫自己回避的。今日有啥大不了的客人,非得叫自己出来迎客。伊揣着好奇,从铺设地板的房里"咯吱、咯吱"地走了出来。到门口一见,是个小后生,心里就怪老公大惊小怪,一个小后生也值得叫自己的内眷抛头露脸? 当然,那一切马夫人是不露声色的,伊还是客气地跟人打招呼,认真地将一盏龙井茶捧到人家跟前,轻手轻脚地放在桌上,说:"客人真难得,请用茶。"

孔祥和见人家端来了茶水,忙从座上起身展着笑脸谢道:"谢谢婶婶!"

马夫人见人家嘴甜,立马欢喜起人家,便拉起家常,问:"后生,你家住在哪? 在哪里念书呢?"

孔祥和见人家问,便恭敬地回答:"婶婶,吾家住在西门外的黄泥山地方上,在鹿鸣书院读书,仨月前应了乡试。"

孔祥和从容地回着话,声音既洪亮又清脆。一下子博得了马夫人的欢心。马夫人回头一想,夫君叫自己出来迎客,莫不是——再想时,心中一喜,便丢一个欢喜的眼色给丈夫。

马大人心领神会,会心地跟夫人微微点头。

马夫人朝丈夫一抿嘴角,又问道:"你今年多大了,媳妇说上了没?"

一听这话,孔祥和脸一红,有些腼腆地回话:"婶,吾今年十九岁,还没说媳妇呢。"说着,孔祥和把头低下了,羞得耳根脖子都发烫了。

马夫人一看人家局促的样子，禁不住笑了起来："看把你羞的，没啥的，随便问问，你坐下吃茶吧。"接着马夫人把话丢给了丈夫："当家的，你陪客人聊，吾还有事呢。"说完话，伊就退回到房里。

马大人坐到茶桌旁的另一张椅子上，俩男人从诗文到时政，天南海北无所不谈。马大人抛出的每一个话题，孔祥和都能答得上，而且还有自己的见解。这更坚定了马同知的决心。几日后，马大人抓着一个没人在旁的机会，对属下徐金事说："徐老弟，常听你说有个啥亲眷读书多能多能的，今朝乡试怎样了？"

一提起外甥，徐金事便眉飞色舞地吹嘘起来："马大人啊，吾从来不骗人的，不出所料，外甥今榜乡试果中前三名。你不信，去查查，孔祥和就是吾外甥的大名。"

"是吗？"马大人揣着明白装糊涂，漫不经心地又问，"你的外甥多大了？婚事谈了没有？"

徐金事见人家对自己外甥感兴趣，便更加起劲地说："岁数倒有十九了，婚事还没谈呢。大姨父跟吾说过保媒的有不少，只是人家年轻人说，不考取功名不谈婚事。"

"照你这么说，你外甥志向还蛮高的？"马大人不露声色地闲聊着，"这不，现在有功名了，这么大年纪也该定下婚事了，你说是吧？"

"是啊！吾也这么说。吾大姨夫拜托吾帮忙打听着呢。可是，这事急不来的，高的攀不上，低的又不愿就，你说是吧？"

"话是这么个理，既然是你大姨夫拜托你的事，你就得用心点。看你平日里没心没肺的，照这样，还不耽误了外甥的终身大事。"

"要不，马大人你手中有啥好的人家，给吾介绍介绍。"

"吾哪有啥好人家。"

……

"哎——对了！"徐金事突然脑子开窍了。平日里马大人从不跟自己谈论这方面的事情,今日人家主动提了这许多的话,只是徐金事往日不敢考虑马大人的女儿。人家毕竟是县老爷家的千金小姐,自己的外甥至多不过是个有点学问的小秀才而已。外甥今榜得了功名,是不是有资格攀上马家这高枝了呢?伊心里没谱。趁着马大人今日的高兴劲儿,自己大胆玩笑一下,也没啥大不了的,随即伊便打起马虎眼,对马大人说:"马大人,你家的小姐今年多大了?"

"也不小啰——"马大人假装不经意地说,"跟你外甥同庚,也十九了。"

"这么巧啊,马大人,吾们两家攀个亲眷好不好,属下斗胆高攀了!"徐金事壮着胆憋足劲儿说出了这句话后,便低头斜眼等着挨马大人的骂。结果并没有伊想象得那么糟,马大人不置可否地笑笑:"这事还得跟伊娘俩去说呢。"

其实,打从那天见过面后,马大人就把自己的想法告诉了夫人。夫人就很中意这个年轻人了。当夜,由夫人把话递给了女儿。女儿对自己瞟过一眼的年轻人,心头是认可的。在楼上听到那年轻人和父亲天南地北地海聊,话语很中听。伊也认为这后生有学问、有抱负,只是把伊当作家父的一位普通朋友,并没有往婚姻方面去想。现在母亲问伊,伊便不好意思地对母亲说:"一切全由爸妈做主!"过了这两关后,马大人就可以放心大胆地去实现这个目标了。只是,伊一个堂堂县老爷总不能主动去找人说媒嫁女不是?伊得想个法子,以退为进,变主动为被动,既不失面子又能风光地办好此事——要做出事情,让对方先挑起来说法。这不,这第一步,伊的目的已经达到了,是徐金事先说起了两家婚事的。伊还得做出考虑考虑的样子,自己先不急于表态,推出夫人和女儿做挡箭牌。这可吊起了徐金事的胃口,徐金事见马大人没

有骂自己,且还有更进一步的余地,便把事情正式地放在心上了。

几天后,徐金事专门找过一次马大人,正式地提出了这个想法。马大人还是那句话:"这事得跟夫人和女儿商量。"徐金事探出了马大人的心理后,对此事就更有信心了。伊已经得知马大人对自己外甥是认可的,只要过了马大人这一关,余下的难度自然就不大了。伊知道,在马家,马大人掌握着八成的话语权。至此,徐金事心中有了底,专门去了一遭大姨夫家,把伊的想法跟两位长辈先说了。这样的好事,两位大人自然十分同意,只是担心高攀不上。末了,只是拜托襟弟多出出力,成功与否,尽力而为,试试无妨。当徐金事得到孔家的回复后,便竭力促成此桩好事。当晚,伊便去了马大人家,当面正式提出了这桩婚事。结果伊得到了女方的支持,初步协商,由徐金事出头将男方家长约到徐金事家里和马大人当面谈谈。

当马大人和孔瑞云见面后,双方谈得很投缘。马大人没有孔瑞云想象中的官老爷架子,孔瑞云也没马大人想象的那种泥腿子的感觉。其实孔瑞云也是秀才出身,伊谈吐流利,处事稳重老到,这同样得到了马大人的认可。很快,婚事由双方家长敲定,选了个吉日挑了两个媒人,互递了双方的八字。女家母亲,还特意叫算卦的合了合八字,得到的答复是大吉!马夫人听后很高兴,索性叫算卦的给挑了个吉日。算卦的把指头数了半天,选定了庚子年阴历十一月十五这天。当马大人知道这个日子时,伊对着历书"哗啦哗啦"一通翻,翻至此日停下来,说:"好啊,这个日子好。这个日子是阴历年的倒数第二个圆满十五,又是阳历新百年遇到的头一个十五日脚——是百年一遭的好日子。"

当这个日子传到孔瑞云手中,孔瑞云毫无异议,便问孔祥和有啥想法。孔祥和知道,自己有再多的想法也是白搭,上一辈都定好了一切后才来问伊,伊即便是不同意那又如何呢?何况,伊到过马家一遭,对马大人有点了解,自己的新娘伊也见到过一个背影——那背影苗条轻盈,伊心里是认可的。伊也见过端庄贤淑的马夫人,这样人家生养调教出来的女儿,人品还能差到哪里去?自己的心里再有想法,也只能接受了。只是伊对父亲说:"其他的吾都接受,就一点,婚事要简朴,在这样的乱世里没有必要摆铺张讲排场。"

此话经由媒人把话传到马大人那里时,马大人感叹:"吾没有看错人呀!"

可当下,伊认为怕是看错人了。要是自己的猜测没有错,那就害了女儿一辈子不是?要是那样,伊这个父亲就当得太失败了。马大人越来越沉不住气,人家这样吞吞吐吐,肯定有天大的事不好开口,伊更急了,问:"亲家,有啥大过天的事,你说出来,大家好商量!"

孔瑞云见人催促,便把话吐出来:"亲家哪,吾今日来得有些唐突,可是事太急,不得不来。"

"你说吧,啥事吾都能扛得住,直说无妨。"马大人做好了充分的思想准备,准备当头挨一棍,可是伊听到的却是另一件让伊意外的事。

"既然来了,那吾就实话说了。"孔瑞云指指椅子里一直木头似的坐着的雷石头,接着说,"这位是吾邻舍雷石头,伊爹昨夜里叫官府抓来了,说伊杀洋人、烧教堂。可是,吾可以担保,伊真是个老实人,就是给伊满身挂满胆也不敢去做那种事。所以,吾一大早就跑过来求亲家想想办法,救救人……"

马大人顿时如释重负。如此难以启齿的原来是这么档子事。既然是别人的事,那就不必太在意了。自己能帮则帮,帮不

上也就作罢。伊心里清楚,朝廷对"教案"采取高压态势。府太爷被免了官,从府到县所有官员都受到了处分,不管有干系没干系全都扣罚一年俸禄。各国公使逼压朝廷叫衢州府赔银五万两,在府山上划出十亩地重修教堂。本来土地就十分稀缺的府城里,这下更挤不下了。府县两级官员都觉得不合理,奏书递上去,却遭到朝廷的一顿严责,说:洋人那头更加说不通。下旨:洋人说了话,哪怕拆了太爷府也得照办,办不成,府县两级官员全都回家种萝卜去。死命令规定年前必须把教案的事了结。该抓的抓,该杀的杀,朝廷派人督办此事,浙江巡抚派按察使两员前来协办。

此事闹得满城风雨,有一点干系的全被抓了来,其中有极大部分没有干系的也被抓来了。为此事,伊日日都在帮忙审理案件。遭冤枉的不在个别,有的被打入了大牢,有的罚些银子。凡被抓来的,不管有理无理先叫你脱一层皮再说。伊经手审的案件能轻判的就轻判,实在轻判不了的那也没办法,朝廷那头压着呢。听了亲家的请求,马同知心想:"不知抓人的是县衙的还是总兵营。如是县衙的,那自己上衙去就处理了。如是总兵营逮的人,那此时人犯肯定在前头的捕厅里关着。此时离上衙的时间不多了。伊想抓紧到前头问一问,刚想出门,下属徐佥事大步闯进门里,看到大家都在,徐佥事朝孔瑞云点点头问:"到了?"

孔瑞云回答说:"刚到的。"

徐大人就不管孔瑞云了,一脸严肃地对马大人说:"马大人,吾到县衙里查过了,昨夜里县衙没行动,人犯肯定是府里去抓的。"

马大人听了此话,眉头一皱:"这事麻烦了。"

接着便对孔瑞云说:"亲家,你坐下喝茶,吾到前头看看去。"

说着马大人给了徐佥事一个眼神,俩人急匆匆地来到捕厅。一进门,便闻到一股浓重的蜡烛味,案桌上还燃着两盏蜡烛头。

有一个值堂的官差正趴在案上打盹,马同知连忙朝人打招呼:"兄弟,忙一夜哪?"

那人昂起了头,见到了马大人,忙揉揉眼,口齿不清地说:"没办法呀。"说着支直身子问:"马大人这么早,有事?"

"是的。"马大人赶前两步走到班房的横头,对着还没整理好的一桌子案卷扫了一眼道:"吾前来看看,你这里昨夜是不是捕来一个叫——?"马大人这才想起自己还没问过人犯叫啥名呢。回头对徐佥事说:"徐老弟,你快些把你大姨夫叫来。"

徐佥事连忙跑去叫人,回来时三个人一同闯进门来,孔瑞云忙凑到亲家身边轻声地问:"怎么样了?"

马大人反问人家:"你邻居叫啥名来着?"

"雷老标。"

"嗯。"马大人连忙对值堂人说,"麻烦兄弟查一查,你这里昨夜是不是逮来一个叫雷老标的人?"

在马大人的查问下,值堂的把几份卷宗翻了一遍,将一份递给了马大人,说:"有,是有一个叫雷老标的。"

马大人连忙拿过了人家的卷宗,翻出供词一看,大惊失色了。上面有督办官员亲手批的两个字:"严办!"马大人一时不知该说什么好,伊心里清楚,有督办官员亲批的案子都不好弄,更何况上头有"严办"二字。这可以说是杀头的代名词,这个结果让马大人慌了。伊不知新亲家出面来保的人是啥关系。以人家的神色看来关系肯定不一般。可现在看来,事情太难办了!马大人沉思着想先弄清楚再说,便问值堂的:"兄弟,雷老标的案子到底咋回事,你清楚不?"

人家摇摇头说:"升堂的事吾不清楚,天快明时,人家把吾叫来看门,说是公文到时自有人来收的,具体的事情我就不清楚了。"

马大人便不再多问。伊清楚对下人多问也白问，便将案卷递给徐佥事："你看看。"

徐佥事接过卷宗一看脸色凝重了。从案卷上看不出什么来，只有"严办"两字和督办官的签名，再有的就是一套公文程序记录。案犯的姓名、出身、住址，中间只有一行字，云：案犯雷老标参与烧教堂、杀洋人，有物证钢笔为佐，着处严办。"严办"两字后边，留有药方上签的那种花里胡哨谁也看不懂的一处签名，旁边是被告人雷老标的名字和一枚大大的红指印，指印下边有一团漆黑的墨画圆圈。这便是决定一个人性命的全部所在。

徐佥事看后说："这也太简单了吧。"说罢便把那几页纸递给了孔瑞云："你也看看。"

当孔瑞云看到案卷时，倒吸了一口凉气，心知事情麻烦了。伊心事重重地问亲家："能不能把人叫出来问一问？"

马大人并没有回答人家，只是心情沉重地对人道："跟吾来吧。"

然后，一行人一路无言地来到了关押犯人的监所里，凭着马大人的面子，看管将戴着铁链的雷老标提到外间。一见到熟人和亲人，雷老标一把拉住孔瑞云的手哽噎道："你来救吾了？"眼神里满是惊恐和乞求，整个人抖个不停。

孔瑞云见到了吓丢了魂的雷老标，既可怜别人，也可怜自己地摇着头。伊从人家的眼神里看出对自己寄予了满腔希望，伊为自己的力不从心感到万分无奈，只得轻轻地问了一句："你还好吧？"

一句话惹得雷老标瘪了嘴巴，两行热泪唰地流了出来，咽噎着："好，好——"说罢将十个伤指头伸给孔瑞云看，死命拉住人家："求求你，帮吾到老爷面前讲讲好话——放了吾……"

孔瑞云从来未见过雷老标如此流泪——伊的日子再艰难，也从不怨天从不怨地一路挺过来。能与不能,反正伊都会默不作声地尽伊所能地忍受着。伊似乎习惯了困苦的日子。孔瑞云心知伊是个没出息的人,可这个没出息的人从来没像现在这样绝望,这样害怕,这样强烈地乞求自己的帮助……

孔瑞云真的于心不忍。伊心头热浪翻滚,强忍着,尽力装出平静的样子,说道:"你先把事情的头头尾尾说来听听,好让吾去跟人家求情。"

"吾都跟老爷说了,昨夜里,吾全告诉老爷了。老爷说了,没吾的事了……"这个人实在是太老实了。伊被人卖了,还替人家数过了典身的银两,还浑然不觉地在这里做梦。

孔瑞云心酸至极。伊心酸不是针对官府,而是自己历来当兄弟对待的这个人,怎么会糊涂到这步田地。伊心里对这个人不由地生起了愤怒,但是怒火又不能发出来,只得强压着心中的火气,脸带愠色地说:"那你将昨夜对官府说的话再说一遍。"

"哦,哦。"雷老标连声应诺,挠着头,伊一时把昨夜说的话给忘了,伊在竭力地回忆昨夜的整个过程——

昨夜里,伊被人绑缚着双手押到大堂后,解了索具。大堂里亮着两根大蜡烛。堂上坐着三个官,中间那个官,头上的红缨帽上有一颗玉石圆球,胸前挂着一串长长的珠子。两旁守着八个提枪的兵爷。伊被带到堂案前,往地上一推。从此,伊便一直跪到被带走为止。堂上问伊:"名、姓、籍贯。"伊将姓名如实相告,忐忑地望着堂官。堂官又问了一遍:"年龄、籍贯。"伊似乎懂了,忙着说:"老爷,吾今年五十一。"还伸出五个指头比比。堂官最后又问了一遍:"那籍贯呢?"雷老标一脸茫然地瞪着人家,伊不清楚啥是籍贯,不知该如何回话。这时旁边一个老爷像是当地的人,用衢州官话说了一句:"老爷问你是哪里人?"

这话雷老标明白了，连忙和悦地答道："老爷问吾是哪里的。吾家在官渡镇黄泥山。"

堂上又问："你那里第几都？什么里？"

"四十一都，仁义里。"

接着堂官问过了伊家里几口人等等。了解了基本的情况后，中间的那个官员用严厉的口气说："人犯雷老标，你从实招来，你是怎样杀洋人？怎样烧教堂的？如有隐瞒，大刑伺候。"

两旁的堂尉发出一声吼，硬生生地将雷老标吓得跌翻在地。伊一看情势不妙，连忙说："老爷、老爷，别这么凶，吾胆小，这样子吾怕说不出来话了……"

那个老爷见伊确实受不住惊吓，收敛起凶戾，较平缓地说道："不得欺瞒，照实讲来。"准备正式开始问案，伊示意了一旁的书记摆好架势。可当伊们做好一切准备时，只听得雷老标说了三个字——"吾没有。"

那主审官从椅子上一跃而起，一拍惊堂木发威道："大胆刁民，到了大堂还要狡辩，再不老实交代，就要上刑了！"

雷老标一看人家发火了，连忙磕头如捣蒜地拜个不停："老爷，老爷莫发火，吾老实交代。"可是伊想想实在没啥好交代的，十分委屈地盯着堂官："老爷，你叫吾交代啥呀？"

这话气得三个堂官都站了起来。中间的那位按察使觉得被人戏弄了，不禁火冒三丈，大吼一声："刁民，看你一副老实样子，却敢如此愚弄本官。来呀，上刑！"

话音刚落，四个堂尉将伊的十根手指套进了一副夹手里。一边两个用力一拉，痛得雷老标满地打滚，大叫："老爷别夹了，吾愿意招。"

见人服软了，堂官便命人松了手，对着雷老标怒斥道："再给你一次机会,再不老实交代,夹断你的手指。"

雷老标哪敢不老实。自一开始自己就老实得很,只是伊真的没啥可交代的,不知人家想叫伊说啥,十分委屈地问人家:"老爷,你想要吾交代啥呀?"

"交代啥? 好像还冤枉你不成。你快交代,钢笔是哪里来的? 这东西你也配用?"

雷老标一听恍然大悟地说:"原来老爷要吾讲钢笔哪来的? 吾捡来的。"

"哪里捡来的?"

"文庙门口。"

"啥时候的事?"

雷老标跪在那里使劲地想了想说:"具体啥日子吾记不住了,好像是七月里,那日吾帮人往孔庙里送菜油。在回家的路上捡的。"

"可有旁人证明?"

"有的。"

雷老标肯定地回答。因为事情非常特别,伊记得很清楚:

那一日,是孔瑞云叫伊将一担菜油送到孔庙里。伊正在孔庙里歇着吃茶候饭时,突然外头传来了乱哄哄的声音。城门头又是打枪又是放炮,好像旁边有人叫:"教堂里着火了。"伊跑到院子里见到南边厢火光冲天,火苗的炸裂声噼里啪啦。大火很吓人,火星子都飘到孔庙屋顶了。伊亲眼见到一颗颗火星子流星似的落下来,有好多人都在看,都在发抖。有人在伊身边念着:"阿弥陀佛,老佛保佑火别烧到庙里来。"这时,有两个做粗活的挑着一担水要去救火,在门口被人拦住说:"你们提着水桶到庙里守着,先顾好庙里别着火。要是有火星子在庙里着了,就赶快去救。"

伊当时也到井边找了个水桶,到处转着看着帮着防火。还好

孔庙的防火做得好，那么多的火星子飞进来都没有在屋顶燃起来。过了一阵，听见轰的一声响，只见一颗颗火星子放焰火似的窜到半空，有人叫："屋顶塌了！"无数的火星四处飘散。接下来，火便慢慢被压了下去。过不多会儿，孔庙的门口响起了十分嘈杂的声响。伊连忙跟着大家跑到门口去看，见到了有一大群人从府山上下来，有的头上包着红布，有的手上提着木棍和别的家伙。

这时，有一个穿官服的人，带着十几个兵丁从新桥街的另一头往这边跑来。两群人就在孔庙围墙的西南角里撞上了。伊见到了两拨人一阵混战，那个穿官服的人，被府山上下来的人一裹便倒在地上了。那些兵丁有的跑了，有的被打倒在地。伊当时和身边的人都看得浑身发抖……

再过了一阵，只听到外头街上有人经过，议论着："吴知县被踏死了……"之后，街上便一个人都没有了，说是官兵到处抓人了……

等到一切归于平静后，雷老标想到自己要回家，便提着一副扁担索具准备走，刚跨出孔庙大门又退了回来。伊见到了一队兵正在盘查街上的每一个路人。伊有些害怕，怕是遇着兵丁说不清，便去找五经博士。这是伊这辈子里做出最动脑筋的一件事。

那时，孔庙里的五经博士叫孔庆仪，因为雷老标来这里送东西次数多了，五经博士便与伊相熟，于是就愿意送雷老标出城门。当雷老标由五经博士陪同走到刚才乱民与官兵打架的地方时，雷老标踩到啥东西脚底一滑，差点跌了一个跟头。伊回头一看，见是一件黑不溜秋的东西，便拾起来递给孔庆仪看，问道："这啥东西。"

孔庆仪接过这东西看了看说："运气不错，叫你捡到了一支钢笔——这可是件好东西。"伊把东西还给了雷老标，脚不停步地往前赶。

到了水亭门口，城门头站着好多兵，盘查着每一个进出城门的行人。两人被拦住，孔庆仪恼火地大声嚷道："叫你们的头出来。"那些兵丁见人家有架子，不敢怠慢，立即去找头领去了。头领一出来，见是五经博士，就满脸堆笑地迎上去："原来是五经博士，要出城啊？"

说起五经博士，凡有一定官职的上层人物，都会对人家敬上三分。别看五经博士只是孔庙里的奉祀官，没多大权力，可不知，奉祀官每隔三年有一次直接上紫禁城觐见皇上的特权。这个待遇就是省级大员都不一定能享受的。因为奉祀官有这个特权，官员们都对伊十分尊敬，且官越大越怕，怕的是伊在见皇上时说自己的坏话。这五经博士老百姓不知是个啥东西，但到了官场中，几乎是见官大一级的头衔了，别人哪敢不敬。守门的立马把雷老标放出城门，因为当初事情十分特别，雷老标至今都记得十分清楚。伊叫不来孔庆仪的名字，总听人叫伊"啥啥不是"，伊记得牢牢的，便用简单的三字回堂官："孔不是。"

"孔不是？吾叫你孔就是！有叫这名的吗？"

堂官认为雷老标在撒谎。雷老标急了争辩道："官爷，真的叫孔不是。"

"好、好、好！"堂官再也没有了耐心，把手一挥，"你啥也不用说了，吾都清楚了。"便对书记官说："你就这样写：案犯雷老标参与杀洋人、烧教堂，现有物证钢笔为凭，着处严办！"

三个糊涂官就这样办好了这件糊涂案。末了问雷老标："识字不？"

雷老标摇摇头，人家便叫伊上来画了个圈。伊这辈子还没把过笔管，一个拳头死死地捏着那支笔，用心地想画个好看点的圆圈。可是，那笔在伊手中比锄头还难把持，毛笔的软毫落在纸上，

圈还没画就黑了一坨。伊不安地抬头看了一眼堂官。堂官怕再画下去会废了这张纸，虽不满也只好罢了，懊恼地夺了他的笔。雷老标羞愧地红着脸："老爷莫取笑，吾从来未握过笔的，画不好。"

人家见伊傻得可爱，跟伊玩笑了一句："再按个手印总能按好吧。"

雷老标听不出人家啥意思，卑微地说："好的，吾用心好好地按。"人家把一个印泥盒推给伊。伊便用拇指头重重地往里一压，把盒里的印泥挤到了四边，中间留下一个见底的窟窿，然后将拇指头小心地按到别人指定的位置上，用劲地摁了摁。

三位堂官相互递着眼色，笑着。

雷老标见人家有了笑脸也赔着笑："吾从来未做过这样的事，叫老爷取笑了。"人家再也无心搭理伊，将手一挥："没你的事了。"有人就将伊押解到拘所里看了起来。

伊浑然不知，这一切正把自己往断头台上推，心中还惦记着人家最后那句话："没你的事了。"昨夜那么多的事，伊记不起全部来。伊想尽力回忆起来，可回忆了老半天还是记不起，伊内心十分焦急地看着孔瑞云说："吾实在记不起了。"

孔瑞云真想朝那人踢一脚。谁见过这样的人，连帮自己说好话都不会，真应了那句老话："帮人莫帮怂蛋。"现在伊好心要帮人家，人家这个样子连自己都被带得怂了起来。孔瑞云真的又气又恨，生气地道："你这样子，吾管不了了。"

雷老标慌忙拽紧孔瑞云的手臂："老哥弟，你不能不管呀，吾求求你。"

孔瑞云无可奈何地叹着气："你呀，真是杀头刀架在头颈上，还认为人家跟你做戏呢！你晓得否？你都快被杀头了。吾问你，昨夜供纸上写些啥清楚不？雷老标的名谁写的？那个圆点谁画的？那个手印谁按的？啥钢笔的，又是咋回事？你这个没出处的……"

雷老标从人家的语气和行为中知道了事情的严重性。人家孔瑞云从来没对自己这样生气埋怨过，看来事情真的严重了。伊箩大的字不识一个，当然不清楚供纸上写了些啥，怯怯地朝孔瑞云打听："供纸上写啥了？"

"写啥了？"孔瑞云用最严厉的目光朝伊一瞪——

"杀头！"

"喔哟！"

雷老标整个人一趔趄，要不是抓着孔瑞云的手早就跌倒了。伊顿时魂飞魄散，又后怕又生恼，仿佛如梦初醒，一边哭一边诉说："这些老爷都是骗人的，叫吾好好交代，说交代了就没事了。吾都全交代了，咋就写杀头呢……老哥弟，你的嘴能说，你帮吾到官府面前讲讲清楚，吾没有杀洋人的，吾没有……吾冤枉啊！"雷老标这时双脚完全瘫软了，只有那双手死命地攥着孔瑞云——这棵对伊来说唯一的救命稻草。

孔瑞云觉得手臂挂了个千斤重的秤砣，逼使伊为别人冒出了心酸的泪花。伊始终坚信雷老标是清白的，可想要把人从官府那里救出来，非但要有人情，还要有足够的理由来证明案犯的清白，人家才肯放人。在伊心里疑点最重的是供词上写的"钢笔"。伊不清楚钢笔是怎么回事，问："供词上写的钢笔，是咋回事？"

"钢笔——是吾捡来的。"雷老标赶紧解释，"那天是你叫给庙里送菜油不是？吾是在回家的路上捡的。"

"在哪条路上捡的？有人给你证明没有？"

"有的。那天正好有人烧教堂，吾在庙门口看见县老爷带着

人跑来,在庙围墙西南角,县老爷跟府山上下来的一拨人撞上了。吾都看见老爷跌倒在地,老爷的兵跟府山上下来的人打了一架,后边人都跑散了。申时差不多,吾想回家,一出大门见着一队兵在盘查街上的人。吾怕自己讲不来话,说不清,便回来找到那个'不是'了,还是'不是'送吾出城门的。在那个老爷跟人打架的地方,那个东西在吾脚底一滑,还差点叫吾跌了一跤,吾捡起那东西给'不是'看,'不是'还说这是好东西……"

"啥不是?"孔瑞云见有人证明钢笔是捡来的,心中便有了希望。心想只要找到了那个人去给做个证,那事情就有转机了。只是人家老说"不是,不是"的,把伊也绕糊涂了,便问雷老标:"你说有人见到你捡到东西,那你认不认得人家,人家姓啥叫啥,你晓得否?"

"不就是那个'不是'嘛!"雷老标瞪着孔瑞云,见人家听不明白,着急地解释:"就是——就是——"雷老标自知这样子别人不能明白他想表达什么,急了:"就是庙里的那个'不是'。"

雷老标的表述让旁人听得稀里糊涂。马同知一直默不作声地看着,分析着,伊知道这一切都是冤枉人家的——这么老实的一个人肯定干不了那些勾当。伊也有心帮这个忙。要是能救下这个人,非但给亲家落了个人情,还能在自己的良知里留下一个善果。伊见人家着急,就温和地安慰人家:"你别急,莫怕,仔细想想,那个人叫啥?叫不来,你把长相、特点讲出来,我们好去帮你找人。"

雷老标见是个官爷这样鼓励自己,心中平稳多了,伊尽力想表达自己的意思:"就是庙里管事的那个'啥啥不是'。"

孔瑞云听后心想:莫不是"五经博士"?脑子里一转,肯定雷老标指的是这个人,说:"你说的是不是'五经博士'?"

"对，对！就是那啥啥都'不是'。"雷老标肯定地说，"就是伊送吾出的城门，不信你去问！"

孔瑞云长吁了一口气，如果一切真是这样的话，那事情就有转机了。伊心知再跟雷老标怎么说，事情也就这样了，还不如去找自己堂叔先弄个明白再说。孔瑞云这时心情好多了，对马大人说："亲家，这里现在就这样了。吾到庙里去问问是不是这回事，一切等吾从庙里回来再研究——"

一行人从这里走了。

雷老标的眼睛始终看着人家，伊把希望全寄托在人家那里……

后来的事情，证明雷老标确实是无辜的。孔瑞云到孔庙里找到了五经博士——自己的堂叔提起了这事，证实了雷老标所说的一切。孔瑞云要求人家到时前来做个证，人家爽快地答应了。只是孔瑞云弄不明白，人家怎么会抓到雷老标头上？又怎会那么凑巧地有了这支钢笔出现？这事伊从未听雷老标提起过。以往，凡有一点稍有动静的事，雷老标都会来寻自己拿主意的。伊咋就没听雷老标提起过这事呢？

看来这个雷老标真的不知道啥是大事啥是小事。那支钢笔经过马同知了解后，知道东西是自己上司吴知县的心爱之物。这支钢笔是传教士送给吴知县的，伊以前每天看见吴知县佩在身上，伊从档案处一见到东西就认出了。这东西在雷老标家搜出来，就是自己审案也会有怀疑的。伊从府官处——那个与自己十分要好的府衙同知那里探听出事情的由头：

原来，由于上头追得紧，一定要把教案的事在年内结案。近几日，整个署衙白天夜晚连轴转，将先前抓的人犯重新审了一遍。有一个家住官渡镇姓张的犯人受了夹手刑后，扛不住疼痛乱

咬同党招出了雷老标。那个案犯，也的确在烧教堂时凑过热闹。在府山上哄下来时，对街边的雷老标瞧过那么一眼。在审讯时，叫伊招出同党免受杀头。伊想想那些造反的人自己一个都叫不出名来，好不容易想起在街边看见一眼的雷老标，便把人牵扯了进来，没想到会在雷老标家里发现县老爷使用过的钢笔。世上真有这样巧的事——这笔糊涂账，真是！

最终的结局，在马同知的大力帮助下，雷老标终于被放了出来。可是别人不清楚，雷老标的这条烂命是马同知在五经博士证明后，帮忙求着情，日后花了四根金条才从按察使手中买下来的。即便是错判，人家毕竟是大过自己好几级的上司，为教案的事，多杀一人少杀一人，朝廷不会有多大的反应，何况一介草民乎！要使上司在下属面前承认错误，那简直是难如登天。要不是有个五经博士的面子，马同知想从人家手里把人捞出来，怕是自己的官还小了点。没奈何，马大人请了一桌好酒，邀了几位主要府官作陪，说了一长串好话，日后又塞了四条黄货给那个督办官，才算把人捞了出来。直到大年三十夜，雷老标才回转家门。

当下，孔瑞云心知事情复杂，一时半刻也没有结果，直挨到傍晚马同知从县衙落班后，两人从头到尾计议了一遍。马大人告诉亲家公："事情挺棘手，要救人不是没可能，却要费些周章。"伊叫亲家先回去听消息，自己会尽力周旋的。临走时，孔瑞云掏出一百块大洋放到茶桌上，十分认真地对马同知道："亲家啊——这事就劳你费心了。不瞒亲家，这雷家虽说跟自己不亲不眷，可自己一直把人家当兄弟看待的。这次的事又有自己的一些干系，自己不把人救出去，真是愧对人家的……"

见人家这样子求情，马同知心中有数了，对亲家道："还好雷家是遭冤枉的,就是没亲没故自己知道了事情的原委,也会帮助的。只是……"马同知也有些犯难地说:"案子由上头主审的,自己在别人面前,官小好几级,怕是说话顶不上用……"

孔瑞云一听,一把拉住马同知的手,言辞十分恳切地求人家:"亲家,莫怪吾这个没用的亲眷给你找麻烦,吾这也万不得已呀。不瞒你说,昨晚里咱家的花轿就是雷家兄弟拼命帮忙抢回来的。人家为了咱,还受了强盗的一刀呐,差点废了一只胳膊呢!吾们欠着人家天大的人情呢!"

听了此话,马同知似乎弄清了亲家为啥费这么大劲给人求情了。既然人家救了自己的女儿,这个人情自己理应还给人家的。伊心中暗暗打定主意:"无论如何也要把人救出来。"便对孔瑞云说:"亲家啊,你放心吧。既然人家对咱有大恩,那吾就知道怎么去做了。"说着,马同知将桌上的银圆拿起放到孔瑞云提来的礼篮里:"亲家,这钱你拿回去。这边该怎么打点,吾自会盘算的。你就回去等消息就是。"

孔瑞云听到了亲家这样的口气,心中轻松多了。趁马同知不注意,将篮里的四包点心连同那封银圆悄悄地放到水仙花前后,提着篮向马大人和马夫人告辞。马夫人要留伊吃晚饭,孔瑞云对人家说一句:"赶天早还是不吃了,改日请亲家和亲家母到家里做客。"顾不得礼貌,伊朝雷石头丢个眼神,拔脚就从门里闯了出去……

自始至终,这曲独角戏都是孔瑞云一人唱的。雷石头这块石头,简直就是戏台里混人头的,从头到尾没有一句台词。等孔瑞云急急忙忙赶回家时,家里已掌起了灯,一家正等着伊回家吃黄昏呢。

晚上的菜是热的昨晚没吃完的剩菜,浅浅满满地摆了一大

桌,主食是昨日没吃完的米饭熬的粥。孔瑞云把一家子招呼齐了,自己老夫妻俩坐在上横,新媳妇和孔祥和坐一横,让自己小儿子陪孔祥和小舅子坐侧横。这俩小子经过一天相处,都舍不得分开了。孔瑞云还有一个女儿,独自一人坐在小舅子对面。当大家都依序坐定后,乖巧的新媳妇连忙给公公舀来了一碗粥,孝敬地摆到公公面前:"爸,这是你的。"

孔瑞云心中像喝了蜜汁一样的甜美。但是,伊真的心疼媳妇,连忙拦住正端碗准备给自己堂客盛饭的媳妇,说:"媳妇啊,让你娘自己来。咱家没这样多的规矩,你盛你自己的,大家都盛自己的吧。"

马氏听公公这么一说,也就作罢了。伊又伸手要给孔祥和盛饭。孔祥和听了父亲的这番话亲切地看了看媳妇,连忙自己把碗端住。马氏又朝自己弟弟伸手,没想到小家伙双手把碗握在手中对姐姐说:"吾要跟小哥哥一样自己盛。"马氏虽然遭到弟弟的拒绝,可是心里很欣慰,觉得一天中弟弟似乎长大了不少——感到弟弟的表现给自己长了脸,便和蔼地吩咐弟弟:"慢慢来,别烫着手。"

当两个小家伙蹦蹦跳跳地来到饭甑边,正在打饭的孔瑞云堂客,从小舅佬手上接过碗说:"小舅舅真乖,你现在太小还够不着,大娘给你盛吧。馒头要不,大娘给你夹两个?"

"好的。"小不点高兴地踮着脚看着饭甑里热着的馒头。

自己的小儿子也跟着说:"娘,吾也要馒头。"

"好的。"孔瑞云的堂客也给自己小儿子拿了两个馒头。等两人都装了馒头后,又一起蹦跳着回到桌子上。孔瑞云堂客见着两个小人儿那么投缘,心中美滋滋的,回到桌子边忍不住对媳妇说:"你看这俩小不点多有情分。玩了一天,俩人重一点的声音都没出过。自己的亲兄弟都好不到这份上……"马氏听了心中很舒畅。这一天也真是,本来在家老是调皮的弟弟,今天好像真的成长了,懂事多了。看着一堂的和气,孔瑞云心中宽慰。自己家一向节俭,伊怕陈饭熬的粥,媳妇姐弟吃着不习惯,便对媳妇说:"媳妇啊,咱家向来都不敢浪费的,这粥你吃不习惯,可以多吃馒头。"

新媳妇赶忙接口:"这大锅里煮的粥香着呢,吾喜欢吃。再说大家都能吃,吾为啥不能吃呢?爸妈往后烧饭不必顾虑吾的。在家时,也常这么吃的。"

媳妇的态度让孔瑞云心中感到十分慰藉,伊面对女儿说:"月秀啊,你已十六了,离上花轿的日子也不远了。以前爸不知该怎样教你,现在你有了新嫂嫂。你嫂嫂那里有得你学的东西。"说到这里,孔瑞云又对儿媳道:"媳妇啊,麻烦你多教教月秀妹。"

"这哪里的话呢?月秀妹妹乖巧着呢,看伊多聪明,又俊俏又能干。吾倒要向伊学学乡里的风俗呢。爸妈,吾今日跟大家头一次会面,日后有啥检点不到的地方,还望大家多担待。做不来的事,爸妈可要多教教!"

在相互谦让着的家庭里,一家人过着和和美美的幸福日子。吃过晚饭,除了俩老夫妻外,余下的人全都跑到了新房里。小姑子月秀羡慕嫂嫂鞋头上的花绣得好看,说着缠着要人家教。马氏实在拗不过去,从箱子里掏出一些花样让伊看。俩小不点,见大人看得认真还以为有啥稀奇的,也争着要看。马氏很珍惜那些花样,生怕被两个小孩抢着夺着不小心扯破,便从床头那五屉桌的拉屉里,拿出一些南瓜子、花生给孩子。有了好吃的,小孩的注意力转移了,在房子里进进出出,一边吃着东西,一边见啥啥稀奇地玩着。

大家都有了事干,单落下孔祥和一人受着冷落,伊见媳妇和妹妹亲密无间地对着一个又一个花样悄悄地说着、议着——女儿

家的事,伊一个大男人也不便怎么插嘴——一时觉得无趣,便取来一本书,独自坐在床沿上,借着蜡烛光亮看了起来。可眼前人家低声细语时不时打断伊的注意力。到后来,俩小的蹦着跳着叫着又回到桌子边取吃食,便完全破坏了伊看书的兴头。伊索性合起了书,日子显得无趣……

直到堂上的自鸣钟打了十下,孔瑞云堂客跑过来叫走了依依不舍的女儿,劝住了还赖在新房里吃着玩着不肯离去的小孩:"都十点了,明儿再玩吧!快到大娘房里玩,你姐累了,让你姐歇息了!你俩过来,吾房里有更好吃的。"听说有更好吃的,俩小不点跑得比谁都快。

打发走了这一切,孔瑞云堂客对媳妇和儿子说:"你们累了一天,也该歇了!"当新房空落下来后,一阵无声的寂静,让两人都感到不自在。新娘在一片安静中端着脸盆到外间打进了一盆热乎乎的洗脸水,放到梳妆台上对男人说:"官人,你先洗吧!"

孔祥和脱口便说:"你自己洗吧。"转念一想又说道:"好吧。"

孔祥和认真地给自己洗过了脸,从梳妆台下边的架子上取出一个木盆,将刚洗过脸的铜脸盆里的热水倒进了木盆中,便去"黄妈妈"炉子上的黑陶茶壶里倒来一盆热水回来,又放到梳妆台上,充满感情地对妻子说道:"娘子,你也洗洗吧。"

新媳妇从丈夫的举止中感受到一股爱的暖流,用充满真情的目光朝孔祥和一瞥,伊满脸洋溢着幸福洗漱起来。当伊洗过脸后,转身看到丈夫正坐在洗脚桶边慢慢地脱着鞋,木脚桶的另一头,有一条不知啥时候多来的小凳,正静静地向自己发出无声的邀请。马氏一看心一热,脸上爬上一层痒痒的羞红。伊知道那是丈夫在等着自己,便将脸盆里的热水掺进了洗脚盆里。

只见到孔祥和对妻子笑着说:"咱一块洗吧,暖和点!"马氏轻轻地"嗯"了声,便面对着丈夫坐下,脱掉鞋袜。伊将袜子搭在自己的大腿上,将那双半大不小的脚羞羞地塞进木盆里。当伊的脚第一次触碰到自己男人的脚时,心头一阵慌乱,伊是头一次和男人有这样亲密的肌肤接触,既新奇又害怕。面对丈夫,伊的双脚一动也不敢动。孔祥和察觉到了妻子的反应,悄悄地抽出脚,轻轻地踩在妻子的脚背上。马氏只听见自己的心嗵嗵地乱跳。丈夫的脚像一块炭火似的烤着自己的脚,好像要把自己融化了一样。伊一时受不了,便把脚抽了出来,可那双脚又没地方搁,踩下去反搁到丈夫脚上。这样子,孔祥和感到有一双柔美的脚踩着自己,让自己舒服、幸福。两人低着头不发一声,沉浸在肌肤接触的和美当中。那两双脚在脚盆里你踩我、我踩你,频率由慢到快,到了最后,连水都溅出来了。两人谁也不顾,像一对小孩嬉戏着⋯⋯

在幸福的厮磨中,孔祥和说话了,伊说:"娘子啊,咱们堂都拜了,可是吾还不晓得你叫啥呢? 你叫啥名呢?"

马氏将一双闪亮的眸子对着孔祥和,嘻嘻地笑着,一语双关道:"祥和的天呐,没有你这样的新郎官,连自己的媳妇叫啥都不晓得?"

孔祥和被逗得心花怒放,不由地一捏人家的鼻子:"哪有你这样调皮的新媳妇,还不从实相告,要不,别怪吾整天叫你堂客不好听了!"

"堂客"两字叫新娘马氏宛如梦中:就这样自己从一个老爷家的千金小姐,不知不觉地变成别人的堂客了!

这一切变化让人感到既突然又新鲜,这一称呼让人听了是那么的别扭,又那么幸福。在幸福中,新娘马氏将姓名告诉了自己的新郎:"马——金——凤——"

"马金凤?"

"马金凤。"

"马——金——凤——?"

伊被问得不好意思地低着头,不敢正眼看人家。孔祥和傻傻地发着呆——伊仿佛见到了一匹飞奔的天马,驮着一只金色的凤凰,在云端里自由地飞奔。金色的凤凰在半空中见到自己,便朝自己款款飞来,停留到自己面前时,变成了这么个满带仙气的美丽人儿。孔祥和不由地深情呼唤着这个名字——

"马——金——凤!"

伊深情地注视着新娘,这个人,这么秀美,这么可爱,每一处都散发着一股让人无法抗拒的魔力。这个女人是自己的,一时间伊好像做梦一样。当他用心地把人家从头到脚仔细地看了一遍,最终伊把目光停留在人家的脚上。那双脚,如此秀致、精巧,把缠脚与放脚恰到好处结合在一块。伊曾缠过脚,却看不出一点痕迹。孔祥和看不够,情不自禁地撩起人家的一只小巧的脚,轻轻地捧起,仔细地观察。新娘由人摆布着,配合着。当一只白皙的小脚到了孔祥和的胸前时,孔祥和喜欢地将那只脚贴到自己的胸口,双手怜爱地捧住。突然间,孔祥和听到自己的心房咚咚地响,顿觉得自己心里的血在涌动。连马金凤都觉得自己的脚心有一颗心脏在突突地跳动。这颗心脏很招人,立马,马金凤的心也随着那颗心狂跳起来……

只看到孔祥和不管不顾地一下站起,胡乱地趿上鞋,一把将新娘抱起,三步并作两步将人抱到了床上,朝人家做了个不怀好意的鬼脸,反身飞快地关上房门。巨大的关门声,路人都能听到了。伊顾不了那么多,立马一只脚蹬在踏脚凳上,一只膝头跪在床沿上,对马金凤不怀好意地傻笑着,急不可耐地伸手去解人家的衣扣。马金凤羞得满脸绯红,瞪了新郎官一眼。那一眼让孔祥和变得手忙脚乱,协调的双手突然变得有些僵硬,动作似乎也变得粗野。马金凤便在伊的额头上点了一指,嗔一句"你——呀——",便闭上眼,屏住呼吸,撒开双手,划开两脚,任由自个男人折腾摆布……

当一个属于自己、仙气袭人的女人,这样大撒把地躺在自己面前时,伊不再顾忌什么斯文了,一切信马由缰:一件一件地褪去了新娘身上的衣裤,就像剥一根刚露尖的春笋芽子。当笋衣一片片地剥落,露出里边雪白粉嫩的笋肉时,孔祥和感到胸口闷热,仿佛气都喘不过来。一股莫名的冲动被锁在没有出路的肢体里到处乱撞。伊的四肢经脉都在膨胀……当伊见到一双雪白秀美的大腿时,一股强大的力量冲撞了自己的天灵盖,迫使伊更加慌乱地扒开女人最里边的一件衬衣。最终,一块绣着一对鸳鸯的红肚兜挡在眼前。伊没有心情欣赏那精美的绣工了,粗笨地掀去了那块红布头,准备疯狂地一扑而上……

突然,伊整个人像中了定身法一样僵住了。伊的目光停在敞在面前的一只乳房上——左乳奶晕明显有一圈牙印。那印子结着一层紫黑色的血痂,触目惊心地摆在眼前!孔祥和的心里立马冲出一张血盆大口。伊的心中,那张血盆大口又活了起来。伊仿佛见到妻子挺着的乳房变成了一条血红的舌头,正舔着自己的心尖,突然那张大口朝伊的心口狠狠地撕咬了一下,把伊的整个心脏都吞没了。孔祥和顿觉得整个人像中了邪一样猛然一颤。伊觉得从腿裆处开始,全身像冰一样寒冷。顷刻,伊打了个冷战,一股强烈的恶心从胸口涌起。伊的第六感命令伊赶紧捂住了嘴巴,立马,伊便闻到了一股酸心的恶臭。仅有的一点理智指使伊奔到木盆边,一松手,胃里的晚饭便喷射而出,倾泻而下的呕吐物将盆里的水都溅到地上了。

正在仙界里游梦飞升的马金凤,突然听到一种异样的声响,睁眼一看,发现身边的丈夫不见了,眼光延伸处,只见孔祥和一个劲地在呕吐。伊倏地坐起来,朝丈夫奔去,一见孔祥和脸色铁青地不停呃着,塌了天似的叫:"天哪,这是怎么了?"

许久,孔祥和大口地喘着气,"啊哟、啊哟"地呻吟着,发现夫人光着身子在身边担着惊,连忙朝伊摆摆手:"吾没事,没事——"整个人却还一个劲地喘息着。马金凤看夫君缓过来了,忙跑到床上,飞快地将内衣穿上,赤着脚又回到丈夫身边,搀住丈夫的一条手臂,眼里噙着泪水,说:"官人,吾扶你到床上躺下吧。"孔祥和点了点头,由人摆布着坐在床上。马金凤帮丈夫脱掉了外面的衣裤,抖开一条被子,盖到伊身上,又从娘家刚陪嫁过来的一个竹壳暖水瓶里倒了一杯水给丈夫说:"官人,喝口水吧。"说罢,便把水凑到伊跟前。孔祥和听话地喝了几口后,人便变得清醒起来。伊仰靠在床头,让自己回神。少顷,伊见到不安的妻子身着单衣立在床边瑟瑟发抖,便痛惜地说:"凤儿,天冷,你也上床吧!"

马金凤默默地坐在丈夫身边,伊不清楚丈夫为啥会突然变成这样。各种的猜想纷至沓来,伊的内心波涛汹涌,外表却平静得让人窒息。伊再也不敢碰孔祥和。伊被刚才的情况吓怕了。

当孔祥和恢复寻常时,非常抱歉地拉着妻子发冷的手说:"刚才吓着你了,真对不住啊!"

马金凤另一只手也握住丈夫的手背,满怀疑虑地探听着:"刚刚吾真被吓着了,你这是……以前有过这样吗?昨晚吐了,今晚又……莫不是你病了?或是……"

孔祥和心头一堵,伊不能将实话相告。要是人家知道事情的原委,会伤心死的。伊寻思着抬出一个理由:"怕是这几天事太多,有些累过头罢了。"

马金凤听后,心疼地紧握了一下手心那丈夫的手,深情地朝丈夫脸上瞧了瞧,发现丈夫脸色很是憔悴,便说:"怕是真的操心过头了,那你就早些歇息吧!"

孔祥和感受到妻子的关心,把另一只手也搭在妻子的手背上,摸了几把,朝妻子的脸上看了看,见到了一张担心忧虑的面孔,伊心头涌上了不落忍的伤心。是自己招惹人家担心了,便对人家满怀歉疚:"看上去你也累了,咱一起歇息吧!"

马金凤听后,顿觉得满身疲惫,挣扎起来放下了洋纱帐帘,最后,把一个火柴盒子放到手能摸到的床头边,把亮着的一个烛台移近。伊担心丈夫夜里会不会有啥不对,预备着,然后吹灭烛火,将身子快快地缩到被筒中。

黑暗中,孔祥和躺下身子,先背着妻子睡下。想想这样不好,便翻转身将妻子搂到怀里。马金凤感受到丈夫的反应,也搭上手反抱着孔祥和,黑暗中俩人就这样拥着抱着,渐渐地孔祥和要睡着了……

慢慢地,孔祥和的手顺着妻子的肩背一路松塌下去,当触及妻子鼓圆紧实的股瓣时,手停住了。马金凤顿觉得丈夫的手是一柱火捻子,自己是一块干裂许久的柴火爿子。火苗移到哪儿,哪儿就火星四溅。丈夫的手停在自己的股蛋上,伊觉得屁股后头烧了起来。伊既害怕又新奇,却一动都不敢动,总有一股激情在胸口冲撞。伊不清楚自己想干什么,想得到什么,有一个既明白又懵懂的念头反复跳到跟前。伊希望丈夫再猛烈些,再放肆些……在强烈的渴望中,伊只听见丈夫均匀的鼻鼾声和房外传来的扰人的鸡鸣声。马金凤流泪了,伊不知眼泪从何而来,伊并没有想哭的意思,可眼泪却确确实实地流出来了。伊抑制着、抑制着,伊不知自己咋就变成这样,怀疑自己是不是病了。近年来,伊也曾萌

动过春心,可那时,伊都能很好地控制自己,不像现在一切都逃脱自己的掌控,自己已然变成了一匹脱缰的野马,理智荡然无存,一切乃由本性驰骋。伊实在控制不了自己,一把朝孔祥和的腿叉中摸去⋯⋯

突然,伊感觉到睡梦中的丈夫浑身一阵痉挛"啊、啊"地喘着吞吐不出的气,突然发出一声尖叫,猛地从被窝中一下坐起,把马金凤吓得四肢发麻。伊立马恢复了清醒,知道丈夫出事了,飞快地从被窝中探出手摸索着那盒火柴。东西一到手,伊便点燃蜡烛,光亮中看到丈夫一身是汗,一副惊魂未定的神色,便担心地问:"官人,你怎么了?"

孔祥和没有搭理伊,双眼直勾勾地不知看啥,那是一种没有心窍的状态。马氏更加恐慌,摇了一把孔祥和,似乎把孔祥和摇醒了。孔祥和长长地吐了一口气,软靠在床榻上,伊见人家为自己着急,无限懊恼地暗生自己的气:吾怎么这么没出息呢!

刚刚孔祥和做了个梦:伊不知怎么会做这样一个梦,这梦毫无先兆非常突兀,就那么来了——

起初,伊和几个书友一路神游到了一个熟悉又从未到过的地方——那是一处风光旖旎风景优美的山顶,四边云雾缭绕,把山顶隔在空中,好似仙境又像凡间。伊对这个地方很熟悉,可就是想不起来,想问身边的书友,可当伊扭头四处寻找时,却发现身边一个人也没有。正在纳闷时,一个仙女来到了伊身边,笑着将伊引到一座恢宏的神庙中。那个神庙伊好像到过又好像从未来过,正当伊在犹疑时,走来一大一小两位神仙。那个大的伊认识,那是观音娘娘;那个小的伊也认识,那正是伊拜过堂的新媳妇。伊很吃惊,自己媳妇怎么会和观音娘娘在一起?伊正想问娘娘怎么回事。娘娘却对伊不容置辞地说:"孔举人,这里可不是一个凡人该来的地方,你既然来了,那是定数。"娘娘说着,将那个小的——像妻子一样的那个女人往前一推说:"你认得此人吗？她是你前生定下的妻子,现在你把她带走吧。"说着,一阵轻风拂过,那个小仙女像一阵风似的飘到伊身边,穿着的轻纱薄衣贴在身上飘扬在身后,能叫伊看清里面的身子,那身子十分柔美可心,伊看得呆了。接着娘娘隐没而去,给俩人扔过来一朵五色斑斓的云彩。仙女便和伊牵着手,在云彩里追逐嬉戏着。突然,伊发现仙女裸着身子,让伊十分惊讶又不好意思地把头一低,猛然发现,自己也赤着身,伊立即双手捂住了下身那点羞。仙女跑过来,轻轻地揭开了伊的双手,与伊紧紧相拥,两人媾在一起,在空中飘游……

正当俩人飘飘欲仙时,一记炸雷将云层打烂,一道闪电击中了伊的身子。伊大叫一声,猛然醒来,发现自己满身是汗,一点气力都没有。

马金凤见到了满头是汗的丈夫,默默地穿起罩衣,下地从箱笼里找出一块新毛巾,倒空了暖瓶里的热水,拧一把毛巾给丈夫先洗了把脸,发现丈夫脖子上也满是汗水。伊犹豫片刻后,伸手解开丈夫的衣扣,孔祥和任由人家摆布。马金凤干脆脱掉人家的衣裳,脱掉衣裳时伊又犹豫了一阵。伊知道丈夫的短裤脏了,该不该也脱下呢？内心挣扎了一番后,马金凤做出决定,坚决地脱掉了丈夫的内裤。伊发现裤头上粘着厚厚的一层异物,那异物正散发着一股强烈的让伊喜欢又抗拒的气味。马金凤将裤头卷起放到床边的踏脚凳上,拿起毛巾又到脸盆里拧了把,默不作声地擦着丈夫的身子。当伊的手,触及丈夫的腿间时,手一颤,伊赶忙镇定下来,心中鼓励自己:都拜过天地了,还怕啥。有了这个底气,马金凤从容不迫地为丈夫继续细心地擦洗着,每个旮儿都不落下……

孔祥和默默地接受着妻子这种特殊的服务,心里却感到万分痛苦。伊恨自己不争气,会在妻子面前出丑,恨自己冥顽不化,如此体贴的妻子为什么会接受不了呢?伊骂自己是傻瓜、混蛋、不是人。静默中孔祥和的眼睛湿润了。妻子越对伊好,伊越是害怕。伊今晚试图和妻子好好地鸳鸯戏水一番,让俩人共享婚后的幸福和快乐。可是,当一见到那个牙印时,那个魔鬼又一次出现了,生拉硬扯地将伊从美好的氛围中拉出——赶进那个桎梏的牢笼中。

孔祥和痛苦啊,这种痛苦每到夜深便越发强烈。从此,白天里,孔祥和都能好好地待妻子,关心体贴人家;一旦到了夜深人静时,这种痛苦就一次又一次地袭来,叫伊几乎崩溃。在妻子面前,伊承认自己不是一个男人,起码,伊不能从生理上给妻子一个圆满的享受,伊绝望呢!

从此,孔祥和与马金凤只有夫妻之名,而没有夫妻之实。伊试图改变自己,做过无数次的努力,一到关键时刻,自己就会熄火。尽管经过漫长的挣扎,慢慢地能克制呕吐,可那小兄弟只要一到关键时刻便怎么也来不了精神。

打从这一天开始,孔祥和就落下了阳痿这个毛病!

在别人看来,俩人非常亲密恩爱,是天配的一对,地造的一双。只是每到夜晚俩人身心都经受着日复一日的煎熬。每晚俩人躺在被窝中有一搭没一搭地聊着各种各样的问题。有好些西化的东西马金凤说出来孔祥和都不懂、不知道。人家问伊人是从哪里来的?孔祥和回答人家,人是女娲造出来的,还说得头头是道:高贵的人是女娲用手一个一个精心捏塑出来的,伊赋予那些人超群的智慧和能力,每捏一个泥人出来就吹一口气,那些人便成了聪明出众的特种人物,这群人便是统治世界的帝王将相。光有这些人,世界太单调,女娲又用模子拓印了一批泥人出来,当这些泥人拓出来后,女娲双手一挥,那些泥人便活了起来。女娲便叫那些人听从精心捏出来的帝王将相调遣,那些人便是大大小小的各色官员及士大夫阶层。后来女娲感到世界仍不丰富,便拿起一根树枝往泥水凼中一浸,挥手一撒,播出了千千万万个下层百姓。有了这些,人间就成了完整的世界……要不,为什么人在洗澡时身上会抹下一层层泥呢?

马金凤却告诉人家:人是经生物演变、从细胞分裂发育而来的。世界上每一个生物,起初都来源于海洋中的单细胞微生物。微生物慢慢演变成多细胞生物体……渐渐地有了鱼、虾等。经过亿万年的演变,海洋生物变成了龟、蛙等水陆两栖动物。又过了许多万年,两栖动物变成了陆地上的高等级动物。人便是高等级动物中的一种,世界上所有的动物,它们的基因绝大多数是相同的……

这样的论调,听得孔祥和目瞪口呆。伊不知这些奇奇怪怪的学问人家是从哪里得来的,编得那样叫人相信又不可思议。谈论这些东西,也无所谓对或不对,两人只为了打发时光,消磨漫漫长夜……

一大早,马金凤默不作声地将丈夫的短裤、内裤以及那条毛巾一起拿出来,悄无声息地洗了。伊来到天井里,见到了那年里的头一场雪——先是星星点点、稀稀拉拉的雪粒,噼里啪啦地砸得瓦背哗啦啦地响。不多会儿,雪花整朵整朵地密起来;紧接着,便铺天盖地地往大里下,不一会儿,屋顶上便积了薄棉似的一层。雪越下越大,孔瑞云堂客听到房外的响声,起床了。当伊推门从房里出来时,看见媳妇正在天井里搓衣服。人家的头发上、肩膀上落着一朵一朵雪瓣儿,心疼得叫伊三步并作两步跑上前,

一把将人拽到屋檐下："你这闺女啊,这么大的雪,咋就起来洗衣裳呢? 快回房歇着,吾来洗。"

"没啥的,娘,这就好了。"马金凤无所谓地对婆婆笑笑,"再汰一遍,就好了。"说着又走向天井。孔瑞云堂客慌了,立马抢先两步奔向天井,一把抢在媳妇前头占着那个盆子,捞起水里的衣裳漂汰起来。毕竟是过来人,伊细心地发现是儿子的内衣裤时,心中笑了。伊猜想,媳妇和儿子昨夜里那个啥了。媳妇这老早地起来给儿子洗内裤,还不是怕人家碰见害羞呗。老太婆这么想着,心里美滋滋的,盼着明年这时节抱孙子啰……

孔瑞云六点准时起床了。起来的头一件事就是打开大门,然后打水洗脸。伊正在天井头一边洗脸,一边看着天井里倒映的无声无息的鹅毛大雪,心想:今年怕是又一个寒冬了。正当伊出神地想着时,门里一大群人闯了进来,为首的是何团首,身后跟着附近几个村的都长、里正,最后头还有四个穿制服背长枪的兵勇跟着。那群人一进屋,何团首便扯着大喉咙嚷着:"孔老弟洗脸呐? 看你都出神了——看啥呢?"

孔瑞云一愣,心道:"这群人来做啥?"连忙笑脸相迎:"哇哟,是团首大人驾到了,快上堂请!"

话语间那群人已到了上堂,有的在跺脚,有的在抖落身上的雪,有人说:"这鬼天,说来雪就来雪,出门时还是好好的,咋就来这么大的雪!"

孔瑞云忙招呼堂客:"掌内的快给客人泡茶。"正要招呼人家坐下时,何团首不客气地说了句:"茶就免了。今日来有公事在身,还请老弟帮忙配合。"

"啥事?"孔瑞云见人家正儿八经,便满怀疑虑地想着:"自己不欠皇粮库银,又没触犯过乡纪国法,看人家又扛家伙又背枪的,难道自己有啥龌龊掉进人家眼里，让人抓了把柄……"想想自己从没犯过啥事啊，便没心思去猜这个谜，忙问："这大雪天的天老早，何团首有啥贵干？"

见人家满脸疑云，何团首不好意思地说："孔老弟莫怪，吾等也是没办法，上头派下任务，叫镇里按人头收银子，还不是为了教案的事。府里赔了西洋佬五万两银子。这不，咳！吾亦这么说，这就严冬，近年来，老百姓日子都不好过，哪能收得起啥银子……可上头不管你死活，放下硬话，收不起银子，别说吾这个团首不让干，还说要把吾下囚笼呢。吾也被屁股后头的火燎着，要不，这大雪的天，这天老早，吾还不晓得在被窝里搂堂客享福？你看——"

孔瑞云听懂了人家的意思，见人家摆着一副为难的样子也就不多说了。每到收皇粮国税，自己都带头如数完成，还好自己还拿得出，便痛快地问："这个洋钿咋交的？"

"上头交代每个人头一人一钱，你家七口人照例要七钱。就这样好了，吾到黄泥山，你是头一家交一块洋钿就是了。"

孔瑞云也不多说，便从兜里摸出一块大洋交给何团首，说："这行不行得了？落末，莫教老兄你顶赔了。"

"咳，没啥没啥，吾心中有数得很。"何团首朝孔瑞云挤眉弄眼，"这官场里也就这么回事，吓吓那些老实人的。像老弟这样的人物，只要应付应付，事就过去了。"说着，何团首便大声地对手下说："换一家去收。"末了，何团首对孔瑞云抱歉地笑笑："老弟莫怪。吾辈只是传话跑腿的苦差。改日到镇里一块吃酒再叙哥弟情分。"他一边说着，一边朝门口退去。

孔瑞云脸色沉重地看着何团首那班人从门口退出。伊心想："怕是有人这年过不安稳了！"伊心里清楚，黄泥山地方这些年只有十几家过得还算富裕，七八成紧紧巴巴也还将就，还有那一成

多不到两成的人家屋里，都在寅吃卯粮的，今日借一石明日借一斗，和着萝卜、番薯过日子。像这样的雪天里，伊敢肯定，地方里有几十家，一日只吃二顿稀的。别人不说，光那雷姓人家中就有一大把的名字可以数出来：像雷老标、雷发财、雷天才、雷老瘪……伊真的为别人担心这个年怎么过。就这么一路想着，孔瑞云长长地叹了口气，怨一句："这世道。唉——还有这么大的雪，一齐来糟害人了！"

何团首是个非常精明的人。每年收税银时，每到一个地方，伊都先从那些手头宽裕且实在本分的人着手；然后，再挤中间那节半困难不困难人家屋里的牙膏，余下最后那几个难剃的癞痢头，便该吓的吓，该逼的逼，实在逼不出的，便硬夺蛮抢。如遇抵抗，便把人抓到团练所里打一阵，关几日。如此，在上司眼里，伊便是一个模范的乡绅。每年的税课银钱，官渡镇都是完成得最好的，不说百分之百，也有九十几的道成。

当然，在成绩背后，何团首会分得一份丰厚的回报。其实，县里每每下达征税任务，都会打折下来的。当官的也知道，还有一群真的吃过今朝饭便没有明日粥的人家在。对于这群人，官府总不能全往班房屋里关吧？要是这样，整个衢州城全改成牢房也关不下那么多的人了。所以，每到摊派任务时，或按人头或照田亩，比如一人平摊一元或是论田一亩一斤就变成了一人摊一元二钱或是田地一亩一斤二三两，都留有余地的。老百姓清楚这么回事，却无处可诉。绝大多数人受着这种压迫，平头百姓也只能唉声叹气自认倒霉，至多不过对天地骂几声"这天杀的世界——"出出气。

为教案所赔的银子，交到西洋佬手中确实是五万两白花花的银锭。可那些银子，朝廷和省府已出了大半，余下的四成才是朝廷叫衢州府署用粮税和人丁税冲抵的。借着这个由头，府县趁机重敲了西安、龙游、江山、常山、开化五县老百姓的一记竹杠。这就是那个一步步走向灭亡的朝廷。

那年里,西、龙、江、常、开五县造册人丁略超五十万,上头便借着赔银五万两的由头,在六门四向的城门头,挂出十几个所谓乱党的人头,贴着一张张布告,敕令征收赔款银子:一人一钱。这么算,刚好五万那个数。你一个不了解内幕的小老百姓,被这个数字算得没有回话,那一颗颗人头吓得你不敢回话。这个钱,你有,也得交,你没有,想着法子也得交。直落得有些不明底细的人骂起了那些杀洋人、烧教堂的人——

"这些该杀头的,干啥不好干,非得杀洋人、烧教堂,害得我们也跟着赔银子!"

有这种想法的人真还不少。有那么一群人,自己不清楚造成这件事的真正根源在哪里。伊只见到了杀人放火的前因,后果便是自己跟着掏银子,却不明白这前因后果背后真正的原因。今天的人们可能会怪这些人愚昧,可当时的人们所处的是一种什么样的境遇啊!

当何团首从孔瑞云家出来,挨家逐户地一路收银子过来,不出意外都遭到了人们的不满和拒绝。可当人们见到何团首那班人上门时所摆出的强硬架势和竖起的那四杆长枪时,只能怨气往肚里咽,憋着满肚子气,不情愿地掏出钱来。有的人实在没有那份银子,何团首就说:"没银了不要紧,你家猪圈里有大猪,柜里有谷也行。"

人家问伊:谷多少一担,猪多少一头?伊回人家:"谷一块一担,百斤以上的猪三块一头。"

"这不是明抢吗!好好的墟里谷一块六一担;那百多斤的猪人家养了一年多,咋就值三块钱?"

"吾们才不要你的谷啊猪啊的，烦都烦死了，叫吾们几个一人给你挑一担谷或抬条猪回去，还不累死人?"

何团首放下狠话:"想办法自己把谷挑到集上粜了，把猪变成银子回来。明日不来后日来取，到时没银子，你们到城门头看看人头，后果自个想去。别到时候人抓去了，受了刑，吃了苦头，钱一分不少地照交了就划不来了!"

在何团首连哄带吓下，那些银子就收了八成多回来。伊心中有数得很，什么样的人家该用什么样的招。自己今日来能有这样的战果也就不错了。实际上，上头的任务下来是留有活门的，先照着一人一钱来收，交到县上的只有七厘银子，余下三成，县里跟伊说好了:给跑腿的分一厘，私下里，上头的主管跟伊一人分一厘。所以，何团首在收孔瑞云的银子时，那么好讲话。伊清楚，孔瑞云跟县衙里有关系，说不好其中的内幕会私传到孔瑞云耳朵里。伊明里是给人家优待，实际上是不敢多收人家的。只是，普通百姓就没那么好说了。

当一班人来到雷老标家时，已是中午时分。雷家的门是开着的，可堂上一个人也没有。十来个人挤到雷老标的矮屋里，见家里没有人，便大声地叫道:"雷老标家的，还不起来生火?!"

听见叫声，雷老标的堂客拖拖沓沓地穿起衣裤，一会儿后，来到房门口。一见到何团首和那几杆长枪，腿就软了。人家代表的是官府，那几杆枪便是尚方宝剑。自己男人还在牢里关着，这不，官府又寻上门来了。那女人吓得不敢迈出房门，心想:"这又怎么了，这人还抓不够啊……"连问话都不敢。

何团首见把人吓着了，便端上和气的神情说道:"雷老标家的，你莫怕。吾今日不是来抓人的。你出来，有话说。"

见人这么说，雷老标堂客才勉强挪了步子，站在房门口，吞吞吐吐地问:"团首有事不?"

"有事哩——这么个大冷天,外头落着这么大的雪,没事吾会来啊?"

"那——啥事哩?"

"是这样的——"何团首想了想,接着说道,"你家的不是叫府里给绑去了不是? 就是因为你家的连同那些烧教堂、杀洋人的事,官府赔了洋人五万两银子。这不,官府哪有那许多银子,五万两呐,你的屋子都装不下。这许多钱,谁出得起? 府里想办法了,府下五县老百姓都跟着你家一起倒霉,一人一钱银子,照人头摊派。按理说,你家里肇出的祸应该多出点,你说是不?"

"嗯,嗯。"雷老标女人被人说得只会点头,人家说得很有道理呀。

见人被说动了,何团首便接着说:"本来呢,你家八口人,按人头一人一钱银子,算算,是两块洋钿。吾们都是乡里乡亲的,吾也晓得你家的日子不好过。吾跟县里帮你求过了,你一家就交一块银圆吧。你看,何某够意思了吧?"

这话多么感人,让雷老标女人禁不住眼泪汪汪。可是自己家里哪里能拿出这么大的一笔钱啊! 眼泪毕竟当不了银子。雷老标堂客发愁了,怯生生地道:"团首,吾看得出,你在帮吾;可是,吾家里一个铜钿都没有啊。这么大的数,叫吾一个女人家家哪里去寻去?"

见人那么犯难,旁人都不忍心看下去了,那些都长、里正当中有心软的都不愿看了。何团首看看也不好怎么弄,便问:"你家有猪没?"

雷老标堂客撩起一角满是补丁的衣襟擦擦泪,一脸哭相,摇摇头。何团首看着不好收场,就责怪起人家:"看看,你这个堂客,

家里咋就不养条猪呢？像你这么懒着过日子,日子能过旺吗？不是吾数落你,家里不养条猪,就是做女人的错。"

雷老标堂客听着人家的数落,只得眼泪啪啪地往下掉,哽咽着说:"不是吾懒不愿养,是……是吾家想抓只猪崽都抓不起啊!"女人又"呜呜呜"地哭个不止。

"好好的,莫哭了。吾心里软着呢,你这样子,要叫吾陪眼泪了。那吾问你,你家柜子里还有几担谷?"

雷老标堂客听伊这一说,知道这班人是无米不下山的主,只得把一块衣襟遮住脸,把脸藏在衣襟里大声地哭,一边哭一边说:"柜里还有二担救命的谷,是吾死抠住留着过年的。你们也见着了,今日家里还没起火呢……屋里的人,除了外头的那个,一家老小,包括吾那新婚的媳妇,都还瘪着肚子,窝在被窝里不敢下床呢……"

见了人家的惨状,有人再也无法忍受,连忙说:"好,好,好,你别说了也别哭了。何团首,吾们换一家吧?"

没想到何团首听了那人的话,突然发起火来:"没见过你这样的人。你这样怜惜人家,这钱你来出? 上头派下的差,有你这样办的? 都像你这样的心肠,这钱就不用收了。吃不消,就别干这个里正了!"

想不到发点善心,却招来一顿臭骂,这帮人便知趣地再也无人开口。末了,何团首怒气未消地对雷老标堂客道:"宽限你二日时间想办法,第三日吾过来取钱,如没有,反正你家已经抓去一个了。要不然,全都到班房里过年算了!"伊气势汹汹地一甩手,朝刚才说话的那个里正狠狠地一瞪眼:"走——"

何团首怒气冲冲地领着那帮人从雷家出来。大雪中,雪白的地面留下了几串杂乱的脚印。领头的何团首看着下了一天灰蒙蒙的无边无垠的大雪,骂了句:"这死老天,早不下晚不下,偏偏等人有事了,来凑热闹了。"

伊嘴里骂着,心里舒坦着呢。今天的任务比伊想象的要好些,下半日剩下的就汪姓为多了。剩下的就交汪狗倪去催。伊下午只管抱火熜喝茶了……这么想着,便发了一句话:"这老大的雪!先别管啥的了,差不多狗倪那里酒烫热了,饭点也到了,大家先去汪家大屋里吃饭。"

一听要吃饭,那班人就来了精神头,加快脚步往汪家对合堂赶去。这班人有个不成文的规矩:到了哪个村公干,便由当地的都里长做东。一上午,汪狗倪没来参加催收银子,伊就在家张罗着二桌好酒好肉。只要把何团首他们伺候高兴了,自己既有面子又有里子。因为,每当催收税款之时,每个参加的人,一天顶两天的工,发的工钱又是平常误工的三五倍还多。这群人虽嫌天不作美,可内心巴不得这种差事多干几天。这寒冬腊月里,田地里的活也没啥侍弄的,赚赚这跑腿的现钱再好不过。再说,每日里肯定酒足饭饱,这种好事大家自然巴不得!

正当这班人朝汪家赶时,半道里汪三牛撑着一把油纸伞叫着:"团首来了。吾爸正叫吾来迎呢!这么大的雪,快快快,何老叔快钻到伞里来。"

汪三牛嘴里嚷嚷着来到何团首面前,用伞罩住了何团首。何团首进入伞底下,点一下矮自己半个头的汪三牛眉心道:"你小子还算有点良心。"汪三牛对人家讨好地咧咧牙笑。何团首一眼瞧见了一张满怀色相老不正经的面孔,不由得想起了伊家那个胖女人。这段日子,只要一有关联的由头,那个胖身子,那张可乐的脸蛋就会跳到伊跟前,叫伊心里猫抓狗挠似的难受。伊内心羡慕汪三牛,却打趣人家道:"三牛你这婊子儿,那肉嘟嘟的新媳妇叫你

抱着,还不美死你啊——"

　　伊不知道汪三牛对那个媳妇面临的境遇。伊认为汪三牛应该很满足了,希望听到人家一句叫伊眼热的叹息,或是发一个叫伊心悸的动作。然而,伊抛出的话,好像落到棉堆里一样,一点回声都没有。何团首很不尽兴,一拎汪三牛的耳朵:"你这不知好歹的,那一身肉彩的堂客归了你,看你还有嫌弹的意思。吾问你连个屁都不放,莫不是夜里干不过人家不乐意?"

　　汪三牛心中非常吃惊,人家怎么会这样清楚?伊的状况,每日夜里的事,只有伊跟自己堂客晓得,别人怎么会知道得这样清楚呢?伊真怀疑人家难道能掐会算的?伊的一脸惊讶一览无余地暴露在何团首的面前。何团首只不过随便一说,当发现汪三牛的惊讶表情时,心中笑了。便寻人家的开心,装着十分关心的样子,把头靠近汪三牛,在伊耳边轻轻地说:"真的夜里干不过人家?"汪三牛佩服地点点头。何团首更乐了,就倚老卖老地对汪三牛悄声说:"干不过人家,老叔教你一招。下边的不行,你就用上边的。"汪三牛不懂人家啥意思,反问:"啥是上边的?"何团首见人当真了,就干脆捉弄伊:"上边的就是你的牙齿啊。当你干不过人家时,你就用牙朝人家的下边那张口咬去。你也不想想,人家下边那张口是没牙齿的,你这有牙齿的还干不过人家没牙齿的?"

　　汪三牛被人说得心动了——这是一个好办法。自己这一身,最厉害的莫过于这张嘴了:骂人、咬人可是自己的长项。连续几个晚上,当新媳妇闩死房门之后,伊心里就十分恐惧。每夜里,伊被媳妇剥得一丝不挂扔在床上,被人家一次又一次地强迫干那事。伊不愿意,不是挨拳头,便是被人家咬得满身牙印。最终敌不过,被人当牛马骑在身上,一次次抽走了血髓。伊真的对那个女人又恨又生畏,从心底里想报复人家,就是苦于没办法。何团首教的这一招,伊当真了。

闲扯间,一行人进了汪家大门。一踏进大门,这班人就闻到了诱人的酒肉香。一个头号茶壶正在一座"黄妈妈"炉子上咝咝冒热气呢。一见那场景,何团首的馋虫被勾起了,手也不洗便大叫着:"好香的酒,狗倪做的酒就是好。吾的喉咙头都流馋水了。快快,给倒上,吾等不及了!"这么说着,何团首往八仙桌的上横头一挪,一屁股占了个座坐下,抄起一双箸来,叉了块肉往嘴里送,然后有滋有味地嚼了起来。汪狗倪连忙提着酒壶给人家倒酒。

堂上摆开两张桌子,几个熟络的都长、里正便不客气地各自占了位,坐到何团首一桌;还有手脚慢点的就奔另外一桌去了。汪狗倪给一桌子倒过了酒,自己跟何团首座一起落在上横。汪三牛想挤过来凑到何团首一起,被父亲一声叫:"没个大小,一点规矩都没有,还不到旁桌去陪客。"

汪三牛极不情愿地坐到另一席。汪狗倪家堂客一边炒着菜,一边烧着火。家里有客人,伊先叫新媳妇前来帮厨搭手。那胖媳妇便来灶头一阵看,见着碗里的花生米,伸手抓一把,故意啥也没听见。汪狗倪堂客见叫不动人家,没好气地说:"没见吾都忙不过来吗? 你吃归吃,还不帮忙往灶肚里塞把柴?"只听到新媳妇一句话便把伊顶在了板壁上:"这事吾干不来,你不是晓得的。吾在家就由人伺候大的,叫吾干活,门还没开呢!"气得汪家堂客差点当场吐血。伊尤可奈何,一肚子火气没处撒,只得抓起菜刀重重地朝砧板上的一块肉上一阵剁,嘴里吼着:"屋里的人都死光了,就没一个来帮手的。"听见堂客在恼躁,汪狗倪朝女儿房里叫道:"兰花,没听见你娘在叫吗? 还不快去搭把手。"

房里一点动静都没有,汪狗倪的女儿叫兰花,今年十四岁,像她的哥,一直以来好吃懒做。汪家两口子支配起儿女来不怎么灵

光。听听没响动,汪狗倪便又叫:"卸羊,卸羊在哪里?"应着话声,有一个十来岁的小鬼头不知从哪里奔了出来,来到堂中见着一桌好吃的,还以为父亲叫伊吃饭,高高兴兴地挨近父亲身边说:"爸,吾坐哪里?"汪狗倪见儿子误会了伊的意思,便朝儿子道:"快到灶头帮你娘添把柴。"没想到小儿子嘴巴子一噘,说:"大家都不肯帮,你就会叫吾?吾饿了。"赖着不肯去。汪狗倪一头的无明火倏地冒了上来,正要朝身边的儿子一巴掌兜过去,转念一想,这一堂人,自己的儿女一个都使唤不动,怕叫人笑话,硬是收住气,从衣袋里摸出两个铜钿:"听话,快去帮你娘烧烧火,快去!"

一看到有钱赏,小儿子高兴了。接过了父亲手里的铜钿,朝父亲道:"吾饿了。要么你给吾只鸡腿。"说话间,伊目光已锁定了上横头那碗鸡肉。"好、好、好。"汪狗倪算是服了,从碗中夹出一个鸡大腿给了儿子,人家这才乐意地去灶底帮伊娘去。何团首这时不由地插了句话:"汪老弟,你的一班儿女全跟你一个操行,喜欢占点便宜……都精着呢。"汪狗倪被人连褒带贬地说着,只得无奈地摇摇头:"都是一群喂不熟的狗,比吾还精,没点好处,谁都调动不了,叫你们看笑话了。"

新媳妇在厨房里待了会儿,见到上堂的桌档,馋虫再也压不住,不管规矩不规矩,从碗架上端了个碗,便朝饭桌挨去。一见两张桌子都坐满了人,没有了自己的位子,一脸的不高兴。汪狗倪看在眼里惊在心头——

因为昨日中午吃饭时,自己才轻说了媳妇一句:"女人家吃相学好点,别那么大声……"话还没说完,媳妇就把碗一推,没承想那碗掉在地上"当"的一下碎了,将大家吓了一跳,把汪狗倪气得……可当伊一见到新媳妇气势汹汹的样子时硬是把气忍了下去,赔着小心说:"吾这话也没错,你就那么大脾气。"

新媳妇一句话就将人顶到了板壁上："嫌吾吃相差，你早咋就不说呢？还要嫌弃吾，早知你们这样子，这花轿吾还不上呢，谁稀罕你家的？还嫌吾……"

汪狗倪气得饭都吃不下了，人家根本不把伊这个公公放在眼里，愤怒地当堂一拍桌子，吼道："不知你爹娘如何教的，养出这么个没教养的来！"

新媳妇一听，毫不示弱地也一下蹿起，更狠地瞪着汪狗倪的眼说："你敢说吾爹娘，吾爹娘哪里招你了？踩了你尾巴不成——这样嗷嗷叫。"

汪狗倪被气得差点当场背过气去。伊在乡村里直走横行，还没有哪个敢对伊如此不恭的，这个媳妇可成了伊的克星了。人家那张嘴真的没一句掉的。汪狗倪一时无话可说，只得用一根指头指着人家，口中除了"好——好"说不出其他词，气急败坏地将自己的饭碗朝地上一摔，只听"当——"的一响，米饭撒了满堂。

新媳妇见人摔碗，更加愤怒地端起桌上一个菜碗看也不看地朝头顶一抛。只听见身后"哐当"一声，一桌子的人都被吓得四处逃窜。汪狗倪气疯了，恶狠狠地骂道："哪见过这样的疯狗，见啥咬啥，这样的媳妇不要也罢！"汪狗倪一时急了，大叫着："三牛，快写个休书来，把这个没教养的遣回娘家教好了再说……"

这一句得到了汪三牛极大的拥护，伊巴不得把这个女人赶走，当了真地跑去写了张纸来，交给父亲："休书写好了，再怎么办？"汪三牛对这个媳妇从心里产生了畏惧，躲在父亲后头。汪狗倪见儿子害怕的样子，气不打一处来，骂道："没出息的东西，这是你的媳妇，还问吾怎么办？还能怎么办，打呗！"

"好哇——打呗！"汪三牛见有了父亲给自己撑腰，冲前两步，比画着一对拳头，但见到媳妇那凶神恶煞的架势，就不敢靠近

了。只是嘴里叫着给自己壮胆："你这个胖猪，吾要打死你！"试着沾了一下人家。新媳妇见人家打伊，动了真的，一头朝猴样跳蹦着的汪三牛冲了过去，劈头盖脸地就抓、就撕。手一撩，手心多了根头发辫子，便不知轻重地一拉一甩，汪三牛便像一个链球似的被扔得好远。汪三牛的步子赶不上惯性来得快，双脚绊别着连跑带跳，最终"砰"的一下撞到了板壁上，一个屁股跌坐在地上。

一看这个情形，汪狗倪便再也顾不得男女长幼了，冲上前伸出一只手掌，狠狠地扇出一个耳刮子，朝媳妇劈头盖脸打去，咬牙骂道："无法无天了不是，吾叫你见识见识。"

只听见"啪"的清脆一响，新媳妇挨了扎扎实实的一巴掌，顿时，只见一张桌子朝汪狗倪倏地倒去。紧接着，一条板凳也架到了汪狗倪的头顶。慌乱中，汪狗倪倒退着避开砸过来的桌子，本能地抬手一挡那条长凳。幸好反应快，不然汪狗倪的头肯定开了花。伊这一挡，只觉得手臂上一阵发麻，立马起了一个黑包。伊脸色铁青地连连后退，只见眼前一个疯了的女人，抢着一条板凳，不计后果地朝自己砸来。汪狗倪且挡且退，直退到板壁边再也不能退时，一咬牙心一横，也不管痛不痛，双手抓住板凳的一头，就像对待杀父仇敌一样无比愤恨地踹出一脚。那一脚在新媳妇的小腹处留下一个清晰的鞋印。随着汪狗倪的脚又一蹬，新媳妇倒退了几步，一屁股重重地跌在地上。汪狗倪大喝一声："三牛，快，按住往死里打！"

汪狗倪一边吼着一边上前，一只脚踩住倒在地上的新媳妇。汪三牛这才有胆冲上前去扑到媳妇身上。可是，一搭上手，汪三牛的脸上就被抓了一把，五道红印子渗出血来，吓得伊赶紧捂着脸退到了一边……

到了这时，本来一心站在儿子和丈夫一边的汪狗倪堂客，看着场面实在太不像话,要是外人见着两个男人合力欺侮一个女的,管你有天大的理,别人都会说你的不是,便满嘴巴叽叽咕咕地骂天骂地:"不知哪辈里得罪人了,招来这么个煞星回来……"伊诉着、哭着、骂着上去搬开丈夫那只脚,拉起倒在地上的新媳妇。张氏从地上起来,拍拍身上的灰尘,毫不示弱地瞪着大眼,把一腔的愤怒倾泻到公公身上。刚才,伊领教了公公的厉害,伊也知道真打起来,伊不是人家的对手,心中虽然不怕,但是,再也不敢莽撞造次了。

汪家父子与新媳妇的第一次战役就这样不分胜负地结束了。接下去的口舌战,张氏便占了上风。汪家父子说要休了人家,胖张氏便自己搬来一条长条凳往中堂一搁,一屁股坐到凳上,双腿一架,大声叫嚷着:"没那么便宜。吾是你们花轿抬来的,到现在名声坏了,想撵人走,门都没有。就是死,也要死在汪家……"汪狗倪被骂得心惊肉跳又无可奈何。这事人前又不好张扬,要是传出去,汪家脸面还不扫地?伊只怪自个有眼无珠,自认倒霉。

伊现在担心这个不知高低死活的新媳妇会当着一堂的外人,做出什么更出格可怕的事来。伊领教了那个撒起泼来像疯狗一样的新媳妇——稍有一点冲犯的言行,都会使伊生出天翻地覆的是非来。所以,一见到新媳妇不高兴,汪狗倪就十分地心惊、生怕。

倒是何团首喜欢人家,见到新媳妇张望着,便搭腔:"来,侄媳妇——来,这里坐。"说罢,开玩笑地伸出一条大腿。胖张氏不知是少根筋还是胆子肥,真的做出一个架势要坐人家的大腿。何团首一时还真没做好这样的思想准备,吓得连忙把腿脚收了回去,脸上浮起出乎意料的神色,忙说:"侄媳妇,你自个搬条凳子来搭个角。"何团首说着掀了掀坐着的条凳。汪狗倪默不作声站了起来,伊对媳妇的举止满肚子的不满,却一点都不敢发作出来。张

氏也不看人家的脸色，自顾自地搬来了一张骨牌方凳，挨着何团首身边摆下座位。何团首见人坐好了，装着长辈的架势，给人家碗里夹了块肥嘟嘟的猪肉来。伊认为，这样的千金小姐是不敢要的——正等着人家惊惶失措地推挡，却不料张氏毫不客气地接受了，也不吱个声，便举起箸头，将那块肉整块地塞进嘴里，接着便响起一阵叫人肉麻的吧嗒声。何团首只觉得自己牙根一阵发酸，顿时没了食欲，心想：这女人也真够可以的……

何团首心中暗暗耻笑，嘴里却对人说道："侄媳妇，公婆家的日子还过得惯吧？这满桌的酒肉，比你娘家咋样？还好吧？"

新媳妇心直口快地道："吃食倒不错，就是太凶了点，欺侮人……"

汪狗倪一旁听得心里发怵，对媳妇又使眼色又努嘴地制止人家别说。昨日发生的事，让伊心惊肉跳，若不拦着，怕真的会抖搂出来。

别以为昨日一架吵得天翻地覆，可一夜一过，今早新媳妇十点来钟从床上起来，却像啥事也没发生一样。只见伊从床上起来后，连脸也没洗就到处找吃的，还主动问汪狗倪："有啥好吃的吗？"

汪狗倪听见这话，当场就蒙了。心里想道："哪有这样没心没肺的人！"伊见人家有和解的样子，也就放下了架子，亲自从自己房里找出一包黑枣交给人家，说道："媳妇你这脾气吾喜欢，可是，你是不是能遇事忍着点，不要动不动就发火。如果这点能改改就好了……吾也希望屋里和和气气的。"

胖张氏一边吃着人家递来的黑枣，一边回话："只要你们不冲犯了吾，啥都好讲；要是你们得罪了吾，吾才不管四七廿八呢。吾就这脾气！大家客客气气相安无事。只要你天天给吾好吃的，吾就不叫你烦人……"

汪狗倪一下子找到了对付人家的办法了。其实，像媳妇这样的女人最好对付了。伊清楚了，媳妇是个头脑简单、心直口快、藏不了捂不住的人，只要满足了伊简单的口腹之欲，那事情就不会太糟的。伊不像有的人，当面不说，暗地里使绊子，你说了伊一句重话，伊便记恨你一辈子。对付这样没心没肺的人，汪狗倪心中有数了。见人家没漏嘴，汪狗倪连忙挑了一块无骨的全精肉给人家："你尝尝，这肉比肥的好吃呢。"

一见到公公朝自己碗里夹菜，胖张氏连忙止住正说着的嘴，改了一句："好的，精肉吾最喜欢吃啦。"

张氏说着，便把注意力放到肉上，夹起就吃，把何团首看得一头雾水——伊怎么也弄不懂身边这两个人。自己明明感觉到刚刚新媳妇对公公有意见，咋的一转眼俩人又这样默契呢？

何团首心中有个疑团。伊阅人无数，一眼便能看穿人家的心肺肚肠。只是眼前，伊觉得身边这个了如指掌的老搭档变得有些陌生，变得一点都不了解了，更不知道新媳妇到底是怎样一个人。何团首沉思着，不由地端起酒碗，大口喝起来。

几碗酒下肚，何团首的话多了起来，有一搭没一搭地跟身边的胖张氏找话："侄媳妇呐，像你这样的千金小姐，整天憋在屋里还不难受死？家里又不是没钱花。像你这样的家境，不管公家、娘家还少得了你闲钱花？不如到府里逛逛，到镇上茶店里搓搓麻将、推推牌九啥的……那日子才好打发呢！"

胖张氏并不领人家的情，说："到府里路太远，吾跑不动，搓麻将吾不会，啥牌八、牌九的东西吾不晓得……"

这话叫何团首听得一愣一愣的。伊见过性子直白的人，可没见过这么直性子的人，一时反而觉得有些难堪下不了台。很快，

何团首就抓住一个话柄，说："没见过你这么老实直白的人，跑不动路，有能跑腿的啊，只要掏几个小铜钿——轿子有的是。麻将、牌九不会，你身边不就有个现成的师傅嘛。明日或者后日，等雪停天晴了，叫三牛陪你到官渡镇茶店里，一边烘着白炭火，一边喝着别人给泡的热茶，一边搓着哗哗响的麻将，那才是你这样的千金小姐过的日子。"

"真的——？又有火烘，又有人给泡茶？"

张氏的心被说动了。人家描述的日子不正是伊所向往？何团首见人动心了，接着撬："不光有火烘、有茶喝，还有不要钱的花生、瓜子嗑呢。"

"真的假的？"张氏的心头被说活络了。廿年来，伊一直被父母关在家里，对外间的世面一点都不清楚。人家说得越好伊越不敢信，便说："团首，你莫不是骗人，寻吾开心不是？"

何团首笑了。伊还没见过这么简单的女人，便说："吾能骗你吗？不信你问问在座的叔叔大伯，吾骗你了没有？"

…………

在有一搭没一搭的闲话中，一桌子人酒足饭饱了。如果下午没有公干，一堂子人会划拳吆三，一直把酒喝到傍晚。只是还有任务在身，一班人便收住性子，结束了饭局。

下午，何团首看着天井里不断积厚的雪，自己就不愿干差事了，伊对汪狗倪说："后半日的事归你划算，还剩下那些户头的铜钿没收上，你们几个去收，吾要在家烘火喝茶了……"

那班人离开汪家大屋后，屋里只留下何团首独自一人。汪家堂客忙了一上午，见人散了，便胡乱地吃了饭，马上给何团首泡了杯茶敬上，又端来一个瓜子碟，摆上自家煮的咸花生、黑瓜子放在桌上，对人家道："团首你坐着，火缸里的火拨旺些，没事嗑瓜子。

吾去把火桶的火添上……"

何团首忙说:"你忙你的,在你家吾又不生疏,该吃该喝,吾会自己动手的。"

汪家堂客一边说着话一边把一口火缸提到灶头,一会儿端回一盆旺旺的炭火,又从自己房里费劲地扛出一只木火桶来。这种御寒家伙,只有富有人家才置备。伊把木火桶放在桌子上横,掀起那个带篦的坐垫盖子放下那盆炭火,然后把坐垫复位,对何团首说:"团首,你坐到火桶上烤着,里头的火暖着呢。"

何团首心里乐开了花,有这个暖火桶坐着,还怕啥大雪天的。连忙不客气地坐到那口火桶上,身心舒畅地往火桶的高腰靠背上一仰,嘴里不说心里道:"这日子真惬意呀!"

服侍好了这位贵客,汪家堂客便退回到自己的房里去了。整个大屋里,只有何团首一人一边烤着火,一边品着香茶、嗑着花生瓜子。这日子,真是人间天堂!正当何团首感到美中不足缺点啥时,胖媳妇听见人家嗑瓜子声,再也忍不住从房里走了出来。何团首一眼瞟到房门里的身影,连忙招呼道:"来、来、来,侄媳妇快到桌边坐,这里有瓜子吃,有火烘。"

本来人家就有这个意思,经人这一说,张氏就直奔桌子而来。何团首努努嘴对张氏道:"坐倒,桌底下有火盆呢。"胖张氏看看身边只有一个男人,反倒有点不好意思,不过伊敌不过花生、瓜子的诱惑——扭捏着还是坐到了何团首打横。何团首目不转睛地盯着人家看,研究着这个女人。伊一直有一个见不得人的私心:打从那日和人家一个贴面起,伊心里一直惦记着人家,有一个非分的念头,始终在伊心头缠绕着。新媳妇坐下后,循着脚边热烘烘的火缸,不由自主地把脚往热源地方靠。那地方已经有何团首的一双腿脚占着,当张氏的脚凑过去时,两双腿脚就不可避免

地碰到一块了。肌肤一经接触,何团首立马觉得有一股热流比炭火还烫,火热地从脚跟上升起直冲伊的腑脏。伊开始有些失控,眼睛里飞溅出一股淫荡的目光。那目光撞到一束同样感到不安的异样目光。何团首心猿意马了,那手便不听使唤地从桌子底下朝人家伸去,朝碰触到的大腿上捏了一把。对方立刻满脸绯红,像被炭火熏烤过一样。何团首见人家没有抵抗,便一发而不可收拾了。那双已烘烤得热烘烘的手顺着人家的腿根一路往上不停地摸索前进,直抵人家的腿窝处——便搁定在那里再也不肯离去,伊眯着眼色色地盯着人家低声地说:"妹子,你真的好肉彩!"

这话连张氏都感到肉麻了。伊一掌朝人家手上打去:"团首,你真没大小。吾是你侄媳妇呢!"

何团首顿时灵魂出窍,放肆地把那只摸人大腿的手提起,又朝人家胖嘟嘟的脸上轻轻地拧了一把:"侄媳妇,你太招人疼了!"

张氏连愠带恼扭捏地瞄人一眼,那一眼何团首恨不能将人家立马搂到怀里……突然,听到了房里边汪家堂客一声咳嗽,何团首顿时一愣,拢起了失控的心绪,收住了不干净的手脚。伊再也坐不住了,起身离座,高声地说:"真不愿离开这热烘烘的座桶啊,就怕那帮人事办不牢靠,还是去看看吧……"何团首这么说着,拔脚而去。

不到四点钟,黄泥山能收的钱银都差不多撸下来了。何团首扳指头算算:黄泥山地方一千挂零人口,收集了两百多块洋钿,已超过上头摊派的任务。还余下那二三十户,伊已放下话,过两日再来取钱。那些钱都是伊个人和县官对半分的好处。伊估计那几十家困难户的瘌痢头多半是能剃下的。所以,何团首今日很是满意,虽然天气冷了点,但比起捞到的好处来说,还是值得的。挣啥钱不出力?能有这么好赚的银子,莫说下雪,就是天上下火伊也乐意干！

当这班人兴高采烈地回到汪狗倪家时，汪狗倪叫自家堂客给大家泡了一堂茶，摆上瓜子碟。然后，汪狗倪到房里取来两个银圆交给何团首："何老兄，这是吾家交的银子，大家都差不多交齐了，吾也不能叫何老兄空手。"

何团首一听这话，朝汪狗倪一瞪眼："莫这副死相，快把钱收起。你要真有这份心，改日到城里酒家里摆一桌。"

汪狗倪心知何团首不会要自己洋钿的。每每收皇粮国税，这班人都在豁免的范围内。既然何团首拿黄泥山地方开刀示范，伊这个里正应当带好这个头。"这哪能行呢？"汪狗倪假装不懂地说，"上头按人头派的铜钿，这不落下亏空？哪还能叫团首你顶赔呢？你还是收了吧！"

伊的假惺惺连傻子都能看出来，那班都长、里正鸡一嘴鸭一喙地开始数落了："装啥子良民，哪一回交份子钱要了你的银子？你钱多是吧，也好，团首不要，吾们要……"隔壁下坞村的朱姓里正口中这么说着，便朝汪狗倪手中抢夺那银圆："马上吾们到镇里摆一桌。"

汪狗倪见人来抢银圆，连忙一侧身，把银圆攥牢："吾钱多也不是这样的多法。到吾家没说的，这东吾做了，还想到镇上混闹，那吾就不管了。交份子钱是应当的，花那冤枉钱还是排排队，你今年一回都没请过客，要说到镇上下馆子，理应你掏一回了！"

当堂一阵哄笑。

人们马上把矛头指向那个朱里正。

"对得很，今年就你还没做过一回东呢。"

"这只铁鸡公，你能拔下毛来？"旁边有人和。汪狗倪见大家把矛头对准了那人，就来劲了："难得大家能聚得这么齐，现在到

镇上正好能赶上黄昏档。今日管你有毛没毛都要放你一滴血来。哥弟们,你们认为好不好,今日大家到镇上叫这只铁鸡公做一回东!"

"好——哇!"十几人一齐大叫。朱里正立马面红耳赤了。大家都知伊气量小,常年在外难得见伊破钞一回,连何团首都觉得朱里正有些不地道:吃别人的从不嫌少,也没见哪回伊主动要请别人的客。现在大家都这么挤兑那人,何团首就说道:"也真是的,你这老滑头也该破费了。走,哥弟们,到镇上闹腾去,看伊今日买账不买账。"

就这样,这班人从汪家哄闹到了官渡镇,去过他们快活的神仙日子。

可这世界上,还有这么一群人——吃过今夜的,不知明早的在哪里呢!

两日后,这班人没到黄泥山,到了第三日,这十几人还是来了。何团首骑在大白马上撩着二副索具,头一家便去了雷老标家。九点多钟,升起没多久的太阳发着淡淡的光,照得大地上的皑皑白雪泛光晃眼。此时,雷家大门还没打开。何团首便指使汪狗倪拍门叫人。汪狗倪张开破锣似的喉咙叫着:"雷家的,都啥时辰了,今日日头好着呢,还不下地活动活动,老躺着,四经八脉都堵死了……"

一会儿,大门打开了。开门的是雷老四,一见到这帮人,雷老四就没好气地说:"你们来了也白来,吾家没有铜钿银子。"

"没有银子?"何团首骑在马背上,高高在上地俯视人家,"没银子,上回你娘不是说还有二担谷吗? 那你就老老实实地将谷挑到团练所里去交了。不然……"

"不然咋的?"雷老四整个人顶在门框里,摆出一副拼命的架势,那样子倒把人给吓住了。何团首心知今日来是有难度的,心里已有了准备:今日只要把雷家拿下了,余下的不用说——这就是样板。所以,何团首心里巴不得人来硬的。伊心知,再蛮横的百姓也斗不过官府。雷家一堂,除了有一堆的气力外,没有啥能与自己抗衡的!何团首高高在上地骑在马上,观察人家的反应,见人家也不过如此,便发话了:"雷老四,吾也是十八廿三过来的。你莫冲动,冲动没有好处的,算你有一身的力气,你还能咋的?就算把你兄弟四个都叫来,吾这里十几个人,也都不是吃素的。再说,你爹已在囚笼里关着了,难道你也想去凑个伴?真要那样,吾今日成全你。"

见人这么说,雷老四顿时无话了,伊说不过人家。这时,雷家一堂全来到大门口。四兄弟个个眼里冒火,却没有一人敢上前较真。雷老标堂客见双方这么对峙着,在四兄弟后面说:"何团首,你们抬抬手,放过吾家吧。柜里就剩二担谷,要是叫你们担走了,这年吾家就过不下去。不是吾家不想交这个钱,实在是交不起啊……要不,吾一家全给你跪下成不?"

雷老标堂客这么说着,挤到儿子们前面,双膝朝大门的木门槛上跪了下去。伊的这一举动使得那班都长、里正面面相觑。何团首纹丝不动地骑在马上,冷冰冰地说:"你跪也没用,不叫你家多出银子已是十分宽大了。更何况,按人头你家得缴两个洋钿呢。吾帮你求了情,就叫你家交一个洋钿你都不交,那怎么说都过不了这个坎。你们只顾自己的难处,也不想想吾的难处。这钱收来又不是给吾花的。吾给公家办差,也是没办法。你们也该听说了,为了杀洋人、烧教堂的事,府里的县里的老爷连俸禄都扣完了。要不是你家当家的那班人去惹了这个麻烦,哪能有今遭这档

子事？说白了，吾们全都应当怪罪你家呢。现在反倒说吾们跟你们过不去似的，你们也不想想！"

雷老四说："你说吾爹杀洋人、烧教堂，你看见了？吾爹能干出这等事？伊是遭冤枉的！"

"遭冤枉的？黄泥山大小这么多人，官渡镇介许多人，没凭没证官府为啥单抓你爹？为啥不把你兄弟四个抓去？没有根据官府会随便抓人？你分明是在狡辩。你们再抗拒，莫怪何某不留情面。"何团首说着把手中索具往地上一扔，拉下脸来，对那班手下说："各位都搭把手，雷家抗令，先把雷老四绑了再说。"

这时，柴架楼里传来了上气不接下气的说话声："你们——慢些——叫团首——进屋，吾——有话——跟——团首——说。"

大家一听，这是雷家兄弟的爷爷在说话。

老爷爷这两日病得已不能下楼了，听到家人与官府对峙在那里，心知自己孙子再狠也斗不过人家，就央求道："团首——你进来，吾跟你说啊。"

雷家兄弟听到爷爷的话，主动地让出一条道。何团首骑在马上没有进屋的意思，便朝汪狗倪一努嘴："汪老弟，你进去，听听雷老头说啥话？"

汪狗倪便走到屋里，放开喉咙高声对着柴架楼上说："老头子，你有啥话要说？吾听着呐。"

一听是汪狗倪的声音，老爷子便说："你是汪里正不是？"

"是咧——是吾咧！"

"汪里正哎，你晓得雷家的家底的，这个洋钿家里是寻不来的。吾求求你——你修修心，行个好——借吾一个洋钿——雷家尽管穷，还没赖过账的，现在手头紧，等日后有了钱，雷家会还你——的——"

听完这些话，何团首把汪狗倪从屋里叫了出来。"这不失为好办法。"何团首想想也只能这样子了。这不但收上了银子，还让汪狗倪做了回好人，就说："汪老弟，雷老头子说得很好，你就借人一块钱吧。"

汪狗倪一听便不乐意。伊心知，借了雷家的钱，就好似借鸡给黄鼠狼——肯定有去无回。自己虽然有几个钱，可那钱是自己挖空心思得来的，哪能见人就布施？要那样，自己纵有再多的钱也早败光了。伊犹豫着不肯借。何团首见人不乐意，就催着："不就一块钱嘛。人家又不是不还，迟早人家会还你的。"

"是啊，汪里正你行行好，就借吾一块钱吧。"雷老标的堂客央求着。汪狗倪一句话就将人顶死了："借，你能还得起？"汪狗倪心想：今日自己不出这个钱，何团首肯定不依。伊心疼银子。这时，伊眼珠滴溜溜转了两转，终于有了主意："这样好了，你们一家都听着，钱呢，吾有，这钱呢，也不用借，你们想要，吾可以给。你们兄弟四个不是有的是力气吗？这一块钱，你们也不用求人了，只要把吾山前垄那口水塘里的塘泥，挑到垄背的橘树地里——这一块钱就由吾代出了。你们看？"

此话一出，雷家兄弟八目相对，雷石头先开口说："汪老叔，你的池塘那么大，塘里几十年都没清过，都有半人多深的烂泥了，一下怎么挑得完？"

"这吾就不管了。"汪狗倪给雷家兄弟出了一个难题，得意地昂着头，"办法给你想了，要不要做，随你们便。"

雷老四一听人家的话，一咬牙："不就是多使些力气嘛，行，算吾应了。"

"不行！"汪狗倪又反悔了。雷家四兄弟一听慌了。雷老四赶忙跟了一句："咋的就反悔了？"

汪狗倪道:"老四,光你一个人答应不行。吾要你一家都答应了才行。"四兄弟一听纷纷表示同意,只有雷石头喉咙里嘟嘟囔囔着嫌活太多。雷老爷子这时又发话了:"石头啊,别嫌了。反正这样的天也没其他的活,多干几日少干几日还不一个样。吾老头子做主了,这活雷家应了。"

汪狗倪听了这话,开心地说:"好了,钱的事吾应承了。啥日子把塘泥挑到橘树地里,啥时候来清账。"见事情圆满了,何团首来了烟瘾,给自己点了支烟卷,说:"这样大家都高兴。吾们换一家去——"

一班人兴高采烈地从雷家过去,一拐进弄堂就有人说话了:"你也太精明了。那么大的一口塘,那厚厚的一塘泥,就一块钱打发了。你的心也忒黑了点——难怪你会发财!那一塘的泥,要是雇工,十块钱都下不来,你就一块钱……"

汪狗倪听着人家的奚落,心里非但没有痛快,反而很高兴。伊盘算着:塘泥清空了,可以多蓄水;塘泥挑到山背的橘地里,就等于给橘树上了一趟肥,橘子肯定结果多——这活太划算了!

中午时分,十来个人担着两担谷,抬着一头七八十斤的猪,何团首在马背上搭着一串鸡"叽叽喳喳"地回程了。黄泥山地方上的摊派银子只余下三户人家没收上来。那三家早就探听到雷家的风声,因为实在没有银子,就锁死了大门,全家躲债跑了。

十点多钟,雷老标堂客焖好了一锅番薯。雷家一堂,每人啃了几个填肚充饥。吃饱后,兄弟四人一人寻来几爿棕片,包裹在脚上的草鞋里。雷石头找了把阔板锄头,余下的三个弟弟一人担了双畚箕出了门。田野里一片雪白茫茫。雷石头带头踩着积了半尺多深雪的田间小道,咯吱咯吱,伊宽大的脚掌在厚厚的积雪上踩出一个个雪窟窿,后边人的脚又叠踩在这个窟窿里,四兄弟一路快走地来到了山前垄的汪家水塘边。

　　前些日子汪家已把塘里的水放干了,塘里养的鱼自然也都捞光了。这时的池塘里,只有中央的地方还有浅浅的一点水,四周塘泥上都积着雪。雷石头带领三个弟弟来到池塘边,也不说话,四边一瞅转上一圈,来到塘后背,吐口唾沫在手心,双手一搓,便抡起宽板锄头,左右一推扒开了积雪,对着田塍使劲地一锄下去,一锄泥土带着草皮就起来了。雷石头把那锄上来的泥巴放到池塘坎底垫着台阶,不停地挥锄布道,不一会儿便布好了干活的步道。接着,雷石头挥舞着锄头,将通往橘树地道上的积雪全部扫去,扒出了一条通道,而后回到塘边。此时,伊已觉得通体生津,浑身热乎乎的。于是,便脱掉了身上那件结婚时穿的新棉袄,里头只剩一件满带补丁的蓝布褂。伊也不觉得冷,便一脚踏向池塘,对着身边早已摆好的一对畚箕便掘起一锄塘泥,有了开始便没有停歇地装起了泥来,一担又一担的塘泥堆得半畚箕高。十几年的塘泥,瓷实得可以拿去烧砖瓦了,装在畚箕里也不滑塌。三个弟弟没有一个偷懒的,不用号令,都自觉地干起活来,不一会儿都通身冒汗,一个个脱去了外边的衣裳,只留下贴身的衬褂,连跑带跳地穿梭在橘林池塘间。那担头每担都逼近二百斤,三兄弟没有一个嫌重的。半日下来池塘里就清出个洞来了。

　　临近傍晚,雷石头的锄头下突然跳出根粗壮的泥鳅来。一见到泥鳅,雷石头便把锄头一扔,双手去抓。那泥鳅在硬地上蹦几下又跳到软泥里,惹得担着畚箕的雷老三也赶紧丢开手中的担头,上前帮忙抓泥鳅。在两兄弟齐心协力下,那条泥鳅被抓住了,欢喜得大家一阵高兴。雷老三不满足地说:"这样的泥鳅要是有个三四根,就有一碗了。"雷石头接口道:"有了第一条,肯定还有第二条、第三条……老三你信吗? 这塘都几十年没清过了,里边

肯定还有这样大的泥鳅在等着咱。"果不其然,在接着装泥的时候,又有泥鳅冒了出来——那泥鳅有大的有小的,一条条全被捉住。雷石头在塘后坎的硬土处挖了个坑,把捉到的泥鳅全都扔进坑里。为防泥鳅跳出逃跑,雷石头铲来一锄塘泥盖在那个坑里,被捉的泥鳅便老老实实地躲在那里。因为时不时有泥鳅出现,四兄弟一直都不舍得回家,直到天黑了,干活实在看不见时,大家才歇工。临末了,四兄弟抓的那窝泥鳅足足有一大碗,兄弟们对这意外的收获感到很高兴。晚上回去有荤腥了。

四兄弟回到家,娘已熬好一锅番薯粥。说是粥,其实白米少得可怜——粥勺舀上来的全是一块块番薯片。见有泥鳅拿回来了,雷老标堂客满脸高兴,连忙把泥鳅洗了,下到锅里放上点盐煮了。熟时,伊撒上几段蒜苗,带汤盛了两大碗。

雷石头给爷爷盛了碗粥,差不多粥钵头里所有的米粒都叫伊挑光了。雷家兄弟相互推让着,把几根最肥最大的泥鳅都夹到爷爷的碗里。当雷石头爬上柴架楼把那碗好吃的递给爷爷时,老人家艰难地支起身子,见着白米粥和泥鳅时,眼里放着光,问:"哪来的泥鳅?"

雷石头见爷爷高兴,也兴奋地说:"日间挑塘泥时抓的。那塘里这样的泥鳅还有呢。"

老人接过孙子手中的碗,长长地吐了口气道:"老天也眷顾勤快的人呢。这不是很好嘛,这种天反正干不了别的活,闲着也是闲着,这样还能天天让全家沾点荤腥,不是很好吗?"

往后每日里,当雷家兄弟挑着塘泥时,都能捉到一些泥鳅。随着离池塘中心越来越近,塘中的泥越来越深,泥鳅也越来越多,越来越肥,越来越大,每三两锄头下去就蹦出一条。直到第五天,清理到差不多接近池塘的最中央位置,塘里有了一些积水,拖泥带水,干活的进度就慢了下来。雷石头每一锄头下去,上边堵着的水就会马上淹塌拦水坝,伊干脆一锄头把水放到挑空了的半边塘里。随着水流走,有许多小鱼跟着游了过来。雷老四忙拿上一只畚箕挡在流水处,把那些鱼都挡在畚箕里。这几天,天都晴,池塘里的积雪都融化了。塘里多了很多水,眼瞅着水里边活蹦乱跳的鱼儿,雷家兄弟都扔下了扁担,褪去了长裤,一人一条高腰短裤冲进泥水中,谁也不觉得寒冷,纷纷在水中捉鱼。随着塘中的水慢慢放空,那鱼越来越多地冒出了头,时不时能见到二三两大的鲫片在打着扑腾。那些小"苍了"和"麦公"鱼纷纷顺着水流自投罗网涌进畚箕。四兄弟由一人守着排水口处的那只畚箕,余下的都冲到了齐腰深的泥水中,一人手提一只畚箕,一个个大呼小叫着,进行一场人鱼大战。这边叫到,吾抓到了一条大的;那边又叫,吾抓到了一条比你还大的。突然,雷老四见到身边塘泥里动了一下,连忙下意识地用手去摸。伊估计,这么大的的动静应该有一条较大的鱼在动。手摸去时,伊吃了一惊,手中有一块硬邦邦的东西,好像是石头又像是蛤蜊,抓起一看,便大叫起来:"吾抓到了一块团鱼(甲鱼)!"

顺着伊的叫声,大家都把目光聚集了过去,只见甲鱼挣扎着伸出长长的脖子,四只脚像船桨似的奋力划着,那个脑袋寻着人家捏伊的手死命地咬着不放。雷老四大叫:"哎哟——快来帮忙!"

身边的雷老三赶紧往弟弟身边跑,可那身子陷在深深的泥塘里,怎么也拔不出来。雷石头眼瞅着那只甲鱼要从弟弟手中挣脱,便不管畚箕里捞起的"鳑鲏""苍条"了,冲上去双手去掰甲鱼咬人的脑袋。甲鱼受到攻击,忙把头缩到了硬壳里藏了起来。兄弟俩齐心合力地将甲鱼抓到塘边的地里。那甲鱼一沾到地面便

伸出了脑袋飞快地朝前逃命，慌得兄弟俩又七手八脚地去追。雷石头一脚踩住了那只甲鱼，甲鱼的劲大，硬是拖着石头的一只脚往前爬去，拖得石头双脚劈开，一个仰天跟斗摔在了地上。雷老四见此，顾不得脏不脏，整个人朝着正在逃跑的甲鱼一扑，用身子压住甲鱼，把双手伸到身子底下，一边一只手死死卡住甲鱼的身子两边，狠狠地说着："看你还能跑不！"

这时，池塘中央的雷老二又抓了一只甲鱼，大叫："老三、老三，吾这里也抓到一只。"老二口中叫着，把双手高高举起。只见雷老二手中的甲鱼比老四那只还大。那只甲鱼受到攻击，正伸着长长的脖子拼命地挣扎。雷石头看着甲鱼就要从弟弟手中挣脱，连忙叫道："别让跑了，快用布衫包着。"不远的老三赶忙脱下身上的衣服挣扎到老二身边没头没脑地包住了这只大甲鱼。两兄弟欢天喜地抬着那包衣服从齐腰深的塘泥里挣扎着上岸，来到老四身边。老四也将那只甲鱼放在老二的衣服包里裹在一起。兄弟们一起开心地坐在田塍上。

今天的收获不小，抓到了两只甲鱼，外加十几斤小鱼。四兄弟高兴着，不等天黑就回家了。

又过了一天，雷石头去了趟汪狗倪家，对人道："汪老叔，塘泥已挑了一半了。你家有瘪谷或稻秆没有？"塘泥经四兄弟昨日一搅变得稀烂不成块了，没个瘪谷或稻秆垫着，畚箕太沾泥。汪狗倪早听说雷家兄弟昨日捉了两只甲鱼和一些小鱼，见人家来了就说："你还好意思来要瘪谷稻秆？昨日让你们捉了那么多的鱼还有两只团鱼，照理，塘是吾的，你得分一半吾的。"

一时，老实的雷石头不知如何回话。此前，伊并没有说过这些东西，现在人家说的也有一定道理，只是伊不想将甲鱼和鱼分人一半，分辩道："你的塘早已清过了，团鱼、鲫鱼又不是你家养的,谁逮着当然归谁。"

"咿——有你这么说话的?"汪狗倪狡辩道,"塘是吾的,塘里的东西都应当归吾,你还有理?"

雷石头想想人家说的也有理,就说:"这样吧,吾给你一只团鱼,小鱼就不分你了。"汪狗倪见人家也够老实了,就应道:"好好好,你拿一只团鱼来,瘪谷、稻秆你自己到小屋里去挑去——"

其实,当地有个不成文的习俗,除了主家投养的鱼外,野生的鱼谁逮到归谁,就是打官司也是这个理。汪狗倪心里明白得很,要是话传开去,是自己占了人家的便宜。既然人家答应送来一只团鱼,那就是伊白赚了一顿好吃的,也就见好就收了。

两天后,天又开始下雪了。塘里的淤泥还有三分之一多没挑完,四兄弟顶着漫天大雪干着活。雪花一片片落在他们的身上。雷老四疼惜那件新棉袄——这件棉袄是孔家赔伊新做的!难得有件新衣裳,雷老四心疼它被雪打湿了,就脱下来用一把稻秆盖着。身上只有一件全是补丁疙瘩的衬衣,那件衣裳已找不出最初的布片了,一块又一块的补丁使其成了一件夹衣那么厚。

雷老四夹在三兄弟间,轮流到石头身边装塘泥,每挑完一担回来朝畚箕里撒一把瘪谷。就是这样,空畚箕还是一点点黏到厚厚的一层烂泥,一对空畚箕都有几十斤重,三个挑担的,每每挑几趟便歇下来扒倒畚箕,抢起扁担狠抽着畚箕爿,打落黏结在上面的塘泥。这不,当前头老三在拍打畚箕时,身后的老二、老四又追到一起了。三兄弟一起拍打着畚箕,雷石头见到挑的人都在扎堆,赶忙朝空畚箕里装塘泥。哪知早上吃的番薯尽生屁,一时用力过大,只听屁股后放出一个长长的响屁。接着,另外三人中不知谁又跟着放了一个闷屁——那屁臭气熏天,大家赶忙一只手捏着鼻子一只手扇着风,互相猜忌着:"谁放的屁这么臭!"没一个人

承认，老二推老三，老三推老四，相互嬉闹着。穷人们也就喜欢寻这样的开心，打点着日子。雷石头没有心情参与这种无聊的游戏，一头心思装塘泥，装好一担塘泥后对人家说："还不挑着走，别挨在一块叫不来，来不及上泥！"

雷老四听后，自觉地挑起担子顶着大雪离去了。漫天大雪不停地下着，湿透了他们身上的衣裳，雪水浸湿的衣衫非但不御寒，贴在身上反而更冷。一趟回来，雷老四干脆脱掉衬衣赤膊上阵。片片雪花落到身上便化了，雷老四干得周身发热，身体在寒冷的空气中腾腾冒烟，很快，雷老四的躯体紫红如枣。

为了生存，雷家兄弟忍受着这般辛劳——这是穷人的万般无奈！

雷家兄弟就这样顶风冒雪又干了四五天，终于挑空了一塘淤泥。直到最后那天，待塘里的泥都挑空了，一条塘鳗从最后那坨塘泥里窜了出来。见到那家伙，雷石头一扔锄头，双手乱抓，一条胳膊粗的鳗鱼从他手上滑了出去。好家伙，那塘鳗像条水蟒溅起一片泥水。雷家兄弟全都扒掉草鞋棕片，一拥而上冲进刺骨的雪水中，大家把一池的泥水搅得四处飞溅，逼得塘鳗钻出来。只见塘鳗四处乱窜，兄弟们有的用手掐，有的用畚箕捞。最终，鳗鱼被大家七手八脚拍到了干燥的塘面上。老四把双手食指和无名指一伸，中指一叉，狠劲地一钳——将鳗鱼长长的身子屈成几段弯在手上，鳗鱼再也不能挣脱了。老四连走带跑小心越过塘塍来到旁边旱地里才松开双手——只见鳗鱼在雪地里打着圈，光溜溜、黏滑滑的身子上立刻沾满了一层泥粒和雪末，再也无处可遁了。大家松了口气，都有一股说不出的高兴，这么大的塘鳗真是难得抓到！

经过兄弟四人近半个月的辛劳，一塘淤泥终于清空了。大家顶风冒雪,出卖廉价的力气赚到了那一块钱,事后遭到了孔瑞云不平的埋汰,说:"你们的力气也忒不值钱了。就为那一块钱,顶风冒雪一家人干了半个月。没钱为啥不来说一声?"

雷家兄弟回道:"吾们清楚老叔会帮忙的,可是,但凡只要吾们能想得来办法挣到钱,就不能大小事都烦你。你平日里已经很关照吾家了,再说你自己也开着大门,也有七口人吃饭哪,吾们实在不敢随便开口烦扰你啊!"

听了这话,孔瑞云心中百感交集。伊很赞赏雷家兄弟的这种独立自主的精神。只是伊为四兄弟的老实忠厚,为四兄弟替汪狗倪这样的奸诈之徒效力感到不值,为雷家兄弟叫屈:"也是的,这汪家也忒不地道了。那么大的一塘泥,就说得出口一块钱。难怪伊会发财,吾算是看懂了这种人的良心了。"

在挑塘泥的同时,雷家一共抓了几十斤泥鳅、两只团鱼、一条五六斤重的塘鳗和十几斤小鱼。到了最后一晚上,雷石头将一水桶泥鳅提到孔家。孔家一堂人都围了上来,孔瑞云说:"石头,你这是做啥?"

雷石头啥也没说,见到天井里有一个洗衣裳大脚盆,就跑过去把那脚盆端到上堂,将水桶里的泥鳅径直往里倒。一脚盆又肥又大的泥鳅相互纠缠着,一条塘鳗直起身子在脚盆四壁探头,还有一只大甲鱼趴在水底一动不动。难得见到这许多稀奇东西,孔家一家人很是高兴。只是孔瑞云有些不落忍,对雷石头语重心长地说:"石头呀,你家日子那么难过,为啥不把这些东西拿去卖了,换几个钱回来买油盐呢?"

雷石头回话说:"叔啊,这些年你老帮吾家,吾家也拿不出啥来谢你。今日抓了点鱼,你就收下吧。你不收下,吾一家再也不敢开口求你帮忙了。"

见人家话说到这份上，孔瑞云也不好再说啥了。

…………

时间到了腊月，家家户户开始打年糕、备年货，要过年了。孔瑞云家今年的年糕打得特别多，一共浸下了二缸子粳米。那米在水里泡了十多天后，到了腊月廿来头起了缸。每年打年糕的活，孔家都会请雷家一堂全来帮忙，今年也不例外。

前一日晚头，孔瑞云去了一趟雷家，跟雷家说好了。次日一大早，雷家四兄弟便早早地来了孔家，把四担水泡了十多天的粳米起缸，装在四双篾丝箩里。每担泡好的粳米上又放了百分之十的糯米，这样配起来的米，打出的年糕又糯又糍。四兄弟将四担米挑到井边，吊起一桶桶井水将浸米洗净涤清，直到吊浅了半井水才全部洗好。最后，雷老四抓起一把米在鼻口闻闻，再也闻不到米浸水那特有的泔水味，才认为洗汰这关过了。四人便把米挑到孔家祠堂的大天井里。

那里早已被孔姓族人收拾出一台大石磨，每天这里都有人在磨米。那台磨一天最多出不超过六百斤米，为了大家不抢占，孔姓族人事先排过号的。今日，只有孔瑞云家和另外三家人磨米。孔瑞云家抢在最先，因为米多，要是不早点动工，忙到后半夜都打不齐这些米的年糕。

四兄弟不用孔家吩咐就轮流推起了那架几百斤重的蛮石磨盘，只见浸胀发糜的米堆在磨盘上，一点点落入磨芯里。石磨上头吊着一个水桶，桶底钻个指头般大的洞孔，孔洞里插一支空心小竹竿，调节着水流的大小，滴答滴答地和着米磨着。只见人推着磨转，两块磨盘上下相叠的四周缝隙里便溢出了细腻的米糊糊。米糊又糊又瓷，成块起坨地落在石磨底下的石槽里。底槽一边开着一个鸭舌口,口头顶着一个粉桶。桶口上放一架井字形木头架子,一个厚面细布袋挂在那个井字架中间,接着鸭舌口里流下的米糊,每袋约装七八十斤米糊,满后换个袋再装再磨。接起米糊的粉袋便放到篾丝笋里或是专装粉袋的黄篮里,再压上一块块百十斤重的大石头挤沥去水分。等到粉袋里的米糊四五成干后便翻一次袋,揉开外层干结的米粉再压上石头。如此几次三番后,袋里的米糊便有了粉饼的雏形。

然后,成型的粉袋便被放置到一个特制的压榨架上——初时两袋一搁,压上一块厚木板,架起一层层的方木垫子,一条杠牛横在架上。杠的一头拴在架子一头的格子里,另一头凿有一个小方孔,中间能够穿过一块扁铁片条。铁片条又阔又厚,中间钻有一个个圆孔,铁片条的一头连接在木架子压板上面。压板一头有两个圆形榫头连着架子,中间支着那块活络的铁片条。

今日负责压粉的雷老四麻利地叠压着两个粉袋,一只脚勾起那块扁铁条穿进木杠的方孔里,一顶压架一压木杠,将缚在木杠上的一个铁鞘插入鞘孔,人便踩上压板蹬几下。由于受到了压力,看上去半干的粉袋里便渗出水来。老四从压板上下来,搬上一块块百十斤重的蛮石条子压在压板上,有了四五百斤的压力,米袋里的水分便哗啦啦地挤了出来。等压到差不多挤干了百分之八九十的水分后,雷老四又垒上两袋湿粉,将两袋干粉放在上层,复又支起杠牛,穿起铁鞘,搬上石块又挤压着。等过了约半个时辰,上头的粉饼差不多被挤去了所有的水分。雷老四便取下粉饼,剥下粉袋,一块雪白滚圆的米粉团就加工而成了。

接下去是刨粉。负责这项工作的是雷老三,伊把干粉挑到孔瑞云的堂上。孔家的堂屋里已支起一个大粉盆,雷老三便操起一个"一字刨"刨了起来。从雪白滚圆的大粉团上刨下的粉皮一碰

凤鸣岗上

凤鸣岗上

凤鸣岗上

凤鸣岗上

凤鸣岗上

凤鸣岗上

凤鸣岗上

凤鸣岗上

凤鸣岗上

凤鸣岗上

凤鸣岗上

凤鸣岗上

凤鸣岗上

凤鸣岗上

凤鸣岗上

凤鸣岗上

凤鸣岗上

凤鸣岗上

凤鸣岗上

凤鸣岗上

凤鸣岗上

凤鸣岗上

凤鸣岗上

凤鸣岗上

凤鸣岗上

凤鸣岗上

凤鸣岗上

凤鸣岗上

凤鸣岗上

凤鸣岗上

便碎裂成细细的米粉末。雷老三劲大，刨子前头的粉皮顺着刨子的上下飙出好远，叫边上看的人觉得那动作充满了诗意，满是激情，透露出了浓浓的年味。孔祥和看人家那么熟练轻巧就有心试一试，对人家说道："三哥，见你这么松快，吾手痒痒的，叫吾试试。"

雷老三回道："这不难的，只要有力气刨去就是了。"说着便让出了位子，将刨子递给了孔祥和。孔祥和接过刨子，用劲一刨推去，伊没有推出粉皮，却将整块粉团撞碎了一大角，孔祥和自言自语："见你一记一记那么轻松，原来还是不好弄的活。"雷老三上前把住孔祥和的双手道："先压住粉面，不叫刨飘起来，刨若飘浮了，一用劲容易碰破粉块。先别急，稳着些，就这样——这样。"雷老三一边说着一边把住孔祥和的双手做着动作。果真，那活在雷老三手把手地指点下，十分合宜地做出来了——就连孔祥和都觉得自己的手被赋予了灵性。单独再试时，这位书生终于学会了刨粉，高兴得不得了。

接着一道程序就是蒸粉。下午三点，雷石头铺好最后一层粉面，盖上篷盖，等大锅里的蒸汽冒顶——冒顶便表明一甑的馃头就蒸熟了。当雷石头见到大饭甑顶头冒气时，伊估计差不多了，便揭去了篷盖，只见一股蒸气蓬勃而出，头一甑粉蒸好了。雷石头欢叫一声："石臼预备好了吗？吾这里要起锅了。"随着伊一声喊叫，守候在一旁的孔老三忙揭去石臼上的篷盖。雷石头端着满满当当一甑馃头奔向天井边，麻利地将饭甑往石臼里一扣，一饭甑馃头稳稳当当地落在了石臼的正中。雷石头伸手揭起那个丝瓜络缝制的锥形饭甑底，一拍回到饭甑中。这边就有雷老二提起一根大大的木棒槌，碾压起臼中的馃头来。馃头在棒槌下经过一阵揉压黏成了一团……干这活特别费劲吃力，没有三四个壮劳力轮流干，没有几人能顶下来。

每年打年糕时,隔壁要好的邻居都会前来帮忙。这活不是谁一家独自能完成得了的——从磨米到印模,没个十几个人根本排不开场面,有些活还得要有专业的人干。孔瑞云家今日邀来的约有廿来个人帮忙,自家的一堂全上阵了,连新媳妇马氏都坐在大案板边,操着一个方形的糕模印,等待着打年糕人打好馃头。

　　这一切对伊来说,十分的新奇。伊不知每年吃的年糕是怎样加工出来的;伊只知道年糕味道好吃,喜庆讨彩。伊紧挨着小姑子月秀坐着,见啥啥不懂地低声问人家。月秀耐心地一点一点地教给嫂子。伊先选了一个方形的"万年青"馃印给嫂嫂。方形馃印比长形的好印些,伊自己拿了个长条形的馃印,印模里刻有一条鱼的图案。拿到馃印,伊先从一个蓝边碗里抠下一点黄蜡油,将馃印模子内壁涂抹了个遍。伊教嫂嫂也如此这般地涂抹了一番黄蜡油。做好了准备,案板两边的人,静静地等着打年糕的人将打好的馃头捧上案。

　　这时,只见三叔蹲在一个热水盆旁,双手往热汤里浸了浸,等待抡锤的人高高落下那个大大的棒槌。待棒槌一落下,立在一边的孔三叔,便马上用双手捋下黏在上面的面皮,抡槌的雷老二顺势拔出棒槌并高高举起。趁槌子举起瞬间,孔三叔敏捷地用双手将槌上捋下的面皮与溅到石臼四周发烫的馃头翻起扳到臼子正中,等待雷老二再打——如此不停地反复,直至将馃头打熟、打透、打瓷,好上印模子加工为止。这当中,最难得的要数孔三叔这个角色,这活要干得机敏灵活漂亮,不能有一点的疏忽大意。因为这项活计要求极高,动作稍有迟缓,弄不好双手就会被几十斤的大棒槌砸到。因此,负责扳馃头的一定要是壮劳力,脑子要清醒灵活,动作要敏捷连贯不能重复。被木槌砸伤过的事件曾有不少,大多是新手或老人。你想想,那木槌本身就有几十斤,加上用

劲和落下惯性做的功,最后爆发出来的冲击力少说也有几百斤。所以,这可不是闹着玩的事。

因为雷老二和孔三叔每年都协作打年糕,两人早已配合默契,你来吾往叫人看了放心、舒畅。经过俩人千锤万打之后,馃头被打得瓷实光滑,最后结成一块浑然一体。有经验的人一看便知够火候了。孔三叔叫了一声:"雷侄,收手吧!"随着这一叫声,雷老二的脚往前跨了一大步,本已抢在头顶的大棒槌子便停在半空,伊将右手往槌根里一捋,拿稳了槌子,收住劲将槌子靠在旁边板壁上,深深地吸了口气,稳住了剧烈跳动的心脏,慢慢地走向案板。只见孔三叔对案板招呼一声:"大家让一让!"一扭头见到案板一头已经空出来了,便双手往温汤里浸了一会儿,捧起一点汤水朝石臼四壁洒了洒,然后,摆开架势,用暗劲将滚烫的馃头整团剥离臼子并翻了个个,叫一声:"来了!"伊迅速抱起这团几十斤重滚烫的馃头飞奔,将馃头抱到了案板上。因为馃头实在太烫,孔三叔忍痛将馃头扔向案板后直甩手,叫着:"哇哟真烫!"

这时雷老二站到案板上,对孔老三道:"三叔你喝茶去,这里吾来。"说着将已抹过黄蜡的手朝馃头中间一叉,将整团馃头掐成两块:一块留给自己,一块滚向对面的孔老大。两个男人便直着身弯着腰,使劲地搓揉起馃头来。刚起臼的馃头仍有六七十度余温,热得烫手。俩人揉一会儿,拍拍手凉一凉又揉一会儿,动作熟练又利索。不一会儿,圆圆的馃头便被搓揉出一个长长的圆柱状。雷老二一会儿用手心一会儿用手背,一边搓一边压,硬是将馃头不断地抻长,直将馃头搓成锄头柄长短粗细均匀。接着便一手提起长长馃头的一头,另一只手配合着揪下一个个鹅蛋般大小的年糕团子。被揪下的一个个雪白的年糕团子活蹦乱跳地落在了案板上。

这边年糕团子一落下,那边就有人伸手接过去,在涂好黄蜡的案板上搓揉抻开一条条长长的年糕条子。月秀见到了年糕团子,伸手要了两个握在手心在案板上滚了几下,搓光了年糕团子上的毛头使其变得滚圆光滑。伊要过了马金凤手中的年糕印模,将滚圆的年糕团子码到印模里,用掌根一压,按平了年糕团子,而后将年糕团子按到印模的四角将年糕抹平,然后脱开印模上边的活动盖子——一块万年青图案的年糕便清晰地印制出来了。

马金凤在一旁看得心里直痒痒,就一转眼,一个圆圆的年糕团子变成了一块成形的年糕。当月秀将这一块年糕从印模里取下那带着黄蜡的油光、闪亮亮、形象逼真的万年青年糕摆在自己面前时,马金凤便迫不及待地要回了印子,拿起了一团热乎乎的年糕团子,照着小姑的样子印了起来。伊认认真真地用手掌使劲按压着年糕团子,年糕团子在手心很有弹性,伊的力量似乎还不够,松开手年糕团子又弹了回来。月秀在一旁指点着:"用力些。"马金凤使狠劲又按了一次。这回,年糕团子被伊压扁了。月秀又对嫂子说:"用指头将四角全按到。"马金凤像个刚入学启蒙的孩子听话极了。又糯又瓷的年糕馃头十分具备可塑性。伊体验着这种生活,十分的欣喜。伊惊奇地发现,待将年糕团子推压到印模的四角时,正好一个年糕团子平平整整铺满了印模。马金凤在月秀身边轻轻地问:"好了吗?"月秀看看行了,便对人说:"掰开印盖。"伊照做着。果真,掰开印模后,一块标准的万年青年糕就这样做出来了。马金凤心里美滋滋的,喜不自胜地将印好的年糕从模子里拿下翻过来——一块带有黄蜡油光的年糕出炉了。马金凤很享受这样的生活……

案板两边的人紧张地忙活着,还没等印完上一茬的年糕,雷石头便又把饭甑端到石臼边。不等人招呼,雷老二便操起了木槌

碾压起刚倒下的饭团。在热热闹闹的忙活中,一叠又一叠的年糕做好了。到了晚头,孔瑞云堂客将一桶白米粥放在案板上,又端出十多样菜蔬摆在桌上招呼大家吃饭。这边案板上印不完的年糕条子离不得人,要是搓好了的年糕条子冷了便不好做了。因此,没印完馃团大家都不肯离开案板。最后,孔瑞云吩咐烧火的雷石头媳妇将灶膛里大柴爿的火退出,温着锅。经十几分钟的忙活,才算腾空案板。

一堂子廿来个人分成几拨围着桌子边,匆匆吃过了晚饭又开始加工了。这样子,一直忙到夜里十点多钟,磨粉和压粉的雷老三和雷老四那头忙空了,就来到孔瑞云堂屋里来帮忙。正好这边的几个打年糕的都累得两臂发酸举不起棒槌了。孔祥和见几个叔伯都累得够呛,放下刨粉的活要求打一臼馃头。这样粗重的体力活伊干得不多,勉强能抡起大槌打几下。馃头还没有打好一半,便气喘吁吁了。伊这边还没起臼,雷石头那边饭甑里的蒸气又冒顶了。灶头那边叫着:"臼里抓紧些,灶上好了。"孔祥和见自己耽搁了时间,便抓紧地打起来,本来就十分勉强了,现在更跟不上劲了。伊接连不断地抢着槌子,终于控制不住那个笨重的棒槌。当伊咬牙再次举起棒槌往下砸时,棒槌砸偏了,重重地砸向了石臼的口沿上。只听"嘭"的一下,棒槌的一块木片飞了起来,弹跳到臼边的孔三叔脸上,吓得旁人一阵惊叫。雷老二赶紧上前夺过孔祥和手中的槌柄:"这活不是你干的,还是吾来吧。"正在两人抢夺时,雷老三和雷老四推门进来了。由于外边天冷,两人感到不适。见到孔祥和与雷老二在争夺棒槌,雷老四就大声地说:"你们都别争了,吾的手脚凉麻了,叫吾活动活动,暖和暖和。"

一见到两位援兵到来,在场的人都放松了绷紧的神经叫道:"能干的来了!"哥弟俩随着人们的欢叫,快步来到上堂。孔三叔见到了雷老三便道："吾真的快顶不住了。老三你来得正好，快顶老叔一阵。"

不等话落，雷老三就站到石臼边，双手往温汤里一浸，那头雷老四已抢住了槌柄，只见伊依住槌柄，朝手心吐了口唾沫，一抡棒槌，那棒槌便不费气力地被高高举在头顶，轻轻松松地砸向石臼的正中，每打一下叫一声："嗨着！"随着槌子的上下，兄弟俩十分默契地打着年糕馃头，看火候差不多了，雷老四收起了棒槌，对老三道："赶紧起了。"还没等老三抱起打好的那团馃头，老四又对老大说："快把饭甑端来，这头空了。"雷石头听后揭去篷盖，快步跑来。这头老三已起好滚烫的馃头一跃上案。雷石头恰好将一甑饭团倒进了石臼。老四便手不停歇地碾压起馃头，还没开打，嘴里便大叫着："灶里烧旺些，你那边快些上，别叫吾这头凉着！"待碾压得差不多了，老四说一声："老三，可以翻了。"雷老三在上堂，外边又寒又冷，伊正要喝杯茶热热身，接到指令应声道："莫慌，就来。"伊猛喝了一大口茶，便风风火火地来到石臼边，口中说道："尽狠的来，吾这里预备着呢。"话音刚落，便听到"嘭"的一响。老四手中的棒槌又准又狠地落在了臼中央。这一下劲头十足，棒槌击穿了厚厚的馃头直抵臼底，响起了脆脆的声音。孔老三在旁听得羡慕地说："真是'十八廿三，墈头踏翻'，老四真是好力气，别太使劲，莫把石臼砸破了。"老四回道："砸不破的！"一边更使劲地打起来。案板上，上一甑的年糕团子还没印完，石臼里馃头又打好了。只见雷老四丢下棒槌，对案板上叫道："你们快些，吾这儿又来了。"说着，就掏起臼里的馃头直往案板上扔。这样的速度叫印糕的人手忙脚乱。孔老大一边飞快地搓着馃头条子，一边给大家加油："大家快些！"只听见一阵"咔嗒咔嗒"年糕印子开合声音，大家都默不作声地放开手脚。石臼里又一甑馃头倒了下来。只见

雷老四脱去了光板棉袄，伊今日连衬衣也没穿，赤着膊，抡起棒槌使劲地捶打馃头，两臂间的肌肉鼓鼓地显露出来。孔老大一边手不停歇地搓着条子，一边抬头瞅见人家就说："老四，你光着膀子不怕冷啊？"

"哪还会冷呢？吾热乎着呢。你们快些印，莫等到了天亮还完不了活，明日吾兄弟还有三家呢，叫吾有时间眯一会儿。"

"早着呢，才十点过，照这样，钟再走一格就完活了。"

在俩人一说一答间，马金凤偷偷地抬头瞅了一下雷老四，只见雷老四赤着膊，高高地举着那根大棒槌，胸肌和臂肌正在积聚着无穷的力量———隐一现地运动着。当雷老四又一次举起棒槌时，两腋下浓黑的毛毛突然闯入马金凤的眼里，伊莫名地一阵害羞，觉得脸上燥燥的，立即将视线收回，专注地印着年糕。可伊的脑海里，雷老四那一身疙疙瘩瘩的肌肉，还有腋下浓浓的黑毛，怎么也抹不去。特别叫伊记在心间的是雷老四一条臂膊上那道黑色的伤口。伤口已经痊愈，但皮肤还没有恢复到正常的肤色。马金凤知道，那一刀人家是为自己挨的。就算马金凤知道，当时强盗对伊没有危险了，可是，伊心里还是非常感激人家。伊就不明白，雷家四兄弟，个顶个都是干活的好把式，咋就把光景过得这么烂呢？伊不明白，怎么想都不明白……

思想有了活动，时间就过得快。不一会儿，孔家四担米的年糕就要打完了。在还有最后两甑粉团时，孔瑞云堂客从菜橱里端出一碗五花肉炒的肉酱，一钵头九头芥泡的腌菜，菜里炒了不少油，加了红辣椒，又辣又香，还有一碗红糖放到桌上，对大家说："今日累了大家了。年糕就要打好了，大伙歇歇，爱吃咸的爱吃甜的，馃儿自己包。"

每到请人打年糕时，主人家都会这么预备着。这样的活几乎都在夜间完成，干的活并不轻松，劳累了一晚上，主人总得准备点夜宵答谢人家，再不客气的人家也会炒碗腌菜叫大家包餜儿吃。餜头是现成的，年糕团包起来的餜又糯又瓷，特别好吃。

马金凤头一回参与这样的活，伊不懂包餜啥意思。只见在场的一个个把年糕团用餜印的底面将餜头压扁压薄。然后，有的将一大包腌菜包进去，有的包进些肉酱，有的包进一匙红糖，做成各色餜儿来。马金凤不会这些，在一旁新奇地看着别人包着。月秀在嫂子身边轻轻地问："嫂嫂，你怕不怕辣？喜不喜欢甜的？"

马金凤为自己的不懂而感到窘迫，伊在娘家时吃食清淡，不太喜欢过辣的食物，见问，便不好意思地对小姑子耳语："吾还是吃甜的吧。"月秀听后，忙把一个热乎乎的餜头在印模下边压出一块圆圆的面饼来，而后用匙子舀了一勺糖放在上面，对嫂嫂说："你把面饼两边合起来。"马金凤照做不误，将合起的半月形面饼边上打着一个个小褶——一个漂亮的米餜做出来了。月秀当面赞扬了伊一句："嫂嫂手真巧，一学就会。"马金凤听了很高兴，兴奋之余，自己不由得拿起餜头又压出了一个面饼，独自包起了一个餜儿。伊将自己包的餜儿托在手心，像把玩一件珍宝似的。月秀不由得暗暗佩服，心中赞叹："毕竟是有文化的大家闺秀，啥东西都难不倒。"伊对着正在欣赏自己杰作的马金凤看看，说："把餜给吾。"说着一把夺了人家手中的宝贝，莞尔一笑，神秘地拿着两个糖包餜儿跑向了灶头。到了灶边，伊将两个餜儿交给了一直在烧火的雷石头媳妇，说："麻烦大嫂帮吾烤一烤。"

雷石头新媳妇知道怎么回事，从灰膛中提起一把火锹，放到灶膛中烤烤。待火锹烊热了后用抹布擦擦干净，将两个餜儿摊到火锹上，塞进了熊熊燃烧的火头上烤着。一会儿，退出火锹，将餜儿翻个面，又塞进火里，等两面都烤得脆黄时，将铁锹退出火膛，

用手指小心地按着发烫的馃肚子，发现馃儿软软的，再也没有结块的红糖时，石头媳妇将馃儿递给了月秀，说："当心，烫着呢。"

孔月秀拎起一角衣襟，说："放这儿呢。"雷石头媳妇便将两个滚烫的馃儿小心地放到了月秀的衣襟里。月秀便又跑又跳回到案板边，拿起一个馃儿交给嫂嫂说："你尝尝，好吃着呢。"

马金凤头一次有这样的体验，欢喜地接了过来。手中热乎乎的，叫伊非常享受。伊看着松黄的馃儿，迫不及待地将馃儿凑到嘴边。轻轻地咬了一口，味道又香又甜，且是自己做的，伊从来没想过自己会有这样的经历。这个新家，给了伊许多生活的乐趣。伊知道，在这个家里，还会有更多伊未曾想到过的体验会到来，伊喜欢上了这个家。

雷家的四兄弟，不但能干活，吃起来也不含糊，只见一个个不停地包着馃儿，四兄弟都特别喜欢腌菜包的。菜多嚼起来又香又辣，吃得额头上直冒汗，过瘾！

大概过了一刻钟，大家都吃得差不多了。有人开始打起了饱嗝，露出满意的神色，就各自又重回到了案板上。歇力时，雷老四又套起了光板棉袄，毕竟是大冷天，一停下手中的活，就会觉得冷。当雷石头将最后一甑粉团倒进石臼时，伊叫老四将空饭甑端到灶头。今日，伊还没过过打年糕的瘾呢，手有些痒痒，包下了这最后一甑饭团的打糕活。最后这甑年糕，被伊打得又透又瓷还不肯歇手。倒是案板上的等不及了，孔老大耐不住说："石头，差不多了，打瓷实得很了，快起来。"

雷石头有些不舍地停了手中的槌子，雷老三将最后一臼馃团起到了案板上。人们纷纷从凳子上站起来腾出地方让给大家。这甑年糕用不着印模，全凭人们的想象做出各色不同的花色年糕。雷老四从馃团上扯下一块来，要做一条鲤鱼，孔老三做了一头小猪,月秀在捏一个元宝……伊轻轻地问马金凤:"嫂嫂,你想做个啥呢?"

这可是展示个人才情的极好时机。马金凤见着大家都在憋足了劲,心里暗下决心:一定要做出一个不丢自己脸面的年糕来。伊内心悄悄构思着,一个展翅凤凰的影子在心头显现了。当那样子越来越清晰时,伊赶紧开始揉捏了起来。捏完后,伊先对着自己的杰作欣赏了一阵,觉得缺了点啥,便拿过了洋红碗中的箸头点上双眼,染红了凤凰的头冠。当一只展翅飞翔的凤凰呈现在大家的面前时,有人发出了一声惊叹:"好漂亮的凤凰!"

大家把目光都聚焦到马金凤身上,人们不得不佩服——这位县衙里出来的千金小姐,头一次干这样的活,就能做出如此别致的年糕来。孔祥和很佩服新媳妇的那双巧手。孔祥和的弟弟挤到嫂嫂身边,双手捧起那只展翅若飞的凤凰年糕满堂乱跑,口中叫着:"哦哦,凤凰飞啰——哦哦,凤凰飞啰。"跑到正在圆桌边整理年糕的孔瑞云身边时,叫着:"爸,这是嫂嫂做的年糕,好看吧!"

孔瑞云对小儿手中的年糕仔细打量了一阵,不由内心赞叹。伊不动声色地对小儿子道:"挺好的,过年时,摆在香几上供祖宗。"

这是孔瑞云对新媳妇最大的肯定。

人们做出各色的吉祥年糕,祈盼来年风调雨顺,五谷丰收,生活年年高!

…………

年糕开打后,年味便越来越浓了。

只听到村坊里时不时传来炒米胖的沙沙声,那声音是一首没有定式但每家却能几乎差不多的快乐乐章。有钱人除了炒冻米外还会炒一两升芝麻或黄豆啥的。一般农家就只炒冻米糖,这是最好的土糕点了。穷人家置不起那些好的,再次,也会炒上几斗

番米籽、番薯丝啥的来压米糕(一种土糕点)。孔瑞云因为今年结了新亲,且亲家是个城里人,城里人除了到集上购买外,没有这些土年货,伊有心比往年多炒了二升芝麻、二升黄豆。

晚头,伊请来雷石头和雷老四帮忙压米糕。每年里这活也都是雷家代劳的,因为雷家两兄弟手艺特别好。压米糕的活不是人人都会的,一个村坊里就那么几个人能做。雷家这门手艺是祖传的:雷老爷子的太公学得真传,便一代代传下来。雷老标年轻时帮人做米糕都会带着十几岁的雷石头在身边,一点点地将要点窍门传给下辈。几年后,雷石头掌握了这门手艺能独当一面时,又带着几个弟弟来学艺。就这样,这门手艺在雷家被发扬光大了。每到年关,雷家兄弟便成了村坊里最吃香的人。帮这样的活并没有报酬,遇到好的,能叫你带一条米糕回家,便叫人心满意足了。

日间,孔瑞云堂客忙活了一下午,炒好了二箩担米胖。炒米胖的冻米是浸过水的优质糯米蒸出的饭团,倒在木盆中盖上袱布捂几天,待自然晾干变硬后,搓散米粒,摊到竹簟上一连晒上几天大太阳,待糯米粒晒干到牙一咬能脆脆地断成两截时,说明冻米晒好了。冻米晒得越干,炒出来的米胖越胖。

近晚,孔瑞云叫孔祥和去雷家,早早把雷家兄弟请来。雷石头来时抱着一个臼米的竹畚斗。畚斗里装着一些炒熟的番米子。伊家做不起冻米糖,雷老标堂客费尽心思留下了这点番米,正月里总有几个亲戚来串门拜年的,总得拿出一点东西招待客人吧! 伊家连买两斤红糖的钱都没有,知道到孔家揩二斤红糖的油,孔家是无所谓的。因此,才敢腆着脸把二升炒好的番米子端到孔家来。来时,雷老四提着一个老酒坛,一手拿着压米糕的家伙与雷石头一道来到孔家。孔家堂上已摆好了一桌好菜,灰堂里已经煨热了一壶老酒。见兄弟俩来了,孔瑞云马上招呼:"来来,先吃了黄昏再说。"

对孔家,雷家兄弟太熟络了,毫不客气地各自占位坐下。雷老四坐定后大声说道:"大家一块来吃吧。"

孔瑞云跟着道:"大家都来吧。"小儿子祥胜早等在那里,父亲一说便蹬上板凳跪坐着。孔瑞云又对女儿那头说:"月秀,快把你嫂也叫来,也没有外人,没啥不方便的。"

一家人,除了孔瑞云堂客外,都坐到了桌边。马金凤和月秀同坐一横,这两人已好得形影不离了。只是,有两个别家男人同坐一桌,马金凤有些不习惯,一直低头吃饭,不敢正眼看两位同村兄弟。可是,同坐一张桌子,人都摆在眼前,低头不见抬头总会看到的不是?马金凤夹菜时总不能闭着眼吧,一抬头,还是见着了旁边的雷家兄弟。不知怎么的,一见到人家,伊心里就嘭嘭乱跳。接下来,伊干脆连菜也不夹了,扒着饭胡乱地吃好就是。最后,马金凤红着脸对一桌人礼貌地说:"吾吃好了,你们慢吃。"便离开桌子,将自己碗箸拿到灶头去放了。

人家的礼貌,雷家兄弟不能不以礼回之,雷石头朝人点点头,老四便开口说了一句:"你吃得这么快,就吃好了?"

伊这么一开口,那底气十足的声音叫马金凤凭空吓了一跳。伊还真不习惯和陌生男人这样相处,便朝人羞羞地一笑,抱着碗箸逃离了现场。这边,没人注意到伊的不适。孔瑞云和雷家兄弟相互大口喝酒,大箸夹菜,完全沉浸在一家人的氛围中。因为接下去还要忙活,大家干脆地吃好晚饭。那头,孔瑞云堂客已将一锅汤水烧开等着备用了。孔夫人熟悉压米糕的流程,把双眼灶台两个大灶膛都烧得旺旺的。雷石头听到了大锅里的水开声,便匆匆地扒完了碗里的饭,对在座的说"你们慢吃",就放下碗,径直奔向灶头,对孔瑞云堂客说:"婶,你把臼好的麦芽拿来。"

孔夫人便将早间孔祥和忙活一下午才臼好的半筲箕麦芽糜子递给了雷石头。筲箕里已经预备着一块袱布。雷石头便将麦芽糜子包裹在袱布里，将一块锅盖翻过来，把包好的袱包团子放在锅盖上挤压出黏黏的麦芽水。经过一遍又一遍的挤压，麦芽汁全挤沥进锅中。那半筲箕的麦芽糜子，被雷石头挤压得只剩下一大碗渣子……灶膛里的火被烧得轰轰地在锅底下打转，锅里的麦芽水在剧烈地冒着大泡。水蒸气弥漫了整个厨房。熬麦芽糖需要一两个钟头的工夫——须得将半锅水都蒸发掉，最后剩下的才是压米糕的关键材料——饴糖。

那头在炼饴糖时，孔瑞云陪雷老四喝茶。闲谈中，孔瑞云问雷老四："四侄，你手上的伤好利索没？吾家真是过意不去啊！"

"没啥的。"雷老四使劲活动活动手臂，"你看，一点妨碍也没得。吾这样的人家，向来都苦熬惯了，这叫作娘生天养。这点点小伤也就跟伤风感冒打个喷嚏差不多，没啥的……"

孔瑞云听着人家的话，看看人家，怀着歉疚对人道："这些年来，真的感谢你一家大小的帮忙。吾呢，年纪大了，田头地里的活一个人又忙不过来，你祥和兄弟又不会侍弄这些，要不是你一家帮忙，有时候吾还真就没主意呢。"

"叔哎，你说这话就见外了不是。说到帮忙，吾一家全靠叔你帮带呢。这些年，吾一家全记在心里呢。这么大的黄泥山地方，像叔这样的人真不多，你不会嫌吾家穷，不会看不起人。大小事还不都是叔给吾家出主意想办法。说到帮忙，老雷家得真心实意地感激你。老雷家别的没，有的只是几双使粗的手，千百斤的力气供你使唤。老雷家时不时给你寻麻烦、找难题，以前的不说，就这次给吾爸说情，要不是叔在帮忙，怕是吾爸的人头早挂在城门头了……"

听到此番话,孔瑞云长长地叹了口气,对老四道:"老侄啊,你爸的事,叔吾一直担心着呢。虽说祥和的丈人是县里管事的,可教案的事朝廷插着手呢,一时半会儿也弄不好。叔是有心无力啊!此事,老叔还望你们兄弟能够理解。前些天,祥和夫妻去了趟城里,专门打听你爸的事,传回来的口信说是——你爸的命保住了!还好,你爸做人好,上辈子结下的福荫,叫咱们朝里有个祥和的亲家在操弄。不然,不是叔在吓唬你,吾都亲眼看到了杀头的公文了。要不是祥和的丈人在使着劲,你爸的人头真的怕是早挂城门头了。你们现在可放心了,祥和从城里回来说,你爸好好的,祥和丈人跟看监的通过气了,叫人家别难为你爸,还给你爸递进了衣服铺盖,正在想办法放人呢……"

雷老四听着,眼睛红红的、湿湿的。这一家的窘境叫人想起来心头酸酸的:年关到了,父亲关在大牢里,爷爷又病重得一日只咽半碗米汤,想请个郎中,家里就翻不出一个铜钿来……人家家里打年糕、裹粽子、压米糕……自己家里啥也备不起。这些天来,兄弟们还不是天天在忙活?自己那二升番米籽还得烦孔家使个好……

想到这,雷老四硬是厚着脸皮对人道:"叔啊,今日雷家还得麻烦你呢——"

"啥事,你说?"孔瑞云很干脆。

雷老四见人家那么痛快,心中鼓足了勇气准备说的话一时反而说不出口了。孔瑞云看人家艰难的样子,又问:"啥事说出来嘛,只要能帮的,叔没啥不帮的。"

雷老四在人家的一再催促下,终于张开了口:"这不,大家都压米胖了不是?吾家没有红糖,吾娘炒好了二升番米籽,待会儿还得到叔这儿揩二斤红糖……"

"吾道是啥大破天的事,这叫啥事?你兄弟帮忙给吾家压米胖,吾谢你们都来不及,二斤红糖算啥事。待会米胖压好后,每样都拿点回家过年去!"

俩人在闲聊着细碎的家常。那头雷石头叫道:"老四,把案板理理,糖快弄好了。"

雷老四回答:"你忙你的,这头归吾了。"说着话,便支身离座,和孔瑞云一道,支起了一块案板。孔瑞云端来盆热汤,将案板擦了个干干净净。雷老四接过孔瑞云手中的抹布,将压米胖用的工具也擦了干净。这些工具有:一个方木架子、一根滚圆的木槌子,还有一把长度近尺的大刀片子。这种刀,只有糕点作坊里才备着——是专门切米胖开片用的,这件家伙是雷家最稀罕的宝物。那刀被雷家祖祖辈辈磨得锃光发亮,锋利无比。做好这些后,雷老四就等着大哥那头了。

这时,孔祥和将两担炒好焙过的米胖挑到了灶头。只见雷石头用一个马勺将半锅黏稠的饴糖舀起来又倒下去,调试着饴糖的黏度。见那饴糖在流的过程中结着长长的细丝,雷石头伸出一个手指头,蘸下点饴糖吮在嘴里嚼起来,口齿间觉得饴糖黏性十足,凭经验认为糖煎好了,就对烧火的孔瑞云堂客说:"婶,把火退小点。"灶门口,孔瑞云堂客便退出两块燃着熊熊火苗的大柴爿。锅里边饴糖立马便像吹气球似的冒着一个个泡泡,泡泡越鼓越大,直至饴糖张力到了极限被撑破为止。破了的泡泡中冒出一股水汽,接着糖面上又冒起一个个泡泡来,这时就是外行也知道饴糖的质量了。于是,雷石头把弄好的饴糖汁舀到了里锅,剩下最后一勺时,在孔瑞云提来的一木盆的红糖里,用一个木铲子铲了一铲子——大约一斤的红糖,放到剩余的饴糖中。一会儿,红糖便完全融进饴糖中了。

雷石头用马勺溜溜混合的糖汁后，便用一个精致的五升斗从箩筐里量了一斗米胖倒入锅中，迅速用锅铲搅拌起来。待到每粒米胖上都沾满了糖汁时，雷石头便用一块干净的湿布飞快地擦了擦一个竹篾畚斗，将拌好的米胖团子铲到畚斗中，大叫着："老四，来啰——"

　　那头，雷老四已将一个长二尺、宽一尺五的木架子摆在案板中间，正静静等着大哥拌好的糖米胖上架。雷石头大步流星地抱着畚斗直奔案板，将一畚斗糖米胖倒在木架中，关照老四一声："手脚麻利些，今日活多，有二三十架呢。"

　　老四应声道："晓得了。"便双手摊开成团的糖米胖，将米胖均匀地摊在木架子里后，雷老四便操起那个圆木槌子在米胖上不停地滚压。干这活需要很大的力气，只见雷老四用一股子暗劲儿将圆槌纵一遍横一遍地在米胖上碾压。不一会儿，米胖便碾压得与木架连在一块了。这时，老四左右移动了几下架子并前后晃了晃，那个木头架子便脱离了米胖。老四将木架子放到一边，左手飞快地拿起一块尺五见长、三寸见方的小木板条往长方形的米胖一头一压，右手操起那把大刀片，顺着板条边沿，划拉下一条米胖条子。只听见一阵"咔嚓咔嚓"的清脆声音——那刀功，一看便知是个行家，一整块米胖不一会儿就要被切好了。等开好了所有的米胖条，雷老四便将最后一条米胖条留在手心，快速地切起片来。只听见一阵"嚓嚓嚓"刀声响，那把大刀片子切萝卜似的划拉着米胖条。切下的米胖片儿不薄不厚刚好一厘米左右，且每片看似切透了却实实在在地还连成一条。那动作就像一位钢琴师在娴熟地按着琴键，随之传过来一首迎春的交响曲。

　　马金凤先是回避在自己的房间里，当听到那紧张悦耳的声音时，再也忍不住好奇心了，脚不听使唤地挨到案板边。伊从来未

见识过压米胖的过程，内心充满着好奇，待伊看见雷老四这样粗犷的汉子操起刀双手比女人还灵巧时，不由地从内心对人家多了几分敬佩。伊越来越不明白，这样能干的人，光景咋就过得那么稀烂呢？

很快，一架米糕在老四手中变魔术似的出现了。在场的人纷纷撮起一块，尝一尝新一年米糕的味道。马金凤也不例外地从一条米胖条上掰下一片来，将还热乎着的米胖放在鼻口处闻了闻，一股淡淡的糖香夹带着米胖的芳香冲进了伊的嗅觉——那味道叫人无法抗拒地想品味。马金凤优雅地将米胖送到嘴里咬了一角，那热乎乎的甜味和伊以往吃的米胖似乎不是一个感觉。以前伊所吃到过的米胖是脆脆的，没有这种软性的口感。当马金凤品尝第二块时，伊以往所吃的米胖味便来了。以往的米胖味要待米胖完全冷却后才显现出来，马金凤今天算是领略了米胖真正的味道。

时间不停地流逝，米胖在雷老四手中一架又一架地做好了。待到后头，雷老四觉得自己受伤的臂膀有些酸麻不得劲了，就对雷石头说："老大，吾们替换替换。"

雷石头应道："熬糖你行不行？"

"你就放心好了，都跟了你这好多年了，傻子都看会了，让吾来一镘你就清楚了。"

见弟弟这样说，雷石头将一畚斗糖米胖倒在了木架子里，就把空畚斗交到老四手上，娴熟地压起米胖糕。雷石头干什么活都那么干练利落，那娴熟麻利的动作叫旁人看得呆了，马金凤不得不暗暗佩服人家。

一会儿，米胖全做好了。接着要做芝麻糕时，雷石头还是不放心弟弟的手艺。芝麻糕更不好做，糖的火候要比米胖老一些，但弄不好太老了,糖性就遁了。糖太老了,压出的芝麻糕要散架、不相黏;糖太嫩了,压出来的芝麻糕又太软、不松脆。所以,掌握好火候是最关键的——这不是一种简单的技术,是一种经验!这经验只能意会不能言传。雷老四还没有单独做过芝麻糕,因为这东西金贵些,不敢莽撞,便把糖勺交给了大哥,虚心地立在灶边学习兄长的技术。雷石头一边操持着马勺,一边将要领传授给弟弟,待觉得糖煎好时,量出一升炒好的芝麻倒进锅中。芝麻糖要比米胖糕薄一半,压的时候也会省力些。雷老四再次回到案板边,做着伊该做的事。当伊将芝麻摊开后,孔瑞云将一个小纸包递给伊:"四侄,你慢些压,吾这里预备着红绿丝呢。"

　　雷老四接过了人家的油纸包,一边说话,一边摊开纸包:"还置备这好东西,是的,芝麻糖上撒些红丝绿丝,喜庆。"说着,就把一些红红绿绿的小细丝撒到了芝麻上头。这种红绿丝是当地的特产,用衢橘皮子做的。芝麻能量高,吃多了上火,混进这红绿丝不光是为了好看,还可以败火。其余的工序和米胖糕一样。只是难得有几家能置得起这样高档的糕点,孔家今天就专门置了两架:准备送亲家一架,自己留一架招待贵客。另外,孔家还有两架黄豆糕,这也是好东西。这时,孔家堂屋里摆满了各类米胖糕,从热的软的摊到凉了硬了才好放到各色大小坛子里。待到雷家兄弟在做自己家的番米糕时,孔家一堂都在把米糕装进坛子里。孔祥和的弟弟孔祥胜迫不及待地提起一个小酒瓮,将一条条整排的米胖往里塞,并说着:"爸,这坛子分给吾保管吧?"孔瑞云一边朝一个大瓮里置放着米胖糕,一边回应道:"好的,这坛分给你吃,你自己保管好。"

　　孔祥和跟马金凤一起朝一个酒坛中装着米胖糕。大家都喜欢干这活。老百姓忙了一年,为的就是能过一个甜蜜的好节。参

加这样喜庆的活儿,那是一种享受。最后,孔瑞云提来两个精致的小酒坛子,亲手装了满满的一坛芝麻糕、一坛黄豆糕——这两坛东西明天要送给亲家的。

当一屋子里的人差不多刚装完所有的米胖糕时,雷家兄弟那两架番米糕也做好了。时间已是夜里子时,孔瑞云吩咐堂客弄几个菜犒劳犒劳忙了一晚头的两兄弟。兄弟俩却制止了主家的好意:"时辰不早了,再说,一晚上嘴里也没歇过吃的,米胖尝都尝饱了,不必再麻烦!"

见人家这样说,孔瑞云就不见外了,亲手泡了两杯茶放到刚刚空出来的圆桌上:"那就依你们了。忙了一晚上辛苦你们了,就坐下喝口茶,歇歇力。"

喝茶两兄弟就不客气了,双双洗过了手,来到桌边坐下。当三人喝着茶时,孔瑞云对雷家兄弟道:"老侄啊,明朝还得劳烦两位出出力,没几天就过年了,明朝,你兄弟陪吾去趟城里。一来给祥和亲翁送点年货去;二来呢,你兄弟也该去城里探探你爸的事……"

听了这话,兄弟俩默不作声了。父亲已被关了一个多月了,这就过年了,好的歹的是该去探望探望了。

临了,孔瑞云叫雷家兄弟每样米糕带点回去。两兄弟说什么也不敢要:"吾已经蹭了叔二斤红糖了,哪还敢再要你的东西。"双方推让了一会儿,孔瑞云看看天井里黑乎乎的天空也就作罢:"既然你们这般推辞,那今日也就算了。天也不早了,明日还得进城呢。你们忙了半夜也该歇息了。"

雷家兄弟一人提着畚斗、装着压米糕的工具,一人抱着一酒坛番米糕回家了。孔瑞云将二人送到大门口,关照一声:"道上黑,留意点。"兄弟俩忙说:"放心吧,夜路走惯了,再说这几步路,就是闭着眼睛也能摸到家,您就歇着吧。"

第二天八点来钟,孔瑞云抱着一个畚斗,里边装着两饼年糕、两串粽子和各种各样的米胖糕——装了满满一畚斗,去了雷家。雷老标堂客看到人家送来了这许多年货,感动得手足无措地把人招呼到桌边坐下,连忙泡了一碗茶放到了桌上。孔瑞云把畚斗放到桌子上问:"石头和老四起来了吗?"

雷石头听见声音,忙从自己的房里迎出来:"叔,你来了。吾早起来了。"一看到桌上的东西,雷石头忙说:"叔,你这太客气了。不是告诉你不用的嘛——你看——"雷石头也像伊母亲那样不知所措了,扭头四处张望没见到老四,便问母亲:"老四呢?"雷老标堂客忙说:"刚刚吾正见着呢,一转眼跑哪去了?"正说着,老四从门外闯了进来:"吾去趟茅房。"见到孔瑞云便说:"叔,你来了。"孔瑞云应了一声"嗯",便对雷老标堂客说:"嫂子,你拿个东西把这点年货收下。今年其他的就不给了,这点心意你就收下,感谢你一家一年来的帮忙。"

当三人回到孔家屋里,孔瑞云堂上预备着两副箩担:一担里装着年糕,一担里放着两坛米糕外加一条猪腿。这两担东西雷家哥俩一人一担。孔瑞云自己提着个竹篾篮子,篮上面盖着一块袱布,里边放着前些天雷家送来的一些泥鳅和一条塘鳗外加那只大甲鱼。三人毫不耽搁去了城里。

到了马大人家,三人自然受到了热情招待。在马家喝着茶时,孔瑞云将雷家兄弟介绍给马大人:"这二位就是吾邻舍雷老标家的老大和老四。两兄弟挂念家父,前来探望。雷家日子过得紧巴,前些天塘里抓了些泥鳅啥的……这都是些好东西。"孔瑞云说到此,有意将那个竹篮交到亲家手上。马大人接过篮子后,看到里边的东西,非常高兴。虽说东西值不了几个钱,可都是难得一

见的好东西。马大人嘴里说了句客气话，却没拒绝地收了东西。孔瑞云在伊身边轻声地问："年到了，能不能让两兄弟见见自己父亲?"

马大人轻松地回答道："这个好办。"等三人喝了茶后，马大人便亲自将三人领到了监所。雷老标被提到了外边，一见面就抓住孔瑞云的手。这么长时间伊关在号子里，却没有受到一点虐待，伊清楚这些都是孔瑞云帮的忙。这个老实人，伊不清楚：真正该当重谢的应该是马大人。伊只认得孔瑞云，把所有的功劳全记在孔瑞云头上。孔瑞云握住人家的手，问："在里边还好吧?"雷老标一个劲地点头连声说："好的，好的。"听到这话，孔瑞云放心之余鼻子却是酸的。伊见到了雷老标身上的长衫，知道那是亲家穿过的旧衣衫，有意问："你身上的衣裳是——?"雷老标道："是马大人送的，还有铺的盖的马大人也送来了。"孔瑞云朝人使眼色，雷老标仍不知感谢马大人，雷家兄弟在一旁看了都急了，可雷老标始终没有说出感激的话。一旁的雷老四有些看不过去，忙替父亲把话说了。伊毕恭毕敬地朝马大人鞠了一躬，真心实意地对马大人说："马大人，你对雷家的恩情，雷家大小感激在心。虽然吾们没啥东西可以感谢你。但是，这份情，雷家世世代代会记在心里的……"

马大人见到了人家的诚意后，也没做什么大的举动。事实上，伊觉得受雷家几句感激的话是理所当然的，毕竟自己为了人家花了气力不说，还赔进了四根金条呢! 那四根黄货，是女儿新婚后与新女婿回门时，伊从女儿口中得知了遭遇强盗的前因后果后，心甘情愿掏出的。伊心中虽然在还雷家的情，但总觉得自己的恩远大过了雷家的情。要知道，四根金条意味着什么——那是寻常人一辈子都积聚不起的财富啊! 当然换来的是一条性命，更是拿金钱所无法置换的。

接着,孔瑞云将时间留给了雷家父子们。自己将亲家叫到门外,低声地问:"亲家啊,莫见怪,雷家的事实在是为难你了。你觉得啥时候上头才能松口放人呢?"马大人道:"吾已跟上头说过多次了。上头答应等省部大员回程后就把人放了。眼看到年关了,上头派下的人肯定得回去过年的,到时人便可以放出来了。别急,急也没用。还有几天,争取让伊赶回家过年吧。"

听到了这样的实信,孔瑞云心中轻松了许多。可是,伊也跟其他人一样,不知马大人这中间做了些什么?要是知道亲家花了四根金条才保下的人,伊肯定也会大吃一惊的。这样的代价,别说是雷家,就是自己怕也还不起啊!这雷老标可是前世烧高香了。

那头,雷老标对着两个儿子,有许多话却一句都说不出来。两个儿子看见人好好的——看上去比在家时白净些,穿着干净的长衫像换了个人似的。俩人知道,这一切都是马大人在照应着,心中对人家的感激真的是肝脑涂地也心甘情愿。父子仨手挽手紧紧地拉在一起,总共没说出三句话。这家人就是这样,关键时刻不知如何表达自己的情感——只是彼此间把手使劲地握在一起,眼神里传递出各自的心情。临到看管催促时,雷老标才突然想起,问:"你们爷爷还好吗?"

说起爷爷,两兄弟鼻子酸酸的,雷老四想等大哥把实情托出,可不善言辞的雷石头就是说不出来话。老四就直话告诉父亲:"爷爷这两天连半碗粥都咽不下了,总是念叨你,不知能不能熬得了年关……"

这一说,雷老标老泪纵横了。伊不知如何面对两个儿子,一背身走向监所,留下一路呜呜的哭声。兄弟俩看着父亲的背影,眼眶红红的、湿湿的。

…………

在马家的饭桌上,雷家兄弟显得局促不安,在雅致的厅堂里,伊们总觉得自己是那么的卑微不合身份,吃饭时总是低着头不敢嚼出声音来,平时三大碗的饭量,马家的莲籽小碗才盛了两次就推说吃饱了。桌上精致的菜蔬伊们连箸都不敢下。马大人和孔瑞云对俩人说:"不用客气的,都是自己人。"可兄弟俩就缺乏那份自信,在县老爷家吃饭,对两兄弟来说无疑是种煎熬。马大人说了几番宽慰话后,反使两人更加局促不安,就干脆啥也不说随伊们去了……

当马家的自鸣钟响了三下后,孔瑞云便带雷家兄弟起身回程了。在船埠头的浮桥上,撞到了刚从严州贩橘回家的汪三牛。这年里,汪家的橘子是小年,汪三牛继承了祖辈贩橘的传统。上海那头风险大,伊就不愿再去了。为了锻炼儿子,汪狗倪雇了只小船,叫儿子将自家一百个件头的朱橘运往建德严州府,那里有伊祖辈相熟的主顾。汪狗倪只是写了封信给儿子,叫儿子到了地方去找某某果行某某老板就是。伊知道,人家会像自家人一样待三牛的。汪三牛虽头一次单帮出门,可做起生意来却头头是道,比起伊在学堂里念书要强不知多少倍。这趟生意汪狗倪并不指望儿子能挣回啥大钱,只要把自家的橘子销了换成银子回来就成,伊主要是锻炼儿子。没想到汪三牛在商道方面出奇的精明,俨然继承了汪家的衣钵,来回的十多天时间里,那一百个件头的橘子,比起官渡镇的行价多出了二十来块洋钿。当在浮桥上碰到本村邻舍时,伊春风得意地从袋里掏出了一盒洋烟卷,见人便递一支。雷家兄弟不吸烟,干脆拒绝了人家的好意。孔瑞云见人家如此热情,便不好意思再推辞了。汪三牛立马凑到人家跟前用火柴帮人点了一支烟,自己也点上了一支。孔瑞云见人春风得意的样子,便跟人家拉起了家常:"好多日子没见老侄了,这些日子哪地发财去了?"

汪三牛得意地在人们面前炫耀道:"哪里,哪里,只在外头赚了廿来个洋钿。这年头银子不好挣了。"

"廿来个洋钿还少啊?"雷老四心中有些愤愤不平:自己四兄弟为伊家累死累活干了半个月才赚了一个洋钿,人家一个人不挑重不沾轻的,十几天就顶上自己一家子干一年了。伊对人家充满了羡慕和忌妒。四个人一边拉扯着家长里短,一边脚不停歇地赶路。走到城里人租用的墓地时,四人都把口舌收紧了。已近黄昏,感觉此地幽幽煞气直冒——有绝了后人,年久失修的坟包,倒了石碑,破了墓门,明晃晃地露出墓穴,洞口能看见那白森森的人骨架子恐怖地躺在里面。那三个大洞的骷髅头像是在紧盯着你的后背不放,不知什么时候会跟来一样。闹心的晚鸦,冷不丁地在身边的树林里发出一声惨叫,吓得人出一身冷汗。

就在四人将要踏进陵园小道时,看到前边有人有意放慢脚步,想搭个伴一路同行。那人是隔壁村的一位能人,在当地几乎人人都认得伊——伊的一张口见人便滔滔不绝,似乎上懂天文下知地理,国事时政无所不晓,人们都称伊为"半仙"。这半仙没有啥正当职业,每天泡在城中茶馆里,探听传播各色新闻轶事……当四人靠近伊时,大家都便认出是半仙。汪三牛抢先凑上去,掏出那盒洋烟,递上一支,说:"张半仙,像你这样懂天文晓地理的好佬,也怕鬼啊?吾在后头见你磨蹭了老半日不敢往里走呢。来,抽根烟,吾们一道走!"

张半仙见人家春风得意的样子,说道:"这不是汪家的公子爷吗?在哪地发财回家啊,都抽上洋烟了。前些日子抬到你家的红嫁妆,茶馆里还在谈呢。真是好福气啊!"

"哪里,哪里。各人有各人的苦呢。"汪三牛并不认为自己很

幸福。张半仙道："你真不知足，要是像吾们这样有了上顿没下顿的，那你还不找块豆腐撞死？还要抱怨？"张半仙又主动与孔瑞云搭讪："孔兄，你今日也进城啊？听说你家的姻亲是吾们的县老爷……"张半仙似乎很羡慕人家，有些怀才不遇地感叹："要是吾有你儿子的福分，也能结识一个做高官的亲眷，就不至于天天泡茶馆——埋没自己的一副好口才了。"接着，伊又问起了并不熟的雷家兄弟来："这两位，看上去好像很眼熟，就是一时想不起，你们是——？"

雷老四见人家问起自己，便搭讪："吾是黄泥山雷老标家的老四，这位是吾家老大。"

"哦，吾说这么熟！"张半仙一拍自己的脑袋，"你不就是遭冤枉的雷老标家儿子吗？哎，这么巧呀——听说你们三家同一日摆的喜酒请的客，茶馆里都在议论你三家的事呢，现凑在一起这么巧……"张半仙一路说个不停，自说自议，总希望人家掺和到伊的议论中。那样子伊好发表一下自己的高论，以获得别人的喝彩。可是，伊一路热心肠地喋喋不休并未引起别人的共鸣。四人都被伊的话语勾起了不同的心事，各自闷声不响地赶着路。张半仙自讨没趣，可又不甘心，赶上两步追到汪三牛身边，说道："汪侄，看你一路风尘的样子，这回又从哪里发财回家啊？"像张半仙这种消息灵通人士，平日里喜欢四处打听别人的隐私秘闻来积累自己的谈资。汪三牛头一次放单帮做生意就赚了廿来块洋钿，正有资本没处炫耀，憋着一肚子的兴奋劲儿，巴不得人家这样问自己，故意轻描淡写地说："几日前运了一百个件头'早福橘'去了趟严州，也不多，才赚了廿来块钱。"

张半仙听了暗暗羡慕人家，可又不服气，总觉得自己一肚子才学，就没遇到一个好的机遇，便倚老卖老地接住人家的话茬触触别人的霉头:"一百个件头才赚廿来块钱,是不多! 要是吾有你这样的本钱,保险十个件头就能赚伊个廿块钱……"

这话本是为了气气这汪家大少爷,杀杀伊威风的。张半仙不过随口一说的话却被汪三牛听在心里。伊以一个晚辈的身份,又递给张半仙一支烟卷,虚心地向人讨教:"叔,你满肚子学问,能不能教教吾发大财的门道? 要是真发了财,吾请你到酒家里开大席。"

张半仙觉得自己终于被人重视了,便更加信口开河:"日前,吾在徽州会馆遇着了一位故交。"说是故交,俩人只不过在一起谈过两次话,伊便吹嘘起跟人家的关系。伊只知那老板姓胡,听人自己说在衢州开有南货店,在杭州经营着货栈,是一个走八方的富商。张半仙是个人来疯,一张嘴天南海北,似乎什么都晓得。俩人闲谈中,人家不知其底细,很把人当回事聊了起来。闲聊中,谈起了两地的特产,徽州那地的宏村、西递、屯溪那边经商成风,大小老板一大把。每到年关头,每每在外经商成功的人,会在回家过节时显摆显摆;而那些蚀了本的失败者,同样为保持自己脸面,会在春节互相拜访中,学习别人的经验——红橘便是相互走动时的上好礼品。红彤彤的衢橘,既喜气又吉庆,这一南国佳果备受徽州人的推崇。徽州出产的松烟墨、油烟墨行销全国各地,还有黄山上出产的各种山货,在整个南方都很吃香。虽然徽州毗邻衢州,却因中间阻隔着一道大山,制约了两地的交通,许多特产因信息和交通受阻而无法互通有无。闲谈中,那位胡老板告诉张半仙衢橘在徽州很吃香,价很高。这只能算是道听途说而已,其实到底如何,谁知道? 张半仙却当真地告诉了汪三牛:"贤侄啊,徽州那边缺橘子呢,那儿有钱的人多,这么好的东西拿到那边肯定赚大钱。"

这样的信息,在每个人心中都有不同的解读:孔瑞云听到后

充耳不闻,莫说只是道听途说,就是确有其事,伊也不会去做,因为孔家历来不屑经商。雷家兄弟听到了,只当耳边风过,根本不会去考虑这种事情。只有汪三牛这种善于投资钻营的人,才有兴趣冒这样的险。

当晚,汪三牛回到了家中。张氏十来天没有接触到男人,一吃过晚饭,就逮住汪三牛不放,硬是将人拖到床上,如饥似渴地办了那件难耐之事。前阵子,汪三牛被新媳妇每夜每夜纠缠得眼眶发黑,精气耗尽,身子骨像是从棺材里爬出来一样。汪狗倪俩老夫妻也明显感觉到儿子房事过了头,伤到身体。为了儿子着想,汪狗倪决定暂时将儿子从媳妇身边支开:一来可以历练儿子,二来可以躲避儿媳的纠缠。

刚尝到性生活乐趣的胖张氏,与自己男人分离了十多天后,便觉得饥渴难耐。伊今天抓住汪三牛要变本加厉地一块索要回来。于是,一场风卷残云过后,汪三牛只觉得自己整个身子被女人掏空了。可这位女人仍不肯罢休,强求男人陪自己再来。汪三牛实在没有精力再玩,被逼无奈下,想起了那日何团首跟伊说的那句话:"下边的干不过人家,还不能用上边的?"于是……

第二天,汪三牛把张半仙的话传给了父亲。汪狗倪也觉得这事靠谱,值得到徽州一试运气。父子俩一拍即合。家里的橘子是现成的,现在离年关也没几天了,正是一年里挣钱的最好时机。对汪家而言,这样的机会是不能放过的。当日里,汪家就到处寻找挑夫。可那一个担头两筒橘子有二百来斤份量,要翻山越岭一连赶四五天的路。一听这差事,没人敢应口。汪三牛到村坊里转了一圈,没有找到一个合适的脚力,父子俩有些丧气。毕竟是汪狗倪年长些,历事多主意也多,就对儿子说:"晚上你再去找找,说去一趟徽州二块洋钿的脚力。这么优厚的条件能没有去的?"吃了黄昏,汪三牛照着父亲开的条件去了。找了几个认为有力气的,一听说挑二百来斤担头,走四五百里路,要翻好几个山头,便没了底气不敢接活。最终有人提议到雷姓人家中找找,或许有人肯干。汪三牛不情愿地来到了雷老标家。一听每人能挣二两洋钿的脚力时,四兄弟都应承了。最终,汪家在附近地方里又找来了四五个肯吃苦的脚力,第二天下午就上路了。

一路日行夜宿,一行十来个人每日一栈八九十里地,挑担的辛苦自不必说,就是空着手的汪三牛都嫌累走不动了。过了开化、马金后,汪三牛仰头看看走也走不完的山路时,后悔不该轻信人家的话,自找了这么个苦差让自己活受罪。经过六天艰苦的历程,一行人终于在第六日夜间到了屯溪老街。当到达目的地时,大家再也没有了力气。几个挑担的摸摸肿得像馒头似的双肩,心想这样的要命钱再也不敢赚了。

次日中午时分,汪三牛拖着疲惫的身子,去找经营水果的商行。人家一见到东西就两眼放光了,正愁没有好东西给有钱的财东们预备年货,这些红橘子正好能派上用场。

当时,徽商在全国红极一时,红顶商人胡雪岩的老家就在徽州。那里大大小小的老板成千上万,有钱人家苦于寻不到好东西招待串门的亲朋。当果行老板把讯息传播开去时,老街里几个管事的管家就你一桶吾一桶地来订货了。汪三牛一看情势,便一次次地把价格往上抬,先是十块一桶地卖,看看人家连价也不还,就二块二块地加码。要的人还是不眨眼地拿,不到半天工夫,担来的十几个件头橘子,只剩不到六桶了。果行老板说:这几桶不能再卖了,宏村、西递还有几个大财东明日一准来要货。晚头,汪三牛在屯溪街上一家大饭店里请了一席酒,一来犒劳一下辛苦了六七天的老乡,好叫人家下次再帮忙;二来好跟果行老板联络联络

感情。

　　席间,汪三牛跟果行老板商定,余下的橘子二十个洋钿一桶。伊答应除了果行老板应得的那份佣金外,另给五个洋钿的好处。就这样,红橘的价格卖得比市里的猪肉还贵。这十来个担头的衢橘,汪三牛赚到了四五十块洋钿。后边来的主顾没拿到橘子,纷纷叫汪三牛赶快回去再运一趟过来。

　　这一路来,汪三牛已领略到路途的艰辛,实在害怕走这样的山路,但为了赚钱,伊心存焦虑却也无可奈何。临了时,汪三牛和那些脚夫商量过了,叫大家再辛苦一趟。有人说:"打死也不赚这样的钱了,这比那囚笼里的刑罚还难受。"汪三牛无奈允诺人家再加半块洋钿,人家还是不肯干,说:这不是钱的事,而是命的事了,再来一趟怕是连命都没了,赚来钱又有何用。雷家兄弟虽然也觉得苦不堪言,可看在钱的份上,便答应再跑一趟。

　　汪三牛写了封书信,交给雷家兄弟马不停蹄地带回家。自己就在徽州养上几日,家里便交由父亲安排。待挑担的脚夫紧赶慢赶花了四天半时间赶回家门时,已是腊月廿九了。有的人家已在贴春联、放花炮、供祖宗准备过年了。雷家兄弟一路省吃俭用花了半个大洋的资费,剩下的钱,兄弟们商议:花一个洋钿置办些年货,花一个洋钿给每人撕一身新衣。余下的银子,兄弟们一路计议好了,给年纪大些的老二娶一房媳妇。要是汪家的生意还做着,兄弟们预备着多辛苦几趟,给每人挑一个媳妇回来。当傍晚四兄弟扁担头里挂满各色年货高兴地踏进家门时,只见门里冷冰冰的,一点鲜活的气息都没有。兄弟们感觉到似乎有些不对劲。雷石头一脚踏进家门就叫了声:"娘啊,您在哪里?"

　　听到叫声,一大一小两个女人泪流满面地从房里奔了出来,一见到四兄弟,顿时放开喉咙大哭了起来。兄弟们问:"怎么啦?"

两个女人泣不成声地答道:"爷爷过辈了!"

就在昨晚,老爷子咽下了人世间最后一口气。伊其实并无大病,只是上了岁数的人着了凉,得了感冒导致身体虚弱。完全是穷困人家缺医少药,得不到及时医治,拖垮了身子,加上饥寒交迫,活活受冻挨饿而死的。

这天夜里,雷家小屋里特别地凄惶。两个胆小柔弱的女人,面对一个骨瘦如柴的垂死老人,因为男人们都不在家,俩女人不知咋办。俩人先想到媳妇的娘家兄弟,又想请孔家来帮忙。只是两个女人觉得人家都在过小年了,这种事会扰了人家一年的安乐,想想还是不忍心打扰人家。

雷家老爷子没想到,自己就这样在儿孙两代媳妇的担惊受怕中,心脏停止了跳动。俩女人颤颤抖抖地爬到柴架楼上,看到时不时乱摆手臂的老爷子突然停止了所有的生命迹象。小媳妇害怕地一把抱住了婆婆的手臂。老媳妇壮着胆伸出两根手指摸到老人鼻孔前探探呼吸,似乎有也似乎没有。俩女人死守在老人身边,却不知老人啥时咽下的那最后一口气。直到天亮,手触摸到老人冰凉的肌肤时,伊们才明白老人早已硬了。顿时,两个女人心头怦怦乱跳。在灯盏微弱的光下,老人全身只有一层薄皮,裹着一副清晰的人骨架子。特别吓人的是那副紧咬的牙关,仿佛对这个人间世道有着满腔的仇恨,还有那双死不瞑目的双眼,瞪着失神的眼珠,在鸣着不平。谁的目光一接触到那双眼睛,就会感受到一股摄人心魄的穿透力。俩女人心惊肉跳。雷老标堂客壮着胆,将一角被头蒙到死者的脸上,便心慌意乱地从柴架楼架上匆匆下来,躲进雷石头的房内与儿媳妇抱在一起。那一日俩女人就这样栖栖遑遑,度日如年。因为大家都在过小年,怕惊扰了别人,连哭泣都压抑着,六神无主地等待男人们早日回来……

当见到四兄弟赶回家时,两女人再也不能抑制悲苦的泪水。四兄弟啥也不说,纷纷爬上柴架楼,见到爷爷已冰冷得像块柴爿,兄弟们只得默默地流着泪,待了一阵,又从楼上下来。一家六口人,在堂上商量着,该如何处理丧事。人家都认为爷爷走得太不是时候,早不走晚不走恰恰赶上这过年的当口。四兄弟经过一场争论,最终决定,就把爷爷原样子盖在被窝里,等过了年再声张。

当大家意见达成一致后,一家人强忍着心中的悲痛。雷老四发话表达了心愿,说:"生死各人的命,爷爷既然走得不是时候,那么吾们也对不住伊老人家了。先预备好过年,这许多年都过得潦倒,好不容易今年置办了些年货,那就让大家先安安心心地把年过了再说吧。"兄弟们听后,也没啥太大的反应。俩女人就置办起过年的东西来。忙了一阵,两个女人煮起了十大碗菜肴,可大家没有往日的食欲,不是滋味地过了个年廿九。吃好了年饭,石头对老四说:"四弟还是你去一遭,把信交给汪家,免得耽误了人家的大事。下一趟脚力,吾们兄弟就不去了,叫汪家自个去寻人吧。"

雷老四从大哥那里要来了汪三牛给家里的书信,闷声不响地去了汪家。汪家大屋里张灯结彩,浓浓的年味在屋里四处洋溢。汪狗倪正坐在火桶上喝茶嗑瓜子,见到了雷老四,忙从火桶上倾过身子:"老四,啥时到家的?"

老四懒懒地说:"黄昏边刚到,吾一吃了年饭就过来了。"

汪狗倪忙问:"徽州那边的生意怎样? 三牛呢?"

老四一边从怀里摸出书信,一边说:"好像赚银子了。三牛脚走痛了,就在屯溪歇着。有封信叫吾捎回来给你。"说着,老四将信交给了汪狗倪。汪狗倪迫不及待地接过书信扯开看了起来。一见到儿子草不溜秋的字,伊的眉就打皱,待读出书信的内容后,眉头就舒展开来了。儿子告诉老子:这趟生意赚了五十多块洋钿,那头还催着要货,自己已跑不动了,就在屯溪候着,叫家里再组织人手送货过去……看到末了,汪狗倪大喜,忙招呼雷老四:"来、来、来,老四你们辛苦了,快坐倒嗑瓜子、喝茶。"

雷老四觉得自己疲惫不堪,就默不作声地坐在凳子上。汪狗倪难得有这么好的心情,连忙亲自给雷老四泡了杯茶,客气地说道:"这一去一回,道上还好吧? 过了年,吾还想请你们兄弟再去一趟……"

雷老四闷闷不乐地听着人家热情的客气话,最终只得悻悻地回了人家:"下次,你还是寻别人吧,吾兄弟就不去了。"

一听此话,汪狗倪就急了。儿子信上说叫家里多叫些人手,多担些橘子过去,要知道多担一担橘子去就意味着多赚几块大洋。这种赚钱的生意靠的是脚力,伊知道担这样的担,没有几人能吃得起苦。雷家兄弟若不去,想想担这样的脚力,黄泥山就找不出人了,附近村坊也很难找得出这样的人手。所以一听人家一口拒绝,汪狗倪心里就急了:"咋就不去呢? 这样的机会难得有,大家都有钱赚,咋说不去就不去了呢?"

雷老四心里本就不痛快,听到人家嘴里只讲钱,就更不高兴了,说道:"反正吾家就不去了,你还是找别人家去吧!"说完话,就支身离座走了。一看到人家这个样子,汪狗倪顿时噎住了。本还想跟人家讨价还价讲讲价钿。这一来,伊急了,追着人家背影说:"喂! 老四,你别急着走呀! 价钿好商量嘛……"

雷老四听了话后,一点反应都没有。平日里汪狗倪知道,雷家兄弟一见到赚钱的活都不肯放手的,伊不知道人家屋里出了状况。等人一走出家门,汪狗倪在背后便骂了一句:"看一副死相,还蛮傲呢,才赚了几个洋钿,就比大老板还看不起钱来了。"

汪狗倪心里鄙视雷家是堆扶不上墙的烂泥,愤愤地生着闷气,心想:"离了雷家,难道天地就不转了?"伊立马离开暖烘烘的火桶,心里盘算着,到附近几个地方转转,多寻几个人手。伊提着一个灯笼,先到上回去过一趟的人家那里走动。结果人家完全同一口气,都不愿赚这样要命的钱了。一圈子下来,汪狗倪才知道,赚这样的钱真是不易。伊先前出门时的那股傲气顿时消磨光了,到了最后用央求的口气求人家帮忙,人家还是不愿去。会说话的委婉地告诉伊:"不是吾不想赚这个钱,是吾实在没本事赚这个钱。上回去了,恨不得半道里扔下担子逃回家。你没走过那样的路不清楚,平地里肩上压着一两百斤的担头就不是轻松的活了,还要连续几天爬楼梯一样的山路,真的气都喘不过来。那活真比蹲囚笼还难挡啊,都有一股宁愿死了算了的念头……"

一路下来,汪狗倪一个老主顾都没定下来,伊心里愤愤不平:"这帮穷鬼,这么优厚的脚力都不愿赚,难怪一个个活该受穷。"第二天,汪狗倪厚着脸皮又来到了雷家,这回伊乖巧了,还提了包点心准备跟人家赔小心,央求人家。接待伊的是老大雷石头,听了人家的话后,还是悻悻地对人家说:"这钱,吾兄弟真的赚不了了。你还是找别人吧。"

汪狗倪好说歹说磨了一阵子嘴皮后,雷石头就是不松口。如果不是爷爷过世了,雷家明知活计艰辛也会接着干的。现在爷爷尸体还盖在被窝里,兄弟们不能不管。然,又不能明说此事。这样对活人来说是不孝,对死人来说是不敬。雷家欺瞒着村坊四邻,等过了春节,年初二再将老爷子发丧安葬。眼下别的话又没法跟汪狗倪多说,雷石头只得一口咬定不去了。汪狗倪从来没有如此低三下四地求过人家,知道说不动人家,最后心中冒起了火气,从座上站起,一把拎起提来的点心,愤愤不平地丢下一句:"难道离了你雷家日月就不转了!"

汪狗倪下定决心,不管花多大的代价,也要找人把橘子赶年节再运到屯溪去,哪怕蚀本了伊都要干,伊受不了人家的冷漠,尤其是雷家人的冷漠!

那一年的大年三十夜,雷家近十几年来,头一次摆满了一桌好菜,可是吃的人却没有一个有胃口的。当一家子关紧大门,过了一个安静又冷清的新年后,雷石头提议:把那一串百子鞭炮放掉,冲一冲已往一年的晦气——提议得到了全家人的支持。雷石头赶紧舀了一盆水,净过手脸后,在谷柜面上亮着的一对红烛上点燃了香头,分给每人三炷,对着那张太公画拜了三拜。平日里少言寡语的雷老大,今日以一个当家人的身份说话了:"祖宗啊,保佑吾们一家过上好日子吧——"

大家跟随着石头对祖宗拜了三拜后,雷老四便从谷柜上提起那串百子鞭炮来到门背后,用个香头点燃了火捻——一阵欢快的噼里啪啦声响了起来。在鞭炮声中,一年的晦气似乎随着硝烟尽除了。雷家一门被这欢快的鞭炮声感染着,在一家人闻吸着花炮的硝烟味时,雷老三大声说话了:"这鞭炮真响,噼里啪啦的,快开大门,迎接新年的好日子!"

老四在三哥的话声中,拔掉了那杆封门闩,双手用暗劲一拉两扇大门,"呼啦"一下,一股冷气扑面而来。正当伊想迈脚出门时,一个身影立在伊的面前,让雷老四吃了一惊。伊定神一看,见到自己的父亲像幽灵似地立在门框中间,不由地叫了声:"爸!"

雷老标听到了叫声,眼里噙满了泪水。离家一个多月了,看到了并不温暖的家门时,伊的心头已是热浪翻滚了。五点多钟,官府才把伊放了。当伊一路连跑带跳赶回家时,正听到门里响着热烈的鞭炮声——家里比伊想象得温暖,那串鞭炮声给了伊莫大

的宽慰。伊觉得孩子们突然长大了，离开了伊能顶家过日子了。伊迫不及待地迈脚进门，看到了一桌子的好菜摆着。几个儿子见到父亲这个时候回来都无不惊诧，异口同声叫了句："爸!"雷老标一听到亲人们真情的呼唤，泪水便止不住地滚落下来。伊堂客见到自己老公经历了大难回家，赶忙上前去，拿下了丈夫肩上背着的一卷铺盖，泪水涟涟地说："你总算回来了!"

雷老标老泪纵横地点着头，喉咙里哽咽着一个字："嗯——"其他的就再也表达不出来了。这时，新媳妇捧着一个破旧的木盆，舀来了一盆水，里边摆着一块比抹布干净不到哪儿去的面巾，对公公说："爸，洗洗吧!"

雷石头看见自己媳妇的举动，心头一热，满含深情地望了一眼媳妇，对父亲说："爸，啥也别说了。回来就好，快洗洗脸暖暖身，吃了年夜饭再说。"

雷老标顿时感到了家的温暖，接过儿媳手上的旧木盆，摆放在身边的长条凳上，拧了一把面巾，痛痛快快地将脸擦洗了一遍，好像要把牢里带回来的晦气通通洗掉一样，重重地擦着脖后脑根……家人沉默地看着伊这么擦洗着。伊堂客默不作声地为丈夫盛来了一碗饭，端端正正地摆在上横头。雷老标洗过脸后，见到了一桌子的好菜，瞪着香喷喷的白米饭，顿时觉得自从离开家后，从未吃过食物一样的饥饿，一扔下面巾，就坐到位子上，狼吞虎咽地吃起这顿特别的年夜饭来。头一碗饭，好像没夹菜就一扫而光了。一家人看见伊如此吃相，都劝着："慢点吃，别噎着。米饭有的是，多吃点菜。"雷老标趁堂客去给自己盛饭时，看着满桌子的好菜，一时不知从哪碗下手，举着手上的箸头点着："哪来这么多好吃的?"雷老二见父亲问，心知父亲的疑虑，没等老大开口，就说："吾们四哥弟给汪家担了一趟脚力去屯溪挣的。昨晚才赶回家,一人赚了二块洋钿。在镇里街面上置了些年货回来。"

雷老标一听,心中大喜:"有这样的好事? 这么说,你四哥弟一起赚了八个洋钿啦?"

这时,伊堂客将已盛来的饭碗放到伊跟前,安慰着说:"你放心好了。你不在时,孩子们都能主事过日子了。吾们的孩子都能吃苦、会干活。不光赚回了八个洋钿的脚力,还为汪家挑空了一塘的塘泥,交了一块钱的劳什子捐。你就放心地吃饭吧——这都是孩子们辛苦赚来的。"

听到堂客这席话,雷老标感动得再也吃不下饭了。伊手中握着的箸头剧烈地抖动着,泪水再次夺眶而出,看着围在桌边的儿子和儿媳,从未有过的高兴。忽然间,伊发现人群中少了个人,便问:"爷爷呢? 睡了?"

听了此问,家里悄然无声,你看吾,吾看你,大家脸上展现出痛苦的表情。雷老四实在憋不住,看了看身边的兄弟,回父亲说:"您老先别急,吃饱了再说。"

父亲疑惑地朝伊看看,继续吃着剩下的年夜饭,待伊一连吃了三大碗米饭后,再盛来第四碗吃到一半时,这个平日里见一颗米粒落在桌上都会捡起来塞进嘴里的节俭人家,剩下了多半碗白米饭,打个饱嗝,说:"今年吃不完了,这半碗留给明年吃罢!"

当地有个习俗,吃年夜饭时,不管老少,不管是财东还是佃户,穷的、富的所有人家吃饱后,都会剩下点饭菜,意思是:一年到头辛辛苦苦,总算有吃不完的食粮留给下一年享用。大年三十这一天,主妇们赶早起来,捞起了满满的一甑年饭。谁都晓得,这一甑饭一天肯定是吃不完的,人们也不希望这甑饭吃完。其实,这一甑饭又叫连岁饭,要从大年三十一直吃到新年初二,有的人家甚至要吃到更晚的时日才吃完。这不是说这块地方的人们性懒、

爱糟践粮食——事实上,这是人们一种美好期望——希望年年有吃不完的粮食,顿顿有白米饭!

当雷老标吃饱年夜饭后,终于忍不住问:

"吾回来这么长时间,爷爷都没出声,人呢?"

这时,一屋子人都神情悲伤地对着父亲。雷石头终于忍不住说:"爷爷走了!"

"啥——?"

雷老标顿时僵住了,伊预料到事情不妙,可当猜测被证实时,还是不敢相信,有气无力地问:"啥时候走的?"

伊堂客战战兢兢地站到伊身边,轻声地说:"廿八夜里落气的。"

屋里的空气顿时冷森森的。雷老标啥也不说就离开了座位,直头直脑走向堂口,搬出那张绑靠在板壁柱上的单梯。在解绳索时,双手不停地打着抖。伊的内心无有颜面面对自己的父亲。伊责怪自己的不孝,父亲走时,不能守在身边。当摆好梯子时,伊急迫地要往上爬,一不小心脚踩了个空,从梯子上滑落下来,吓得儿子们七手八脚连忙上前帮忙扶住楼梯。老四说:"爹,你别急,慢点来,踩稳啰。"

雷老标双手死死地抓住梯子两边的柱子,一步一步地蹬上去。后边,儿子们生怕父亲有啥闪失,就由老四和老三跟上柴架楼,石头举着一支红蜡烛落在最后。在烛火中,雷老标掀去了盖在父亲身上的那层破被。一具早已僵硬的尸体躺在伊面前。一看到父亲的尸体,雷老标再也无法控制地大叫了一声:"爹——呀——"就昏天黑地哭个不停。

伊的哭声像是老虎的呜咽,使得儿子们都黯然伤心。一家人在悲痛中各自流泪。一个大男人毫不设防地哭泣,听起来让人毛骨悚然。雷老三忍受了一阵后,拉扯着父亲的手说:"爹,快别哭了。人家都在过年呐,别扰了人家的气氛。"

雷老标听到儿子的劝说,止住了哭声,哽咽着对身边的儿子说:"你们都下去吧,莫管吾,叫吾独自陪陪你爷爷……"

吱吱嘎嘎的柴架楼,这么多人待在上边实在有些不安全。儿子们默不作声地一个个从梯子上退下。老四落在最后,临下来时对父亲说道:"爹,你也莫太难过了。生死是各人的命数。爷爷活过了七十,也算是个长命的人了。吾们没有给爷爷送上终,可总算赶到了料理后事的时间,也算是尽到孝道了。"

雷老四一边说着一边慢慢地爬下楼梯,单留下雷老标一人守在父亲身边。雷老标仔细打量着父亲的尸体——看到了父亲紧咬的牙关,那两块雷家人标记——突出的颧骨更扎眼地呈现在面前:塌陷了的腮帮,一层薄皮紧绷在牙齿上,叫人能看得清一颗颗所剩残缺牙齿的位置。特别叫人觉得恐怖的是那双干涸眼睛——死而无光地瞪着这个世界,似乎在控诉着无尽的愤懑与怨恨。此时,父子俩目光相对,雷老标只觉得那双眼窝里冒出森森的冷气。伊受不住父亲眼中的那股煞气,赶忙伸手去按父亲的眼皮。当伊手指触碰到冰凉的肌肤时,一股寒气扑面袭来,伊顿觉心头猛然狂跳起来,伊害怕又伤心地哭了起来:"爹呀,你闭上双眼吧,儿子回来了。吾好好的,你就放心地去吧!"

说来也怪,当雷老标再次去合父亲眼皮时,那双眼睛便自然地合上了。顿时,一个安详老人临终的面容慈祥地呈现在伊面前。当老人合上了双眼时,雷老标便觉得父亲的尸体不再吓人,不再叫人生怕了,便宁神静气地坐在父亲身边,拉着父亲的一只手。在烛火中,伊看清了父亲的手掌,像一只雕爪一样干瘦,手掌根部的肉垫隆起得更是夸张。那几个死茧是雷老汉这辈子活在人世间最大的收获! 一看到父亲的老茧,雷老标再次哭泣起来:

"爹呀,这辈子您跟着无能的儿子受苦了。辛苦了一世,就这样啥福也没享过地去了,儿愧对您啊!"

面对着死去的父亲,雷老标倾吐着心中的悲苦。这个不善言语表达的汉子,到了今日,对着自己的父亲,不停地絮叨着……

雷老标独自一人面对着父亲的尸体自言自语絮叨了半个时辰,儿子们发现父亲有些神经质地没完没了,生怕父亲再这样下去会出啥事,雷石头便再次上楼,要将父亲硬拉下楼。雷老标死活不肯,雷石头想想也没法子。知道父亲不肯下来,老四便跟上楼,对父亲说:"您在里边关了这许多日子,孔家为吾们尽心尽力,您回来了,也应该去孔叔家给人家致个谢啊。爷爷已经死了,您再哭也活不过来了。当下,得顾好活人的事吧?好不?"

听到儿子这番话后,雷老标忙用袖头抹抹双眼。伊也认为:应当到孔家报个平安致个谢,这是件要紧的事。便又用被子蒙住父亲的尸体,悻悻地从柴架楼上下来坐到了桌旁。雷石头将一个茶碗移到父亲身边,说:"先喝口茶定定神,清醒了,吾陪你到孔叔家去。

雷老标喝了一阵茶后,清醒了起来,恢复了正常后,便一刻也不耽搁地要去孔家。由于要给爷爷守夜,家里不能断人。雷老标便叫一大一小俩儿子陪自己去了孔家。

三人一出门口,便遇着一群孩子提着灯笼满弄堂乱跑。大年夜,是孩子们最高兴的日子。这一天,父母给孩子们穿上新衣,给上压岁钱,让孩子们无拘无束地疯玩。一拨又一拨的小孩们提着灯笼到自己要好的小朋友或者长辈家走动拜年。这一日的孩子们,总能得到大人的热忱款待,家家都会拿出好吃的,有的长辈还会给一点压岁钱,哄孩子们高兴。孩子们就像一群欢乐的小鸟,呼啦一下这家、呼啦一下那家地赶场。

半道里雷老标见到孔祥和的弟弟孔祥胜正提着灯笼和几个要好的本姓子侄在村道里乱窜。经过父子仁身边时，伊对着老四叫了声"雷哥"，雷老四关照一声："慢些跑，别摔着！"话没说完，孩子们就像风儿似的朝前头跑去了。见到人家的背影，雷老四不由得想起了自己的童年，自己的童年里好像没有这样幸福的时光，伊好羡慕人家。正一边走一边想时，忽然听到了孔祥和的弟弟在前头哭叫着："你赔吾灯笼，赔吾灯笼。"另一个声音蛮横地应道："就不赔，你能怎样？"雷家父子一听，知道孔祥和弟弟遭人欺侮了。这事不能不管。去孔家本不该再朝前走了，到了弄堂口拐弯时，老四对大哥说道："哥，你陪爹先走。吾到前头看看孔小弟咋了。"雷石头关照一句："莫使性子，好好说。"

雷老四便加快步子，远远听清了两群孩子在打架：一群是孔家的子侄，一群是汪姓的子孙。为首的正是孔家小儿孔祥胜，另一头是汪狗倪小儿子汪卸羊。汪狗倪小儿年长两岁，生性顽劣，是村里同龄孩子中的霸王。当两拨孩子在村道里相遇时，汪卸羊见到了孔祥胜手里的红灯笼比自己的精致气派，心中不服气，硬要跟人家换。孔祥胜哪肯呢！汪卸羊仗着年长使横，便上前抢夺。当俩人扭成一团时，孔祥胜手中的灯笼歪倒了，里头的烛火便将灯笼架子和外边的油纸烧着了，便发生了前面那一出。

雷老四赶到两拨孩子中间，一见到老四，孔家子侄们便向老四告状："四哥、四哥，汪卸羊抢祥胜的灯笼，把灯笼弄倒烧掉了……"

老四见到灯笼的残骸，质问起汪卸羊："灯笼烧了，你看咋办？"汪卸羊没料到事情会这样。伊的意思是想和孔祥胜交换灯笼玩一玩，没想到会出这样的意外，待在那儿也不知怎么办了。因为有大人插手，原来那股蛮劲瘪了。孔祥胜见有人帮，便把所

有的委屈哭了出来。雷老四本想叫汪卸羊把灯笼赔给孔祥胜就算了。可是,孔祥胜不接受:"吾的灯笼比伊好,有鲤鱼跳龙门,比伊漂亮,伊的没有鲤鱼跳龙门,吾不要伊的灯笼!"

雷老四一时也不知该咋办了,小孩子的事本就不是啥大事,至多不过是一个灯笼。这大年三十夜的,莫因为一个灯笼吵开去,搅了两家的清静。雷老四不知如何替两方收场,问汪卸羊:"你看看,把人家灯笼烧了,你咋赔人家?"

汪卸羊想想也脱不了身了,伊有的是钱。吃罢年饭,父亲就包给伊一块洋钿的压岁包,现在正揣在怀里呢,就说:"大不了吾赔你一块钱就是了。"说着,便将怀里那个热乎乎的大洋递给了孔祥胜。得了一块钱的赔偿,孔祥胜就接受了。伊知道,一块钱可以买很多个灯笼呢。这事也就算了。

不多会儿,汪卸羊脸色难看地回到家中。伊娘老子知道,平日里儿子疯玩到半夜才归家,今日大年夜的,儿子怎么这么早就归家了?汪狗倪最在意的是两个儿子,从小就很溺爱,不容儿子受到一点伤害和委屈。见到小儿子脸色不悦地早早回家时,正在上堂搓麻将的汪狗倪奇怪地问儿子:"咋啦,这么早就回来了?"

儿子嘟着嘴靠近伊身边,朝父亲要钱:"爸,你给吾一块钱。"

汪狗倪一边打着麻将牌,一边说:"刚刚不是给你一块钱的压岁包了吗?"

"那钱没了。别人都有钱,就吾没钱。大家都笑话吾呢!"

"吾给你的那块钱呢?"

"吾把钱给了孔祥胜了。"

"啥?你这败家子。钱怎么随便给人呢?"

"不是。"汪卸羊知道父亲平日里心疼伊,有恃无恐地说,"吾见到孔祥胜的灯笼比吾好,吾把你买的灯笼跟伊换,伊不肯,吾就跟伊抢,灯笼歪倒烧了。后边来了雷老四,叫吾赔人家灯笼,吾就把一块钱赔人家了。"

这时,拢到汪狗倪打牌,汪狗倪正和儿子说话,下家便催促起来,被儿子这么一搅,汪狗倪没有心情地随便打了一张麻将,没成想,伊的下家就等那张牌听胡呢。汪狗倪放了一个当头铳,下家胡了一个清一色,八翻,催着汪狗倪掏钱。汪狗倪一看自己放了个大铳,悔恨起来:"吾手中独风多得很,怎么会打出这张五条呢?"

下家是汪狗倪的侄子汪吊子。今夜不比往日,玩的是大麻将,输赢有几十块洋钿。汪狗倪这一铳就付出二块大洋。伊心中老不痛快,把二块大洋丢给汪吊子,接着便又开始搓码起牌来。汪卸羊没要到钱是不会罢休的,见父亲不给伊洋钿又催着叫了起来:"快给吾一块钱!"

汪狗倪本就不痛快,经儿子这么一催,便将心中的不快撒向了儿子——不分轻重地朝儿子头顶敲了一个毛栗子:"吾叫你要,吵死样的。"

汪卸羊非但没要到钱,反受到了父亲的一记重敲。本来心中就不痛快,这便有了由头,懒在地上闹了起来,当堂一声大哭:"娘啊——老爹开吾的年啦——"

听到儿子的哭声,汪狗倪堂客从房里赶出来:"这大过年的,算因为啥?弄得孩子哭哭啼啼的……"

一晚头,汪狗倪的风头就不顺。搓麻将输掉了十几个洋钿,再经一大一小两人这一闹,心头的无明火直往头顶冲。伊一推刚码好的麻将牌,大骂一句:"孔家也忒欺负人了。啥金贵的灯笼要一块钱,是金糊的还是银打的,这不是明抢嘛!"伊一把从座上站起:"你们等一等。吾去孔家一趟,把钱要回来。"

汪狗倪说着,一把拉起儿子的手,直往孔家奔去。伊堂客在

身后追着叫嚷:"你这是做啥,大年三十夜的,人家不记恨你一辈子? 快回来!"

汪狗倪正在气头上,啥话也听不进去,领着儿子直闯孔家。到了孔家门口,大门虚掩着。伊气冲冲地推门进去,见到孔祥和跟媳妇连同小妹搭个雷老四在一张小活桌上玩花牌,孔瑞云陪着雷老标和雷石头在圆八仙桌边喝茶。伊啥话也不说直闯到孔瑞云身边,责问:"孔瑞云,你是一个有头面的人,怎么教儿子这么贪呢? 一个破灯笼要一块洋钿,你的灯笼是银打的还是金做的?"

孔瑞云被人家没头没脑地一顿谴责。如是平常日子,伊会先弄清事情缘由,然后再跟人家理论。今日是大年三十夜,人们最忌讳年夜里被搅得不安宁。人家如此气势汹汹,伊说啥也不能接受。伊不知到底发生了啥事,凭人家刚才的挑衅行为,伊就生气。孔瑞云一下从座上站起,义正词严地责问汪狗倪:"姓汪的,这大年三十夜的,你这是做啥? 这分明是欺侮人不是?"

"欺侮人,谁欺侮人? 分明是你孔家欺侮吾,还说吾欺侮人? 你有没有搞错? 是谁在欺侮谁?"汪狗倪一张厉嘴尽是质问。孔瑞云顿时心中没了底气,伊不知道到底发生了啥事,一时茫然。这时,雷老四丢下手中的花牌,插到俩人中间,指责汪狗倪:"汪里正,你也是个有头有脸的人,这样做,丢人不丢人? 你儿子把人家的灯笼烧了,赔人家的钱应不应该? 再说,赔一块钱,是你儿子自己说自己情愿给的,也没人强要你的。这过年三十夜的,你这样呲牙咧嘴地闯到人家屋里,扰了人家一年的安乐。吾看你这是成心找茬不是……"雷老四越说越激动,揎拳撸袖要打人似的。雷石头一看弟弟太激动了,连忙上前拦住:"老四,这是在孔叔家,不能乱来!"

汪狗倪见人拦住了雷老四,刚刚显露出弱怯内心突然又张狂起来:"好啊,你打呀,打不死是你没本事。吾就站着看你打,别认为你们人多,吾会怕你们,有本事你就动手试试……"

那些话像是一把把风扇子,尽往火苗上扇风。年轻气盛的雷老四本来这段日子心情就特别压抑,见人家如此目中无人地欺侮人,挣脱大哥的阻拦,冲到汪狗倪面前,指着汪狗倪的鼻尖高声地叫着:"汪狗倪,你敢像疯狗样再叫一声,看吾不打落你的狗牙!"

平素里,汪狗倪是这块地面上的霸王,伊啥时候怕过人?平日里只因孔家有孔庙里的依靠,加上新近又多了个新亲家在县衙,才对孔家有点忌惮。对于旁人,伊没把谁放过眼里,更甭说是穷酸的雷家了。伊见平日老实惧事的雷老四,在自己面前竟敢这样张狂,就更来气了:"看你狠的,这关你屁事啊,莫自找不自在,滚一边去。"

孔瑞云一看事情不妙了,连忙插到俩人中间质问汪狗倪:"到底为啥事?你这样子风啊火啊的!你也不想想今日是啥日子?难道吾家就是猪圈牛栏,谁都可以随便踏随便闯的公家场地?天大的事,你不能等过了今夜?"

孔瑞云的质问压下了汪狗倪的气焰,到目前为止,伊也不清楚到底是怎么回事。回想起来有些懊悔。自己如此莽撞,落得人家口舌。只是,伊总认为:一个灯笼赔一块钱自己太吃亏了。自己为自己壮胆地反问孔瑞云:"就算吾儿子理亏,吾问你?一个灯笼值多少钱?叫吾赔一块钱,是不是抢?"

"抢你个头!"向来好脾气的孔瑞云发了句粗话,"啥一块钱、一块钱的乱叫。难道孔家穷到要赖你汪家一块钱过日子不成?你把事情讲清楚,讲不清楚,讲不出个理来,如此蛮缠,吾是不依你的……"

汪狗倪一时语塞。事情的前因后果伊也一概不知,就问儿

子:"卸羊你说,人家是怎样讹你一块钱的?"

过罢新年十一岁的汪卸羊,已学会了诬赖,反咬一口说:"吾和几个房内的兄弟在大路上耍着,半道里碰到孔祥胜几个人。伊踩了吾的新鞋,吾气不过要伊的灯笼赔吾。人家不肯,两人便抢了起来——灯笼歪倒地上就烧着了。后边来了雷老四,伊欺负吾,硬叫吾赔一个大洋给孔祥胜……"

雷老四听着听着,那一肚子火啊憋都憋不住。伊实在容不得一个小毛孩子如此颠倒黑白——把一切的不是赖到自己的头上。怒火中烧的雷老四,狠狠地往汪卸羊脸上抽了一巴掌:"有人养没人教的东西,吾叫你小小年纪学会绕花舌……"汪卸羊鬼精得很,一见到人家打来,便闪躲到父亲的身背后。汪狗倪明晃晃地看到一个大汉子当着自己的面欺侮儿子。平日里两个儿子是伊的宝贝,自个都轻易舍不得碰一手指头,现在人家打自己儿子,这比打伊本人还难受。汪狗倪护犊心切,随即便朝雷老四捅出一拳。雷老四没料想汪狗倪会打自己,一时来不及躲闪,脸上中了重重的一击。这下惹怒了雷老四,伊啥也不顾了,愤怒地冲上去朝汪狗倪劈头盖脸地连砸数拳。年轻人的力大,又在发狠处,汪狗倪一连遭了几记重击,招架不住连连后退,脚下一不留神绊了一跌,一个跟头仰天倒在孔家的大堂上。这时,孔祥和、孔瑞云连着雷家父子都上前抱住雷老四。孔祥和一边拉着雷老四一边劝着:"老四,快住手!啥事动手总是不对的,有话好说嘛……"

孔瑞云见事态严重了,赶上前扶起倒在地上的汪狗倪:"你看,你看。小孩的事变复杂了不是?大人掺和何必呢?"

事至如此,孔瑞云有些发虚。伊是个讲理的人,只是今日非同往日。小儿祥胜过罢年同着几个本家小朋友出门还没回来呢。自己过了年后正陪着儿子、儿媳和女儿在糊花牌守岁呢。后边来了雷家父子,伊见到了雷老标连忙丢下手中的牌,叫雷石头替伊接着玩。雷石头推说不会,正在犯难时,雷老四进来了,孔瑞云忙说:"老四你来得正好,快陪祥和跟大家玩花牌。"老四说:"这东西吾不大会的。"孔祥和接口说:"吾们也不大会的,都是好玩,又不赌钱。今儿是三十夜,干待着没事,时光难熬呢,陪我们玩玩……"

听人这么说着,雷老四便不好再推辞,坐到孔瑞云让出的位置。四个人还没玩过两把牌,汪狗倪就冲进门里了。本来雷老四正好对牌玩出点门道来,恰在兴头上,不想去掺和到汪家父子中间去。听到汪家父子如此颠倒黑白、一派胡言,再也忍不住了。伊清楚事情的前因后果,清楚是汪家在无理取闹。这大年三十夜的,谁家能让人如此扰了安宁?谁家能不生气?向来,雷家一堂把孔家的事看得比自家的还重。这雷老四知道孔家父子是两个儒雅之人,不会跟人耍横的。汪家这般胡搅蛮缠,伊在场没理由不出这个头。没成想,伊这一激动,把事情闹大了!

汪狗倪知道自己吃了明亏。伊啥日子叫人这样欺侮过?从地上爬起来,便再也顾不得啥了,扭头到处寻家伙。见着孔家天井角头的锄头架上挂着几把锄头,就奔过去摘下一把二爪子锄,朝雷老四冲去……

看到事情危急,孔瑞云冲上前去,死死抱住汪狗倪的后腰,劝说着:"汪老弟,这样子不得行,闹出人命下不了台呢,快把锄头给吾!"汪狗倪怒气冲到头顶了,今日出了丑,吃了亏,哪能听劝呢?挣扎着,要朝雷老四冲去拼命。孔瑞云死命地抱着汪狗倪,感觉怎么都拽不住,急了,大叫着:"祥和,快来帮忙,夺了锄头去!"

孔祥和立马丢下雷老四朝汪狗倪奔去,双手握住汪狗倪手中的锄柄说:"再闹,再闹——再闹莫怪孔家不客气!"

孔祥和这文绉绉的话,起到的作用却是巨大的。汪狗倪听到这样的警告,手软了。伊清楚,孔家的后台是县老爷,叫伊跟县老爷作对,就是再给伊三个胆也不敢,心中顿时平服起来。不过,伊的嘴却是不让人的,发狠地叫嚷着:"要不是看在孔家的面上,雷老四今日吾不活劈了你,吾就不姓汪!"孔瑞云见人家软了下来,反过来给汪狗倪赔小心:"汪老弟,这本啥事也没有的。孩子的事,吾们大人出啥头呢?来、来、来,到堂上喝杯茶,消消气!"

这时节,孔家大门里拥进了好多人,有汪姓的、有孔姓的、有雷姓的——大家知道了孔家大屋里有人在滋事,都跑过来看。汪吊子今日手气旺,搓麻将正在兴头上,赢了十几块洋钿。本打算趁风劲时多赢些,谁知这档子事坏了伊的兴。平日里有汪狗倪这个叔父罩着四处生事,听说自己叔父叫鼻涕虫雷老四打了,冲到孔家堂上就嚷嚷:"谁敢欺负吾老叔,吾跟伊没完!"汪吊子这一叫,堂中就有汪姓的几个子侄在起哄。

孔瑞云一见到门里多来的人,心中就焦急。伊知道,一旦众人轰起来,事态就会扩大,局面就要失控。一失控,就不定会生出啥事端来。伊连忙丢开汪狗倪,冲到天井边,大声说:"你们莫乱来,这是吾家啊!"

汪吊子在一旁不依不饶:"孔老叔,这不关你的事。吾是为雷老四来的,伊凭啥欺负吾汪叔?凭啥打人?这关伊屁事啊!"

雷老四听到这话,不服气地回敬道:"汪吊子,你是哪棵树上缠的藤?这跟你哪块沾边了,轮到你在这里放屁!"这话分明是向人家叫板不是?汪吊子怎能吞下这口气,跳起来:"好啊,雷老四,看你张狂的,今日吾不收拾你,吾不姓汪!"

这时,门口有人接了汪吊子的话口狠狠地说:"吾、看、着、呢!"

说话的是雷老三,雷家老二、老三本在家给爷爷守孝,一听说弟弟在孔家和人打起来了，就过来看看。刚进门就听到了汪吊子在嚣张地对自己家老弟吼叫，说啥也不服气。雷老三这一接口不要紧，紧跟着汪家的子侄们就不饶了，纷纷嚷嚷着："你们想怎样？"

正在气头上的雷老三，毫不思虑地应了句："随你们怎样！"伊的话还没落下，就有人朝伊脸上砸拳头。

打人的是汪狗倪本房的一个侄儿，叫汪通达。汪狗倪门下有许多个这样好事的侄辈。那群人是汪狗倪有意豢养的打手。一直以来，有汪狗倪这个有权势的叔伯罩着，一帮人常在地方上到处滋事欺侮人。今日自己倚仗的靠山挨了别人的打，哪能歇气呢！只是，这个汪通达跟汪三牛同庚，吃了年夜饭刚到十八岁，是一个脚不沾地的嫩秧，正在发育期，心气虽高，手头上却没有几多力量。雷老三见有人打来，本能一闪朝后一躲，那拳头只在脸上蹭了一下。这本无关紧要，只是伊见遭人打了，便出手还击，也没看清是谁，便狠狠地捅出一拳。这带着愤恨的一拳，重重地正砸人家的胸口。汪通达被打得一阵胸闷，后退几步。这边厢，汪吊子见到本门的兄弟吃了亏，喊叫着："快快，雷家打人了！快一起上……"

就在这时，一个尖锐的声音把大家镇住了。只见马金凤忍无可忍地发起了狠话："吾——看——谁——敢！"

就这一句，混乱的场面顿时鸦雀无声。只见马金凤站在人群中，义正词严说开道："你们听着，这是在孔家，孔家不是祠堂，容不得你们生事！再说，你们清楚不？一切是因为啥？"在场的人都被马金凤一身正气的气势镇住了，静静地听着。马金凤看大家平服了，继续说道："你们先静静，双方都莫冲动。待吾问清楚事情再说。是谁的不是谁赔礼。你们看好不好？要是吾孔家有不是，叫吾爸向汪叔赔不是；要是汪叔有不是，就叫汪叔向吾爸赔不

是。你们看这样行不行?"

这话叫人服气。不管姓孔、姓汪、姓雷的人都表示赞成。马金凤便叫人找孔祥胜。这时,孔祥胜连同刚才一起的四五个孔姓子侄一起来到孔家大屋里。马金凤见到小叔子,说:"大家都莫出声,待吾问了再说话。"这时,所有人的焦点都集中在那几个孩子身上。孔祥和与孔瑞云连同汪吊子、汪狗倪都围在那群孩子身边,都急于知道真相。汪卸羊一见到对方四五个小鬼,心就虚了。伊知道刚才撒的谎要被戳破了,想趁机从人堆里偷偷溜走。汪狗倪一把扯住伊不放,大骂:"没用的东西,现在人来了,跟人家当面对个证,看看谁没道理。躲啥躲,不是有吾嘛。"

汪狗倪把儿子扯到孔祥胜身边,没好气地说:"你们两个谁先说?"伊嘴里这样说着,抢着又说开了:"是不是祥胜你踩了卸羊的新鞋,卸羊才夺你的灯笼来赔的不是?"

孔祥胜一听,眼泪就下来了,委屈地说:"哪有啊?"

马金凤一看这情形,就知道事情不对,安慰小叔子:"祥胜,你莫怕,不许骗人。把发生的事说出来,对的就是对的,不对的就是不对的,照实说。"

孔祥胜见嫂嫂给伊壮胆,心宽许多,伊最佩服嫂嫂,便把事情原委说了出来:"吾和祥乐、祥升还有祥云等四五个人正提着灯笼一路照着耍着,老远见着卸羊四五个人朝这边来。吾们几个见到卸羊这班人跑得急,怕不小心被撞到,早在墙边让路了。卸羊跑过来,见到吾的灯笼上有个鲤鱼跳龙门,伊的上面没有,死活要跟吾换。吾不肯,卸羊便过来抢,灯笼被摔到地上烧了起来。吾正蹲在地上哭,老四哥哥过来了,老四哥哥问了事情后问卸羊怎么办?卸羊自己说大不了赔吾一块钱,说后就从袋里掏出钱递给了吾。"

听到这里,孔瑞云又气又恼:气的是汪家太欺侮人,本来就不占理,还闯到家里滋事;恼的是自己的儿子太软弱,太像自己,遇事总是讲理。如今遇到这么个不讲理的主,没事都生出事来了。伊一腔怒火无处可撒,朝儿子屁股上给了一巴掌:"没出息的东西。你晓得人家是个霸王,惹不起还躲不起吗?做啥要跟伊磕碰?"

孔祥胜受到了父亲的责骂和抽打,顿时哭了起来。马金凤抹了抹小叔的脸说:"你莫哭,是吾们有理。这路又不是汪家的,凭啥人家能走,不兴吾们走!"马金凤心知公公是给汪家面子,好叫汪家体面地下个台阶。可是伊心里就是不服气,对公公说道:"爸啊,咱不能啥事都谦让。对知趣识理的咱让了人家,人家会落个好;对不识礼不知趣的,咱让了,人家还以为咱家怕了呢。今日的事,不管怎么说都是汪家的不是。大伙评评理,问问当事的,是事实不是?如果是事实,先是卸羊抢祥胜的灯笼。东西是不值钱,可是,卸羊的行为是不当的。小的有过失是大的没教好。再说,赔钱是卸羊自家提出自己愿意的,又不是吾们使蛮强夺的。公道不是可以用钱衡量的。莫说是一块钱,为了讨个公道,就是十块钱也不多!还有,小的不晓事,那大的也不晓事吗?大的不晓事,那里正又是怎么当的呢?就算你没弄清事情的缘由,孔家能原谅你。可是,你们都晓得,今朝是啥日子?今朝可是大年三十夜啊!如此兴师动众不问青红皂白。今日的事,就是吾爸吾妈能谦让,吾这个新媳妇在新家过头一个年就遭遇此事,吾是不能答应的!汪——老——叔——"马金凤一字一顿地对着汪狗倪继续说道:"吾尊你一声汪老叔,是看在你的辈分上。可是,你今日做出来的事连个懂事的孩童都比不过。你在地方上做着公人,自家不把心术摆端正,做出来的事又怎能服众呢?老四打人是不应该,这是伊的错。可是大家都听着,那是卸羊饶舌说是老四强逼伊赔

一块钱后，人家气不过才出手的。况且，也没真打到了卸羊。反过来，是你汪叔先打到了老四，这才叫人还手的。在场的大伯、叔叔、哥弟们，大家评评理：今日的事该叫谁认错，该谁赔礼呢？"

经事情一抖，大家都明白了。后边来的孔老大和孔三叔都表态要叫汪家赔礼。汪狗倪出乎意料地栽在这位孔家才上门的新媳妇手上——被马金凤义正词严地说得脸红一阵白一阵，想起来后悔莫及，今日可算是在大庭广众下丢大丑了。伊不知如何下台了，想想没办法，只有拿身边的儿子出气。伊一把拉住儿子，狠狠地朝伊脸上抽了一顿嘴巴子："你个没出息的！不学好的……"骂一句打一下，儿子被打得哇哇大哭。

孔瑞云一听堂上的哭声，心里就受不住，大吼一声："滚，都给吾滚。要打上你家打去，这是吾家，容不得你无法无天。"孔瑞云一边叫着，一边发狂似的驱赶人群："都给吾滚！还让不让人清静……"伊叫着一把拉住祥胜斥责着："洋钿呢？拿来！"

孔祥胜从衣兜里摸出那块惹事的银圆。孔瑞云一把夺过来，看也不看朝门外一扔："拿去，孔家还没穷到要诒别人的银子过日子。都给吾滚！"

汪狗倪夹着尾巴，拉着儿子逃也似的离开了孔家。一路上还不解气地打着儿子。伊今日可是倒了大霉，栽了大跟头了。回到家里，汪狗倪往太师椅里一坐，只会叹气。后边跟来一群汪姓族人七嘴八舌地议论着刚才的事。人们知道了事情的原委，非但不检讨自己的过失，还把一切都怪罪到雷家头上。最不服气的要数汪吊子，火上浇油地说："孔家说说也就算了。最可恨的是那个雷家算个啥，也敢那样张狂欺侮汪老叔……"

汪吊子提了个头，后头便有几个汪姓子侄附和着："就是嘛，这雷家凭啥这样明目张胆地欺负人……"

"还不是靠着孔家,有个县老爷做靠山!"

"吾们扳不倒孔家,不如把雷家兄弟狠狠地收拾收拾……"

一堂人这么议论着,就有不服气的要抄家伙上雷家闹去。汪狗倪刚才被马金凤一顿数落,心里平服多了。刚才自己确实太冲动了,才让自己在众人面前丢了丑。伊赶忙制止了那群豢养的打手:"你们莫冲动,冲动对自家没好处的。"

汪狗倪把那群伥辈招呼到桌子边,叫堂客泡茶招待大家,然后又叫堂客拿出花生、瓜子等吃的东西来招待。一行十几个人坐在一起,汪狗倪卖乖了。接下去的事,伊要好好谋划一下。刚刚在孔家就是因为没想过结果和对策,才使自己走了麦城。今日的气伊是怎么也咽不下去的。伊遭了雷老四几拳加一跌,这个仇一定要报回来的。与孔家斗,吃个亏,人前还能说得过去——那是人家有县太爷给撑腰;输了,人家虽有口舌,但脸面上还能挂得住。可不明不白地挨了雷家几拳加一跌,如果自己不有所表示,那日后,伊这个里正就不用干了!不给雷家一点颜色,那日后伊的话别人就当放屁一样,再也不作数了。

此时的汪狗倪,从一条疯狗变成了一条阴狗,心中默默盘算着,要怎么样才能彻底底地赢回来。伊想想,雷家兄弟虽然老实不敢惹事,但那都是个顶个的壮劳力,力气个个都出众的好。要是真的拼起命来,自己这帮人没有一个是人家的对手。想要打败人家,需要出奇招,当人家还没有反应过来就把人家打趴下。要是等人家回过神来,那四兄弟就是四头犟牛。伊刚刚跟雷老四交过手,知道了人家是个不好惹的主。平常没过过招,不知人家的底细,一交手,便觉得单那个雷老四,要是真的拼起命来,一个人就能摔倒一大片。前些日子有人说凭雷老四一个人就赶跑了一群强盗,伊还有些不相信。现在看来,这个雷老四要给老雷家翻

本了。伊真的有那个本事,胆壮力大,要是再练个把式,那可是一头老虎呀!

汪狗伲现在可不敢轻敌了。伊必须把事情的前前后后都想妥了,要万无一失才动手。一堂人在汪家大屋里吃着东西喝着茶,你一句吾一句地密谋着……

当汪狗伲在谋划着如何报仇时,孔家大屋里,孔家三兄弟连同雷家五父子都坐在孔家圆桌边,一边喝着茶一边嗑着瓜子,数落着汪狗伲的不是。孔老三今日听了侄媳妇的那番话特别解气。说实话,在黄泥山这个地方,还没有谁敢当着大众的面,数落汪狗伲。就是自己三兄弟,明里暗里都让汪家三分。说白了不是因为怕,实在是那个汪家不占点便宜,啥事都不罢不休的。伊就是那么个德行:爱攀高、爱占便宜。孔家兄弟骨子里并不惧怕人家,实在是跟不讲理的人打交道烦不起,万事只是为图个安乐。因此,凡是汪家想要得到的东西,在地方上谁都让着伊,目的是少点是非。今日这个新进门的侄媳妇不吃这套,那一番话叫人听了真解气。孔三叔特意跑到侄媳妇身边,翘起拇指头对伊赞扬道:"侄媳妇你能,你太能了。把近地几十里内的霸王头头降伏得一个屁都不敢放。你的修行,在吾们这些大老爷们之上。叔真的佩服你!"

马金凤的举动,不光是让孔三叔佩服,就是公公孔瑞云也暗暗佩服伊的能干。可是,伊知道,跟汪狗伲这类不讲道理的人论长短,那是七日八夜都说不明白的。媳妇今日煞了人家的风头,伊佩服媳妇的胆识和智慧,可是伊明白,汪家肯定不会就此善罢甘休的。汪家今日丢了丑,这个仇算是跟孔家结上了。往后的日子里,家里怕是不得安宁了。幸好的是,自己朝里有个亲家在背后垫靠着。目前人家还不敢明目张胆地跟自己过不去。要是日后拆了这个后台呢?

孔瑞云担心呐——伊担心媳妇年轻还不懂得真正的人世险恶!

当孔家老屋里恢复寻常后,雷老标带着石头要告退了。孔瑞云挽留伊再坐坐,雷老标事不明言执意要走。孔瑞云老觉得雷老标有些心神不宁,自己问了人家好几遍,人家都说没啥的。伊今日被汪狗倪一搅,也没心情把事往深里探,就由人走了。

余下的人在孔家摆开两张桌子在玩牌。玩的玩,看的看,正在守着岁。单等孔家堂上的那架自鸣钟敲十二下时,回家放花炮、开大门——迎接新一年的到来。

局面看似平静了下来,可是底下却在暗流涌动。

雷老标父子俩走了。人们做梦都没想到,这竟是雷老标与大家的诀别。

还没等到十二点,约十一点刚过,突然雷石头的小媳妇在孔家大门外跳脚大叫:"二哥、三哥、四哥(一直习惯这么叫)快出来啊,家里出大事了……"

当地有个陋俗:在大年三十到正月初二这几日里,凡结过婚的女人,都不能登别人家的门庭,以防自身有啥龌龊带给人家晦气。雷石头堂客——卸娜,虽然刚交十六岁,可一直以来雷家的家风把伊调教的处处小心谨慎。今日这样的日子,伊本不想迈出门的,可家里现在出大事了,伊不得不跑出来。到了孔家门口,伊还信守妇道规避着,只在门口大叫。一听到小媳妇的叫声,一堂人都知道出大事了。不但是雷家兄弟扔掉手中的牌跑向门口,在场的所有人都朝门口奔去。雷老四跑在前头急切地问:"出啥事了?"只见新媳妇双脚乱跳,说:"快点啊,快点回去啊。石头和爸叫人打倒了。"

　　一听此话,雷老四的身影像离弦箭一样在黑暗中消失了。后边的人都跟着跑了起来。孔瑞云折回到堂上提了个灯笼赶上去。当孔瑞云等一帮人赶到雷家时,见到的是屋中的一片狼藉。雷家堂上的桌子板凳全四脚朝天,东西砸了一地。雷石头坐在地上,雷家一堂全围在雷老标身旁。雷老标躺在堂中央的地上,人看上去是好好的,只是七窍全在渗血。

　　孔瑞云赶到现场,心"咚"地砸到了地上。伊分开人群,把灯笼一手就去扶躺着的雷老标:"这是咋啦? 老标——"伊原本想把雷老标扶起来,可是,凭伊怎么扶,雷老标就像是一口布袋,怎么也没有生气。伊拖起了雷老标的左手,雷老标的右手却一动不动;伊拖起了雷老标的右手,雷老标的左手又掉了下来。没想到雷老标这么一个瘦弱的身子变得山一样的沉重,任凭伊怎样使劲都扶不起来。不管伊怎么呼叫,雷老标都不应声。孔瑞云急得都快不能喘气了,大冬天里,满头的汗唰唰地往下流。遇到这种场面,平时处事老到的孔瑞云一点主意也没有。伊急切地呼叫:"这是怎么了,老天——"

　　人堆里的孔老三,来到现场后,心想:雷老标性命没了。伊还没昏了头,发话问:"都发生啥了?"

　　伊这一问,一直披头散发坐在丈夫一旁的雷老标堂客,突然皇天大地地哭开了腔:"天杀的,不得好死的。老标这么个老实的人,招你啥了……老天啊,这叫家里咋办啊?"

　　这一哭,人心全被伊哭得揪了起来。孔老三只觉得自己通身的毛孔都起鸡皮疙瘩了,连气都喘不过来。伊受不了这种伤心,赶忙跑到门外,在黑暗中让自己平静一番。伊知道,这一堆人,全都没有理智了,包括伊自己,刚刚都啥也不能反应了。伊预感到:一场狂风暴雨即将来临。当伊稍作镇定,准备回到雷家时,只见雷家兄弟一个个红着眼、青着脸。雷老四跑到父亲房里，搜出了那把切米糕的大片刀回到堂上，大吼一声："老二、老三，快操家伙！"两个没了主意的兄长，一听弟弟的叫唤，顿时反应过来。雷老二怒气冲冲地到门背后抓了一把二齿叉，那叉是平时垛稻草用的，有一条丈来长的木柄，两个叉齿有尺来长，尖尖的叉尖能穿透包括人在内所有动物的皮肉，谁只要被叉子狠扎一下，准保能见到前胸后背四个窟窿眼。雷老三见家中两样最好的家伙叫两个哥弟拿走了，就窜到厨房里，从灶头寻出那把铣山刀来。三兄弟在堂上会合时，一个个口中大叫着："走，到汪家拼命去！"

一看这架势，孔老三慌了，赶忙堵在门框里，大叫着："雷侄，使不得啊。你们这是要找谁拼命啊？"

"还能有谁，除了汪家还能有谁？"

孔三叔心中也这么想：能做出这样无法无天、泯灭天良的事，除了汪家还能有谁呢？可是事情没弄清楚，要是错了，那会闹出怎样惊天动地的后果来啊？！伊冷静而又担惊受怕地拦住了雷家三兄弟："雷侄啊，莫冲动啊，这可不是闹着玩的。吾们先把事情弄清楚了再说好吗？"这时，只见雷石头从地上一骨碌爬起，双手捂着脑袋，恨恨地说道："走！跟汪家说理去。"

孔三叔一看，怕拦不住已失去理智的雷家兄弟，大叫道："二哥，快帮着拦住雷侄！"孔瑞云这才有了心智，忙放下雷老标，赶到大门口，大声说道："雷侄，你们听吾说一下，冷静冷静。"

雷老四痛哭流涕地说："叔啊，吾爹都这样了，还能冷静啥呀？"

"就因为你爹这样了。先别管旁的事，快救你爹再说，先把你爹抬到床上去。"

伊这一说，众人纷纷上前帮忙，七手八脚地把雷老标抬到床上。等人抬上床，懂点医术的孔老大上前试了一把雷老标的鼻

息,又拎起雷老标的一只手,切了切脉门,发现雷老标已没有了气息,也没有了跳动的脉象。伊知道,这个人算完了!

这时,雷姓、孔姓中的人,一堆堆、一群群往雷家涌来。雷家屋里,早已装不下这么多人,后边赶到的只能在大门口站着。卸娜娘家的一群人也来到雷家堂上。雷石头岳丈挤进人堆,愤愤不平地说道:"是哪个这样没王法的,随便就打人,打得咋样啦?"

人们让出道来,叫雷石头丈人挤进人群。雷石头丈人跟雷家同姓同族,家里吃口多、负担重,在村坊里也是一个没出息的老实人。伊见着人堆里自己的女婿捂着头,便挤到近前关切地问:"石头,你咋样了,伤着了吗?"

雷石头见到了老丈人后,委屈的泪水直往外冒。不管丈人帮得上帮不上忙,此时有个亲人关心,就是一种安慰。伊把心中的苦水往外倒:"爹呀!你来了,吾平白无故地叫人打了。"

"谁打的?"丈人关心地抹了一把女婿的眼泪。雷石头顿时崩溃了,泪眼婆娑地哭开来:"都是汪家那帮狗东西干的……"

"哪个汪家?"丈人心痛女婿的遭遇,关切地追问。雷石头大声哭诉着:"吾们黄泥山还能有哪个汪家呢?还不是那汪狗倪家!"

伊丈人一听,义愤填膺地说:"这汪狗倪也忒不成样了。怎么随便说打人就打人的。你还好吧?你见着汪狗倪打你的?还是伊手下的那帮人打你的?还听说你爹也遭打了,伤得厉害不?"

"吾还好,挨了汪通达一棍子,就是头有点晕。吾爹挨了汪通达几棍子,已不省人事了……"

雷石头丈人听说后,忙问道:"你爹呢?"石头应道:"刚刚大家把吾爹抬上床了。"雷石头丈人听完话后,便往雷老标房里挤,到了雷老标床前,絮叨着:"亲家公啊,你还好吧?痛不痛啊?吾来看你了。"伊说着去拉雷老标的手。昏暗的灯光下伊发现雷老标的手已经发凉、发僵。伊摇摇雷老标的手臂,觉得雷老标的手臂有些干硬,关节僵涩,摇也摇不动,心里生疑,大声地问:"亲家公,你听见吾说话了吗?"

对伊的问候,雷老标一点反应都没有。伊心里感到不妙,便探雷老标鼻息,手在雷老标鼻口处摆了好长一阵也没感到有呼吸,便大惊失色地喊叫起来:"哇哟,不好了! 老标不呼气呢!"

伊这一咋呼,惊起了一堂人。其实,早就有人知道雷老标已经咽气了,只是没有像伊这样声张。经这么一嚷嚷,雷家人才意识到父亲已经死了。头一个反应强烈的是雷老标堂客,发出一声撕心裂肺的嚎叫:"老天——呀——"就朝老标扑去。四兄弟随着母亲的哭叫,一个个如梦初醒。雷老四顿觉得有一股强大的气流冲击着四经八脉,发出一声尖叫:"呀——"便分开人群,再次紧握那把大片刀,吼道:

"老二、老三,快! 快跟吾杀人去——!"

随着老四的叫喊声,老二、老三提起了家伙紧随其后。还有本姓的一些近亲也跟着叫嚷起来:

"去、去,杀人去!"

一大群人由雷家仨兄弟带头,满怀复仇的怒火,朝汪姓冲去。当孔家三兄弟连同孔祥和想要阻拦时,冲动的人群像开闸的洪水已无法阻挡。一时间,整个村坊里鸡飞狗跳,一股煞气在黑暗中迅速弥漫开来。这时,弄堂里有人在黑暗中疾速飞奔,径直向汪狗倪家方向跑去。原来是汪狗倪在暗中布置的探子,听到雷家的响动后,便上气不接下气地跑到汪家对合堂上报告:"不——不好了。雷老标死了! 雷家哥弟拿着家伙,带着一帮人杀过来了!"

汪狗倪正在家中夸奖那群侄辈们干得漂亮——人家还没反应过来就把雷家抄了,把人给打了。听见探子回报的消息,汪狗

倪顿时心里一沉,慌忙问:"啥了,你说雷老标死了?"

探子喘着粗气应道:"吾躲在旮旯里听到石头丈人一声叫'老标不呼气了!'随后便听到伊堂客哭天喊地开了。接着雷老四叫兄弟杀人去……一大堆人跟在后面,提着灯笼、抄着家伙朝这边来了。吾就跑过来了。"

汪狗倪一听,顿时手脚发凉。一股怨恨从心底升起,大骂起来:"你们这些猪,吾叫你们打断人家的手骨、脚骨,吾哪叫你们将人打死了?这下好了,出了人命。雷家能善罢甘休吗?一群废物!"

这时,门外由远及近响着一阵重似一阵嘈杂声。屋里的人感应到:外边有一股复仇的洪流,无法阻挡地往这里涌来。大家顿时六神无主,有人提议赶快抄家伙拼命。汪狗倪心想:要是真打起来,自己说不定也会死于非命。一想到死,伊便啥也不顾了,从侧门一溜,对那群人说:"现在雷家杀来了。事是你们肇出来的,你们自己想办法。人家把矛头肯定指向了吾,这关口吾要躲开了。要是叫雷家哥弟撞上了,不被砍个十刀八刀才怪呢!"

一见汪狗倪跑了。汪吊子领着一帮人在屋子里团团转。有人抽出暗藏在身上的菜刀、匕首,摆出一副不怕死要拼命的架势,准备跟雷家兄弟决一雌雄。这时,大门里冲进一群气势汹汹的雷族人。汪吊子一见到雷家兄弟手中的家伙和满身的煞气,人便后退,拔腿就跑。那帮人见为首的跑了,纷纷逃命而去。反应迟钝些的便被雷老四那口大片刀横扫来的刀锋削去一撮头发。顿时,刚刚还站满汪族人的汪家大屋里,变得一个敌手也没有。

愤怒的人群掀翻了汪家的八仙桌。雷老二踏上汪家堂上的香几,一把撕下了汪家的太公画——放到长明烛上烧了个精光。大家见没有汪姓人抵抗,一些雷姓的年轻子俫便痛快地抄砸起汪家的家什。汪狗倪堂客关死房门,领着在家的儿女浑身发抖。伊听见外面的咆哮,已吓破了胆,生怕人群冲过来把伊娘仨生吃了。汪狗倪堂客在关键时刻护着犊——叫一双儿女躲在床底下。这时,有人撞开了房门冲了进来,伊失心疯地冲上前大叫着:"你们这是做啥呀——?"得到的回答是"杀人!"两字。就见雷老四红着一双眼睛,提着一把闪闪发光的大刀片在伊眼前直晃。

汪狗倪堂客哪见过这架势,便软了腿晕倒在地。

这时,孔家三兄弟上气不接下气地奔了过来。孔瑞云死命地拦着雷老四:"四侄啊——不能啊!"

那边有人冲破了汪三牛的房门,胖张氏平日里谁也不怕,今日伊见了这势头,也担惊受怕地躲在自己房里闩死了房门。当人家推门时,伊用个后背死死顶着房门。外边有人抢起一条板凳,狠狠地朝房门上砸了几下,生生地砸破了一块门板。随着一个凳头伸到房里,胖张氏杀猪似地惊叫着往后退。当人们用手伸进破洞里,摘下那根门闩,冲到伊跟前时,伊又怕又恨急得团团乱转,硬着那张臭嘴叫骂着:"你们是强盗啊!硬闯到吾房里,想欺负吾一个女的,要杀人呢——?"

伊不声张倒好些,怕是没人寻伊什么事。伊这样泼妇骂街般一叫,有的本就到处找出气的人,便绕住了伊,几个人一阵推搡,胖张氏便躺在地上。后边的人一拥而上,前头的人脚站立不稳,有人便踩到张氏身上。只听见张氏像挨了刀似的大声惨叫:"娘啊,杀人啦——"

那一声将旁人的心肝都叫颤了,孔祥和从汪家堂上立马冲到房里。见到一群人朝张氏乱踩乱踏,便大叫着:"大家快住手,不能这样啊!"伊的这声叫,让人们收住手脚。孔祥和便像楔子一样扎到张氏跟前,朝一堂的雷姓人抱拳:"各位叔伯哥弟们,快听吾的。已有一条人命了,莫再生出怨鬼来。吾求求你们冷静冷静。

看吾的薄面,有事寻官府,官府有皇法呢!"

这边厢,孔祥和控制着场面;那边厢,孔瑞云劝说住大家。一群人退出汪三牛房间,来到了大堂上,因为各自的怒火还没出尽,不时地有人把汪家的家什板壁砸得嘭嘭响。孔家兄弟连同孔祥和竭力劝说大家平静。雷老四像一头发疯的狮子这头撞那头窜,手中的大刀片子叫伊身边的人四处乱躲。那明晃晃的东西,谁见了都心惊肉跳,要是一不小心碰上了,便有一块肉离身了。对着疯子般的雷老四,还有谁敢招惹伊?

雷家兄弟没有找到对手出气,那一腔的憋屈在体内乱窜,现在虽然抄了汪狗倪的家,却仍未找到罪魁祸首进行你死吾活的决斗,谁的心里都还存在不甘。雷老四叫嚷着:"走!是汪通达打的人,找汪通达去!"

一声高呼,一群人冲出汪狗倪家,朝往汪通达家闯去。汪通达父母已听说儿子干的好事,正在家哭骂自个不争气的儿子。一见到雷家哥弟那般凶神恶煞,心里只会发颤,忙跪倒在雷家哥弟面前:"雷侄啊,吾替通达给你家赔罪了,你们就饶过吾一家吧——"

雷家仁哥弟虽是怒火中烧,可是骨子里还是和善人家,见不得人家跪在自己面前。看到夫妻俩磕头如捣蒜,便下不去狠心。雷老四本想到了汪通达家,不管猪狗见一个斩一刀。但当伊见到人家这副服软的样子,只得一声哀叹,厉声质问:"汪通达在哪里?吾要杀了伊!"

汪通达父亲,即汪狗倪的堂中兄弟。一听雷老四要找儿子,便死死抱住老四的一条腿:"老四啊,吾求求你。你放过通达吧。你爹的命,叫吾来抵吧。你把吾砍了,吾心甘情愿为儿子替死!"

此时,孔祥和也跟到了汪通达家,站到雷家兄弟面前,双手去夺老四手中的大刀片子。那东西有一股锐不可当的气势,谁见了都会胆战心惊。孔祥和老不放心,万一雷老四头脑一热——只一刀下去,说不定又有一条性命没了。伊十分小心地握住老四手中的刀柄,一边掰开雷老四的手掌,一边劝说着:"老四,你松手,把刀给吾。这东西太锋利了,要是伤到旁人又会闹出大事来。还是把东西给吾吧,你们兄弟消消气……"

雷老四任由孔祥和夺了刀去。人顿时像只被戳破了的猪尿泡,立刻瘪了。只见伊发出一声泣血长叹:"老——天——爷——!"

趁此时机,孔家兄弟纷纷上前解除了雷姓人手中的家伙。经过一阵努力劝说,总算把人给稳住了。四兄弟被孔家兄弟劝回家中,一个个长吁短叹咽不下这口气。

孔氏三兄弟连同孔祥和,还有一些年长的雷姓族人一同劝解着雷石头哥弟。经过大家长时间的努力,四哥弟开始有些平复了下来。

这时,只听见"砰"的一下,柴架楼上响起了一记脆生生的毛竹开裂声,那声音像个响炮,将一堂人平地里吓了一跳。

人们不约而同地抬头往上看,只见到搭柴架楼的一根毛竹绷弯撕裂了,上面似乎压着很重的东西。

孔瑞云知道,平日里雷大伯的床就搭在这个位置。今日,出了这么大的事,还没见伊老人家现身呢!心里纳闷,便说道:"谁在上头?是爷爷不是?"

听完孔瑞云这句话,雷石头突然大哭起来:"爷爷廿八夜里就过世了。吾家不敢声张,怕扰了四邻过年。吾爹的事,是爷爷在发怒呢!"

孔瑞云忽然明白了什么似的长长地叹了口气——伊把雷家今晚所发生的联系起来一想,一切便豁然开朗了。伊先前认为雷家一直胆小怕事、从不惹是生非,不知为啥,今日雷家个个都满身

带棱带角触碰不得，一个比一个可怕。原来是因为这大过年的，爷爷过世了。伊现在完全能理解雷家哥弟的心情。不管是谁，只要是个活人都有尊严的。谁都有脾气，只是庸人、老实人，能够更多地屈服于别人的欺侮，忍气吞声地活在别人的胯下——一旦那条底线被扯断了，照样也会迸发出烈焰怒火。雷家兄弟，今日终于将平时积压在心中的愤恨、不平像火山喷发一样爆发了出来——那力量是多么的巨大和可怕，叫人生畏！

谜底揭晓了，四兄弟便无所顾忌。一个接一个地失声痛哭，哭声引来一片唏嘘。人们无不对雷家表示同情：一家连丧两条人命，落在谁的头上都会伤心至极的！

支撑柴架楼的毛竹弯曲开裂，眼看着柴架楼随时都有可能倒塌，人群纷纷退避出去。有些人不忍现场的悲苦，从雷家小屋里出来，一路哀叹、议论着各自回到家中。村里也有些刚听说雷家遭遇的人，从四面八方赶来——孔、雷两姓中，不管跟雷老标家关系如何，都表示关切，家家都有人来探听消息。汪姓人中，私底下，年长的娘老子都在追究事情的原委，了解一下自己家是否有谁牵连进这桩不光彩的争斗中。那些发现家中有子侄参与其中的长辈们，都在咒骂着自己的儿孙——跟着汪狗倪不学好，连累了家人。但凡有人性的人，都会同情雷家的这一遭遇。

眼看着随时就要坍塌下来的柴架楼，孔家三兄弟议论一番后，把雷家四兄弟叫到一起，认真说道："四位贤侄啊，你们也莫太悲伤了。家里出了这么大的事，叫旁人听了都心酸。吾们都能理解你们的心情。汪家干的事伤天害理，缺德的没边，连老爷爷的尸身都生怒了。你们也都别哭了，先把爷爷的尸体弄下来。把柴架楼绑一绑，家里这么多人，莫叫楼塌下又砸出人命来……"

四兄弟感受到人家的关切，紧靠在孔家兄弟，一边停止痛哭，一边点头表示听从。孔瑞云征得四兄弟同意后，便大声吩咐起来："老大、老三还有祥和，你们跟吾一道上楼去，把老爷爷抬下来。堂上的人让一让，大家散一散。"

伊这么一咋呼，堂上人就退光了。跟雷家关系比较亲密的几个后生表示留下帮忙，要跟孔家三兄弟一道抬老爷爷，孔瑞云代表雷家感谢人家。有人把扁梯扶正了，在孔三叔的带头下，几个人上了柴架楼。

当三四个人小心上了柴架楼后，就立马犯难起来：要把一个尸身从三四米高的地方弄下来，可不是件容易的事。几个人上楼后，孔三叔小心地站在一根横档上，用脚抖动了几下——整个柴架楼晃荡起来，伊连忙收脚叫大家往后退，下楼跟孔瑞云说："柴架楼太单薄，这许多人上去怕受不了。可是没有几个人，想把一个尸身弄下来也做不到呀——！真是难死活人了。"

正当孔三叔等人犯难之际，雷老四像一头猎豹似的蹿上楼梯。一会儿，只见伊将爷爷连被筒一块抱着，准备下楼梯。孔瑞云连忙上前扶住扁梯两只脚，眼看着老四一步步从楼梯上下来。只见到雷老四怀中横着一块柴爿似的身体挂着一层破被子，人们纷纷退出一条道来。雷老四走到堂中央，不知将爷爷尸身往哪里搁。就这么块地方，堂中除了刚扶起的一张饭桌外几乎再无立足之地。隔壁父亲房里，正停着伊爸的尸身。对面是大哥雷石头的新房，过道里是自己的一张简易木板床搁在鸡舍旁——叫爷爷躺在鸡窝旁好像有些大不敬。雷老四双手抱着爷爷僵硬的尸身四处张望。

这时，雷石头上前，帮弟弟抬着爷爷，有意要往自己的床上放。孔瑞云突然想到啥了，拦住说："四侄，可不能将爷爷放到新婚床上啊。依吾看，先将爷爷放到谷柜上安置吧。"

这个提议得到了大家的赞同。人们七手八脚地清空了谷柜上的杂物，帮着将爷爷安顿在谷柜上。待老爷爷尸身摆好后，孔瑞云捡起了刚收下来胡乱放在饭桌上的一扎香，在过年点就的一对红蜡烛上点燃，分给身旁的两个兄弟以及儿子祥和一人三炷香。大家立马明白了啥意思，跟着孔瑞云一道，面向雷老爷子的遗体鞠了三躬——孔瑞云说："老爷子啊，打搅您了。您安心地上路吧！吾会帮着照顾您一家的。您别生怒了，您儿子也跟着您做伴去了。下辈子您爷俩眼睛擦亮点，投胎找个好人家……"

说着，说着，孔瑞云怃哭了起来——想到了这个老人家，伊平时像对待自己的长辈一样对待；想起了雷老标这个自己当兄弟一样看待的人，就这样突然没了——伊一下子接受不了这样的现实，便把积压在心底的一些话倾吐出来："老天啊，你开开眼吧！老标这么老实的一个人，怎么会落得这样的结局啊！你不公哪——你这个皇天失管啊！目下的世界乱哄哄，好人遭到不应该的结果，恶人横行在世间，难道你看不见吗？……吾的兄弟呀——你冤哪！"

孔瑞云痛哭不止。

一旁的孔三叔红着眼眶安慰着："二哥，你莫太伤心。今日是大过年呐……"

"人都活到这份上了，还过啥年啊！"

这时，外面响起了接连不断的花炮声。村坊中人们在迎接新一年的到来。孔家堂上的自鸣钟平静地连声响了十二下。

这是1902年的晨曲——昭示着即将到来的又是一年不平静的日子！

在外面热闹的花炮声中，雷老四一声不响地拿起刚从谷柜上挪到饭桌上的一匝花炮，捏个香头来到黑漆漆的夜幕下，点燃一个个火捻子,花炮便一个接一个地在半空中炸响开裂,人们见到了雷老四在放花炮,都赶回到自己家中燃放花炮驱赶瘟神,点上清香,祈求来年平安,然后打开各自的大门,迎接新一年的美好期盼!

当雷老四燃放光那一匹炮仗后,伊对还留在家中的孔家三兄弟及孔祥和说:"各位大伯叔叔,雷家多谢你们了。眼下别人都在放花炮了,莫耽误了接新年叫吾家担当不起。旁的事以后再说吧,现在你们快回去请年神吧!"

当孔氏兄弟见到雷老四这样平静,也就放心了。各自告辞回到家中迎春接福。

当余人都散去后,雷老四把三位哥哥召集到一起,非常坚定地说:"三位大哥,爷爷惨死在家里,爸又遭了非命——吾们的日子也没有盼头了。今日吾提个议,如果大家不反对,就把爷爷抬到汪狗倪家,把爸抬到汪通达家,叫汪家以命抵命。"伊的话一出,三位哥哥都表示赞同。接着,雷老四便从母亲房里寻出了一块白布,撕成四根布条。自己缚了一条在头上,余下三条,三位哥哥也各自围扎在头上——四兄弟先给爷爷和父亲戴上孝。雷老四把两块大门板撬了下来,四兄弟先将爷爷放到门板上,再将父亲放在另一块门板上,将两块放着尸身的门板抬到堂中的四条凳子上并排摆定;又点燃一把本预备迎春接福的香火,分给了家中的每一位成员每人三炷香,一家人便朝二具遗体跪下。雷老四目光如炬地瞪着堂上挂着的太公画,字字铿锵地说:"雷家的先人哪,如果你们在天有灵,那就保佑吾们兄弟吧——! 为此家仇,吾们要跟汪家要血拼一场了! 不是伊们死! 就是吾们死! 吾家兄弟求祖上保佑吾等兄弟吧——!!!"

雷老四说完话,朝地上磕了个响头。昂起头时伊满脸杀气,

一下从地上蹿起来，其余三位也跟着站了起来。雷家兄弟抱着同归于尽的决心，一个个红着眼，憋着一颗杀心。伊们一人手持一样家伙，俩人抬着一块门板出了门。老大和老四把爷爷抬到汪狗倪家，往汪家八仙桌上一放，雷老四便将手中的大刀片子狠狠地往桌上一剁，那刀的一角便扎穿了汪家结实的八仙桌，桌子剧烈地颤动起来。雷老四当堂大吼一声："汪家的听着，叫汪狗倪出来受死。"

这时的汪家，只有两个吓破了胆的女人和两个没成年的小的。胖张氏前头挨了一阵踩踏，鼻青眼肿地跑到了婆婆的房里，一家四口躲在一个旮旯里，大气都不敢出一声。四个人一见到雷家兄弟抬个死人到家里来，紧张得连哭都不敢了。雷老四这一句大喝，谁也不敢出头来接腔。

那一头，老二和老三抬着父亲到了汪通达家。汪通达父母一见这架势便瑟瑟发抖，既不敢阻拦，也不敢迎接，眼睁睁地看着两兄弟将死人抬进家门。尽管心知死人进门是多么不吉利的事，还是眼巴巴看着门庭遭此辱没，只恨儿子不争气闯下大祸。雷家兄弟把雷老标抬到汪家饭桌上后，雷老三捏着那把铣山刀对着汪家夫妻吼道："快点上香火——向吾爹叩头认错，不然吾砍了你们的手骨、脚骨！"

汪通达娘老子尽管不情愿，但不得不找来香，对着雷老标跪拜起来："老标啊，你吾平日里相安无事好好的。吾晓得你和吾夫妻一样，也是个老实人。可吾做梦也没想到通达会把你打了，下手这么重，你死得冤枉，吾也活得可怜！谁让吾摊上这个欠债鬼，吾拜望你的灵魂能原谅吾，求你的儿子能高抬贵手饶过吾一家。都怪吾夫妻教子无方，听了别人的唆使，干出如此伤天害理的错事、混事……"

汪通达父亲痛哭流涕，表现出极大的悲伤与惭愧，对着雷老标的尸体又跪又拜——那举动连雷家兄弟都有些怜悯了。雷老三见人家如此惨状，想想自己也是一直以来被别人欺侮的可怜人，恻隐之心叫伊不忍，说道："汪家的，都怪你自己！养子不教伤天害理，莫怪吾兄弟无情。自古杀人偿命，吾爸的性命不能就这样白白地丢了，得叫你家通达抵命！"

　　话一出，便招来了汪通达父亲以膝走路爬到雷家兄弟面前磕头如捣蒜地拜着："吾求你们放过通达吧。吾知道错了，吾错了，错了……"

　　这头这样闹着，黑暗中有一双双眼睛在观察着动静，那是汪狗倪派出的眼线，正注视着雷家的一举一动。当两具尸体摆在自己族人的家中时，刚刚闹完事的汪姓族人怎么也咽不下这口气，七八个人躲在汪狗倪家老屋后的菜园里，就等着汪狗倪一声号令扑出去。汪通达听说自己父母被雷家兄弟逼迫着跪在地上，顿时感到屈辱难忍，欲冲出去跟人家拼了。汪狗倪将伊一把扯住，低沉地喝着："莫冲动，你这是去找死吗？"

　　"死就死呗！人家都骑到头上拉屎了，都把死人抬到家里了。"汪通达决心一拼了事。

　　汪狗倪见人不听劝，便一巴掌打去："你个没出息的，在家说得好好的，叫你打断人家的手骨、脚骨，吾哪叫你把人打死了。你晓得不？杀人是要抵命的，闯了这么大的祸，把吾连累了，看你如何收场？还要不听劝，要真有那个本事你就去。你能不能把雷家兄弟都砸死了？你砸不死人家，人家正在火头上，正找人拼命呢。你们当中谁能抵挡得了雷家哥弟。有没有？没有吧！没有的话，都给吾乖乖地在暗处躲着。"

　　那帮人被汪狗倪一顿数落，一个个都软下去默不作声了。事

情到了这步田地,汪狗伲知道事情真的闹大了。这个屁股擦起来费劲了,伊也没有料到事情会变成这个样子。本只想叫那帮小子打打人、出出气,抄了雷家,震慑一下,以保全自己的脸面。把雷家兄弟打个头破血流、断胳膊伤腿,至多赔几块洋钿。叫伊掏几块钱不算事,怕的是叫伊丢了脸面在人前抬不起头,日后在地面上就没有人怕伊、尊重伊了。可眼下,事情完全出乎意料,被弄得一团糟。这个场面,汪狗伲感到自己已无力收拾了。伊只能控制着手中的这帮人,不让伊们出去跟雷家再起冲突,将事态进一步扩大。伊清楚雷家兄弟现在跟汪家是杀父之仇不共戴天,只要一碰面,伊们便绝不手软——真火拼起来,不知要死多少人。想到后果,汪狗伲感觉背后凉飕飕地发麻——以往的趾高气扬变成了威风扫地。黑暗中,伊思前想后绞尽脑汁,总没有一个好的举措让伊心安。伊心想,当下最明智的选择莫过于避开雷家的锋芒,免得自己这边的人遭到不测。

汪狗伲一支接一支地吸着烟卷,最终决定,要去找靠山——官渡镇的何团首出主意、想办法。汪狗伲决心下定后,将身上所有的几十个洋钿交给汪通达,吩咐手下,找亲友先避避风头——躲得越远越好。

汪狗伲遣散那帮打手后,伊便朝官渡镇去了。汪吊子不愿意跟那帮混混在一起,一个人待着又害怕,便尾随着汪狗伲,像影子一样跟到了何团首家。

到何家时,已将近寅时三刻了。何家堂上的灯笼还亮着,一桌人通宵麻将正玩得昏头耷脑,汪家叔侄便敲门叫人。何团首听清了是汪狗伲时,便开了门。一见到失魂落魄的汪家叔侄时,心头便起了疑问:"汪老弟,你这是——?"

何团首已猜出汪狗伲出事了,一切都写在人家脸上了。只是,伊不知有啥事能把汪狗倪这样的人物难住——在这大年三十半夜里寻上门来,忙问:"出啥事了?叫你这般狼狈?"

"唉——"汪狗倪重重地叹了口气,朝何团首诉起苦来,"都是吾的那帮侄辈行事鲁莽,把雷老标给打死了。"

"喔哟!"何团首吃了一惊。连忙将汪家叔侄领到上堂,对那三个打麻将的说:"各位,麻将今日就到此为止吧。吾这里有重要事,你们都散了吧。"

汪狗倪来到上堂,对三个打麻将的点头,那几个人伊都认得,都是团练所里的人。人家向伊打招呼,伊只会苦笑着脸应酬。当何团首送走客人关上房门来到上堂时,见到六神无主的汪家叔侄手不是脚不是、不知坐好还是站好地踌躇着,连忙叫两人坐下:"莫站着,凳里坐着说话。"

要是平日,汪狗倪早找凳子坐倒了。可今日,何团首请了座,伊还是不敢坐下,摸摸口袋,掏出了一盒瘪瘪的烟壳,撕开口子,只剩下两根烟了。这包烟是过罢年才开的,现在只剩下这么多了。伊递给何团首一支烟,自己叼上一支,看了看边上的汪吊子,将烟壳往地上一扔,长长地叹口气,说:"何老兄啊,今日你得帮吾啊!"

何团首满腹心事地坐在凳子上,掏出洋火盒给自己点上烟吸了一口,见汪狗倪失神地含着烟不知点火,便又划了根火柴,把火捧给人家。汪狗倪趁着火头吸着了烟,仿佛从何团首送过的火苗里看到了希望。只见烟烧了去一大截,汪狗倪长长吐出一口烟,同时也吐出了一股郁结在心中的闷气,随后坐到凳子上,一双眼睛直勾勾地瞪着何团首。

汪狗倪这样的表情,何团首还是头一次碰到,连忙问:"汪老弟,到底咋回事?啥叫你这样魂灵出窍了?"

只见汪狗倪朝自己脸上狠狠抽了一巴掌，非常后悔地说开了："都怨吾，遇事好计较。本来啥事都没的，现在弄出这样不可收拾的事情来。吾堂上的八仙桌上摆着雷家老头的死尸。"

"打住。"何团首制止了汪狗倪的话头，问，"你们到底是把雷老标打死了，还是把雷老头打死了？怎么会是雷老头的死尸摆在你家呢？"

"唉——真是一言难尽！"汪狗倪叹了口气。伊一脑门糨糊，思绪不知如何打理。何团首见人犯难，朝汪吊子丢个嘴道："汪侄，麻烦你去给汪里正倒杯茶来。"

在汪吊子去泡茶的同时，汪狗倪的话匣子打开了："事情是这样的。原是小儿卸羊和孔家二子祥胜因为一个灯笼起的因。吾儿喜欢祥胜的灯笼，俩人便争执起来，把祥胜灯笼烧了。这时来了雷老标家的老四，见到孔家小儿吃亏了，就逼卸羊赔祥胜一块洋钿。儿子大年三十夜哭着回来，吾一听很是恼火，便赶到孔家要讨说法。结果，非但没说上理，还遭了雷老四的打。不仅于此，还被祥和那个刚过门的新媳妇奚落了一番，引来了不少村民围观。吾是又气又恼，脸面全丢光了。本家子侄都为吾愤愤不平，要为吾打抱不平，要把多管闲事的雷家给抄了。吾死拦不住，叫大家小心点，教训教训人家就行了。谁成想，那帮脚踏不着地的，一不小心失手把雷老标给打死了。"

"那雷老头怎么死的？"

"哎呀——坏就坏在这里呢！吾平日只道雷家一堂老实好欺侮，谁晓得雷老头在廿八夜里穷死了。雷家瞒着四邻秘不发丧，把个死人捂在被窝里。吾哪知晓雷家这几日正一个个憋着火呢？早知这样子，吾说啥也忍一忍不去撩人家的毛头了。一直以来，吾们都被雷家蒙骗了。谁晓得那四哥弟生起事来比四只老虎还凶,一个个都不要命了。一个举着大片刀、一个挥着铣山刀、一个拎着长臂叉、一个提着硬木肩担,个个头上扎着白布条,将两个死人抬到吾家和吾堂哥树木家里——那一棍是树木儿子通达打的。没想到,雷老标也真不经打,才一棍下去裆里的尿就下来了,整个人像条布袋往地上倒。哪成想就这一棍,人就死了呢?"

"那,你自己打人了没有?"何团首问。

"吾没有,吾和吊子两个站在雷家门外的暗处。动手的只是其他人。通达最猛冲在头里。此前,伊在孔家跟雷家兄弟论理时,被雷老三打了几拳,伊心中不服气,出手狠了点。其他人在掀雷家的桌凳,吾只见伊举着木棍朝雷石头的头上打。雷石头一歪,提手挡了一下。雷老标正和儿子在桌边喝酒,见到儿子被打了便上前来帮。杀起兴的汪通达年轻气盛不晓得出手轻重,便举着木棍朝雷老标头上砸,只听到一声闷响,人就倒下不行了。见此不妙,吾就叫吊子把人叫出来,撤了。"

"吾听你讲了半日,那雷家的另外几个哪里去了呢?咋没听说人家还手呢?"何团首犹豫地问。

汪吊子这时端着茶说:"雷家的那几个这时正在孔家呢。要是四兄弟都在,吾们也不敢硬闯到人家屋里去,也不会这样把人给打死了。汪老叔先头叫通达到雷家探过风,通达在雷家掩着的门缝中,见到雷家只有雷老标和石头两个人在喝酒,回来报告后,吾们这才去的。才一息儿⊥夫便把雷家抄了。刚回到江叔家,支烟还没抽完,雷家兄弟便带着一大群人杀上门来了。一看势头不对,吾们都跑了。老叔想想事情闹大了,就来找团首出主意了。"

听过这席话,何团首直摇头。当场就数落起汪家叔侄:"你们真够可以的,就这样把一个活生生的人给打死了。这是一条人命

啊,不是一条狗、一头猪。事情有那么简单吗?找吾出主意,吾有啥主意?杀人是要抵命的。这么大的事找吾有啥用?你们都晓得,雷家和孔家穿同一条裤腿,孔家县里有老爷当靠山呐,人家能服得了?这事闹的……"

汪狗倪一听慌了,朝身上摸烟,一摸满身口袋空空的,便问吊子:"你那里还有烟吗?"

汪吊子掏出半包烟来交给汪狗倪。汪狗倪笨手笨脚地撕开烟壳,抽出三支烟来,一人一支。汪吊子先给何团首点上火,再给汪狗倪点上烟,然后自己也点上火。叔侄俩抽着闷烟,不知如何是好地看着何团首,两双眼里满是乞求与渴望。

何团首吸着烟摇着头,心里想着事。越想这事越不应该,越想这事越没法办。自己一个小小的团首,或许能够罩住因为几句狠话、几下拳头的纠纷,最大莫过于受伤骨折的斗殴,自己出面吓唬吓唬老实人,赔几个铜钿把事糊弄过去。这可是条人命啊,是捅破天的事。就起因来说,汪家又不占理,有那么好解决的吗?况且,对手有县老爷做后台,自己在人家手下当差,能不听县老爷的吗?何团首越想越生气,不知死活轻重的汪狗倪给自己出了这么个难题。伊恨不得朝汪狗倪脸上一拳砸去。现在人家在堂上求自己相帮。凭着交情,自己又不能不帮,可怎么帮呢?何团首真的犯难了。

汪狗倪一个劲地抽着烟,直到烟头烫到嘴唇,伊还不觉得,完了,又接上一根,又朝旁人扔出两根,一边抽着烟一边苦思冥想起来。伊这次可是领教到雷家的厉害了。那绝对不是一帮吃干饭的人,现在人家闹将起来,自己根本没有能力把人压下去。说实话,要是跟雷家兄弟硬拼,吃大亏的肯定是自己这边。以往伊欺侮雷家穷困潦倒,雷家因为贫困而夹着尾巴。现在伊把人家的底线扯断了,雷家人感到自己处在生死存亡的关口——一旦垂死挣扎,人们在抗争中所释放出的能量是难以估量的,这时伊们将所向披靡。那阵势,一个个犹如从阎王手中逃出的厉鬼,锐不可当! 不怕死的撞上不要命的,要么同归于尽,要么避其锋芒——可这两项都不是汪狗倪所想要的结果。说实在的,谁不怕死呢? 谁愿意死于非命呢? 更何况汪家的小日子过得滋润,和雷家如此拼了身家,岂不太亏? 伊说啥也不能这样给雷家那几个穷鬼垫背去。可眼下自己如何才能脱身自保呢? 现在不是伊在让雷家,而是雷家不让伊了,伊已临深渊绝境。在这样一个大年三十的夜里,别家都在团圆,伊却像条丧家之犬一样躲在人家屋里,低声下气地乞求别人帮助。

可是,这个汪狗倪骨子里是永不服输的。伊就是散尽家财,也不愿向雷家低头。伊的本性就是死要面子,做狗也要找个有头脸的主家。伊愿意遭何团首的任何责骂和训斥,就是不愿意向雷家低头。伊一副可怜的样子乞求何团首:"何老兄啊,这事你无论如何得帮吾啊——"

何团首对伊看看,见到人家一副丧家犬的可怜相,十分为难地说:"汪老弟,不是吾不帮啊,实在是人命关天,难帮啊。"

"你不是有个啥亲眷在府里主事的吗?"汪狗倪不死心地求着。

何团首回道:"是的,吾是有一个亲眷在府里的。可这事又不是伊主管的。县官不如现管。现在对家又是县官又是现管,你想想,这事孔家能向着你吗? 只要孔家向着你,你花些银子——即便如此,恐怕花的银子就不是小数。这样的事,不是洋钿能解决得了的,没个十根以上的黄货,哪个肯给你出头担这样的风险。你说呢?"

一听有转机,汪狗倪心里就活络起来:"花钱吾不怕,只要能

把事情摆平了——就是倾家荡产都情愿。只要能把雷家唬住，花多少银子，吾都不在乎！"

听了人家的死硬口气，何团首出起了主意："你既然不怕花银子，那吾给你试试看。今后，得叫你那帮人把尾巴夹紧点，躲远点，莫跟雷家照面。现在雷家正在火头上，撞上了肯定没有好结果的。"

"吾已吩咐过了。"汪狗倪马上回何团首的话，"吾已给了洋钿，叫这些人到亲友家避风头去了。"

"你还没有完全昏头呢。这事想得还有点主张，旁的现在不好说啥了。等天亮了，吾亲自去你家走一遭，寻寻孔家的，毕竟，上回孔家的婚宴上吾掏过廿个洋钿，人家还不至于将吾也赶出来吧？那日你还埋怨吾，吾哪像你，做事只看眼前，啥事都得想长远些。这不，才种下的好处，马上就用得着回收了不是？好好学着点，脾气学好些，要做大事的人，光做了老虎不算，还要学会做狗，那样才能四处逢源。

汪狗倪被何团首训得点头哈腰，一个劲地连声说是。

当天刚放亮时，何团首安顿了汪家叔侄，自个儿骑上白马朝黄泥山去了。伊先到汪家门口一探，只见一块门板上躺着个死人摆在汪家八仙桌上。雷家两兄弟像两个门神一边一个，头上扎着白布条，手边放着家伙守着。何团首一见那架势便不想上前招惹。伊未哼一声便掉转马头，径直去了孔家。孔家大门开着，这一夜孔家一门也没有安稳入睡的。

昨夜的事奇谈似的，现在想来还在梦中一般。孔瑞云刚从汪家回来不久，伊劝过雷家兄弟把死人抬回去，人家怎么也不听，摆出一副同归于尽的架势。凭你如何苦口婆心地相劝，人家都不为所动，并哭诉起来："叔啊，吾爹能这样白白地死了吗？吾家一直由人欺侮惯了，平常里，吾家也就忍了，直到忍出了人命，还能再忍到哪里去？人家不叫咱活了，吾们也不想活了，干脆大家一块死。吾兄弟无家无室无牵无挂，反正活得不自在，今日吾们不把汪家拖下水，死不罢休。叔啊，多谢你一直对雷家的帮衬，这事你就别再管了。吾们今日与汪家不共戴天，不是伊们死就是吾们死……"

这些话把孔瑞云说得眼泪汪汪。伊刚回家不久，正坐在太师椅里想着事：村里出了这么大的事，伊认为有必要上一趟城里，把这里的事告诉亲家，由亲家代表官府来收拾残局。想想这样的现状自己肯定是没有能力摆平的。

正当孔瑞云在太师椅里坐着大力喘息时，何团首进了门来，伊也不答话，直头直脑地走近孔瑞云。到了孔瑞云身边，何团首掏出一包烟来递了一支给孔瑞云，帮人点起烟，自己也点了一根。然后，自觉地坐到孔瑞云打横，开了腔："孔老弟，看样子你也一夜没得睡，看你眼睛红红的。"

孔瑞云点点头回一句："你也同样吧？吾估摸着汪狗倪肯定去找你。这该死的忒无法无天了，就生生叫人把人打死了。把个黄泥山闹腾得天翻地覆，害得大家年都没法过了……"

"吾不是骂伊不是。这么大个人，处事像个十八廿三的毛头，一点不想想后果。弄出事来，叫百们身边的人犯难。孔老弟啊，这回真的要请你多多出力了。雷家听你的，吾今日来看看，希望你能劝劝雷家，熄熄火，消消气。先把死人的后事了了。莫这样将个死人摆在别人家里过年。这话传出去，作为乡党都脸上无光啊！吾这个地方上的土地官，脸上就更挂不住了。"

"嘿——难哪。"孔瑞云恹恹地吸了口烟，"吾都劝过了，好话讲了几箩担，就是听不进。这回雷家真的上火了——人家发话与汪家不共戴天，非得叫汪家抵命不可。"

"吾能理解雷家的心情。这事摊在谁的头上都受不住。只是,事已至此,作为地面上有威望的人物,你吾都有责任把事情平息下来,莫叫事态扩大了。说白了,多死几个人少死几个人,跟吾啥相干?可是作为地方上管事的,出于良心与职责,吾们不能不管呀。吾们撒开手,事情还会往大里去。不仅旁人要骂,上头也要怪罪的。吾也有难处啊,这事非得你挑大梁不可。只有你才能有办法把火压下来。吾在这里拜托你了。"何团首真心实意地说着,朝孔瑞云作了一揖。

孔瑞云叹着气无动于衷,只说道:"何团首呐,吾也同你一样,想把这场火压下来。可是,吾没那个本事啊。昨夜里,从一开始吾就在压火,是汪狗倪一点一点地把火放起来的。伊倒好,现在大火烧到天上了,惊动了玉皇大帝,伊却无事一般地躲开了。这事,只有伊自己向雷家求情认错,赔些银子给雷家,好好地把死人安葬了。吾们在旁相帮着劝劝,伊自己不下场不表态,吾们这样的旁人帮得起啥忙呢?"

"不是汪狗倪丢下事不管。"何团首分辩道,"伊现在怕了,躲在吾家都不敢露头——怕被雷家兄弟撞见了,将伊剁成一顿肉酱呢。伊现在晓得怕了。你莫说,平时看着天不怕地不怕的汪狗倪,现在彻底地畏服了雷家。"何团首对孔瑞云观望了一下,又补充道:"往日里吾道汪狗倪是个能人。现在看来,伊只不过是条山溪里的沙鳅成不了真龙,不像你敢作敢当。这一次吾算看破了——伊至多不过是个爱占便宜瞎要登高的主,来了真事便办不下去的平庸之辈。哪像老兄你,啥事你都胸有成竹,能干的不能干的你心头清楚得很。吾知道,你心里是有办法的,这事要是你办不了,那——这官渡镇便没有第二人能行了!"

何团首不停地给孔瑞云戴高帽子,不停地贬低汪狗倪,目的只有一个:求得孔瑞云的同情,能帮着说好话。伊清楚,雷家要是离开了孔家,那只剩下一群莽汉了。天底下难对付的不是蛮力,而是一个个见不到摸不着的主意。一条高明的主意会比一群莽夫的行为来得有威力。何团首此行的目的,是来给汪家说情的。伊表面上是求孔瑞云帮忙,实际上是来瓦解孔雷两家结盟的防线。伊怕的不是雷家,真正怕的是孔家在背后出主意。要是孔家和汪家死挺起来,自己就像是钻进风箱里的老鼠——夹在中间会两头受气。伊清楚孔家父子是两代儒生,一直以来都是讲道理的人,眼睛睁得开,眼界放得远,心胸也广阔,不会跟汪狗倪那样爱钻牛角、爱计较。伊也心知孔瑞云对汪狗倪有成见,并不指望孔瑞云能帮汪狗倪说多少好话。伊此行的目的,只要能稳住孔家莫到县里去添油加醋地生口舌,伊接下去便能使拳脚。汪家现在还能拿得出银子,只要自己到府里找找自己的亲眷,把关系伸到府太爷处,上头派人下来把事压压,差不多就能行了。这中间要是孔家也出力,把事情往上捅,那事情就难办多了。所以,何团首尽量把汪狗倪说得无能些,以尽量获得孔家的宽恕。

孔瑞云见到何团首来给人求情,伊的心就软下来了。虽说伊对汪狗倪很生气,可一直来孔瑞云都是个让得起的人,不爱跟人计较,要不是大破天的事,伊自己受些气也就忍了。伊听了何团首这番求情,心里便主张劝说雷家把火熄了。其实,一开始伊都在救火,只是火烧起来已超出伊扑救能力的范围,自己只能眼睁睁地看着大火越烧越大。伊听了何团首的意思,心头好受了些。再怎么说,何团首是没有错的,尽管伊代表汪家来当说客,也不可怠慢人家。天还早,自己一家凌晨三四点才上得床去,现在堂客还没起来,伊一个人怎么也不想睡,便独坐着就天亮了。何团首这老早地登门,伊连茶还没烧呢!伊起身,到天井的水缸中打了

壶水去生起炉子,放上茶壶后,又回到座上,对何团首道:"团首你来得早,茶都没烧呢,你莫急,等茶开了,吾们慢慢谈。"说着,孔瑞云到自己的房里寻出一包洋烟,撕开封条抽出烟来。

何团首见人递烟,忙从自己的身上掏出烟来,抢先向孔瑞云敬烟:"来来,抽吾的。"伊今日可是处处小心谨慎了,一直低声下气地捧着人。孔瑞云没有接人家的烟,自己把洋烟盒放到桌子上,捏起一杆旱烟筒,说:"吾还是抽这个习惯,洋烟没这个有劲。"

当俩人各自点上烟时,何团首探问孔瑞云:"孔老兄,昨晚到底咋回事?听说是跟你家先起的?"

一听此话孔瑞云就来气,猛一吸烟,憋一口气,喷掉烟渣,激动地把烟杆在百衲底的鞋帮上拍了拍,说道:"这汪家忒无法无天了,说来就叫人生气。"

"你莫气,吾知道是汪家的不是。伊那臭脾气,日后吾要管住伊,不准伊到处生事、占便宜。"

孔瑞云定定神,忍着怒火对何团首说:"何老兄啊,本来啥事都没的,一切都是汪狗倪自找的。过罢年,吾将一个新灯笼交给小儿祥胜叫伊到本家叔伯家去拜年。四五个孔家子侄正在大路上走着,汪狗倪家的老二也在大路上耍着,伊见到祥胜的灯笼稀奇漂亮,硬要跟吾儿换。吾家祥胜不答应,伊便强蛮抢夺,结果灯笼烧了。吾家小儿哭着叫伊赔。雷老标刚刚被官府放出来,一吃过年饭就到吾家来串门——听到祥胜在哭,随同的雷老四便上前去察看,一问是汪家小儿不对,问伊怎么办?汪家小儿自觉理亏,便自愿掏出一块洋钿赔给小儿。谁知就为这一块钱,大年三十夜的,汪狗倪竟蛮不讲理地冲进吾堂上要横。亏伊做得出,这样的人,吾一年的安乐都让伊给搅了。你想想,谁忍得下这口气?"

何团首一看孔瑞云又上火了,连忙递烟捧火:"来、来、来,先抽口烟消消气。"

孔瑞云愠恼地吸上烟,接着说道:"你知道汪狗倪怎么来着,你都没看见。那架势好像孔家死爱讹人、死要银子似的。一到吾堂上破口乱嚷,说什么'你孔家啥灯笼那么金贵,要叫吾儿赔一块钱?'此时,吾正与老标、石头父子正在喝茶,哪头风刮都不晓得,伊就骂开了。吾恼火地问伊啥事不能过了年再说,这样在吾堂上死吼乱叫的。你道伊咋样?伊把自己小儿往吾面前一推,在吾面前花舌。真是有啥样的老子便有啥样的儿子。你别看卸羊人不大,可鬼精着呢,花舌讹人自有一套。先是诬赖祥胜踏了伊的新鞋,再冤枉雷老四强迫伊赔一块洋钿。雷老四正跟祥和他们在玩花牌,见遭了冤枉听不下去,上前吓唬人地朝汪家小儿掴出一巴掌。汪狗倪忙将儿子扯到身背后,便朝老四当头一拳头。雷老四当然受不了。你不晓得,这几日伊哥弟心里都憋着火呢。雷老爷爷廿八夜里因穷困潦倒而死了,因为过年,瞒着四邻,秘不发丧,一家子满肚子悲愤正无处可出。这下好了,雷家哥弟平日里遭人骂遇人欺,从来像个哑巴似的骂不顶口、打不还手。这时,连吾都感到意外。那雷老四被人砸了一拳后,便啥也不管不顾地朝汪狗倪连砸数拳。到底年轻力大,又在火头上,汪狗倪哪能抵挡得了,且挡且退就跌倒了。吾连忙上前去劝架,你想想吾冤不冤?平白无故地遭到别人的谩骂,大年三十夜人家在吾堂上打架,遇上这么晦气的事,气得吾连话都讲不出来……后来吾把架劝住了。雷老标抱住了自己的儿子,汪狗倪一骨碌从地上爬起,直奔吾的锄头架下,抢起一把锄头来要锄死老四。吾一看架势不对,连忙上去抱住汪狗倪后腰,伊一身蛮力,吾抱都抱不住。祥和上来相帮,才夺了狗倪手上的锄头。这时,汪姓一班人哄到吾堂上,口口声声要给汪狗倪出气,不依不饶地在吾堂上叫嚣着。这时节,雷老

二和雷老三赶到吾家里,伊俩哥弟本在家给爷爷守夜的,听说了汪狗倪在吾家跟老四打架就跑过来看。正好汪吊子带着几个人在喋喋不休地叫骂,雷老三气不过应了句啥话,吾都没听清楚,那帮人便出手了。好像是汪狗倪的侄子通达,先捅了雷老三一拳。也怪不得雷家兄弟,这几日一个个憋着极大的悲愤,火气大得很,加上个个年轻力壮,汪通达哪里是雷家哥弟的对手。汪吊子见自己人吃亏了,下令汪姓人都动手。这时候,吾家新媳妇实在看不下去了,喝住了大家。吾儿媳妇摆事实讲道理,对一屋子的人说,先把事情弄清楚,是哪家不对就该哪家认错。结果经当事人现场对证,汪家没一处占理,弄得汪狗倪下不了台。原来,汪狗倪连问都没问事情因果就到吾家兴师问罪,浑闹起来。最后,当着众人的面被吾儿媳妇说得哑口无言。伊自己下不了台,便拿儿子出气。那小儿挨了打,在吾堂上哇哇大哭,哭得吾心里发毛。这大年三十夜的屋子里如此哭闹,能不叫人生气?吾忍不住了,把一堂人都轰了出去,剩下雷家几个和吾三哥弟在喝茶。坐了会儿,雷老标与石头要归家。吾不晓得雷家爷爷过世了,想挽留父子俩再坐坐,人家却执意要走。吾心里总觉得雷家有啥不对,早知会出现这档子事,吾死活都不叫人走。父子俩走后,吾手里二道茶都没喝淡,石头媳妇就在吾门口又跳又哭地说出大事了。待吾到雷家一看,老标已不行了……四哥弟见父亲被人打死了,抄起家伙要找人家拼命。吾三哥弟拦都拦不住。到了汪家,幸好汪姓中的人跑得快,不然,不知又有几条性命没了。四哥弟眼睛全是红的,心肝得不了血一样,弄得吾这个受害者,带着祥和跟二个哥弟拦这头堵那头,到处救火……好不容易把雷家兄弟劝回了家。这事惊动了整个黄泥山:村里所有姓雷的都赶到雷家抱不平,责骂汪家忒霸道,忒欺负人。雷家矮屋里挤满了人头,这时,雷家柴架楼上的一根毛竹折裂了,'嘭'的一响把大家吓了一跳。接下去吾才弄明白,是雷老爷子尸身把毛竹压断了。吾这才知道雷家为何满腔怒火。一家里出了两条人命,谁能受得了啊?"

孔瑞云哽着声说不下去了。

听的人也心生悲悯。弄清了整个经过与缘由,何团首觉得两个死人出现在汪家是理所当然顺理成章的事了。伊暗暗责骂汪狗倪忒不像话忒过分了。到现在伊也没别的办法,唯有求孔瑞云跟自己一道去劝雷家。伊清楚,如果自己单个儿去跟雷家论长道短,那一群牛一样的,弄不好撊起来把自己打了吃个眼前亏。何团首想想,只好低声下气地求孔瑞云:"孔老兄啊,现在事已出了,再怎么也悔不转了。目下最要紧的是稳住雷家,莫再闹出人命来了。希望你能陪吾一道去趟汪家。雷家兄弟正在火头上,吾独自去怕说不清呢。"

孔瑞云听何团首话讲到这份上,便一起到汪狗倪家。汪家堂上,那俩哥弟还是保持着昨夜伊走时的老样子:一边一个瞪着一双血红的眼睛,死盯着汪家大门,何、孔俩人到了身边也不搭理。何团首今日放下架子先朝雷家兄弟问好:"雷老侄,汪家难为你了。吾都晓得事情经过了,都是汪家的不对,吾代表官府和汪家向你们赔礼了。你们消消气,吾今日来同你家商量,尽早地将你爷、你爹安顿好。"

何团首如此低声卜气地求人,雷家兄弟连正眼也不瞧人一下。孔瑞云见何团首受到待慢,上前插话:"两位老侄,你们也辛苦一夜了。这样光守着也不是个事,你们先回家休息,莫这样熬着,把自个身体拖垮了。你爹、你爷已经走了,你们兄弟再要有个闪失,那你家一门就支撑不住了。你们听吾劝,先就回家吧。"孔瑞云说着就去挽雷老四。听了孔瑞云这一说,雷老四忽然觉得自

己十分疲惫难以支撑,咬牙切齿地朝汪家屋里吼道:"吾告诉你们,谁也莫碰吾爷爷,要是碰了一个指头。吾就斩下那只贼手!"

孔瑞云挽起雷老四径直往门外拉,一边劝说着:"好了、好了,听劝些。这里的事交由吾。"并关照了一下何团首:"何老兄,你也帮着挽下石头。"

何团首一听便明白了,赶忙上前挽起雷石头。俩人小心地劝解着两兄弟,把俩人拉回到雷家。安顿好两兄弟后,孔瑞云又陪何团首去了汪通达家。当孔、何俩人要把两兄弟劝解回去时,雷老三暴跳如雷硬不答应。一个人在汪家叫骂着,一定要叫汪通达出来受死。孔、何俩人一点办法也没有。劝解了老半天,累得两人腰酸背痛。孔瑞云见人不听劝解,心里很是焦急。伊心知,雷家兄弟要是长此以往不吃不喝不睡不歇硬挺着,就是铁打的也扛不住。到时,不用别人动手,自己便倒了。到那时,汪家回过神来予以反击,雷家还能抵挡?孔瑞云心里明镜似的。伊真的体恤雷家兄弟,见人家油盐不进,孔瑞云火了:"老三,你听劝不听劝?石头跟老四都回家了,你咋就死脑筋不开窍呢?听吾的没错,快回去歇了,不然你扛不住的。你再这样闹,你们的事吾不管了。现在上面还有个官府呢。何团首是公家人,人家好意来劝你,你犯啥牛脾气,你再这样倔,你爷、你爹死了也不安呢!"

"莫劝吾,吾家都死了两口了,大不了再死两口,反正吾哥弟在这世上活得艰难。吾今日不把汪狗倪、汪吊子、汪通达……这帮狗养得弄死,吾死不罢休!"

孔瑞云见人家这样的猪脑,怒气冲冲地从汪通达家回家了。这时,孔瑞云堂客已把五更饭烧好了。孔祥和跟马金凤已起床了,见到满脸气相的孔瑞云,马金凤小心地朝公公讨问:"爸,一大早你又生啥气呢?看你脸色昨夜一宿没睡,你上了年纪,经不起的。天大的事也要保护好身体，有啥疑难事，你说出来叫大家出出主意。"

何团首忽然脑子一转，或许这事马金凤更能说得动人家呢？就把刚才在汪通达家的遭遇告诉了马金凤："侄媳妇，吾说给你听听。吾跟你爸好心好意地劝雷老二、雷老三回家休息，人家硬是不听。非但不听，还差点跟吾动起手来，把你爸给气疯了。这两头牛，旁人的话一句都听不进去。"

马金凤一听，便一拉孔祥和问孔瑞云："爸，今日吾可不可以登汪家的门？反正事都这样了，如果行，吾叫祥和陪吾去一遭，吾就不信那俩哥弟就那么难说话。"

孔瑞云说："按照乡俗，你今日是不能登别人家门的。"

何团首马上打断了孔瑞云的话："孔老弟，这不是不寻常时期嘛。事都烂到这份上了，哪还有这许多规矩？吾看侄媳妇知书达理、能说会道，说不定吾们办不了的事，伊能办下呢！你就不必讲究这个了。叫侄媳妇走一遭，你怕生事，吾陪着一道去。"

孔瑞云见人家这样说，也就同意了："那你们去试试，那头牛还能听人的劝？"

得到公公的允许，马金凤叫孔祥和带路，何团首跟着，一道去了汪通达家。一进门就见到雷老三还在摔坛子、砸凳子怒火冲天。见到失心得毫无理智的雷老三，马金凤一句话也没有地任人砸东西，等人家砸得没力气软下来时，伊才开始出声："砸！砸得好啊！三哥，你使劲砸，把心中的冤气都砸出来。汪家太欺负人了，是要好好地教训教训人家。你砸，你再砸……"

马金凤火上浇油地怂恿着雷老三。雷老三见人家赞成伊，更加痛快地砸起来。汪通达娘老子在一旁看得浑身发抖，却不敢说一句话。待到雷老三砸得实在没了力气时，马金凤又说："三哥，

你砸呀,怎么就歇下了。"

这时只见雷老三一屁股往地上一坐,两腿一直,红着双眼瞪着汪家的楼板底,歇斯底里地叫着:"汪通达你这个狗日的,你出来,吾要杀了你——"

马金凤见人实在撑不住了,知道时机已到,便开了口:"三哥啊,你这样咋能行呢? 还没跟人家交上手,自个就先瘫地上了。要是汪家的人回来了,你拿啥跟人拼命啊? 你这样苦撑着,身子骨是铁打的还是铜铸的? 吾看你这样能撑多久? 要是能够相信吾,你先回去。这里吾给你看着,汪通达一回来吾就通报你,你再来寻人家拼命,好吗?"伊这样说着,看看雷老三表情上似乎有些松动了,便朝孔祥和使脸色。孔祥和心领神会,便一边劝解一边上前去拉雷老三:"三哥,起来,要歇也到自个家里去歇。你这样坐在汪家堂上,叫汪家人笑话呢,听吾的没错,跟吾回家。"

只见雷老三一声号啕:"那吾爸咋办呀?"

"你爸没事的,人都死了,还能有吃人肉的? 你放心回去。"马金凤劝说着。为打消顾虑,又对汪通达父母教训道:"汪家的听着,你们好好地守着雷老伯,要是有个闪失,不光雷家不同意,就是吾也不同意。在事情还没有处理好之前,堂上不能断人,你们负责看好雷老伯的尸身。要是叫野狗、老鼠叼了肉去,你们汪家可是罪上加罪。你们家每日早晚三炷香供着,做得到做不到?"

没想到马金凤这个千金小姐,发起狠来也是很吓人的。只见伊咬着满嘴的牙齿,瞪着一双愤怒的眼睛对着汪通达娘老子,吓得两夫妻连忙应承:"好的、好的,吾们天天香火供着。"说着话,那男的马上就找出一把香来,先点上三炷,朝桌子上摆着的雷老标拜了三拜,然后弄了个香炉将香插上,供在桌子前。马金凤对雷老三说道:"三哥,这回你该放心了吧。这里没事的,有事你找吾,保证摆平。你哥俩听劝些,回家吧!"

这时,当孔祥和再拉雷老三时,人家不反抗了,任由孔祥和半拖半拉地驮走了。在场的何团首佩服地点点头,顺手搀扶着雷老二一起回去了。

当把四兄弟都一一劝解回家后,何团首又来到孔家,和孔瑞云商量着接下去如何处理这件事。孔瑞云满腹心事地对人说:"何团首啊,这么大的事,不是你吾所能管得了的。这事只有上报官府,叫县里来主持公道了。这雷家,遭了这样的冤枉,谁都咽不下这口气的。为了事情莫再大了去,很有必要叫上头来人啊。"

何团首平心静气地听着人家的话,也深有同感。这事真的不那么简单,便顺水推舟地附和:"孔老兄啊,看来,事情真的大了去了,也只有靠官府了。吾希望,你陪吾一道上趟衙门,吾们把情况报告到县衙,叫上头来收拾这个残局。"

接着,孔瑞云便叫何团首在家吃了早饭。孔瑞云交代孔祥和注意雷家兄弟的动静,自己就陪何团首一道进了衢州城。何团首今日放下架子,把白马留在村里,陪着孔瑞云步行出门。两人紧赶慢赶先到了县衙。县衙大门紧闭,年节里都放假了。两人便啥话不说地去了府山上,直头直脑地到了马大人家里。一见到来人,马大人心中就嘀咕:这大年初一的,亲家怎么就来串门呢?何况还跟着个何团首。马大人不动声色地迎接客人:"亲家新年好!何团首真是稀客呀。"

把两人请到客座上,马大人待上茶后,便搬个凳子坐到两人旁边。还不等马大人开口,何团首便抢在头里说话了。何团首从座上起身,朝马大人双手抱拳作了一个揖道:"马大人,属下先给你拜年了!只是事情实在突然,属下冒昧上门打扰了。昨夜里吾的地界上出了桩大事情,属下不敢隐瞒实情。具体的缘由,还是

由贵亲家跟你说吧。伊都亲身经历了事情,来龙去脉最清楚。"

接着,孔瑞云便问马大人:"亲家,那雷老标啥时离开班房的?"

马大人一听心中一惊:莫不是雷老标还没归家? 便说道:"雷老标是昨日傍晚才放出去的,是吾亲自到拘所里看人走的。怎么? 伊还没回家吗?"

"嘿——"孔瑞云直摇头,接着道,"没福的人,就是命不好啊。亲家呀,雷老标死了。"

"啥? 你说雷老标死了?"马大人惊奇地问。

"是啊——"孔瑞云哀伤地答道,"昨夜里,雷老标赶回家过上了最后一个团圆年,吃过年饭,到吾家串过门,不久,回家后就死了。"

马大人听后满腹疑云:莫不是雷家人怪官府暗地派人把人伤害了? 便急切地回话:"不可能呀。那雷老标在班房里能吃能睡,身体好着呢,咋说死就死了呢? 在牢里时,吾都一直关照着呢,里边并没有人虐待伊啊,咋就死了呢?"

"这跟官府没相干,是有人把雷老标打死的。"

"啥? 哪个这样无法无天。这些日子,吾都看到了雷老标是个再老实不过的人,是谁会把这样一个老实人打死呢?"

"说来话长了。"孔瑞云接上了亲家的话头,犹豫片刻,还是把事情的经过告诉亲翁:"不知亲家听没听说过,黄泥山有个财东里正叫汪狗倪的?"

"听说了。不就是那个三十六杠接亲的汪家吗?"

"正是。"孔瑞云很生气地向亲家诉说了整个事情的经过。

…………

马大人听完了整个事件以后,作为一个父母官,伊对汪家的横行霸道心生愤怒,深为雷老标遭此悲惨命运而不平。

"亲家啊,现在汪狗倪家躺着雷家老头尸身,汪通达家摆着雷老标的尸体。吾和何团首生怕雷汪两家再闹出更大的事来,没办法的情况下来寻亲家,请官府出面把事情平息下去。亲家啊,现场危急啊,你想想办法吧!"

马大人听完经过和要求后,顿感事情重大。然而,现在大家都在过年,官府里都放假了,手下只有几个值班的,没有好派的人手。情急之中,马大人对孔瑞云道:"亲家,烦你快去把你的连襟徐大人找来。吾到前头捕房里找找还能否派出人手去?"说完话,马大人便有要朝门外走的意思。

孔瑞云朝何团首看看,说:"要不,何团首你在此喝茶? 吾去找吾小姨夫去。"何团首觉得自己一人留在这里没意思,就对孔瑞云说道:"吾还是跟你一道去吧,徐大人家吾也熟的。"

马大人见人这么说,便搭话:"也好,你俩一道去。不要耽搁了,找到人,马上回来。"

三人就此别过。当大家再次碰头时,马大人从州府处借来四个值班的兵勇。徐大人一听说消息后,便一刻也不敢耽搁地陪着孔何两人来到了马大人处。两班人会合一处后,马大人对徐金事吩咐道:"贤弟,今日辛苦你了。治下出了这样的大事,你赶快陪何团首到你姨夫家地方走上一遭,想尽办法把事情压住,千万别再生出事来。县衙里现在一个帮手也没有,吾暂时走不脱,等初八过后有人来顶班了,吾再下来。你们几个,现在吃住都在黄泥山。亲家啊,烦你好好招待这几个兄弟,相应的资费县衙到时会负责的。"

"这哪里话呢,招待客人是应当的。不要说是给黄泥山办公干,就是寻常日子,客人到吾地方上吾都理应招待呢,还谈啥资费的事。"孔瑞云回话后,便有意要往回赶。伊从一离开黄泥山,心里就没有一时放下过对家里的担忧,便对亲家道:"亲家啊,要是

没有旁的交代，吾们还是尽快往回赶，家里那头吾真的放心不下呐。"

"好的。其他的以后再说，吾今日就不留你了。你们快回吧！"马大人对孔瑞云说了这些后，又转身对那四个兵勇说，"四位同人，就辛苦各位了。到了地方，你们帮着徐金事，见机行事，尽一切可能将事情平息下来。过几日吾再来跟你们会合。那头事急，你们上路吧。"

当马大人眼看着一行人离去后，伊深深地吐了口气，心想："这天下乱得——都不成天下了！"

当孔瑞云一行回到黄泥山时，家里还是老样子。一行人先到雷家坐了坐。徐金事代表官府安慰了一番雷家。看到徐金事和那四个背着长枪的兵勇时，雷家四兄弟的火气消了大半，说白了：他们都是最普通不过的小百姓，见到长枪先就缩了一头。更何况，徐金事在其父出狱时曾给过帮助，是雷家兄弟熟悉的，伊的话雷家兄弟是信服的，知道人家来代表的是官府，肯定会秉公执法，绝不会袒护汪家的。四兄弟便愿意把一切都交由徐大人处置。

当一班人从雷家出来后，孔、何俩人又把人领到了汪狗倪家。一进汪家便见到汪家凳倒桌歪、遍地狼藉，八仙桌上横着个死人，那样子让人不忍直视。徐金事不由地说了句："看，这事闹的。"

何团首见屋里没有一人，就高声叫开来："家里还有人吗？"

声音刚落，汪家一大一小两个堂客领着一儿一女披头散发地走了出来，见到来人时，还在惊恐万分地不停发抖。汪狗倪堂客把头四处扫扫，没见到有雷家的人，这才敢出大气，立马跑到何团首跟前，朝人家跪倒："何团首啊，你要给吾家做主啊。吾们四个都吓死了。"

徐金事见到人家的惨样，于心不忍地说："好了，你们莫怕了。吾代表官府来处理这件事,你能否做得了主? 如果做得了,吾便跟你谈;如果做不了,你派人把当家的找回来。好吗?"

汪狗倪的堂客从地上起来茫然地瞪着徐金事摇摇头,说:"吾家的大事小事都是狗倪说了算,吾做不了主。"

"那你就去把狗倪寻回来再说。"

汪狗倪堂客毫无头绪地说着:"叫吾到哪处寻人呢? 这天杀的,昨夜事一出就没影了,丢下吾四个在屋里担惊受怕,煎熬了一个年三十夜。你叫吾到哪处寻呢?"

这时何团首对伊说道:"你叫两个小的到镇里去,狗倪在吾处呢。"

汪狗倪堂客连忙对儿女说:"你们俩快去何叔叔家中,把你爸找回来,告诉伊上头来人了,何叔叔也在这里。"

两个小的死活不敢去。汪卸羊自生出事后内心恐惧。昨晚发生的一切,叫一个十余岁的小屁孩见识了凶险,伊真的吓破了胆,需要母亲的呵护。何团首四下看了看,想想说:"这样吧,吾看侄媳妇你陪姐弟俩一道去。你年长老到些,卸羊路径认得的,伊跟父亲到过吾家好些遭呢。"

卸羊这才点点头,胖张氏对着现场看看,同意一道去镇里了。自从昨夜挨了一顿踩踏后,伊对这个家失却了安全感。伊啥话也不说跑进自己的房里,收拾出一个小袱包出来,里头包着一些洋钿、首饰。当伊再次来到堂上时,偷偷瞄了一下摊在八仙桌上的死人时,一刻也不愿耽搁地同小叔子、小姑子一起上路了。

三人出了汪家,因为大路要经过雷家门口,三人便小心谨慎地选择踩着小路从老虎山边绕过,直奔官渡镇而去。一路上,胖张氏吃尽了苦头,长这么大岁数来,伊还没走过一次这样多的路。到了镇里,伊脚底都磨起了泡。当三人来到团练所旁边何团首居所时,何团首家人接待了伊们。人家把人领到堂口,把汪狗

倪叔侄叫了出来。一见到儿女和儿媳妇,汪狗倪就上前抱住儿女,不无伤感地湿了眼眶。伊见着一脸青包的媳妇时,满是愧疚地朝人说道:"你们来了。"

胖张氏便对公公道:"何团首在家呢,县里来人了,叫你回去商量事。"

汪狗倪一听便要立即回去,但正想拔脚,又犹豫起来,便问媳妇:"家里没事吧? 雷家没再吵闹吧?"

胖张氏听后回答道:"家里摆了个死人,雷家被何团首劝回去了。现在县里来了个办事的,还跟着四个背枪的兵爷在家里。何团首专门叫吾们来寻你回去。"

汪狗倪这时宽心了。刚刚伊生怕自己回去了会被雷家揪着不放。听到雷家没人再闹了,伊肯定一切都是何团首在使力,现在上头有人来了,四个背枪的兵爷在家守着,伊就放心大胆了。别的不说,那四杆枪就是给人壮胆色的。伊总认为,这背枪的是何团首搬来的救兵。自己现在有靠山了,便又开始骄横起来,对汪吊子说:"走! 回家去。"

当汪家叔侄就即动身之际,胖媳妇一屁股赖在何团首家凳子上不走了。伊当堂脱下一双大号的绣花鞋,不顾雅观地察看起自己的那双大脚道:"吾再也走不动了,脚底都起血泡了,那个家,吾再也不想回了。家里的死人不抬出去,吾就不归家了。"

汪狗倪见儿媳妇一点矜持也没有,在生人家里当堂显露隐私,就很不高兴。本想发作,想想目前的处境也就忍了,对儿媳妇说道:"吾们还是一道回吧,你一人在此,怕是不方便。"伊的话还没说完,胖媳妇就抢着开口道:"有啥不方便的? 这是何团首家里呢,是自己人嘛。"

见人这样说,汪狗倪无语了,伊心里对媳妇只有叹息。毕竟何团首是自己的上司，又不是啥直系亲属。伊清楚自己和何家的关系是怎么回事，想不到不明世事的媳妇，会把人家当成自己人看待。伊不便把话言明，又不能叫媳妇怎样，就低声下气地求媳妇："媳妇啊，这样怕是不方便呢。"

"没啥的，吾自己能吃能睡，自己的事吾自己料理就是。再不行，吾到街上买吃的，吾有银子，那个家里吾实在不想待了。叫吾时时刻刻伴个死人过日子，打破头吾也不干。家里啥时安静了，吾啥时再回去。"

见媳妇这样子说，汪狗倪不好再说啥了。伊实在不放心这个媳妇，怕在何家惹出啥事来，就吩咐媳妇说："那你就在何叔家住几天吧。"同时把女儿也留下，对女儿说："兰花，你就陪嫂嫂在何叔家住几天，听话些，你大嫂有啥事帮着做，多动动手。你嫂子一直由人伺候惯了，有些事怕是做不来。"交代完这些后，汪狗倪去找了何团首手下打杂的，对人交代了一番话，无非是叫人家多关照关照，别跟自个媳妇计较。人家爽快地答应了。做好了这些后，汪狗倪便一拉儿子的手上路了。才一出门，儿子卸羊就叫："爸哎，吾的脚痛了，跑不动了。"

汪狗倪对汪吊子道："吊子，你背卸羊。"

汪吊子啥也不说地将卸羊背在背上，急急忙忙地上路了。半道里，汪狗倪叫汪吊子将身上所有洋钿都给了伊，在街边小店买了好些烟酒带回家，伊回去要好好地谢谢何团首！

汪狗倪回到家时，家里一个人也没有，伊顿时心肝落了地。要是没有上头人护着，伊的行踪让雷家人瞅见了，还不被满世界追着跑？汪狗倪从大门里进，到屋里叫了声："堂客，堂客在哪里？"

听听没人回话，汪狗倪把目光集中到八仙桌上的死人头上。和雷老爷子的尸体一对眼，伊感到狰狞恐怖，一股凉丝丝的寒气

直刺全身，叫伊寒毛直竖！伊立马悄悄从旁门溜了出去。一路上，伊尽找僻静无人的弄堂走，一闪躲到了老屋后的菜园里——此地紧邻着屋后山，后山上树木葱郁，一头大水牯走在里头，躲几个人一时半会儿也不会被寻出来。汪狗倪为自己想好脱身之计，万一有啥不对，伊就往后山上钻。伊躲在菜园里，吩咐汪吊子："你去到通达屋后听听风声，小心点别叫人发现了，有啥不对赶紧跑回来。"

汪吊子蹑手蹑脚，一路作贼一样躲避着人，绕到本家叔叔树木屋后，竖着耳朵听着汪通达家的动静——里边传过来紧一阵慢一阵的说话声，断断续续间，伊听到了何团首的声音，那声音使伊心脏怦怦直跳。伊屏气凝神地倾听了一阵，确认那是何团首的声音时，才使自己镇定下来，悄悄绕到通达家大门口，直勾勾地往屋里窥探。伊一眼见到了一群人坐在汪通达的上堂。人堆里有四个穿黑衣的兵勇端坐着，手里握紧枪；何团首和孔瑞云，还有一个当官模样的背影夹在人堆中；汪通达父母站在那堆人一旁低着头，被人们指点着、数落着；雷老标的死尸直在上堂的饭桌上。汪吊子想走进屋里又不敢迈步。最终，伊不知如何是好地绕回到汪家菜园里，低声地对汪狗倪说道："吾到了通达家门口，见到了何团首还有县里的官爷正在通达家教训汪老叔呢，当中还有孔瑞云。吾思虑再三没有进去叫何团首，先跑回来跟你说说，吾们该不该到通达家去？那个孔瑞云会不会去雷家报信，吾不敢拿主意。"

汪狗倪一听，完全放心了，对汪吊子说："孔瑞云不关紧的，只要有官府的人，有何团首在，孔瑞云无大碍的。走，吾们明目张胆地走，只要上头有人在，吾们便是安全的。"

汪狗倪说完话，紧紧拉住儿子卸羊的手道："欠你债的，听话些，莫再给吾惹出事来，乖乖地跟着吾。"

汪卸羊老实地"噢"了一声。这两天伊老实得很了，大人给伊画个圈把伊丢进去，就是外头有再吸引人的东西也不敢跑出圈外，人一下子成长起来。伊知道自己这次闯了大祸，再也不敢由着性子了。

汪狗倪整整衣衫，装模作样地从菜园里迈出步子，往大路上走，昂首阔步地往汪通达家走去，半道里撞到了一个雷姓人，人家对伊愤恨地瞪了几眼，伊便装作啥也没看见地与人家擦肩而过，径直朝汪通达家走去。汪狗倪见到那个雷姓人离开自己飞快地朝雷老标家跑去时，心知人家这是去报信了。汪狗倪的心狂跳不止，只得加快脚程往前赶，巴不得一步踏进汪通达家门。伊生怕自己脚底慢了会被雷家人抓到生吞活剥了——父子俩成了一对冤死鬼！这时的汪狗倪不敢多想，一手拉着儿子，一路逃命似的飞快冲向汪通达家。直到伊双脚踏进汪家大门，确定身边没有雷家人跟来时，才长长地松了口气，三步两步朝堂上坐着那堆人跟靠。

坐着的人一见到汪狗倪进来，都站了起来。

孔瑞云头一个开口说："汪狗倪啊——汪狗倪，你看看你，弄的是啥事啊？"

汪狗倪现在知道，自己在别人面前已是脸面无存了，伊也就不敢撕破脸与人争长论短了。全不顾孔瑞云的数落，伊直奔何团首而去。到了何团首跟前，伊像个做错事的孩子前来领受长辈发落。何团首对人看看，一肚子的火气，大声说道："狗倪啊狗倪，叫吾说你啥好呢？任自个的臭脾气，把天捅了个破，给吾出了这么个大难题，你自己说，接下去该怎么办？"

徐金事不动声色地站在汪狗倪身边，观察着汪狗倪表演，最后开口说话了："你叫汪狗倪？"

汪狗倪见人问话，便朝人看看，一见是徐金事，心就凉了半

截。伊认得人家,那是孔瑞云的连襟,上头派来的原来是对头家的帮手。汪狗倪顿时心中慌乱不已,心想:这下完了。内心的慌乱立马显露出来,伊本想回徐大人一句"辛苦大人了",却说成"怎么是你?"

何团首立马愤怒地将汪狗倪一通骂:"没大没小的东西,见了上官还不磕头认错!"汪狗倪被骂这一声,不由自主地双膝一弯,跪倒在地,口中忙说:"吾知错了,求大人开恩!"

徐大人朝人轻蔑地"哼"了声,慢条斯理地接着说:"汪里正,做啥要跪着呢?站着说话好,你这样子叫人不舒服呢。"

汪狗倪一听真的想站起来了,一抬头看到何团首正愤怒地拿眼神制止伊,连忙又拜了下去:"都是吾混蛋,求大人开恩啊!"

徐金事对伊说道:"汪里正呐,你早有这样的脾气,何至于会落得现在的结果。现今这样子,你自己说该如何处置这件事?"

汪狗倪无言以对地跪在那里。何团首朝汪狗倪装腔作势地教训了一场后,对人说道:"汪老弟,现今你知错了不是?早知今日你何必当初。你也别跪了,这么大岁数了,你就起来吧。吊子,快扶汪里正起来,弄个凳来,叫你老叔坐着说话。"

汪吊子默不作声地去搬来一张凳子,拉起汪狗倪,将伊扶到座上。这时,徐金事以官员身份说话了:"汪里正,既然事都已经出了,你再悔也悔不转了。吾今日是代表县衙来的,你睁眼看看,现在死人就在你面前,你认为怎么解决妥当?"

汪狗倪不知如何回答,一双求助的眼又转向何团首。何团首看看,也觉得人家确实为难,就打圆场说:"徐大人,一切由县里做主,吾们只希望县里能出面跟雷家说道说道,别把事再搞大了……"

"汪狗倪吾要劈了你——!"

正当何团首说着时,门口冲进了雷家兄弟,只见雷老四冲在前头,发狂似的直奔汪狗倪。旁人连拉都来不及,雷老四绕到了汪狗倪跟前,愤怒的拳头雨点似的往伊头上落,有一拳打中了汪狗倪的鼻梁,只见汪狗倪连人带座一起倒了下去。

孔瑞云一看架势连忙插到雷家兄弟跟前:"雷侄啊,你们听吾讲,再怎么样你爸也活不过来了,现在即使把人打死也不顶事了,快些住手。"

这边有孔瑞云挡在汪狗倪前头,那群哥弟见打不到姓汪的,就朝身边的汪吊子一阵暴打。汪吊子立马虾公似的趴倒在地。徐金事一看情形不对,连忙上前制止:"各位侄辈,且慢动手!"可是,人家哪还能听劝啊,一个个都疯了似的。还好四兄弟手中没带家伙,要是手上带有利刃,此时会毫不犹豫地刺向对方。徐大人一看雷家打红了眼,便喝道:"捕房的,拿人!"

四个皂衣兵,在徐大人的命令下,上前用枪杆挡住了雷家兄弟。孔瑞云急了:"你们怎么就不听劝呢?告诉你们这事官府来处理了,你们为啥还这样,难道人还没死够吗?"

这时,有一个兵勇一拉枪栓朝天响了一枪,只听见"乒"的一声,屋顶几块瓦块碎了。碎了的瓦片朝大家头上砸了下来,一块大的瓦片正砸在雷老三的头上,徐金事的肩上也砸了几块碎瓦。徐金事大喝一声:"无法无天了不是?都给吾收手!"

一下子,屋里静得连出气声都没有,雷家兄弟被那一枪震住了。

徐金事生气地揉揉被砸的肩膀,威严地说道:"现在是官府在问案。有你们这样办事的?"

孔瑞云也帮着劝:"石头、老四,你们管好自己兄弟。现在官府在问案,你们要是有啥不满意的,可以坐下来好好地向官府反映,再动手就是你们理亏了。"

四兄弟顿时泄了气,连孔瑞云也不帮伊们了,伊们便没了头

绪,一个个干站着。虽然心中怒火还未散尽,可刚才这一阵乱拳,汪家叔侄不敢有半点还手之意,也算让哥弟们消了点怒气。现在徐金事连恐带吓,四兄弟便有些怯了。四哥弟便把目光集中在老四身上。在家中,数雷老四的话让兄弟几个最信服,每每遇到难事,都是老四出头拿主意的多。现在大家都在等着老四行事——雷老四收住手,愤恨异常地瞪着汪家叔侄,尽管伊满肚子怒气,只得干忍着。何团首一看现场,连忙赶上前扶住雷老四的肩膀劝着:"老四息怒,你消消气!"

没想到雷老四一挥手臂,劈开何团首的手,怒目一瞪,将何团首吓了一大跳。那样子,真有点要将人生吃了的架势。何团首知趣地倒退了几步,伊清楚,这时跟雷家兄弟谈道理,那帮人不分好歹,会把伊当敌人打了。要是自己不软下来,接下去便会吃眼前亏白招一顿打。何团首何等精明,连忙默不作声了。孔瑞云见雷老四粗暴地待何团首,连忙上前一步,挡在何团首前头,厉声斥责道:"老四!"

雷老四这才收住手,没有做出更出格的举动。徐金事连忙吩咐四个捕快:"你们把雷家兄弟挡开些,莫教近前。"

四个兵勇便用枪指着四兄弟,四兄弟顿时老老实实地被顶开了。何团首见雷家兄弟已被隔到大门边,便上前去拉倒在地上的汪狗倪。当汪狗倪被扶起来时,只见伊的一个眼窝子黑成一块,两行鼻血流个不止。何团首再上前搀起了汪吊子,只见汪吊子双手卡在腰处,咬着牙,一副痛苦难忍的样子。何团首本想数落雷家兄弟一番,一想,强忍着,对人看了几眼。这时伊不敢去激怒人家。

刚才的一闹,把徐大人也吓了一跳。伊现在知道,雷家兄弟真的到了不要命的关头了。伊生怕接下去日子久了,自己一时管不住,汪家会有人被打死。思想一阵后,对汪狗倪叔侄道:"你们两个还能不能挺得住?"

汪狗倪抹抹脸上的鼻血,顶着吓青了的脸点点头,汪吊子龇牙咧嘴地忍着痛,说:"还行。"

徐金事便朝那四个兵勇道:"你们几个,辛苦点,先将这两个押往县衙关起来。"

一听此话,汪家叔侄大惊失色了。汪狗倪立马把求助的目光瞪着何团首:"这——"何团首不动声色地朝汪狗倪闪闪眼:"叫你去你就去,县衙还不比这里安全些?"

汪狗倪一听明白了,人家这是在保护伊,也就老老实实地跟人走了。

当汪家叔侄被兵勇解走后,徐金事吩咐余人都坐下。当大家都坐定后,伊对雷家兄弟道:"各位雷侄,反正事已至此,你们再闹你爹的命也活不过来了,吾今日代表官府,大家一起坐下来,好好商议商议,把这桩事了了。你们有啥想法和要求,可先说出来。"

四兄弟相互一对眼,又把目光集中在老四身上,推举老四跟人家谈。雷老四明白后,斩钉截铁地开口道:"吾家只有一个意思,叫汪家叔侄抵命!"

徐金事听了人家的口气,犯难了,试探地问:"是谁打死你爹的?"

"是汪通达。"雷老四答道又分辩着,"可是,事是汪狗倪作出来的,是伊指使的,汪吊子带的头,找伊抵命没有错。"

徐金事叹口气道:"雷侄啊,杀人抵命是没错的。可主犯是汪通达,汪狗倪和汪吊子是从犯。你们叫汪家叔侄赔偿损失可以,可叫人赔偿性命就有点说不通了。"

雷家兄弟一听急了,就这样放过汪狗倪,大家说啥都不干。这一切都是汪狗倪生出来的,就是放过汪通达,也不能放过汪狗倪。照么说自己的父亲就这样白白地死了? 四兄弟不服,一个

个争着抢着表示不同意。雷石头道："这哪能行呢？是汪狗倪叫人干的。"

雷老二道："就是嘛，没有汪狗倪，会有这些事？"

雷老三道："吾不管啥王法，吾们就要汪狗倪抵命！官府判不了，吾们自己判，吾一刀将伊剁了，大不了吾也跟着去死。反正这日子吃了上顿没下顿，活在这世上也艰难。"

雷老四还没发表看法，孔瑞云就说道："哪有你们这样说话的？照你们这么说，王法不作数了？"

这时，憋不住的雷老四，激动万分地说："王法已经不作数了，如果有王法吾爹能死吗？汪家不就是无法无天才干出这种事吗？吾们不管，死活要叫汪狗倪抵命！"

一见到四兄弟如此强烈的态度，徐金事不语了。再说，这事伊说了也不算，伊就不敢再断案了。伊此行的目的是压制着别叫事态再扩大了，便道："你们的心情能理解，到时，县老爷会来给你们断案的。可眼下，你们兄弟莫冲动，莫到时有理的变成无理的反倒不好了。听吾劝，将你爹和爷爷抬回去，好好地安葬了。"

四兄弟一听，心都凉了，雷老四伤心地道："徐叔啊——你这话说的！吾爹遭了这么大的冤枉，你咋就这么说呢？吾们没有啥要求，只要汪狗倪跟吾爹吾爷一同下葬！不弄个垫背的，吾们兄弟死活不干！"雷老四两行眼泪委屈地滚落下来。自事情出了之后，伊还没落过眼泪，现在的伤心再也不能控制，对兄弟们一声招呼："走，老二、老三、大哥，吾们回去。吾们不管啥王法，不把汪狗倪弄死，吾们谁的话也不听。"

说完，雷老四气冲冲地走出大门，其他兄弟也愤恨地跟了出去。孔瑞云眼巴巴地看着四兄弟拂袖而去，心中很是伤感，有一股难贴心贴肉的感觉。伊很想帮人家，可是却帮不上。伊心中知道小姨夫说的是没错的，可是，伊心中责怪连襟做事不老到，该说不该说的都说了。现在雷家全都气昏了头，跟人讲道理有点早了。

徐大人因为自己的一句漏话，使事情发起僵来。伊本想公正地把事情平息下来，现在看来没有那么简单，便感到脸上火辣辣地挂不住。待四兄弟离开后，伊便对孔瑞云说："姐夫，我们还是到家里去吧。"

接下去，孔瑞云把小姨父和何团首领到家里，换了个环境，在孔家的堂上，一边喝着茶一边议论着。孔瑞云对小姨夫道："徐老弟，刚才你的话说得太直白了，吾知道你说的是没错的。可是，你想没想过雷家此时的心情，人家一下哪能受得了啊。你还是年轻点，做事不老到。"徐大人脸上火辣辣的，一旁察言观色的何团首看出了徐大人的尴尬，马上拍马屁说："吾看，徐大人说得没错，理就是这么个理，王法里写着的，能怪徐大人吗？徐大人只不过照实说了出来就是，是雷家那四个粗人不懂王法才乱生气的。好了，吾们不管雷家高兴不高兴了。徐大人，你办得没错，吾信服你，你办得公道无私，叫人信服。接下去该怎么办你就怎么办，日后上头问起，吾会给你作证的。"

何团首的一席话叫徐大人自信起来。伊刚刚被孔瑞云说得有些挂不住，本已心灰意冷不愿再管此事，现在有人支持伊，重又拾回来了信心，对何团首说道："还是经历过官事的人懂王道。这不，要找人抵命应当把汪通达抓来。这个汪通达把人打死了，叫伊抵命不会冤枉。何老兄，你去跟汪通达家说说，叫伊赶快自己去投牢，不然抓住了，肯定死路一条。"

何团首听了此话，沉思良久。徐金事讲得一点也不错，现在只有把一切都推到汪通达头上还能保全汪狗倪。目下的情况，汪通达只有自己投牢一条路可走了。就是官府不判伊死刑，雷家兄

弟也会把人弄死的。要是伊自己去投牢,有悔过的表现,自己在旁帮着说说好话,叫汪狗倪多出点银子,理理关节,兴许还能有一线生机。伊认同了徐金事的话,便告辞去了汪通达家,对没了主张的汪通达父母说道:"你们还是把儿子寻回来,叫伊自动去投牢,不这么做,只有死路一条。"

汪通达父亲哭丧着脸对何团首道:"团首大人呐,通达闹出了人命,这一去投牢还不是去送死?"

"要送死也没有别的办法,谁叫伊把人打死的。平时,你们怎样管教儿子的? 到了儿子犯了死罪,你们害怕了? 这事怕也没用。就是官府抓不到人,你能保证雷家不去寻人吗? 要是不把事情处理了,你家的死人就这样烂在饭桌上? 日后,你家还想不想过日子? 你们可要想明白,乖乖地叫通达自己去投牢,只有这条路,兴许还有一丝希望。别的路,你想都别想,你们还是快快地叫通达自首去,要是等上头派人抓到时,那就晚了。"

"可是,吾不知通达在哪里呀,从一出事,伊就没影了,叫吾上哪里去寻呢?"

"你先到各处亲友家去寻寻看,伊跑不远的,肯定还在亲友家躲着呢。"

何团首这一串点拨,汪通达娘老子便信了人家的话,两夫妻央托本门至亲到处寻人去了。

只是何团首告别汪通达家,又回到孔瑞云处。孔瑞云留人吃了晚饭,坐了一阵后,何团首便对孔瑞云和徐金事道:"孔老兄徐兄弟,今日天已晚了,汪狗倪已去了县里,这里吾叫汪通达的娘老子去寻人了,旁的事一时也弄不了,不如今日吾先回去,明日再来。"

孔瑞云便没有再留人的意思,于是口是心非地说道:"天还早呢,不再坐坐?"

"不了，趁现在还能见着路，吾骑着马方便些。"何团首说着便再也没有留意地走出门去。当何团首回到家时，天已黑了。伊把马交到马房回到住所时，只见汪家胖媳妇坐在自己堂上默不作声地嗑瓜子。一见到人，何团首的心里就有一股冲动——有一个愿望早已按捺不住了。伊心头一喜，忙堆上笑脸，将一日的疲惫抛到九霄云外，欢天喜地地对人道："侄媳妇，你咋还在这里呢？"

胖张氏也不客气，直直白白地说："叔啊，你都看到了，吾那个家里还能不能住人。有一个死人摆着，吾哪还能再回去呢？还是你这里好，别人不敢来欺侮吾。你看，吾都差点被人踏死了，脸上、身上全是青肿呢。"

"好的，你在这里躲几日，吾这里没有人来寻你麻烦的。"至此，何团首心里开始盘算起来：伊要把自己的愿望变成现实！于是一刻也不耽搁地对家人道："家里没有多余的床铺，侄媳妇，你就和小姑子到旅店里去住吧。"

说完话，何团首便把俩人领到街上的旅店里，开了两个房间，一个是僻静的上房——平常日子，那是官渡镇安排上头官员的专房；另一个是普通住房。店老板与何团首十分熟络，一见到人来就知道要住店，便问何团首："何团首，开啥样的房间？"

何团首道："还能开啥房间，楼上西头的那间上房还空着吧？"

"空着呢，没有十分稀贵的客人，吾不把人安排那里的。"

"那好吧，这位是吾的亲眷，今日就住在这里了，烦你再安排一个僻静的房间。"何团首说着朝店家丢眼，店家就明白了，高声地说："你要两间房，要么还有一间吾就把客人安顿在东头了，那里又暖和又僻静。"

何团首见人家明白了伊的意思，笑着高声对人道："你就看着办，好好地招待吾的亲眷，到时吾不会亏待你的。"

店家马上把兰花领到东头僻静的一间房里,那里的设备的确不错,双人的大床,垫一床、盖一床两床棉被,房间又大又通气。伊把兰花领到房里问人道:"小客人,你睡这里满意不?"小姑娘啥也不懂地点点头。店家高兴了,说道:"待会你要洗脸、洗脚,到大堂来倒水,炉子上的热水是不断的,你需要,自己动手。"

小姑娘头一回住旅店,啥规矩都不懂,有了安全休息的地方,昨日一夜没合过眼,白天一天在犯困,如今一见到床就躺下了。人家交代的洗脸、洗脚都扔一边了,连衣服也没脱就睡着了。还是店家关心人,端着一盆瓜子进房时,见人已睡了,便把被子盖在人身上。

当何团首陪同店老板把胖张氏领到二楼的上房时,知趣的店小二一声不响地退了出去。何团首领各色女人到过这个房间。在这个房间里,何团首品尝过各种姿色女人的味道,就是没有品尝过像张氏这样发福女人的味道。今天,这个机会是上天赐予的,伊怎能轻易放过呢?伊不动声色地对胖张氏问寒问暖:"侄媳妇,这房子还满意不?"

自一走进房间,胖张氏就觉得舒心。那房间又宽敞又僻静,雕花的大架床,底下铺一块软软的棕板垫子,垫子上还铺一床厚厚的棉絮。床上摆着一个长枕头,里面填充着又松又软的荞麦糠子。床里叠着一床半新的红缎面被,大架床上挂一顶洋纱帐。床头摆一个结实的五屉桌,桌上有一个锡烛台上插着一支红蜡烛,还备有一盒自来火放在桌子上,一架梳妆台放在五屉桌旁边。房间一角摆着一个红马桶,一块蜡染蓝布垂挂在马桶前面。房里预备着大小木盆,那是给客人洗脸、洗脚用的。更出格的是,床头桌上还摆了一台自鸣钟。这样的装饰那就不一般了。面西的一边开着花格窗子,一推开窗扇便能看见衢江的风景。这间房几乎是被何团首包了的,平常有稀客时,伊都带人到这里住。胖张氏一进房,看到这样的陈设,能不满意? 人家问伊,伊就毫不隐瞒地对人回道:"这房比吾家的还好,又清爽又宽敞。"

何团首见人家满意也就高兴了,对人道:"你到床上坐着,吾去为你打盆热汤来洗洗脸。"说着,何团首便把一个红漆木盆端走,倒上一盆热汤,朝店家要了块洋面巾,兴冲冲地回到楼上。当把汤盆摆放到梳妆台上时,何团首便色迷迷地瞪着胖张氏:"佺媳妇,你就好好洗洗吧。"

平常里胖张氏在家时,对于洗脸并没有太在乎,但人家向伊献殷勤,伊就不好意思不洗了。当胖张氏洗脸时,不小心碰到昨夜被人踏伤的眼圈时,叫了声:"啊哟。"

何团首便立马出现在人的身边,关切地对人道:"佺媳妇咋了?"

胖张氏便骂骂咧咧地说:"都是雷家那些挨千刀的,吾也没冲犯人家,就把吾打成这样。你看看吾这脸上,还有身上,青一块紫一块,处处都痛着呢!"

"哪里呢? 叫吾瞧瞧。"何团首不失时机地黏上人。

胖张氏一阵不适应,但毕竟何团首是自己的亲友,人家对自己关心,伊不能不给人家面子,便说:"你看看吾的脸面,还有手臂。"何团首凑近跟前,几乎与人脸贴脸了,眼神里流露出出格的神情,表现出过分的关切。当见到人家大熊猫般黑乎乎的眼圈时,伊不自觉地痛骂了一句:"雷家兄弟也忒没道理了,咋就把个千金之躯伤成这样呢! 这帮该死的,这笔账记着。让吾好好瞧瞧。"何团首说着,就动手摸人家的脸。

胖张氏顿觉得脸上烫烫的,想推开人家又不敢,伊不是怕人家,而是不知如何对待人家的好意。伊心知,何团首已不止一次地觊觎自己想占便宜了。伊知其企图,一直被动地默许着让人挑

逗着。伊并不是不想守妇道，只是自己老公不在身边已有时日，新婚后伊对性生活十分地渴望。况且，以往自己老公在这方面总是消极逃避，每每都不能满足自己，有机会伊便想放纵一下自己。自从那日闹房时，何团首在自己的腿中胸前又抓又挠的，伊就感觉到异样的痛快。胖张氏目前正处在一个茫然的境地中。

见人家没反抗，何团首便进一步提出："你说身上到处是伤，叫吾看看到底伤成怎样了？"

胖张氏犹豫一阵后，还是挽起了衣袖，将一截雪白的手臂展示在人家面前："你看，这里都青肿了。"

何团首一见到那截手臂，就伸手抓住不放。伊关心的不是人家的伤痛处，而是再也不能自制地冲动起来，一边摸着人家的手臂，一边追问着："还有吗？还有哪里伤着？"

胖张氏知道自己的腰身处也有青肿，可那是自己的私密之处，又怎能随便给别的男人看呢？见人追问，便只得红起脸。

何团首越发激动难耐："还有哪里？再让吾看看！"

胖张氏忍了一阵，终于挡不住人家的纠缠，红着脸道："还有的地方，没法叫你看了！"胖张氏一动都不敢动了。

何团首便急不可耐地把手伸到人家的衣衫中，乱摸一气。胖张氏顿觉得一股电流通向全身，激动得不停地喘气。

在何团首的攻势下，胖张氏不知如何是好地站在那里，口中不停地说着："叔啊，吾是你侄媳妇呢！"

何团首哪还管这许多，伊本是个不要廉耻的人，说道："宝贝儿，你是吾的心尖肉呢！"说着，那手顺着腿边移到了身前……

张氏浑身一抖："这不行的！"

何团首此时哪还管你行不行，连拖带拉地把一个近二百斤重的大块头女人抱到了床上，随即返身，飞快地插上房门，三步两步扑回到床上,张氏已迷迷糊糊地尽说着胡话:"这不行呢,吾是三牛媳妇呢……"

何团首哪还管谁的媳妇,疯狂地扑上去一顿狂泻,也让胖张氏享受了一次真正的媾和大餐。

这样的日子,在小旅店里持续了四五天。

每天白天胖张氏都会带着小姑子到小镇上逛街游玩。官渡镇是个典型的浙西小镇:钱塘江源头——衢江的上段在小镇中央大写一个"之"字,小镇一分为二地嵌在南北两边,连接交通的便是唐宋以来设置的官渡。

小镇南北两边的埠头铺设一色的麻石台阶。那台阶由糯米豆浆和着石灰红泥勾缝砌成,其牢固程度不亚于现代生活里的钢筋水泥。任凭大水冲刷,埠头都稳如磐石。从水面往上,台阶形成了一层层平台,那些平台对应着不同的水位,以便渡船停靠。平日里,临着江水的埠头边,从清晨开始到日头落下,一日到晚都聚集着小镇里的居民在此洗衣、淘米,来一拨去一拨,男男女女离不得这里。因此,埠头的建设在当地是出了名的好。

埠头两岸,种植着一排排柳树、香樟,让人印象最为深刻的是——两岸差不多对应着的地方种着大小四棵千年古樟,每一棵树都盘根错节。由于一边临水,古樟根系全都扎进岸上,向街中延伸。那些根系,就像一条条遁形的蛰龙见首不见尾,时不时现一截身子在地面上突出拱起,任凭人踩马踏、车碾鸡刨。这些露出来的根系树皮已不复存在,上面的伤痕尽显沧桑古韵。古樟庞大的树冠,每棵都能遮起半亩荫,那凌空探在江中的树身,像一个个饱经风霜的精灵,凝神聚气地矗立在江坎上——代表着这方子民审视着、记录着这方土地的过往。人们能够在其身上读出历史的厚重与沧桑!

每到梅雨季节，与江面平行，或低于堤岸的树枝上挂满了一绺绺柴草。平常时日，碧绿的树冠展现出勃勃生机，给大家带来阵阵清凉。在树下埠头中洗衣、洗菜的妇女们，愿意在江水边赖得时间更长。这里，除了一班又一班来回的渡船外，一日到晚都人声不断。这是古镇人的门脸，这里的人们很看重它，把它维护得整洁别致。

顺着堤岸，有一条二里长的街道，人们在街边岸头，用江中鹅卵石砌成一排整齐的堤岸。堤岸近二丈高，鹅卵石上头结满青苔，缝隙中顽强地生长着一丛丛凤尾草、爬山藤……古樟下，人们用雕刻过的麻石设置了一排护栏，用从砚瓦山运来的青石设置了几处石凳，供过往的行人歇脚。在南岸，登上埠头，有一条丁字街扎进小镇深处。这是去江西玉山、过徽州屯溪的必经之路。

在丁字街口，矗立着一座二丈多约三层高的石牌楼。那是为了纪念南宋末年一位状元建的。这牌楼的大跨脚正好和街一样宽，就像小镇的大门，每天十二个时辰敞开着，迎来送往过往的行人。在牌楼下边，一条丈余宽的街道往西南蜿蜒。两边店铺挡风遮雨的大雨伞差不多挨到一块了。披出的屋檐下，店家经营着各色生意，摆出去的摊子占去了街道的大半地方，行人们只能在街上的夹缝中行走，让人觉得小镇一日到晚熙熙攘攘，真有点日日赴墟的味道。遇上三、五、七的日子，那是大集，行人根本没法通过。水泄不通的道路，写出了小镇的繁华。

胖张氏带着小姑子，每天混迹于人群间，花些小钱买这买那。每天晚头回到旅店里，都有一提溜的东西，叫兰花两手不得空。这几日，每日白天何团首到黄泥山或府城里处理事情。每晚九十点钟赶回旅店，总是饥渴难忍地与胖张氏合欢一次。俩人的事情，那一日叫兰花撞见了。

住了四五天的旅店,兰花已熟悉了小镇上的情况。每日里都在丈二宽阔、三两里长的街面上游荡,整日里无事可干,又被店老板招待得妥妥帖帖,伊对这里的一切都了如指掌了。慢慢地,伊已忘记了自己一家正处在危难当中。一个小姑娘,早已把一切的烦恼抛在脑后,整日里寻自己喜欢、自己开心的事。日间,胖嫂会伴伊到街上玩,到茶店里花二个铜钿嗑瓜子、喝茶。茶店的生意很好,一日里有好几桌玩牌的、搓麻将的。伊终于见识了何团首曾经告诉过伊的生活:又有白炭火烘,又有人给泡茶,又有不花钱的香瓜子嗑。那日子真叫伊长见识了。

每日晚头,姑嫂俩都分房而睡。每日里胖张氏爱进商店买东西,买来的所有东西都由小姑子提拿着,回到旅店里,小姑子都会主动地将东西拿到嫂子房间里放好。这一日,玩得迟了些,两人在街边饮食店里一人吃了一碗馄饨外加两个包子,权当晚餐。胖张氏知道,每日晚头九点多钟,何团首才来寻伊,早回去了一个人也没啥意思,就到街上逛了逛夜市。

正月里的浙西小镇,人来客往,非常热闹。有个卖狗皮膏药的走方郎中,在当街一空旷处摆开了一个场子。一个用白灰圈着的二丈余大圈中间,摊了块脏兮兮的红布。红布上散落着一些黄麻纸包着的药末外加几件稀奇东西——红布中央亮着个雪亮雪亮的大汽灯,那灯亮得把小街照得像白昼一般。卖狗皮膏药的手中提着个小锣,使劲地敲着"当、当、当",响声招来了过往看客。人们知道,卖狗皮膏药的会耍一些把戏,譬如演一场三仙归洞、耍个铁掌碎石、套个九连环啥的。只见今日的摊主:腰身间横扎着一条五寸阔的牛皮带子,下身穿两层裤子,上身只留一件单衣,那一排十三个对襟扣子的武夫衫显现了摊主的英武。伊敲了一阵锣后,吸引了里三层外三层的过往看客。见人聚得够多了,伊便

将手中的小锣放到红布上,低下腰,将汽灯的蒸汽打足,那灯一下子更亮了,比现代人的太阳灯还亮,把里圈人的脸面都照白了。

只见那卖狗皮膏药的双手一抱拳,沿着白灰线走了一圈,口中振振有词:"各位看官,在下小凤阳,今日路过此地,平生学了点粗浅的医术,专治跌打损伤。各位要是不信,请驻足,往下看——"

卖药的脱掉了唯一的一件上衣,露出疙疙瘩瘩的一身肌肉,站在四围穿冬衣的人堆里,是那么的显眼。一见到人家的身板,在场的人就被震住了。只见卖药的从红布里提起一把串着一个个铁环的封刀大刀,自虐地朝自己一阵乱砍,吓得胆小的不敢开眼。卖药的经过一场热身,双手抱拳握住刀柄,将刀头朝下刀刃向内,朝四围的看客又行一礼:"各位大爷、大伯、大叔、大哥、大妈、大嫂、大姐、小弟弟、小妹妹,在下小凤阳常年四处游方,每到一处专替人治疗跌打损伤。如有伤筋骨折的,有不小心砸了手心脚背的,有……在下统统药到病除。要是列位心有疑虑,请接着往下看,看兄弟我给大家表演一段真功夫。啥功夫?少林排打功!"

卖药的说着,朝人堆里一阵看,然后说:"我现在要找一位有力气的人来帮忙。"伊瞅着一个强壮的后生,把人请了出来,问人家:"这位兄弟,愿不愿帮一下忙?"

人家茫然地反问伊:"帮啥忙?"

卖药的回答:"打人!"吓得人家连连摆手。卖药的见人怕了,发一阵笑道:"兄弟莫怕,不是叫你打别人,是叫你打我。"

那后生更怕了,摆着手,想溜走。

卖药的一把扯住人家手臂,道:"这位兄弟,我要表演的是少林排打功,是需要一个人来打我,方能显示出我的本事。你放心,打不痛我的,就是打坏了我,有在场的各位作证,我也不会赖你的。"

人堆里有人起哄说:"是伊叫你打的,你就打,人家没本事不会放这样的响话。人家都说了打坏了不找你的,你还怕啥?人家既已说了,那你就帮帮忙叫大家开开眼,见识见识。吾们都给你作证。"

见人家这么说,那壮汉踏实多了,红着脸问卖药的:"那吾怎么打,是不是捅你一拳?"

卖药的回伊:"拳头太轻了。我的这身皮肉连痒痒都生不出来。你就用棍子打,要是能把棍子打断了,待会散场后我请你吃夜宵。"卖药的说着,从红布上拿来一根结实的木棍——那是伊下午从人家篱笆上拔来的木桩。伊将木棍交给壮汉,说道:"对不起各位,这根木棒是我下午从人家篱笆上偷来的,如是在场哪位大伯、大爷的,小凤阳先给你赔个罪。"

人堆里有口快的说:"一根木桩有啥子关系的,这东西到处都有。"

卖药的便拾了人家的话头随一句:"那我就谢谢了!"

当伊将木棍交给人家后,对人道:"待会当我运足气后,你就朝我身上随便打,越用力越好!"

壮汉接过了木棍,比比画画地拿在手中跃跃欲试地对空砸了几下。只见卖药的紧了紧腰间的皮带,一提腰一运气,通身的肌肉全鼓了起来,像是每个细胞中都灌足了气,伊大喝一声:"嗨——!"一跺脚,立定站个马步,静等着挨人家的打。看的人都屏息敛神,心都悬到喉咙口了。

只见那壮汉,先抡起木棒,扬得高高的,生怕砸坏了人似的只用了五分劲,朝人家的背脊处砸下一棍子。棍子在人家背脊上反弹开来,卖药的便说:"不要怕,狠狠地打。"

这时,壮汉放胆了,应了声"噢",便说一句:"吾真的要用力了。"

卖药的应声:"好!"再一次憋足了气。

只见壮汉举起木棍,狠狠地朝人家砸去。一棍二棍三棍,接

连不断地砸着,用的力一次比一次更大,直到后来,伊大叫一声:"嗨——!"使出了浑身的气力,狠狠地将木棍砸下去。只听见脆脆的一声响,木棍当场断成两截,周围顿时掌声响起一片:"真好功夫!"

卖药的见达到了效果,立马放松身心,先对壮汉道了谢,然后又对全场抱了抱拳:"多谢、多谢!"

卖药的演练过功夫后,不失时机地道开了:"各位都亲眼看到事实了,在下从不吹牛。我是一路吃着我要卖的药过来的。当初练的时候,天天都受伤,要不是有独门的好伤药,我的功夫也达不到今天这样。如果哪位有需要,不贵,二文铜钱一包。这药保你有用。"

说着,卖药的托起小锣,将一些药包放在锣里,从一头开始兜售起药来,一圈下来有十几个人买了伊的药。

胖张氏站在人堆里,见人家说得好,演得真,便掏出十来个铜钱买了好几包。买药的一见人家买得多就送了二包,当伊见到人家脸上的青肿时,便说:"这位大姐,脸上怎么伤的?"

胖张氏不知如何回答,羞得满脸绯红。卖药的见人家不便说,马上又道:"没关系,不好说就不说。这药你是买对了,今天吃了明日就见效。如不信,要是你身上还有别的伤痛,我立马可以叫你见效。如果方便,当场一试。"胖张氏犹犹豫豫中走出了人群,羞着低声地对人道:"吾的腰上也有伤,你可不可以帮吾医医?"

见有一个现成的广告,卖药的非常痛快地答应了,高声地说道:"各位在场的大伯大婶,谁家住在附近,能不能借我一条凳子用。我要叫这位大姐坐下,叫大家当场验证一下我的手段。"

不多会儿,便有人端来条凳子,从人们的头顶递了进来。卖药的很礼貌地谢过了人家,叫胖媳妇坐倒,撩起张氏的棉衣夹袄,留下伊身上最贴肉的里边衣衫,一只手按着张氏的腰处,问道:

"大姐,是哪块不舒服?"

胖张氏别手指指地方。卖药的便说:"好了,我知道了。大家看好了,我将用我练了十几年的气功,为这位大姐疗伤。"伊说着,一只手便使出暗劲,一压张氏所指的地方,张氏便一龇牙,忍不住地叫痛:"哎哟——"

人群一阵紧张,接着又是一阵哄笑。

卖药的这时开腔了,说:"这位大姐,你是本地的是不?"胖张氏点点头。

人家又问:"那么你认得我不?"胖张氏不知人家啥意思,茫然地摇摇头。

只见卖药的叫了声:"好——"接着说:"大家都看见听到了。这位大姐是本地人,人家又不认得我。大家看好了,人家不是我请来的托,人家身上有伤,看我立马把人家治好。"

看客们都把目光集中到卖药的手上,看人家是如何医治的。只见卖药的将一只手往头顶一举,一运气,一跺脚,往身后甩了一甩,那只手便鼓胀得让人看清了一根根大小血脉。只见卖药的将丹田之气全逼至指尖,对着张氏的后腰离体寸许之处凌空划过,有一股凉气直逼张氏的肌肤,钻进皮肤后直抵伤痛部位。经几下划拉后,张氏觉得后腰伤处开始慢慢地爬上痒痒来,那感觉既新奇又舒服,像是一只只小蚂蚁啃食着自己的伤痛。在卖药的一次又一次的气功逼迫下,张氏伤痛处的血液开始循环了。刚一开始,人家一碰到伊的后背就疼痛难忍,现在当卖药的再一次将手掌压住伤痛的地方伊便不再喊痛了。经过一阵气功的治疗,张氏的伤明显好了很多,瘀血被击散活化了。外气治疗是一件十分辛苦的差事。一阵过后,卖药的也觉得吃不消,伊便将一只手掌罩住人家的伤处,问:"这位大姐,现在还痛不痛,感觉是不是好些了?"

胖张氏如实地回答:"这会好多了,不痛了。只是伤的地方有蚂蚁咬着似的痒痒的感觉。"

人堆里一阵欢笑。

卖药的赶忙说:"这位大姐说了,伤的地方有蚂蚁咬似的痒,这说明,瘀血被打散了。血脉刚恢复了正常流动,便有蚂蚁咬似的痒。看我再给大姐按摩按摩,只要五分钟,大姐的伤痛便会好了一半。"

卖药的说着,当众隔着一层衣衫给张氏做起了按摩。胖张氏的伤痛一点点地好了去,四五分钟过后,卖药的问:"大姐,你的后腰是不是发热发烫?"

张氏一边点头一边说:"烫得很,火烤着一样,又疼又舒坦。"

只见卖药的给人家做了最后一遍按摩后,撒开手,朝人家后背拍了一巴掌,说了声:"好了。起来走两步,弯弯腰,看看还痛不痛?"

胖张氏从凳子上起来,用手摸摸后腰,伊想找一找先前伤痛的部位,摸了一遍,竟然没找到痛点。伊着实感到神奇,弯了弯腰,腰杆像先前一样活络柔软了。这让伊很吃惊,自言自语着:"真的像奇谈,一点都不崩不痛了。有这么灵光?吾先头这腰直不起弯不下,现在全好了,师傅的本事真的大过海了!"胖张氏被料理得如此舒服,便慷慨地从手中的小香包里取出一块银洋递给了卖药的。这回轮到卖药的对伊千恩万谢了!

这真是个活广告。这回不等卖药的提小锣,人群就骚动起来,争着抢着要买人家的药,有伤的买回家疗伤,没伤没痛的先买几包以备不时之需。不一会儿,人家的那一堆药卖了个精光,到最后还有没买到药的很不甘心。卖药的没想到今天会有这么好的生意,已经多备了药还是不能满足人家的需求。伊赶紧道:"还有没买到药的没关系,如果有伤痛需要医治的,我明天上门服务。"

当人群散去后,胖张氏带着小姑子欢天喜地地回到旅店。憋了一下午了,兰花憋着的一泡尿似要撑破尿泡袋子,叫伊不能再忍。原本街上回来,伊都是先把大包小包提到嫂嫂房里再回到自己房间的。今天尿急,顾不得那么多了,伊一回到旅店,就小跑着冲向自己的房间,先解决自己的问题再说。

胖张氏今天很是高兴。本来伤着的硬邦邦又痛又不舒服的腰杆,现在让人按按摸摸,轻而易举地解除了痛苦,伊真比中了头彩还高兴。伊兴冲冲地到了自己的房间,一推门进去,何团首突然从门背后冒了出来,将伊拦腰抱住,先在脸上亲了一口,又用脚踢关了房门,急不可耐地将人按到床上,开始了又一次的野合。

两人兴致正浓之时,兰花推门走了进来。一看到如此景象,小姑娘懵了,两手提着的东西,慢慢滑落到地上。伊不知怎样面对,不知是进还是退。

胖张氏一看到小姑子连忙从被窝里钻了出来,套起内裤内衣走下床,对兰花狠狠地训道:"谁让你来的!"

兰花瞪着一对惊慌失措的眼睛,不知如何是好。

…………

自从汪通达父亲托人四处寻找儿子,派出的人访遍了各处汪通达有可能该去的地方,都没能看到人家的影子,这叫人感到很意外。

汪通达父母一天比一大更心焦,徐大人那头,也等着主犯交差。

黄泥山发生的这起凶杀停尸案,通过正月拜年时亲友们的走动飞快地在当地传开了,而且传得越来越玄乎,直至被人传说:黄泥山汪、雷俩大家族拼斗都快死了半个村坊的人啦,许多人家桌子上停满了尸体……人们在春节拜年时,纷纷议论着这桩命案,其间还连同着三十六套红装以及三台婚宴。各种版本的传说叫

人不知到底哪个是真的。有好寻根问底的专门跑到黄泥山一探究竟，看见那两具尸体，便回去添油加醋把事情往神里传。

这桩事件各种离奇版本的飞速传播，叫马同知心里很是不安。自己的治下出现了命案，本就是一件不光彩的事，且还有两具死尸摆在别人的屋里，一日一日地开始腐败。幸好眼下天气寒冷，尸体还没那么快发出臭味来，可腐烂发臭是迟早的事。现在县里还没有一个正职老爷，主事的只有伊这个同知，伊不能不管啊。

年前府县两级被刘家福造反和教案的事弄得焦头烂额，目下又出了这档事，要是传到上头耳朵里，伊这个同知怕也吃罪不起了。尽管伊在努力处理，可结果并不使人满意。到了正月初十，马大人带着一个随从，赶到了黄泥山。

伊先到孔家认了门，看一看女儿的新家到底是个啥样子。当然，伊受到了孔家一门的热情招待。在孔家品过茶，吃过点心、寿面后，马大人朝孔家父子及徐金事了解了最新动向，得到的回应是主犯消失了，主谋汪狗倪和汪吊子已在号里押着。雷家兄弟至死都不松口，一定要叫人抵命才罢。

马同知了解情况后，叫孔瑞云带路由徐金事陪同去了雷家。一走进雷家狭小的屋子里，就感觉到这家人已失去正常人家过日子的基本标准了。本就狭小的屋子显得更加凌乱，这么多天谁也没有心情打理屋子，到了人家屋里，连个坐的地方都没有。见到了马大人，雷石头朝人家当堂跪倒，哭诉着："马大人呐，你得给吾家申冤做主啊！"

雷家兄弟便一个接一个地给马大人下跪。马大人心中悲痛难忍，一个个将人家扶起。雷老四在被马大人搀起后对母亲道："娘啊，这是孔叔的亲家，县里的老爷啊，人家给咱申冤来了，有热茶吗？快泡茶去啊！"

雷老标堂客一听此话,连忙一边擦着眼泪,一边说:"都几天没烧水了,吾这就去生火。"说着就到门头搭的茅棚灶头去烧水去了。

孔瑞云看着凌乱的屋子,对雷家兄弟说:"各位雷侄,家里也忒乱了点,喝茶还是到吾家去吧,你们一道去,有啥话到吾家去跟老爷说。"

四兄弟也觉得家里脏乱,还是让县老爷到孔叔家清静些,便跟人去了孔家。

在孔家圆桌边,马大人被孔瑞云按在上座。余人各自坐定,每人面前都泡着一杯绿茶。安排好了这些,孔瑞云堂客又端来了四个瓜子碟,将四盘点心放在桌上,招呼大家随便吃。孔瑞云也招呼大家,提提气说话了:"事呢,也就这个样了。吾知你们四兄弟的憋屈难过。今日,亲家是代表官府来处理这件事的。你爷、你爸老摆着也不是个事啊,是吧——? 各位雷侄,你们有啥要求跟马大人提出来,尽早地将你爷、你爸安顿了。"

雷家兄弟彼此互换了一下眼色,不知如何对马大人说。马大人毕竟是县老爷,四兄弟从骨子里惧怕官家,一个个都收敛着,不敢把野性撒出来。更何况,马大人对自己父亲有过救命之恩,四兄弟说什么也不愿得罪马大人。马大人对四兄弟看看,伊先前见过雷石头跟雷老四,对人有些熟,便开口问:"这两位侄辈,你们有啥想法说出来吾听听,只要是合理的要求,官府尽量地满足你们的愿望。"

四兄弟又一次递了眼色,最终大家把目光集中到老四身上。因为兄弟间,只有老四的脑瓜子最活络,口才也最好,便推荐伊代表兄们说话。兄弟们既然信任,老四便开口了:"对不住了马大人,可能我们的意思会叫你为难。雷家没别的要求,一定要叫杀人者抵命——吾爸不能就这样白白地死了!"

马大人点点头："雷侄啊，你们的要求很正常，杀人抵命这是常理，不会过分的。官府会考虑你们的这一意思。只是，吾听说你爸还在人家堂上摆着，这不是个事啊。要是等到人发臭变烂，碰都碰不得了，再传出啥传染毛病，叫四邻遭了殃，那就晚了。你们要是能相信吾说的，就尽早把你爷、你爸安葬了。要是缺银子，就叫亲家先垫着，多少钱，以后官府给你向对方要来就是。"

"马大人呐——"雷老四听了人家的话说得真心在理，便把心中的疑虑吐了出来，"不是吾们信不过大人，是那汪家太狡猾。汪家有钱有势，莫等到了吾家把人安顿了，怕伊反过来耍赖。吾们并不是怕官府不公道，而是怕汪家势力大，吾们斗不过人家。这次，吾兄弟都抱了拼死的决心，大不了大家绝火。"

"说得好啊，雷侄，人是要活得有骨气。穷归穷，气节是重要的。你们能这样，叫吾看重你们，既然你们兄弟抱着拼死的决心，要争这口气，那吾就不会叫你们失望。汪家势力再大，还能大过皇法？你家的事，吾已知道得一清二楚了。官府不会放过凶手的，你们放心，一切有吾呢。当下最要紧的是，把你爷、你爸好好地安葬了。官府已押着主谋汪狗倪跟汪吊子。吾回去后，立马发告示，缉拿主犯汪通达，叫参与打人的都得到应有的发落。这事要是不给你们一个公道，不要说官府，就是吾本人也没脸面对黄泥山的百姓！"

当马同知把话撂下后，四兄弟都长长地舒了口气。这么多天，兄弟们就为等候这个结果。虽然，最后的结果还未兑现，但有了马大人的这席话，大家都放心了。兄弟们相信马大人，人家跟自己不沾亲不带故，为了救父亲，私底下不知出了多少力。别的情况兄弟们不知，反正父亲被放回家，自己家里没掏过一两银子。这样的例外，四兄弟问过，凡与教案相关的人，就是遭冤枉的，不罚银子的也会弄个坐监。父亲案卷上头是判杀头的死罪，要不是马大人在使力，父亲早一个月就死了。尽管父亲现在还是死了，但人家给的那份情，雷家断不敢忘的。大家相信，马同知是绝不会欺侮自己兄弟的。

兄弟们丝毫不会怀疑马大人的话。至此，兄弟们当堂在孔家商议，决定第二天就开始张罗，尽早把爷爷和父亲安葬了。其实，谁能比雷家兄弟们更心焦的呢？雷老四当场答应马同知："马大人呐，有你来管这件事，吾哥弟就放心了。有你这席话，吾哥弟就不能叫你再为难了。明日，吾就派人四处报丧，尽早地把丧事办了。吾家只有一个条件，这丧葬的一切开销必叫汪家出的，吾们一定要叫汪家披麻戴孝到吾爸跟前磕头认错。"

"好的！这事包在吾手上。"马大人不假思索地答应了人家的话。

之后，马大人提议到汪家去看看。当一行人到了汪狗倪家，看到一堂冷冷清清，各处房门都豁开着，由着冽风吹拍得门板吱呀直响。四处凳倒坛翻，一堂鸡屎鸭屎，八仙桌上放块门板，门板上头躺着一具直挺挺的死尸，令人毛骨悚然。马同知觉得这个样子太不像话了。伊这个父母官，暗自责怪自己失职。看到了这样难堪的场面，谁都待不下去。汪狗倪一家，已把生活起居搬到三间二搭厢的老屋去了。这里已人去屋空了七八天了，一日十二个时辰门也不关，家里细软值钱的汪狗倪堂客都已收走。马大人到屋里转转看看问孔瑞云："亲家呐，这家里的人呢？"

孔瑞云答道："汪狗倪在监里关着，伊家大儿子年前去了屯溪贩橘，到现在还没回家呢，余人在老屋里住着呢。"

马大人听到后，便说道："那吾们到人家的老屋里走走，把事情跟人家说说。"然后，一班人去到了汪家老屋。一见到这群人，汪狗倪堂客就满身紧张。这些日子，一见到雷家兄弟的影子伊就

害怕得彻底，本来热热闹闹的家，现在只剩下娘儿两个了。汪卸羊这几日老实得不得了，一天到晚守在母亲身边，一见到人来便拉紧母亲的衣襟，怯怯地往娘亲的后背里躲。

当一班人进到了汪家老屋，孔瑞云带头说话了："汪狗倪家的，你莫怕。"随后伊指指马大人说："这是县里的老爷，是专门处理你家和雷家的事来的。老爷跟雷家谈过了，叫雷家早些将人安葬了，这一切的花销由你家来出，你做得了主做不了主？"

汪狗倪堂客惴惴不安地瞪着来人，怯怯地说："这事吾做不了主，你们还是去跟狗倪说。莫到时吾做了主叫伊怪吾。"伊略带恳求地看向孔瑞云，说："孔兄弟，你是清楚的，这个家里吾只有做活的份，这拿主意的事，从来轮不到吾，你们就莫为难吾。"

在一旁听着的雷家兄弟中，老三沉不住气了，插言："汪家的，你还赖着是吧，现在人都在你家了，连安葬都不管。那最好，就叫你家的对合堂作吾爷的活坟头算了。"

马同知马上制止了雷老三："这位雷侄，先莫生气，人家没说错，既然做不了主，那吾们就找能做主的。大儿子找不着，吾就去跟汪狗倪说去。要是汪狗倪也不管，那就叫你爷烂在汪家大屋里算了——要解决事情先要找对人头，你说是吗？"马大人接着便对汪狗倪堂客说："汪家的，你不能做主不怪你，你赶紧派人把你儿子找回来。接下去，还有更多的事情要找能做主的说话呢。"

马同知交代完这席话后，又对孔瑞云说道："亲家，吾们一道再去汪通达家走走。"

而后，一班人又到了汪通达家。

只见汪通达家同样冷清清的，家里饭桌正中横块门板，上摆着个死人，饭桌前摆了个石头香炉，三炷香头正在烧着，香头的底下插着一莛子高高低低的香脚，满炉子的香灰——说明这个炉子里燃香已好长时间了。听见动静,有一男一女两个年过半百的人迎出房门。见到穿官服戴官帽的马大人时,汪通达父母不知所措地干站着。马大人发觉人家在担惊受怕,便和和气气地对人家说:"你们是汪通达的父母?"

俩老夫妻拼命地点头。

马大人连忙说:"你们莫怕,吾今日专门处理你家跟雷家的事来的,吾们坐下来说话。"

汪通达的父母谨小慎微地在自个家里不敢落座,低头弯腰,垂手而立。这些天的困扰让两夫妻没有一刻安心过。事情没有得到处理,谁的心里能踏实呢?尽管十分疲倦,伊们却不敢入座。马大人也不强人所难,自己坐定后,便说道:"汪通达家长,事情原委吾就略去不说了。既然你们儿子把人打死了,那你家就有应当担负起相关的责任。现在雷老标在你家已摆了十来天了,再不快些下葬,尸体就要腐烂了。雷家又拿不出钱,就是拿得出,这笔安葬费,你家也是出定了的。按照本地的规则,一般埋个死人大概要多少花销?"马大人说着,用一双眼睛询问着孔瑞云。

孔瑞云答道:"按照一般人家来说,埋个死人大概要花十块洋钿;如果要讲个排场,五十个洋钿也不够花。"

马大人沉思一番,对汪通达父母说:"你们家先出五十块洋钿吧,吾给你经个手。"

一听此话,汪通达父亲连忙双膝跪地,说:"老爷呐,吾家哪能拿得出这许多银子啊!"

此话一出,雷家兄弟个个脸上来气,正想发火,马大人摆手加以制止,问道:"那你家能拿出多少银子?"

汪通达父亲可怜巴巴地跪着,昂头盯着马大人说:"吾身上满副家当还有二块钱。吾也不敢瞒骗老爷,吾的家底四邻都清楚

的,孔兄弟你给吾说句公道话吧?"

汪通达父亲说着,将一双可怜的目光盯着孔瑞云。

孔瑞云同情人家,便不护短地告诉马大人:"伊说得没错。这一汪家在地方上也只能将就着过日子,五十块钱,怕是一下子家里也寻不出,不过——"孔瑞云对人家道:"这样吧,叫老爷宽限你两日,你们到亲朋处借借,凑出这个钱,叫雷家把人安葬了。"

汪通达老子犹豫地点点头,欲说又止,对雷家兄弟看看又不敢说出来。

马大人察觉这个情况,吩咐道:"汪家的,你有啥话说出来,不用怕的。"

汪通达父亲还是不踏实地朝四兄弟扫了一眼,说道:"老爷啊,不是吾不肯出这个钱。吾知道,一切都是通达闯的祸,都是通达的不是,吾一家对不住雷家。照说,雷家的一条性命,出五十块钱怎么说也不够,只是吾家实在变不来这么多钱呀。吾虽跟狗倪是堂中兄弟,可是村坊里大家都清楚,汪姓中只有汪狗倪一家富足啊。像吾这样的人家,拿这么多银子,真的很难啊!"

"那你至多能拿得出多少呢?"马大人问。

汪通达父亲心中没底地回答:"待会吾到四处借借,能借来多少吾心中还没底,要是你们怕吾耍赖,你可以派个人跟着吾。反正吾尽力去变,大不了吾将住的房子卖了看看能变几个钱?"

看到了人家有这样的态度,马大人心中无言了。现在的世界没几家日子好过的,便说:"汪家的,看来你的日子也不富裕,尽你能变的先去变来就是,大家一起想办法先把死人安葬了再说。"

马大人这头安顿了汪通达家,那头雷家兄弟对这个结果很不满意。雷老四头一个表示反对:"这哪能行呢? 照你这么说,吾四兄弟将你夫妻打死了,反正吾家比你家还穷,那你家也就算了不是？吾兄弟今日是看在马大人的面子来跟你家好商量的。吾爹一条人命，连个安葬费用你都不出，吾们还跟你商量个卵。"

雷老四开了个头，余下兄弟也纷纷表示不答应。在这样明摆着的困难面前，马大人也一时没有啥好办法了。

就当事情将要陷入僵局时，何团首兴冲冲地走进屋里。只见伊在马大人耳边嘀咕了几句，马大人便跟着人家人要出门去，对在场的人说："你们好好地待着，双方都不要吵闹，吾出去一会儿。"

就这么着马大人被何团首带到了汪家的老屋里，见到两人进来，汪三牛便幽灵一样地出现在两人面前。马大人一看到人，便问何团首："这位是——？"

何团首脸色严肃地道："伊就是汪狗倪的长子——汪三牛。"

马大人沉思良久，说道："你不是在屯溪做么？啥时候回来的？"

汪三牛见人家脸色凝重地询问，立马挤上难看的笑脸回答："吾刚到家呢。"

"你回来得正好，家里的事你都知道了吗？"

"清楚了。"

"你清楚了，那吾就问你，你家肇出的事端得找个能做主的，你爸在班房里，你是汪家的长子，现在一切你必须担起事来。"

"好，好！"汪三牛连连点头。

"那吾便对你说，现在雷家把死人摆在你跟通达的家里已十来天了，再不下葬尸体就腐烂发臭了。现在雷家要求你先出五十块洋钿的丧葬费，你出不出？"

汪三牛一听说要五十块钱的丧葬费便来气："雷家在趁火打劫不是？五十块洋钿，埋太子还是种金子？叫伊自己试试，五十块洋钿，就是五块洋钿伊都出不起。就算连同伊爷一块埋了，十块洋钿还不大破天去？吾不跟伊计较了，既然吾们把雷老标弄死

了,吾们就负责把人埋了。要是雷家说得好听些,顺便把伊爷一块埋了,还不便宜了伊? 开口要五十,这是讹诈不是? 钱吾有,冤枉的钱吾没有。"

汪三牛轻飘飘地认为打死个人好像打死只猪狗那么简单。马大人一听人家的意思,心里的无名火就上来了,愤愤不平地道:"好了,你啥也别说了,这钱吾出就是。刚刚吾从通达家过来,吾见通达父母态度好,知道事情做错了,愿意借钱、卖房赔人家——那样的态度叫旁人看了服气。就是雷家兄弟不乐意,吾们在旁帮着劝劝,两家把事和了,尽力将事往好里解决。你倒好,打死了人,出个丧葬费都斤斤计较,这要是叫雷家知道了,还不把事闹得天翻地覆! 雷家本就不服,要不是大家在劝着……看你的态度,吾也不想把事往轻处处理了,该杀头抵命的杀头抵命,该判坐监的坐监,该赔钱的赔钱,一切按皇法来,其他的废话,吾就不跟你说了——"

马大人愤然离开。

何团首一把拉住马大人:"莫急,马大人,三牛年轻不懂事,你莫气。"何团首心急火燎地一瞪汪三牛:"你这不懂事的! 有你这样说话的? 叫你出几个洋钿,有这么难吗?"

汪三牛不服气地抗辩道:"你听说过埋个死人要五十块钱的没有? 吾太公过世,那么大的排场也只花了不到二十两银子。雷家那穷酸老头,排场比吾太公还要大吗?"

马大人听了此话,一甩何团首的手臂,愤怒地朝汪三牛瞪了一眼。这可把何团首急得,伊知道马大人真的来火了。要是马大人真的要跟汪家过不去,那事情就不好办了。何团首赶紧上前两步扯着马大人:"马大人,你不能走啊! 你消消气。叫吾劝劝人家,你千万千万莫甩手。如果你这一去,叫雷家兄弟晓得了,那这摊子事就黄了。看在吾的薄面上,你等会儿,就一会儿,给吾个面子啦,就算吾求你一遭。"

马大人在何团首的恳求下,软下心来说:"那好吧,就卖你一个面子。吾在这里等一会儿,你去说说。"

何团首气愤地回到汪三牛身边,真恨不能一巴掌朝人打过去,咬牙道:"你这不懂事的,到了现在你还计较啥银子。你晓得否? 你爸都在拘所里押着了,吾东奔西跑地为你爸求情,你倒好,几句话叫吾一切努力都白费了。你清楚不,死猪,你爸的命在马大人的手心里呐! 人家一不高兴判个杀头也是这么回事,最轻的判个坐监十年、廿年,看你怎么办! 这事莫说是五十块洋钿,就是五十根金条能平安无事地把你爸弄出来都不容易了。这当口,雷家提出的要求,只要汪家能够办到的,哪还敢有半个'不'字啊。你倒好,完全将你汪家小家子气继承来了,这事小气能行吗? 吾也知道赚钱不容易,可是你赚那么多钱为啥用呢? 还不是在关键的时候用的。现在是花钱买命啊,你这不懂事的孩子!"

汪三牛这才意识到事态的严重性。

这段日子,伊在屯溪那边一直等着家里派人运橘子过去。这本是个极好的赚钱机会,可左等右等就是等不到家里来人,汪三牛急在心里。那一日好不容易等到家里的人来了——在初六的晚头,汪通达一路寻访找到了汪三牛住的旅店,在店门口这俩堂兄弟一见面,汪三牛兴奋得迫不及待地问:"通达,吾总算把你等来了,家里运来了多少橘子?"

汪通达摇摇头,一句话也没有,这几日东躲西藏,伊已从别人口中得知自己闯下了大祸,会招来杀头的死罪。在亲朋处,伊几乎遭到每一位长辈的数落。伊自己都觉得待不下去了,之后想想,不如到屯溪找三牛再说。如今,汪三牛却把伊当成送橘子过

来的了。

汪三牛见到汪通达一副病恹恹的样子,就急了:"吾说你这个人带耳朵长嘴巴了没?吾跟你说话呢?咋就不放个响呢?"

汪通达这几日憋屈得难受,本想找个可以说话的人想想办法吐吐心声,人家一见面就夹头夹脑一顿火的,伊心中的闷气直往头顶冲:"就你长嘴巴能说不是?告诉你,吾比你还能说呢,要听说话是吧,吾告诉你,你想等橘子运来,做梦吧你!明年这时都不会有人给你送橘子来!你的那个老子爹把吾害惨了!要不是为了你家的事,吾会狗一样地逃到这里找你吗?你叫!就会叫!"

汪三牛大感意外,这汪通达以往一见到自己,啥啰里啰唆的私房话都会在自己的耳边雀儿似的叽喳个不停,堂兄弟中,数伊俩人关系最铁。伊从未预见到汪通达会在自己跟前发牢骚,人家一出口,便是将人往板壁上撞的无理言语。汪三牛感到不妙,忙怀着疑虑问:"到底出啥事了?这么大的的火气。"

伊这一句问,汪通达突然痛哭起来,将汪三牛吓了一跳。汪三牛连忙拉汪通达的手臂示意伊不要哭,随后赶忙把人带到自己住的房间里。掩上房门后,汪三牛问:"通达,家里到底出啥事了?"

汪通达冲四下里瞧瞧,老觉得满身无力、疲惫不堪,人家不请伊坐,伊自个儿便在床沿上一屁股坐下了,叹口气,问汪三牛:"有烟吗?"

汪三牛连忙摸出包洋烟,递出一支给人家,又划火柴为人点上烟,自己也烧了根。当伊才吸了一口烟时,就听到汪通达说道:"家里出大事了,你爸叫黑衣兵抓去坐班房了。"

"啥——?"汪三牛吐出这长长的一个字,那尾音直拖到伊不能呼气,吃惊得烟头都掉落在地上。伊顿时手脚发凉,一屁股坐到床沿上,回味着汪通达的那句话:"家里出大事了——你爸叫黑衣兵抓去坐班房了——"

汪三牛理顺了思路，一下子从床沿上跳了起来："通达，你快说，到底出啥事了？"

汪通达一口气将烟吸完，然后鼓着气说："吾把雷老标砸死了，是你爸叫吾干的。"

汪三牛复又跌坐到床沿上，一句话也没有……就这样，堂兄弟俩在房中煎熬了一夜，次日天刚蒙蒙亮就往家赶了。到了官渡镇，伊就先找何团首。伊已从汪通达口中知道了详情。这么大的事，伊只有先找何团首再说。结果到了官渡镇，从何团首住处找到团练所，都没找到何团首，却在街上碰到了自己的媳妇和妹子。四人到了旅店里，汪三牛便把家里的情况了解清楚了。伊一刻也不敢耽搁地往家里赶。临出旅店要拉胖媳妇同行，胖张氏死活不愿回去："你先去，待家里的死人抬出去了，人家不来闹了，吾才回家呢。现在，吾才不会去找打呢。吾被人打怕了。你都没看见，雷家那四个星煞，比庙里的四个金刚还叫人怕呢。"

就这样，汪三牛便一个人回家了。到了官渡镇，汪通达却不敢回去。哪怕伊十分惦记家里，但来路上听到的风声，使伊没有胆量回家。要知道，自己如是叫雷家见着了，肯定没有好结果，官府也不会放过伊的。伊只得同胖张氏一起，窝在旅店里，叫三牛先回家探个风声，如是风头顺，伊再回去不迟。

汪三牛在何团首的劝骂中服起软来，不情愿地掏出五十块大洋给了何团首。何团首把钱转交给马同知，由马同知把钱转给雷家兄弟。钱到手时，雷老四代表全家对马同知说道："马大人，看在你的情面上，这钱吾家收了。再有一事，你告诉汪家叔侄，吾家一定要汪家出人披麻戴孝、当众认错，这事方能答应。如果对方做不到，吾们兄弟仍不肯罢休！"

当马同知将雷家的意思传达到汪通达父母耳里时,汪通达父亲啥话不说就答应了。当这样的话传到汪三牛耳朵里,汪三牛死活不答应,当堂跳了起来:"这不是欺侮人吗?哪怕蹲班房坐监也不丢这样的人!"

何团首怎么劝,汪三牛都不接受。实在没办法的情况下,何团首请示马同知,在马大人面前求来点面子,带着汪三牛到衢州城里见汪狗倪去了。

自从汪狗倪被关在监所里,这出独角戏都是何团首一人在唱的。待到初八日,伊的那个府衙同知的亲眷来衙挂卯时,何团首找到了人家,叫人家千万千万帮帮忙。伊将讯息透露给自己的亲眷:这场官司能够捞到丰厚的油水。那个府衙同知明白了,答应尽力照应。打理好关节后,何团首不敢独自做主。毕竟,这掏的银子不是自己的,伊得跟汪家明说,叫汪家心甘情愿地吐出红血来。

何团首把汪三牛领到监所,将挂着脚镣的汪狗倪从拘所里被提了出来。一见到儿子和何团首,汪狗倪就慌忙打听:"外头怎么样了?"

精明的何团首对汪狗倪看看,很生气地瞪着汪三牛:"怎么样?你问三牛。还能有好吗?"

"怎么啦?"看到何团首生气的神情,汪狗倪的心就沉底了,忙问儿子,"你啥时回来的?"

汪三牛便牢骚满腹起来:"啥时回来的?才到家呢。吾在屯溪专等家里运橘子。这么好的赚钱机会就白白泡汤了。好好地怎么会弄出这样的事来,何老叔叫吾赔了雷家五十块洋钿的丧葬费,雷家还不满足,要叫吾披麻戴孝呢——这事,就是打破吾的头吾也不干!"

汪三牛拧巴着。汪狗倪听说要叫儿子披麻戴孝,一口恶气在喉咙口吞下吐上,怎么也咽不下。自己现在已披镣戴铐不得自由,不知结局会怎样,伊心里啥主意也没有,便烦闷不已,问儿子:"有烟不?"

汪三牛便掏出烟和火交给父亲。在三个人嘴上叼着烟卷时,汪狗倪六神无主地问何团首:"何老兄,这事,你看如何办才好?"

何团首摆着一副十分为难的架势道:"汪老弟,这事真的不好办哪。马同知都到黄泥山去了。本来好好的,吾给你说了几箩担好话,连孔瑞云那里吾都帮你求了,人家也帮着和稀泥。本来像这样的事,只有掏银子这唯一的途径了。吾的那个表亲那里,吾都跑了好多趟了。人家答应帮忙说好话,伊跟马同知的关系好得不得了。原本一切都顺顺当当的。嘿!这事——"

何团首打住话头,直摇着头。汪狗倪一听急了,忙问:

"又发生啥了?"

"发生啥了?"何团首不悦地一瞪汪三牛,"发生啥了,你问三牛。连吾都遭到了马大人的教训了。你的儿子太像你了,把你汪家小气的传统沿袭得一点没丢。就刚才在家里,吾说破了嘴皮,说动了马同知,商量好叫雷家尽快将死人埋了。马大人做主,叫你家掏五十块洋钿的丧葬费,三牛骂骂咧咧地嫌多嫌少。到了这样的当口,你还能痛惜银子吗?这样的事,怕是连塞银子的机会都没有。吾好不容易说动了马大人,叫你出点银子,才五十块洋钿就嫌多,你的这条命,吾就不知值多少钱了?反正现在马大人很生气,放出狠话说:'该杀头的杀头,该坐监的坐监。'这可不是吾编的,你问三牛,是三牛在场,惹得马大人不高兴说的。"

汪狗倪急得汗都出来了,狠狠地瞪了一眼儿子:"你这不懂事的,到这关节上了,你还在乎几个洋钿?吾的命重要,还是银子重

要?"汪狗倪又转向何团首说:"何老兄啊,这事吾就全指望你了。你给吾出出力,汪家世世代代念着你的情,你说说接下去该怎么办?"

"该怎么办?还能怎么办?银子呗!"何团首话锋一转,"就不知你们能出得起多少银子?"

汪狗倪立马接口:"十根条子成不成?"

何团首一听,心中暗喜,伊探出汪狗倪的底线了。平常日子,叫汪狗倪掏个银圆人家看得比磨盘还大,有了这样的机会,伊要重重地敲人一下。不置可否地说:"本来,放出十根黄鱼事也差不多了。可现在,马大人在生你家的气呢。那个人你不知道,不贪钱,本来吾一直顺着竿子把人家说动了。现在就怕伊顶起来,这样的事可大可小:大了够判个杀头抵命的罪,小了可以找个理由顶个汪通达出来,你可以把一切推得干干净净。眼下,有皇法明白写着呢,可那都是死板的,办事的都在人。只要掌权的说你有罪你就有罪,说你是主谋,主谋与主犯是同罪的;说你无罪,你就无罪,你就可以把一切都推说不知道。可这算不算,不是你说了算,这话只有老爷说了算。要想叫老爷帮你说好话,你父子俩自己去商量,该怎么样做?"

汪狗倪算是弄明白了,现在处在是与不是之间,伊再也顾不得钱了,凑到何团首身边,神秘地说:"何老兄啊,照你看要花多少银子才能了事?"

何团首有多精明?这是人家送上门的肥肉,伊这个贪鬼哪还能不受呢!伊哑然一笑:"这还能有啥可说的,当然越多越好了,少了,人家不动心,懒得理你;多了,怕你也拿不出,反正,你能拿得出多少算多少。"

汪狗倪想了想,便道:"十根忒少,吾就再加二根。"伊对何团首看看,只见何团首默不作声,便不放心地又道:"要不再加四根,你看怎样?"

何团首心中暗笑:"这汪家一门太像了,真是做生意出身的,不管做啥都爱讲价钱。"伊不动声色地听着,心中拿定主意,这次非把汪家榨干了不可,便道:"汪老弟,现在送的是两份礼。吾给你跑跑腿,这是吾们的交情,吾可以不计较,可是马大人还有吾的那个亲眷,人家可都是当老爷的,不像吾们这些小毛百姓,人家见多了,三两根金条,还不上眼呢。再说'阎王好见,小鬼难缠',县衙上下各个关节办事的,多少都得撒出一把钱去。不然,这个难你一下,那个叼你一口,到时还是过不了关。吾的意思,两位老爷处,一人十根条子就差不多了,只是不知你出得起出不起,这样的礼显得体面,十全十美嘛。余下的,再撒些小银圆,你就看着办。"

何团首说着,不动声色地瞪着汪狗倪,看人家如何反应。只见汪狗倪朝自己连揎二个嘴巴自怨自恨地说道:"汪狗倪啊汪狗倪,你活该!"伊眼巴巴地对着何团首说:"不瞒老兄,汪家祖祖辈辈就攒下廿根黄的,这次全掏了。现在家里还有几十个洋钿的活钱也都花差不多了。三牛身上贩橘子的钱如是交出五十个,所剩也不多了。吾在这里关着出不去,三牛还年轻,人家不作准伊,日后花银子的地方多着呢。何老兄,现在吾唯一可依靠的就是你了,如果说花钱不够,你就先给吾垫着,等吾出去了你把账目报吾,吾还你。何老兄,你不会不肯吧?"

"你看,这啥话?难道吾还怕你汪狗倪不认账?这话说的。再说,为了兄弟的情谊,为你汪狗倪办事,吾花几个洋钿又算啥呢?你这话就见外了。"何团首慷慨应允。

这时,汪狗倪对儿子道:"三牛,你过来。"

汪三牛便凑近父亲身边,问:"啥事?"

汪狗倪便神秘地对着儿子的耳根道："你回去,拿把锄头到大屋的楼梯下面,那个尿桶下埋着个小坛子,里边装有二十根金条。你把它取出来,交给何叔。吾的这条命就指望它了。"

作为儿子听到父亲说的这些话,大吃了一惊。自己日日尿尿的臭粪桶下,原来还有这么大的一个秘密,这太出人意料了。当何团首和汪三牛将要告别回家时,汪狗倪泪水汪汪地对着二人,眼巴巴地求着何团首:"何老兄啊,你得替吾多尽尽心啊,吾就全指望你了。三牛啊,你也老大不小了,做事多想想,莫冲动。你老爹这次就是因为冲动,把一切都毁烂了。回去后,你跟着你何老叔四处拜拜门,理理关系,早日把吾从这鬼地方捞出去。这鬼地方吾真的是一天也待不住了。还有,你去给吾买些烟啊酒啊啥的来,这几日吾的烟瘾、酒瘾熬着难受死了。"

…………

旧历辛丑年正月十二,雷家终于出丧了。

雷家这回可把动静弄大了,稍沾一点边的亲朋都前去报了丧讯,来的客人拎来了一百多份香纸蜡烛。雷家请来了近地最具名望的地理先生,在凤鸣岗踏勘了整整一天。先生将个罗盘这里摆那儿放,寻了好多处地方——最后把墓穴定在凤鸣岗雷氏坟场范围内,靠后的岗背处。那地方地势高,视野阔,坐北朝南——算是一处朝阳的好地方。雷家请来了八个帮厨的,买的菜蔬整担整担地挑,从屠夫处要来了一头三百来斤重的大肥猪,请来了隔壁几个大婶大娘忙了一整天,置办起二副盒担。每个盒担里有十个盒盘:一盒猪头,一盒肥鹅,都是煺毛开膛入汤汆好的;余下的八个盒盆全是时令菜蔬。本来,做这样的盒担,应是丧家女儿供的活,如今,雷家没有女儿,只有自家动手了。

自从决定安葬老人,雷家兄弟便雇人到船埠头的树行里,挑来四根直径一尺多的大杉木。棺木的四方面板,每面都厚过四寸,二块对拼,中间卯榫暗梢。这样的寿材,黄泥山这地方只有汪狗倪的爷爷才做过一次。这种排场,以前雷家想都不敢想。棺木做好后,里面用桐油拌石灰填缝,再刷过三遭桐油,外边涂着厚厚的黑漆——这样的棺木就是泡到池塘里,水也进不去。

十一日夜里,雷家的小屋里热闹非凡。两班吹鼓手摆开两台场面,暗中较着劲,把自己最拿手的手艺都使出来。这双份的行头,当时真是难得一见。

雷家的矮屋,地方太小。那一日,人们把雷家上堂的那个破谷柜抬到门外,抬的时候一不小心,柜板全散开了——柜子已有百年多的寿命了,每块板面都被虫蛀鼠咬得千疮百孔,这样的老古董在一般人家里早已塞到灶膛里烧掉了。人们把一堆烂板堆在雷家屋檐下,换进去的是两副扎扎实实的黑漆寿材。两扇破门板在池塘里浸泡了一天一夜,然后用笤帚扫过旧木板几乎去了一层,在太阳下晒了一日后,傍晚又装到了门框中——上面斜贴着二道白纸,装裱丧门,以示在守孝中。

今日的雷家,上堂的檀楣上,端端正正地挂着那幅太公画,画前并排放着两具黑漆棺木。棺前支了个骨牌凳,上面摆了一个钵头。钵头里盛着满尖的米饭,饭中续着永不熄灭的高香。香头密密麻麻地插满了饭钵头。饭钵头上落满了一层厚厚的香灰。棺前摆放着一个大火钵,每位前来吊唁的人,都要在火钵中燃上三叠纸马,点上三炷香,朝死者说几句告别的话或干脆拜上三拜,将香插入饭钵中。

今日的雷家车水马龙,热闹非凡,两班敲丧鼓的坐在大门口,一边一班,迎来送往着每位吊唁者。在雷家,哩哩啦啦的唢呐声,应着丁零当啷的锣鼓声不绝于耳。前来吊丧的人,在雷家祠堂里

吃过晚饭,都赶到雷家小屋里。今天晚头,雷家将表演一场十分隆重的告别仪式。今天,雷家要风风光光地为两位离去的先辈举行一场"十八拜"仪式,用以发泄心中的憋闷。

酉时将到,雷家小屋里,从隔壁本家叔伯家借来了两张八仙桌被合并成一个台案,上面铺了层白烛纸,场面布置得肃穆庄重。两挑盒担,摆满了两张桌子。这样丰盛的祭品叫人看了眼热。这一布置,是孔瑞云的主意。两位死者,生前活得艰辛,终时死得寒碜;如今有了资本,要好好地将逝者的追悼仪式办得体面些。当这些布置妥当时,孔瑞云对现场检查了一遍。这样狭小破旧的屋子再怎么布置,都难以达到满意的效果。满桌的供品、厚实的棺木,都掩饰不住雷家的寒酸困顿。忽然,孔瑞云灵机一动,将做孝衣、孝帽用的一匹白布撕下几片来,分别挂在雷家的上堂四壁。顿时,素净的白色衬出了屋内的庄严肃穆,不由地叫每位在场的人心情沉重起来。

过罢酉时,孔瑞云和雷家兄弟商议妥当,就要开始"十八拜"吊唁仪式。这种告别祭奠仪式,本来只有达官显贵或是福大寿高的老人才能享用。如今,雷家这个穷酸人家也要摆一摆场面。今日,雷家摆这样的场面,主要是为了吐出心中的恶气,是要叫汪家出来向自己已逝的家人跪拜,赔礼道歉。

仪式由孔家老三主持,伊大声宣布:"时辰已到,拜别开始——"

孔老三话音刚落,孔瑞云携同自家堂客在雷家大门口,每人从孔老三手中接过准备跪拜用的三帖纸,先将一贴纸点燃放入下堂火钵中跪拜,然后神色庄重地迈着合拍的步子,俩人一人一边,手执剩下的两贴纸围着桌子,朝堂上棺木(条件允许的话有的逝者像活人一样端坐着)里的遗体走去,走两步向内转一圈,停下朝死者鞠一躬、拜一拜,一直走到堂上的棺木前,俩人转圈交换位置,各燃纸一帖放入上堂火钵中跪拜,而后返回,走两步转圈鞠一躬、拜一拜至下堂,燃纸一贴放入下堂火钵中跪拜;第二轮从孔老三手中接过三炷高香,先点上一炷跪拜插入下堂饭钵中,而后走两步转圈鞠一躬、拜一拜,一直到棺前交换点香跪拜,插入上堂饭钵中,返回二步转圈鞠一躬、拜一拜一直至下堂,点香跪拜,插入下堂饭钵中;第三轮再从孔老三手中接过一盅酒,当即跪拜敬酒洒地,而后又从孔老三手中接过一盅酒,二步转圈鞠一躬、拜一拜,一直到棺前交换敬酒跪拜洒地,返回二步转圈鞠一躬、拜一拜一直至下堂,再从孔老三手中接过最后一盅酒跪拜敬酒洒地,礼毕——此乃俩人合起来三六共十八拜。

这等场面十分庄重,不由地使人提着心,敛着气,对死者充满无限的哀思,对家属表示无比的同情。这种仪式死者的长辈是不必参加的,怕死者承受不起,平辈和下辈亲友都应参与。拜别者如夫妻都在场的,一般成双成对最为合适;如是一人的,最好找个平辈做个搭档。孔瑞云夫妻开了场,做个示范,接着一对接一对,拜个不停。

当孔祥和夫妻行过仪式后,马同知和徐大人对议了几句,便向执事的孔三叔伸手要了香纸。孔老三说:"两位大人,你们就不必了吧。"

马大人道:"既然吾们遇上了这样的场合,那就表示一下心意吧。"

孔三叔对俩人看看,见人家意思坚决,便犹豫着向每人各递出三炷香。俩人默不作声地走向棺木,到了那个饭钵跟前,马大人心情复杂地一声叹息,轻轻地说道:"二位,对不住了。都是官府没有治理好世界,叫你们遭了横祸。"说完,马大人微微地倾头,将香火插入饭钵中,然后两人退回到大门口。这时,马大人提提精神,对徐大人道:"吾们答应雷家的事,就把它办了吧。你去,叫

汪家的过来祭拜。"

　　徐大人领命而去。伊找来了孔祥和,一同去到了汪通达家里,叫汪通达父母去向雷家认罪。汪氏夫妻木讷地跟着走了。当四人到了汪狗倪老屋里时,同样的话又对汪三牛说了一遍。汪三牛满脸恼羞,说啥也不情愿,大嚷道:"事又不是吾闹的,吾才不去丢这个丑。"孔祥和与徐大人劝说了半天,人家就是不应口。最终,徐大人想了想,对汪狗倪堂客说:"既然你儿子不愿去,那你这个做娘的带着那个肇事的小儿子去向人家认个错,要是今日没个态度,雷家是肯定不罢休的,到时候把死人又重抬你家里来,可别怪吾们。"

　　汪狗倪堂客犹豫不决地看着孔、徐俩人,心中十分矛盾,心神不安地又朝三牛张望。汪三牛从未在别人面前丢过这样的人,吼叫着:"吾不去,你们也不能去,这不是明摆着钻人的裤裆么!"毫无办法的汪三牛开始要无赖了。徐大人这时心中的火气再也压不住了,狠狠地发话:"好啊,你们不去是吧? 要是不情愿,雷家的棺材再抬来,吾真的不管了,走!"

　　一听这话,汪通达父母马上出面相劝:"老嫂子,你还是去吧。本就是吾们的不是,人家一条命都丢了,吾们去认个错是应分的,不丢人的。要说丢人,吾们早丢到家了,这死人要是不落土,那这事永远就没个完了。"

　　汪狗倪堂客这时发了一句话:"吾怕的不是这个,吾怕的是一老一小到了雷家,会被雷家折腾死呀——!"

　　徐大人察觉了人家的忧虑,打包票地应诺:"你放心好了,只要诚心诚意地向人家道歉,吾保管没人碰你一下。有吾呢!"

　　"对啦,有吾们给你保证,吾保证你平安无事。"孔祥和也帮着担保。汪姓两对人在孔祥和与徐大人的逼迫下去到了雷家。快到雷家门外，老远就听到哩哩啦啦的喇叭声，雷氏一对对子侄正在举行拜别仪式。那场面，叫汪家人更加不安与羞臊。四人不由得同时停住脚步，没有脸面走进雷家。徐大人对四人说："你们不用怕，没事的，进去就是了。"

徐大人走前几步到了大门里，对孔三叔和马大人道："人来了，这里先停下来，叫旁人等一等。"孔三叔扬眉吐气地高声发话："大家先等一等，汪家的人来道歉了。"

话音落下，场上顿时鸦雀无声，百十双眼睛全朝门口张望。汪家两对人被那一双双讥讽的眼睛剥尽了脸皮，真恨不得找个地缝钻进去。汪通达父母被孔祥和推向雷家的门框内，披麻戴孝的雷家兄弟一个个围了上来。一见那阵势，汪通达娘老子脸都吓绿了，脸上堆着无尽的尴尬。汪狗倪堂客跟在后边，整个人抖个不停。汪卸羊紧紧扯着母亲的衣衫十分害怕地躲在娘的背后。没有好脸色的雷氏亲朋，个个眼里冒火，恨不能把人生吞活剥了。

孔瑞云这时站出来说话了："大家让一让，既然人家前来认错了，吾们就不能不饶人。"孔三叔便分出香火一人给递上三支。汪通达父母由人摆布地接过香火。这时，雷老四冷峻地脱下了身上的孝衫朝汪通达父亲扔去，责令道："穿上！"

汪通达父亲便毫无主张地穿戴起孝衣、孝帽，一副衣冠不整、猥琐不堪的样子，叫雷家人见了就解气。雷老四心中一下子得到了极大的宽慰。一见身边汪通达母亲，便在人堆里找到自己的娘亲，脱下了母亲身上的孝服穿在汪通达母亲身上。当汪通达母亲被人要猴似的套上麻衣孝服时，旁边有人叫："穿整齐了，缚上麻索。"

这时，有人扔过来两根指头粗的稻草绳。汪氏夫妻便身不由己地被人在腰间绑缚了草绳。当两个傻瓜一样的人被大家修理出来后，有人大叫："喇叭，喇叭还不响起来。"

　　顿时，两副行头同时响了起来，热烈响亮的乐曲尽是讥讽的味道。

　　在乐队一次又一次的催促下，汪通达父母代替儿子呆呆板板地进行了祭拜仪式。当俩人到了棺木旁时，雷老三冲上前去，用一双有力的大手将毫无主张的汪氏夫妇按在地上："汪家的，快向吾爸认错。"

　　在一双铁钳似的大手下，在一股无法抗拒力量的威逼下，汪通达父亲开口了："老标啊，是吾汪家对不住你，吾代通达向您赔罪了！"这话倒是十分认真，是出自人家心底的。

　　雷家四兄弟听到此话，一个个眼睛里全渗出了泪水。这些年来，都是雷家向别人磕头认错的，今日终于也能叫人朝自己认错一回了——那种扬眉吐气的激动全写在了脸上。

　　当可怜巴巴的汪通达父母完成了那祭拜仪式后，雷家人感到了安慰的同时，也为汪通达父母感到难堪和不忍。都是同样本分老实的人家，雷家人想起平时遭别人欺侮的感受，心中的怨恨立即减少了一半。今日，人家是真心实意来认错的。其实，往前雷家跟这汪家夫妇并无冤仇，只是不懂事的汪通达受了别人的唆使，干了不应当的蠢事，叫做大的来背这口黑锅。出于礼节，待汪通达父母回到大门口时，孔瑞云迎了上去说："汪老弟啊，不是雷家要有意为难你，实在是你儿子这事干得忒无天理了。吾们都清楚，你们俩做大的为人不是那样夹七夹八的，你们今日认了错，雷家算是原谅你了。来啊，石头，你们也该泡杯茶，弄个座叫人坐坐，一码归一码嘛。"

　　人堆里的雷石头，听到孔瑞云这么说，昏头昏脑地要去找水泡茶，早有身边帮忙的代劳去干这事了。汪通达父母没承想会得到雷家人如此痛快地原谅，有些受宠若惊，不知所措。孔瑞云把人让到一张桌边坐下，汪通达父母一边脱掉孝衣孝帽，一边朝孔瑞云致谢："老哥啊，这些日子多谢你两头相劝了。吾们真的感激不尽。不瞒你说，来时吾一肚子忐忑忑忑，总怕人家不接受，被修理，吾没料到雷家哥弟就这样原谅了吾——这更叫吾感到对不住人家啊！"这时，帮忙的一个雷姓叔伯，将两个茶碗放在人家身边桌子上，说："你现在清楚了？人心都是肉长的，雷族没有你汪姓那么爱记恨念仇，这事要是换个身，吾量你汪家没有这样好说话。"

"是，是。"汪通达父亲连忙唯唯诺诺连声称是。

大家看到了汪通达父母老老实实的样子，心里也就原谅人家了。只是，大家心里记恨着一直都趴在别人头上拉屎撒尿的汪狗倪一堂。今日不好好修理修理人家，那股恶气就是没法消除。有了今日这样的机会，看热闹的要好好耍耍人家，看一看汪家如何出尽洋相。人堆里有人大叫："汪狗倪家的，现在该你认错了。"

在这叫声中，就有几个年轻的雷姓子侄，生拉硬扯地抓住汪狗倪堂客，将汪通达父母刚脱下的孝服孝帽往人身上罩。当一身大人穿的衣衫包裹着汪卸羊身上时，那个傻样叫人见了不禁发笑。往日里调皮捣蛋的汪卸羊，在这样的场合里老实无比。伊虽是满心不愿却毫无办法，两个眼泪汪汪的眼睛里全是屈辱。

当母子俩穿戴完毕时，门口的喇叭拼命地响着。那两班吹丧鼓的也知道，汪家今日要出丑了。对于汪家平时的做派，当地的人早就看不惯了，大家都有愿望想见识见识汪家的丑态，只是汪家两个主事的男人今日没有出头，这是人们最遗憾的事。在喇叭的一再催促下，汪家母子俩始终迈不出步子，惹得四周想瞧热闹的雷家亲朋没了耐性，便有人发出不和气的声音，叫着："磨蹭啥？早晚都躲不过的，再不诚心认错，吾们就拿麻绳牵着走了。"

汪狗倪堂客一听此话，脸上燥热，满头大汗，把头垂得低低

的,任那个"麻布畚斗"罩着脸面——鼓起勇气,举起那三炷重似千斤的香头,向前轻轻地移了一步。顿时,人群再也顾不得这是肃穆的场合了,有人欢呼地大叫起来:"好啊! 看哪——汪家低头认罪了!"

这一声叫罢,汪狗倪堂客顿时听到自己的心脏"突、突、突"的声音,像是要跳出来一样。那是伊到汪家来头一遭朝人家低头,尽管伊是个守妇道还属本分的人,今日逼不得已代汪家受这个过。伊也知道,自己的脸面全被剥光了。伊还忐忑着,待自己的老公回来后,知道这件事,那个不讲道理的人会把自己怎么样?伊不得不忍受着内外两重屈辱。这样的屈辱,伊哪能情愿呢?伊一个妇道人家,心里明镜似的,恨不能给自己戴一个面罩或寻条地缝钻进去,日后再也不见任何人——可是,这是不现实的。在人群的起哄声中,汪狗倪堂客身不由己地朝上堂的棺材走去。到了堂上棺材边,见到了一直等在那里的雷老三时,伊干脆把双膝往地上的草垫上一跪,朝棺材拜了三拜,把香插进饭钵,然后愤然起身,一扭头看见自己的儿子正趴在地上,身子被罩在大人穿的孝袍下看不到。汪狗倪堂客脸无表情地一扯那堆麻布,随即拎起了趴在地上的儿子,夺过儿子手上的香头插在了饭钵中。接着跟儿子换了个位子,目不斜视地折回到大门口,不发一言,解开腰间的草绳,脱掉身上的孝袍,一将头上的白帽,想朝地上一扔,又怕激起雷家人的愤怒,硬是忍着。想了想后伊放到了身边的桌子上,径直朝另一边的儿子走去,帮儿子脱下了那身屈辱的孝衣孝帽。然后,汪狗倪堂客紧紧地拉住自己儿子,激动地对全场说道:"你们想汪家出丑,汪家今日丢人到家了。说实话,吾也有心有肺,这事难为情不难为情吾会不清楚? 要不是为了不懂事的小儿,吾才不会来丢这样的人呢! 事又不是吾生的,你们有本事应该去找汪狗倪。吾平日里大门不出二门不迈,吾招别人啥了?你们这样来羞辱吾一个女子,这不是本事……"伊将儿子往人中一拉,高声地又说:"你欠债的,你记着啦,往后做事给吾省点心。这样的事,吾只给你担一回,要是还有下次,吾宁愿去死也不会再来丢丑了。你给吾长记性了,走,回家去!"

汪狗倪堂客撂完话,目中无人地拉着儿子走了。

…………

雷家出殡的动静可大了。

两具棺材罩着两个素白的棺罩,棺前一个"寿"字,棺后一个"奠"字,一根红木杠顺在棺上,前后各有二副杠牛,棺罩里扣着一只老鸡婆。每具棺材由八个健壮的抬手抬着,又八个妇女一手扶着,一手持着哭丧棒,一路咿咿呀呀念经似地哭唱着。火纸剪出来的纸钱一路飘洒着,那队伍把黄泥山几条主干道都绕了个遍。只是,比起八抬八绰的排场,送殡的队伍有些人气不足。雷家毕竟是个小户,这次为了争面子,凡沾亲带故的都上门报了丧讯。但就算所有的亲朋悉数到场了,那场面还是叫人感到虎头蛇尾。

天一摸亮,十六个大男人就到了坟山。雷家要为二位先人砌一座大大的双穴圆坟包,光那个大堆就得几十方的土。所以,人们为了赶这个活,天不亮就上工了。到了日头探山时,地下墓穴已经差不多打好了。报信的回来跟主家说:"可以发丧了。"

于是,十个"二脚跳"在空中炸响,二十响花炮声召集来了雷家所有参加出殡的客人,廿来桌斋饭,每桌十大碗菜蔬,二桶白米粥被客人们舀得底朝天。还没等客人放下碗箸,门口喇叭便催命似的响了起来。于是,大家都到了门口集合。雷家门口本就狭窄,现在黑压压地站满了人,显得更加拥挤。闹哄哄的声音此起

彼伏,有的是大人招呼小孩,有的是忘披麻戴孝……场面哄杂又热闹。

着孝的队伍由雷石头捧着爷爷的灵位、雷老二捧着父亲的灵位在前边开路,后跟一队肃穆庄重缓缓走动着的送葬队伍。丧殡队抬着两具棺木,把黄泥山主要的几条巷道都绕了个遍。队伍每到一个十字路口,棺材便会停下来,这时,便有人在棺材底下垫进二条特制的三足锉凳,支着棺材。送殡的队伍便有两个领班的提着两把酒壶洒着水,一正一反地,各自领着一拨人绕着棺材顺走三圈,又转头反走三圈,昭示着人们对死者的依依不舍。随着一声花炮炸响,棺材便又上路了。

当送殡队伍到了孔瑞云门口时,孔瑞云拦住了棺材,从家里端出香案,燃起了三炷高香,点上一把纸马。棺材立马停了下来,吹丧鼓的马上响起喜庆的调头。孔三叔大声地说:"雷老伯、老标兄弟,孔瑞云来送你们了。"

孔瑞云便对棺材鞠了一躬。雷老四代表哥弟上前谢了孔家后,队伍又上路了。

当队伍到了村西头经过汪族各个门头时,几乎所有汪姓门口都燃着一堆闷烟,门边倒置着一把扫帚以示驱鬼避瘟。

队伍从狭窄的弄堂里绕到村中心位置的雷家祠堂门口时,人们眼前顿时一亮:一处开阔的场地呈现在人们面前。雷家祠堂是黄泥山最古老的建筑,祠堂结构宏伟,门口有一个二三亩多地的广场,一边又有一个几乎与空地相等面积的池塘。池水通过一条穿村而过的沟渠,连接着村后小溪里的活水。池塘四周是乱石浆砌的堤岸,一边有一棵参天的古樟半边罩着池塘,又半边罩着空地。樟树下一处麻石埠头,有几个洗衣的妇女丢下手中的活计,静静地在堤边瞧着热闹。

雷家祠堂早已四门大开，两具棺木便抬到屋里，并排立在后堂。族人在雷家兄弟的带领下，把手中的香头插进天井的鹅卵石缝隙中。

孔老三大声地说道："雷家先人呐，你们的子孙雷天光跟雷老标奔你们来了，请你们好好接纳照应二位，雷姓子孙谢你们了！"

"拜——"

顿时，雷氏子侄不分男女老幼，全对着上堂跪下，匍匐在地。

当众人纷乱地各拜三拜后，孔老三大声地宣布："请女宾原路折回，男宾继续赶路。"

这时，一挂长长的鞭炮在祠堂门口响起，抬棺木的在一声号令中又抬起上路了。男人们便又从孔老三手中领到一炷燃香，送着棺木，快步地上了坟山。

队伍中有两个特别的客人，一个是马大人，一个是徐大人。本来，这都是不着边际的人，因为官司而遇到了这样的事，马大人便大度地送了一副纸烛，来宽慰一下雷家兄弟；徐大人是纯粹陪同马大人而凑这个热闹的。

当送葬队伍到了凤鸣岗时，两个一人多深、四五尺宽、一丈来长的大坑呈现在人们的面前。马大人眼前顿时一亮，一股新鲜的泥土气息扑面而来，伊立马抓起一把新鲜泥土，心中喜道："这不就是朝廷想要的泥土吗？"

前段日子，马同知接到朝廷的旨意，要每县呈送几筐泥土到京——更换社稷坛中央的五色土。这个规矩打从清廷平定中原之后就定下了：每年的仲春亥日这天，皇帝带领文武大臣，更换地坛中的五色土，翻耕耤所里的皇田，开始新一年的农耕生活，昭示朝廷对农业的重视。

其实，中华民族历来就是一个重视农业的民族，上至帝皇，下

至黎民，几乎每一个人对土地都有一种崇拜情结。到了十九世纪中叶，没落的清王朝在西太后的执掌下对天地神祇更加依赖。本答应将皇权交还给年轻的光绪帝的西太后，实在无法容忍大刀阔斧的戊戌变法，三个多月后，又把大权揽了回去。百日维新的所有法令全被废除，北京菜市口斩杀了一批维新党。孤立无援的年轻皇帝光绪，被囚禁在北海瀛台。这辆刚露出一点起色的清朝破驴车，又调转方向回到从前的桎梏中，一切按部就班地朝没落的深渊沉沦……只是，别无他法的统治者，更依赖于冥冥之中的神祇了。

每年一度的祀地开犁仪式比什么都被看重，朝廷派下任务，让人到四面八方搜集（东方青膏、南方红壤、西方白泥、北方黑沙、中央黄土）五色土，以示王朝对国家的统治。浙江所属地区被要求每县呈送几筐青膏泥。青膏是东方的象征，所以这个膏泥，马同知正在苦苦寻觅，没想到机缘巧合——黄泥山凤鸣岗的红壤中就夹带着这稀少的膏泥。这一意外收获，让马同知大喜过望。

当棺材落地后，雷石头便拾起三叠纸马，跳入墓穴中，用一簇燃起的香头点燃。之后，殡头对雷石头说："主家啊，你应当在坑里滚它几下，热炕利先人、佑后人呐。"

雷石头便二话不说地在坑里躺倒，就地滚了几滚，接着爬出坑来，到另一坑中又如法炮制地滚了几滚。在大哥带头下，其余仨兄弟依次都在两墓穴中滚了一遍。殡头说："好了，你爷、你爸来生肯定过好日子了。你们兄弟这么孝顺，先人肯定庇佑你们不完。当家的，拿香纸到相邻处拜拜，叫先人和和睦睦地跟四邻相处，别再叫人欺侮着。"

话音一落，四兄弟两个一拨，分别朝两边的坟茔烧纸插香。当四兄弟重回到墓穴边时，殡头说："主家的，你们看好了，吾们可要动手了。你们兄弟快把黄泥和了。"

话音落下，雷石头便脱去鞋袜，踩到一堆已和上石灰的黄泥中，从预备好的一只尿桶中舀出几勺水，便深一脚浅一脚地踩踏起泥来（当地叫"踏泥塘"）。没几分钟，粉细的黄泥就变成了黏稠的泥膏。工匠师傅迫不及待地叫人装了一畚箕踩好的膏泥，自己便下到墓穴中。匠人师傅燃了三叠纸马，说道："雷老爷子，吾们给你安新家了。"

这时，有人放了三个"二脚跳"花炮，大家静静地围在墓穴的四边，看着师傅拿起一块青砖抹上膏泥，在东头按下了第一块砖。

这时，有人发了一句话："老爷子的新家可气派了，这么厚的砖。"

人堆里有人接口："也该老爷子享享福了，这辈子来世上一遭，从未快活享受过，这样的待遇总算是个好结局了。"

在众人轻松的谈议中，工匠师傅抓紧时间，两边都一齐干起来。因为要赶时间谁也不敢耽搁。当墓穴四壁砌好一半时，殡头说："你们赶紧回吧，快把木炭和地契送来，这里就要用上了。"

当送殡的返回后，稍作停留，雷老三跟老四便挑上两担木炭，雷石头跟老二各抱上一块四四方方的地契砖出发了。砖上由阴阳先生用朱笔写着："是地，谓凤鸣岗，癸山丁向，属往生者雷天光墓地，大清光绪廿七年正月十八记。"

另一块同样的内容，只是写着雷老标的名字。两块地契由两张红布包着，雷家老人、老二各捧一块，由旁人撑一把油纸伞罩着——那是往生者立足的凭证。生者认为，人死后只不过是换个地方生活而已，人世间的一切，人死后照样需要。墓内地契（相当于活人的户口本、土地证）被当地的人们认为是往生者最基本、也是最秘密的证明自己身份的重要根据，绝对不能将信息透露给别人！因此，两块地契包得严严实实，由自己的亲儿孙护送，由至亲

打伞保护。一路上吹鼓手奏着欢快的送亲人乐曲,另有人挑着两副盒担和木炭等物品,喜庆地去了坟场。

到墓地时,两个墓穴的砖壁刚刚砌平。雷家兄弟上前慰问道:"今日劳累大家了,快上来歇歇力,吃点点心,紧事慢做。"

两个泥工师傅从墓穴中上来,到水桶里洗了洗手,带了三叠纸跳到墓穴中燃了,将两担木炭倒在青砖铺设的墓坑里,蹬平铺好,又用青砖铺出两路支垫,然后再爬上来,对大家说道:"大家都出把力,把棺材落定了再歇力。"这时,十几个男人都上前出力,揪着两路穿摞着棺木的粗麻绳,稳稳地把两具棺木放到各自的墓穴中。又三个花炮响起,表示又一项流程完工。

做完了这项工作,泥工师傅洗过手,走向两挑盒担,抓起一把把吃食,分给在场的每个人。这样的场合,是孩子们最喜欢的。早有一群小孩,淌着口水等着免费吃食。有的分到一捧煮豆,有的分到两块寿糕,有的分到几个馒头……那都是可以塞进嘴里吃的东西。帮忙担"八仙"的人们,不客气地端起箩担中的碗箸,装着自己喜欢的吃食。一个余熟的猪头在带来的砧板上切下了一半,猪耳朵、猪舌头自然是大家最喜欢的。那个黄溜溜的肥鹅也对开了,每人都有属于各自的一份。工匠师傅挥刀砍下自己的一块,十几个男人,用碗辣椒酱蘸着,配着米酒不一会儿便扫光了。当葬坟的放开肚皮吃了一顿后,那两挑盒担、廿个盒盆的吃食全被扫尽了。人们打着满意的饱嗝,放下碗箸,又紧张地忙活起来。

当泥工师傅重回到墓穴中,头一件事就是叫人把地契砖递过去。这时的雷家兄弟,将两个红布包着的砖块亲手递给了工匠,又分别递出两个红包,说道:"师傅今日辛苦你们了,一点心意,收了吧。"

泥工师傅对着红包看看,毫不客气地接了过去,这是乡规。

泥工师傅不管给谁家做坟,都会得到一个红包,多少大小由主家定,再穷的人家都不能少这点意思。雷家今日包的红包不小,里面有一叠小铜子,师傅接手时都能听到里边铜钿碰撞的声响,便说:"这么客气啦。"说罢往裤腰里一揣,然后去接人家递来的地契砖。当把地契砖放在棺材头里时,师傅对天地高声地说:"雷家的先人,你听好了。吾们把地契给你放这里了,你自己收好。往后要是赶上用凭帖,这便是后人给你置下的证据。"

安放好地契砖后,泥工师傅用一块预备好的毛竹爿在棺木的后头开始支起券拱——弯出一个弓形,然后操起一块块中间拢缝的一头大一头小的楔形砖码砌起来。这种砖是当地特有的发明,专为葬坟垒砌穹顶而设计的。当这种砖垒成一个半圆后,再怎么压也不会塌陷。泥工师傅手脚麻利地拱好了券顶,接下去就轮到做粗的出力了。十几个男人,装的装,挑的挑,紧张地堆着泥土。在一点点堆起的土堆边缘,泥工师傅叠砌着一层层乱石。在紧张的劳动中,一个丈余圆阔的坟堆就垒起了。

过午申时,最后一道工序开始了:一块硕大的墓碑由雷家兄弟俩亲自抬着,用一根粗绳打着井字结,墓碑上方披着红布,墓碑中央用隶体阴刻巴掌大小的字里刻着雷天光、雷老标的名讳。东边刻着死者的生辰殁期;西边刻着子孙的姓名:在"祀男"两个烟盒大小的字下方,用火柴壳大小的字刻着雷家四兄弟的名字,四兄弟名下又列出为还未出世的下一辈预取好的名字——这种预先列出的行为,无非是期望雷姓香火绵延,世代不绝……

当整个墓门安放好后,人们看到一个气派的门面,左右一对荷花柱,上下两头分别雕琢着精细的荷花图案,柱子中央刻着一副对联,云:"青龙带水千年盛,白虎眠山万古长"。荷花柱上架着一根两米多长同样材质来自常山砚瓦山的青石条子,石条中央刻

有"百年流芳"四个字。石梁上边,立着一块一边雕着四爪青龙,一边刻着麒麟,中心一个太阳图案的门楣。荷花柱两边各有一块雕刻精细的人物故事,一边是甘罗十二岁拜相的传说,一边是姜子牙八十岁受封的故事。整个墓门,从东到西超过六尺,可谓气派,整座坟茔在当时来说可谓气势宏大。

将近酉时,一队送殡队伍从雷家出发,由一前一后两副吹鼓手送着,浩浩荡荡从黄泥山地方绕了一个遍。人们有的举着纸伞,有的抬着纸人、纸马,没有东西可抬的,便手握一支哭丧棒,每人手中一炷燃香。女人们唱戏似地拖着咿唔不清的哭调,只有雷老标的发妻,仿佛这个时候猛然意识到要和亲人诀别了,哭得鼻涕一把眼泪一把,十分的伤心动情:

"老天啊——天啊天……爹啊爹——老标啊老标啊,吾再也见不到你啦——天哪……"

一群似雪花人群到了坟山后,围绕着新坟正时针绕三圈,又调过头逆时针绕三圈。然后,远亲近邻便在墓门前燃烧着纸马的火钵上燎拆着白帽孝衣。至此,远房的亲朋便结束了这一桩丧祭,不再对往生者进行祭奠。主家的亲兄弟、亲儿女,要把孝衣孝帽留着,短的待到三七,长的留到周年,更有孝者——留到三年后的祭日,方可解除丧祭。

这是大清光绪廿七年正月里的纪事。

这一年里,雷姓、孔姓、汪姓里的子孙们,大大小小有三十多条性命移居到凤鸣岗——在这一千挂零人口居住的村庄里,这样的死亡率已经很高了。有许多人,如果条件允许,能请得起先生、吃得起汤药,是本可以活下来的。从这一年开始,黄泥山的出生率在下降。还有个别人家重男轻女,多胎连生女儿后,心生嫌弃,干脆任之闷死在腰子盆里。待到天黑时，主家的男人挑着一双畚箕，一只里是用块破麻布或破草席裹着死婴，另一只畚箕里压块石头，一声不响地来到凤鸣岗。到第二日天明里，人们会见到老坟夹里多出一堆新土。乡邻们不用说便知道某某家里的大肚女人，瘪了肚后家里没有新婴儿的哭声，那事情就能猜到十之八九了。

这年里，黄泥山一开始便由雷老标父子带了个凶兆，那死人，便一拨接一拨地踏着死者的七头七尾延续着。在雷家父子下葬后第七日夜间，孔门的一个贫寒人家里有个四十多岁的鳏夫，突然夜里发作心绞痛，整个人从床上滚到地上。当邻居发现时，只见到一摊尿渍和一身汗湿了的衣衫，那人已经硬翘翘一块了。孔门中的人便由孔瑞云兄弟牵头，大家凑出几个铜钱，将其安葬了。

这一年里，该死的死了，不该死的也跟着去了。活着的人们心里虚虚的，整个村坊，一到天黑便一户户早早歇灯关门了。萧条景象悄悄降临。

过罢正月，黄泥山地方上出现了打从清朝开始从未有过的一桩大事——雷家祠堂开法堂！

原告是雷家四兄弟，被告是汪狗倪和汪通达等，主审官是西安县目前最高长官马同知。为了对百姓有所教育惩戒，官府要给百姓上一堂生动的现场课。布告一经贴出，人们竞相传告，到了这日，雷家祠堂人山人海。

有的人想见识见识啥叫开法堂，有的人想看一看往日里趾高气扬的汪家如何丢人现眼，更有一些人纯粹是为凑热闹而来的。总之，这块地方轰动了。

上午十点，当汪狗倪、汪通达、汪吊子等由一队黑衣兵押着，手上戴着指头粗细的手镣，一个连着一个，像串蛤蟆似的出现在

黄泥山石子路上时，人群轰动了。人们夹道张望，七嘴八舌地议论着，那些鄙视的目光和东一句西一句的数落，可算让汪家叔侄体会到啥叫丢人现眼了。

听说要把公堂设到黄泥山，汪家叔侄的心一下子凉得冰水浇似的。汪狗倪把话递给何团首，何团首为伊作了努力，想压下这场剥人面皮的公审。衢州府衙的李同知为这事找过了马同知，把四根金条放到马同知桌上，说："马老弟啊，这事，没必要太当真了。整个世界都烂到根了，哪能凭你吾的一己之力就能扳回来的呢？依吾看，就走走过场，能放就把人放了。当事的汪家出了十根条子呢，你吾一人四根，还有二根往下边撒了。吾一切都安排妥当了，就等着过你这一关。"

听了此话，马同知从座上沉重地挣扎起身，觉得有一股无形的力量将伊通身裹住，使其有力不能使，有气不能喘，难受极了。按照大清律例汪家所作所为应当杀人偿命，可眼下来自四面八方的干扰，使伊这个主审官十分为难。何团首为汪家到处托人保驾，自己身边的同僚明的暗的都在给人说好话。最不好对付的是自己十分要好的上司，府衙的副职李同知李大人。伊不光是自己的好友、上司，更是何团首的一个远房表亲。何团首把关系伸到州府，马大人便觉得自己左右不是了。

马同知清楚：汪家叔侄的所作所为，往严里判有几个可以杀头的，就算往轻里走，判个半生坐监或者放边充军也够宽大了。可是，这一切不能好好地付诸实施，身边的阻力十分庞大，伊这个副职的县令，有些扛不住了。上司加好友的李大人，一次又一次地出面干扰，说出了许多利害关系，说：想要官当稳了，就得理顺周边关系，适应环境。这汪狗倪虽然不是啥大不了的东西，可是，州县处发下的文告，跑腿派差的难活累活少不得一班肯出力的。

汪狗倪是县里出色的乡村里正，是同级里突出的表率。每年里上头摊派的任务，伊的辖区里没有拖欠的，要是对这样一个有根基的人物铁面无私，不给一点面子，怕是会令人寒心。况且，人家又掏出了一大把金的、银的，府县两级所有官员，已被朝廷扣俸一年，难道这一年里大家都喝西北风去？有个机会能捞多少是多少。说白了，反正世道就这个样了，不能断了大家的财路。多杀一两个人，对整肃朝纲又能起到多大作用呢？再说，原告的雷家又算个啥呢？还不是一帮乱民吗？要不，什么样的好事伊都摊上了呢？好好的人咋就被人指控成乱党呢？好好的人为啥就叫人给砸死了呢？要是自身没有些龌龊，难道真的平白无故会遭此劫？

李同知反复不断地给马同知洗脑，确实令马大人挺犯难的。

马同知心知雷家死得冤枉，百姓民愤难平，可是身边的阻力使伊左右为难。想想，自己能在县衙立有一足之地，还不是有李大人在一直扶持着自己？要是为此把身边的人都得罪了，伊离倒台的日子也不远了。尽管伊的良知在告诫自己要当个好官，做个好人。可是，这一切是多么地不容易啊。先前，自己尽心尽力地挽回雷老标一条性命，那是积德。现在伊要做的事——为了所谓的公理良心，要杀几个人，把身边的所有人都得罪了，把自己一点点垒搭起来的平台亲手拆毁掉。伊在思考是不是真的值得？伊在拷问自己的良知，也在审时度势。经过不断地挣扎——马同知最终决定，为了教化乡民，坚持要在黄泥山开一次堂。

一切都是事先设置好的，无非是在走个程序，苦主和人犯双方都被请到了雷家祠堂的戏台上。苦主雷家兄弟推出雷石头为代表，作为雷家的老大，长兄代理一切顺理成章。伊在戏台东首置着的一张桌椅前坐着，对面站着肇事的一干人等。戏台正中，摆着三张五屉桌，桌面铺着一张缎面绸布，中间坐着马同知。马

凤鸣岗上

同知端坐正中,头戴一顶红缨帽子,顶处一颗金光耀眼的镂花金球特别炫目——那是伊身份等级的象征,一个朝廷八品官员,穿着身前带有补子的黑色朝服。另两张坐着两个陪审官。当人犯在台上站定之后,马同知伸出两手对台下嗯嗯啊啊的人群示意安静:"乡民们安静了,审案就要开始了,请大家不要嚷嚷!"

台下顿时安静了下来,有一个陪审官这时站起来,高声叫道:"乡民们——今日——西安县,在黄泥山开法堂——审理黄泥山地方的人命案!请大家不要喧闹。目下,民风日下,打架殴斗,强盗毛贼四起,年前出了教案一事,刘家福乱民造反,害得我们衢州百姓不得安生。这次,黄泥山地方又出了命案,这是一个极坏的事端。县衙决定,要给予严厉打击,以恢复民众淳朴温良的品行。所以,西安县决定把公堂设在黄泥山,让大家看看肇事者的下场……下面就请西安县的同知马大人开始审案。"

马同知放开喉咙不慌不忙地高声地宣讲起来——伊的官话夹杂些浙江沿海地方的口音,吐字清晰,有着浓厚的书卷气息。很显然,伊的案头放着一沓底稿,在照章读了半张稿纸后,马同知自己觉得很受拘束,便放下稿纸,双眼注视着台下黑压压的人群,脸上露出激动的神色,干脆现场讲演了起来:"乡民们,这两年里,出了许多惊动天地的事,吾跟大家一样痛心啊。刘家福造反闹得鸡飞狗跳,教案的事弄得大家跟着掏银子。州县两级所有官员被朝廷罚俸一年,朝廷停止了衢州五县五年的贡生选拔……乡民们啊,州县痛心啊,吾本人痛心啊。吾相信在场的乡民们也感到痛心疾首……刘家福开了个坏头,乱民烧了教堂,暗伏着的一些不良分子趁势作恶起来,小盗贼在犄角旮旯里蹿闹起来,行凶不法行为多了起来……就在不久前的大年三十夜里,黄泥山地方就有那么几个不法狂徒,明目张胆地闯到别人家里将人家打死了。这样的不法行为,造成了极坏的影响,朝廷要给予严厉惩戒。下边,就由孙主簿宣读案件的预审结果。"

那个戴红缨帽的孙主簿便吐沫横飞地将一大篇案件的前因后果读了一遍。读到汪家的妄行时,台下一阵喧闹,有抑制不住心中愤懑的人嚷嚷着:"剐了这些无法无天的!"

汪家叔侄一直在台上低着头,一听到乱哄哄的嚣叫声立马冷汗直冒,好像愤懑的人群会将其大卸八块似的叫伊肝胆俱裂。大概花了近一炷香时间,孙主簿读完了那篇预审笔记,最后询问汪家叔侄:"各位人犯,刚才的指控是不是事实,有啥不对的吗?"

汪狗倪一直低着头,似乎有一肚子的委屈,然而,对伊的指控却是实实在在的。伊想反驳,却找不到口子,只得嗯嗯啊啊地认了账。其余几位在汪狗倪认服后,也跟着表了态,表示认服。

这时,孙主簿看看马同知说:"要不,接下去你来?"

马同知点点头,清清嗓子,对全场说道:"下面不要喧哗,案子还要往下审呢。"接着马同知待会场安静下来后,高声地宣布:"下边该由苦主发话了。苦主,你有啥要讲的?"

这时,一祠堂黑压压近千双眼睛全对准了雷石头。这个雷石头一上台就如坐针毡似的难受。这么大了,伊一直都隐在人家背后,默默无闻地活得像个影子似的没在人们的视线之内。伊不想成为别人的焦点,本不愿来到台上的。四兄弟在家时,就你推吾让谁也不敢当这个代表。然而,这个审判缺了原告不成。马同知亲自到了雷家,叫四兄弟推个代表出来。四兄弟谁也不愿当这样的代表。雷石头首个开言,说道:"吾讲不来什么话,这个代表吾当不了。吾们不当这个代表成不?"

"哪有这样的事? 审案子哪能缺了苦主呢?"陪马同知一块来的孔瑞云急切地表示看法。

雷老四听了孔瑞云的话，表示："孔叔，吾四兄弟一块当代表成不？吾们的胆子都不大，单独坐台上都害怕着呢。"

孔瑞云对马同知看看，问："亲家，这样行不行？"

马同知说："按惯例，这样的事只能派一个代表。"

四兄弟不语了，都用目光你推吾推的。那个雷老三这次出奇地爽快："你们怕出头，吾去出头就是。跟汪家拼命吾都不怕死，还怕当个代表。"

一听有人愿意，其余三人都同意了，却不承想遭到了孔瑞云的质疑："老三不行，想事有头无尾，啥时说错了嘴都不晓得。在这么严肃的场合，不像私底下乱说胡话不打紧，那可是当着千人百众说的话，说出的话就要算话的，老三脾气不行！"

雷老二说："要说最能想事的莫过于老四了，叫老四去。"

"对，叫老四去。"雷石头也附和着。

孔瑞云觉得这个想法还不错，四兄弟中唯有雷老四处事最胆大心细，就问马同知："亲家，叫老四去成不？"

马大人道："按照惯例，怕是不妥。这是一桩严肃的事情，雷家现在没了父亲，要是有父亲在，像这样的事必是父亲担当，往常打官司都是由当家的出面才算正统，要不由你们的娘亲出面也成。"

雷老标堂客一听吓都吓死了："吾去不了，要叫吾站在那个千人百众的台上，就是把吾抬上去了，吾也吓死过去，还是你们兄弟去吧。"

这样的尴尬。经过一个晚头的商议，最终由雷石头当代表。长兄为父嘛，在大庭广众中说得通。不过，孔瑞云给四兄弟出了主意，授意了雷石头一番话，让伊私底下背了一遍又一遍，到时说给大家听。说好了，雷家要求官府严办汪家，要汪家杀人抵命，要给雷家一百两银子的补偿。这一百两银子是经过马大人跟孔瑞云反复掂量后,和雷家一家共同讨论商议决定的。要得太多,别人面前说不过去,要得太少又于事无补。想想一百两银子,上下正好合适。

当马大人让雷石头讲话时,雷石头一见到戏台下黑压压的人头,立刻感到紧张。越紧张越害怕,越害怕越紧张,直至心脏狂跳,满脑子嗡嗡嗡的,似有千万只蜂蝶乱舞,原先背熟的那些话全都给忘了……

马大人见人家紧张着急,便宽慰着:"苦主,你不要紧张,有啥话讲出来,官府给你做主。"

雷石头好像自己是被告似的,一头是汗地站在台上,低着头不敢看任何人。伊的内心在做努力,要把原先商量好的话说出来,结果脑中还是一片空白。伊急了,真真正正地急了,急得那汗爆豆似的从前胸后背渗出。伊感到满身一会儿火烤似的热,一会儿又通身湿漉漉的凉。只见伊拼命地抬起手臂抹着头脸上的汗水,台下的兄弟看了都着急了。雷老三嚷嚷着:"死人,还不说话,老爷问你话呢!"

在众兄弟催促之下,雷石头终于吐出了话:"啥也不用说,吾家就要汪家杀人抵命。"

台下一阵哄闹,有人嚷嚷着:"剐了人犯——剥皮抽筋——"有人摸到一块瓦片扔到汪狗倪身上。

马同知连忙发话控制场面:"台下的不要喧闹,该怎样有皇法呢,不要扔东西!"

台下安静了下来。马同知又说道:"大家安静,案件还在审呢……苦主,你们还有啥要求没有?"

马大人的话一落下,台柱子下边有人叫:"叫汪家赔银子……汪家不是有的是银子嘛!叫伊多赔些,赔得伊倒灶为止……"雷

石头没用的丈人也在人群中嚷着帮腔："石头你跟老爷说,叫汪家赔洋钿,狠狠地,叫伊多赔点,赔五十块。不,忒少,要赔一百块。对,叫伊赔倒灶。"

坏了。

雷石头正在台上紧张得满脑子糨糊,原先商量好的叫汪家赔一百两银子的要求,已记不太清了。在台下一再提醒下,雷石头不安地看看马大人说:"吾家要叫汪家赔一百块洋钿。"

话一出,马大人一怔:不是事先说好的嘛,叫汪家赔一百两银子,就拉着脸紧问一句:"原告——是一百——块——洋钿吗?"马大人故意把字音拖长,在提醒雷石头,希望雷石头能意识到说错了。

雷石头对马同知一抬眼,发现马大人脸色很严肃,心里就慌乱起来,忙低下了头,不敢触碰别人的眼光,拼命地控制着狂跳不已的心。台下三兄弟非常着急地叫着:"石头,一百两。"

照理说,一个正常人,这时应当能清楚了,就算是个老实人,事先都说过了的事,一百两银子,在台下的提示下应当能记起了。所不幸的是,这个雷石头和雷老标一个德行,老实真是过了头,真的像块顽固不化的石头,老实到连多少都分不清。在台下嚷嚷着一百两的提示下,雷石头仿佛想起了头天在家商定好的事,坚定地拿准主意,对全场说:"对,吾家要叫汪家赔一百块洋钿。"

马大人顿时泄了气。心道:"这样的人,真是无可救药了。"伊十分失望地补了一句:"是一百块洋钿吗?"

伊希望雷石头能够意识到自己说错了,改正还为时不晚。然而,这个二百五,这块臭石头,真是糊涂透了顶,仍是肯定地点点头:"就一百个洋钿!"

台下的千人百众都听清的话,台上的书记官一字不差地记录下原告的控词。马同知十分痛惜地摇摇头,心中十分悲凉地叹息着:这样愚昧的人,也太叫人痛心可怜了。

可悲可怜的皇天哪!

雷石头在不知不觉中铸成了大错,伊总认为一百两银子就是一百块洋钿,伊不清楚一百块和一百两是两个完全不同的概念。一个洋钿二十几克合四钱银子,两个半洋钿才有一两银子那么多啊。人家官府想帮一把都帮不上。伊自己都明明白白说了,这许多人都听到的,现在想反悔都已来不及了。

雷老四在台下大叫起来:"石头,你这头猪,是一百两银子,不是一百个洋钿。"雷石头听后扭头回顶一句:"还不是一样的。"

雷石头的老丈人也跟着帮腔:"就一百个洋钿,叫汪家赔倒灶。"伊总认为,一百个洋钿是天大的数,认为自己一年到头难得见过一个洋钿。那一百个洋钿是多大的一个数啊,那是伊这辈子不吃不喝都赚不来的钱啊。伊认为叫汪家赔一百个洋钿,汪家差不多就倾家荡产了。这样的人,你能说啥好呢?

这时,台下的三兄弟急不可待地又骂又跳,纷纷要冲上戏台。可今天不是随便能上台演戏的,只见一队官兵挡着三兄弟。眼看着场面要失控,马同知来到戏台边,对着台下正在发疯的兄弟们发话:"你们不要闹了! 这是开法堂,不是在做戏,一切都得按皇法来。"

台底下兄弟们又气又急又毫无办法,一个个捏着拳头转着身想找人打架。马同知看看情况不妙,连忙从梯子上下来,到三兄弟中间,费了九牛二虎之力,说了几箩担的官话、废话、好话、屁话,连哄带吓才将仨兄弟说服。

最终马同知说道:"你们不许再闹了。这许多双眼睛睁着呢,满世界耳朵听着呢,再闹雷家就没道理了,就是胡闹了,就跟汪家一样犯皇法了。明白了吗?"

顿时，三兄弟蔫了！

劝住了雷家兄弟，马同知复又上了戏台。现在伊心中老没兴趣，本想趁机扶助一把雷家，有点劫富济贫的味道，叫汪家赔一百两银子出来，好叫雷家在经济上翻个身。现在好了，雷家自己把事情弄砸了，这也怪不得自己了。伊回到桌子前，将一块惊堂木往桌上愤愤地一拍，将前边的人吓了一跳，站起来说："现在本官宣判，案犯汪狗倪、汪吊子、汪通达等听判：汪狗倪系主谋从主犯，谋害雷老标出的主意最多，根据大清律例判处坐监，并处罚银五百块洋钿；汪通达系该案的主犯，亲手将受害者雷老标打死，情节严重，按照大清律例判处秋后问斩；判处从谋汪吊子坐监，并处罚银五十块洋钿；其余参与打人者一并判处坐监一年。最终判处汪狗倪赔偿雷家官银一百块洋钿，三日内交割完毕。判处汪通达赔付雷家十块洋钿，三日内交割完毕。判处汪吊子赔偿雷家五块洋钿，三日内交割完毕。"至此，本案宣判结束。

…………

当马同知回到孔家大屋之时，对着跟来的雷家兄弟，无限懊恼地摇头叹息："你们啊，叫吾说啥好呢……"

当这桩命案告一段落后，马同知对着亲家，对着女儿、女婿无限感慨地说："这个世界乱套了。吾无能为力，朝廷也无能为力了。女婿呀，你生不逢时啊，枉有一肚子的才学，枉有一腔报国热忱，朝廷限制了衢州五县五年的拔贡，你的学问无处可施……你有啥好的打算吗？"

孔祥和突然间感觉到被人缚了手脚，满腔的理想抱负在胸中盲目地乱冲乱撞……

孔瑞云长叹一口气，把目光对着天井里的皇天，自言自语着："吾看，这片天还是这片天啊——"可是，伊觉得，这个环境变了，变得没有希望、没有出路。尽管头顶日头鲜红，可伊觉得身边的一切都灰蒙蒙的，了无生息……

马金凤对三个神色严峻的男人看看，说："不管咋样，日子总还要过的。"

是啊，不管怎样，日子还是要过的！

混沌的日子，到了一九〇三年。

昏庸无能的朝廷叫许多能人志士看破了世道，退出官场。早一年，浙江绍兴有个显名的恩科进士叫蔡元培，辞去了翰林院编修之职，引退回家，在家创办了西式学堂，以此实践自己的抱负。此人是马同知早年的书友，两人间一直有书信往来。看到女婿一直赋闲在家，马同知心疼女儿的同时更可怜女婿的遭遇。在伊看来，孔祥和是个有志向有抱负的人。遭受到朝廷禁科的惩罚后，孔祥和觉得自己的前途渺茫，终日郁郁寡欢……结婚两年了，两家大人都希望抱上孙子孙女。可现实是，就不见媳妇（女儿）肚子鼓起来。那年六月里，孔祥和偕夫人一道上衢州城给岳父、岳母送六月节。老丈人旁敲侧击地表达了愿望："女婿啊，耐心地等着吧，五年很快就过去的，你趁这五年时间多看些书，多温温课，到时开科时，正好可以大显身手。当下正好有空闲，你爸都来过几回了，希望能看到抱小孩呢，我们做大人的心愿——你懂的——"

另一头，马夫人和女儿在房间里私下低语："都一起同床过两年了，你们咋就没动静呢？"

面对母亲的关怀，马金凤一身的无奈，伊不知该对母亲如何说好。其实，关于夫妻间的尴尬，马金凤有一肚子的苦水。伊也希望自己能怀上小孩。在婆家，尽管孔家一门待伊十分尊重，然而自己觉得，不给孔家续后，那便是天大的罪过。可是……自从

拜堂后,直到现在,伊还是个处女身子。尽管俩人天天同床,在房事方面,孔祥和却对这个天仙般的媳妇无能为力……当拗不过母亲的一再追问,马金凤将实情告诉了母亲。

吃罢饭后,马夫人不声不响地跑到当地最有名的一个叶姓老中医那里,说明了来意。叶老中医在没有做全面了解的情况下,给伊开了一副药方,配的全是催情的中药:什么鹿茸、杜仲、枸杞,外加一截虎鞭。关于这条虎鞭,叶老中医很是心疼地剪下一截。伊为寻它花了好几年。听说南山里有个猎户用夹子捕到一头华南虎,伊丢开生意,花了两天时间从人家手里高价买回了整副骨架,连同那根虎鞭。这东西越来越难寻了,有时,就是有钱也买不到。

药配来后交由女儿带回到孔家时,孔瑞云堂客专门跑了一遭官渡镇,买回了一个药砂锅,当天晚头就给炖了一碗药——就寝前逼着孔祥和喝下。如此,一连三天,孔祥和喝过药后,通身鼓胀得难受,嘴角都起了一排排火泡,自己裆里的东西将裤头顶得高高的,可一见到媳妇便偃旗息鼓,怎么也不管用。一连几夜都遭了梦遗,害得媳妇偷偷摸摸地为伊洗内裤。这样的日子过了将近一个月,不但孔祥和受不了,连马金凤也感到绝望了:"你啥也别吃了,看你那样子,吾见了都怕了。"

就在孔家为小两口努力时,汪家的胖媳妇第二次鼓起了大肚子。一年前,汪家就添了个男丁。据说,这个孩子一点都不像汪三牛,可汪家一门照样喜欢得不得了。孩子吃了将近一年的奶水,发育得结实滚壮,胖张氏别的不行,怀孩子方面却让人羡慕。这不,头胎的孩子还没断奶,肚里就又有了新动静。当这样的消息送到监狱里时,颓废了的汪狗倪一头蹿起:"好,生得好,叫伊给汪家多生几个。当吾出来时,最好能看见一群孙儿满堂乱蹿最好,让人羡慕死……"

这时节,雷石头的小媳妇也怀上了。

石头和媳妇洞房后,俩人同一被筒睡了一年多还是各过各的,不是石头嫌弃媳妇,而是这么个大男人,连生孩子都不会。照理这样的事是人之天性,不学也会,可世间就有那么一些人超出了例外。对男女之事,雷家上下两辈间一直闭口不谈,从来没有交流。获得这方面知识的渠道对雷家来说,很是狭窄。雷石头是个老实巴交的人,小媳妇早年就来到雷家,因年少对性一无所知。当伊首次来红信时,吓得认为自己要死了,失魂落魄地告诉养母:"吾就要死了。"

这把养母吓了一跳,忙问:"咋的了?"

小媳妇哭着说:"吾下面尿尿东西里尽下血,吾的肚肠怕是烂断了……"

雷老标堂客听后放宽了心,连忙叫人把裤子扒下,弄来一把干净的破布头,叫未拜堂的媳妇垫在裤裆里,对伊说道:"闺女,你莫哭了,你把吾吓得——这不要紧的,是你大人了,是女人都有这一天的。记着了,这叫来红信,就是你成大人了,可以拜堂成家生娃了……"这样的话,是小媳妇婆婆所能教给晚辈所知的全部了,至于其他更多的就不知道怎么开口了。

自从洞房后,雷石头便天天将媳妇搂在怀里睡。俩人睡一被窝确实很幸福,被筒中暖和许多不说,天天还有个可以说话的。曾有许多次,石头问媳妇:"吾们生个娃吧。"小媳妇便会依偎在男人结实的胸膛里幸福地害羞,可是,俩人这样依偎着睡了一年多,还是一点没有动静。直到分家后的一天,俩人搬到了茅棚里看到了一幕,突然开了窍。

自从官司结案后,雷家也跟着散伙了。三兄弟把一切的怨气都撒在老大身上。的确,雷石头应当负有极大的责任。原本,雷

家要是获得了一百两银子的补偿。那么,四兄弟就商量好,把破败的老屋推倒,连那三间茅棚一块改造成一座高大的砖瓦房,再给兄弟们一人娶一房媳妇,置几亩田产,彻彻底底地翻个身。现如今好了,计划落空了。一百两银子变成了一百个洋钿,还好马大人动脑子叫汪吊子、汪通达帮着多给了十五个。就这样一百一拾五个洋钿,除去还清雷家先前欠下的散钱、整钱合计十二个银洋外,雷家现在还有整一百个洋钿。对于这笔钱,四兄弟间产生了分歧。有的主张先造屋,有的主张先娶媳妇。这点钱,就是再精算也只能干一件事。要是两样一起干,就拉缺口了。四兄弟纷争了好些日子,都不能达成共识,最终的结果是:雷家兄弟把孔瑞云请到家里——要分家。

雷家的老屋里除了雷家一门外还多了孔瑞云和孔老三俩兄弟,四兄弟一致拥护地把老娘舅也请了来。

傍晚时分,雷家屋里头一次光光鲜鲜地弄出一桌好菜,在墟上抬回一坛三白酒,请了一次客。一桌人一边喝着酒,一边议论着分家的事。孔瑞云静静地聆听着,伊已从各个兄弟间发出不同声音的话语中窥探出这个家必须分了。要不然,为了那一百个洋钿,兄弟们会发生一场内讧。来时,伊心里在想,雷家最好能利用这次机会,团结起来,首要的是先盖几间像样的房屋,接下来仁哥弟娶妻成家。现如今,怕是做不到了。就那么点钱,同时办不了两桩事。年长的老二一口咬定要娶媳妇,老三、老四却力挺先盖房。雷石头连个屁都不敢放一下。自从戏台上一下来,余下的三兄弟便像仇人似的瞪着伊。伊还不知道一百块洋钿和一百两银子的区别。当雷老四大骂伊猪头的时候,雷石头还在为自己辩解:"一两银子不就是一块洋钿吗? 吾有说错?"

雷老四红着一对眼睛,捏着一个紧绷绷的拳头,使尽心智克制着,还是冲动不已地一搡大哥:"天底下哪有你这样的猪头,吾看你连猪头都不如呢,还不明白,一个洋钿才合四钱银子,二个半洋钿才一两银子呢!你这个死猪,你赔出这少了的一百五十个洋钿来!"

"啥——"雷石头这才似乎感到不对,忙问,"一块洋钿真的不是一两银子?"

这边的雷老三气冲冲地伸着一根手指头,暴跳如雷地顶着石头的眉心:"你这个没用的,吾真想狠狠地打你一顿。你清楚不,一座大屋因你一句错话便没了。"

当雷石头知道自己犯下了大错后,三个弟弟如何骂伊,如何要分家,伊都不敢再说一句话了。伊清楚,伊犯下的过错就是将自己卖了都偿不回来的。自从那一日归家后,雷石头便有些傻呆了似的,整天失魂落魄,木在一旮旯里像个影子一样。连影子都比伊出彩,影子能跟着人移动,而伊老蹲在一角或站在一旁半天都不动一动,有时静得连呼吸都听不到。今晚吃饭时,孔瑞云见三兄弟都来了,独不见石头,就叫三兄弟去叫。三兄弟谁都不愿意,很显然,三个弟弟都对大哥抱有恨意。孔瑞云便对一边形孤影寡的石头媳妇道:"卸娜,你把石头叫出来吃饭。"

那个小媳妇瞪着一双委屈的眼睛,两泡眼泪珠子随时都会从眼中滚落下来。伊也知道自己男人犯了天大的错,焦急着自己男人知道犯了错后便一日比一日更不像人了:好几天一句话都没有,叫伊吃饭,伊都半天找不到碗;找到碗了,却又找不到饭钵;有时吃到一口饭,却不知咀嚼,只见张着的口齿间挂着一块青菜叶子,口腔里堆着一腔黄色间白色的番米粉混白米蒸的饭。雷石头的变化只有小媳妇放在心上,伊在心疼自己的丈夫,在担心三个发火的小叔子。作为一个小女人,伊孤单无助,非常非常可怜地

承受着这个年龄所难以承受的压力。伊不怕吃苦,吃苦似乎是理所当然的事,好像伊一生下来就是为了吃苦而来的。伊担心的是自己的丈夫,这个自己终生依托的男人,现在变得这样不堪——没人关心,没人照顾,没疼!伊内心焦急却走不进丈夫的心门,伊只有干着急。伊有一肚子都装不下的苦楚,却没人可以倾诉。

孔瑞云叫伊的名字,伊顿时感到浑身一抖,差点就要瘫在地上。在这个家里,已经好几天没人跟伊说话了,伊都觉得快疯了。孔瑞云随意一唤,伊再也把持不了自己,忍了两下,就再也忍不住第三下了,撇了两次嘴巴,再也合不住了,张着口"呜——"地哭开了,泪水便暴雨似的落下。

在场的人都把目光齐刷刷地集中到这位小女人的身上。大家眼中看到了一个非常羸弱的身子,在尽情地展示着一个状态——无助!那种无助此刻在伊身上一览无余,并不断地被放大增强,触动着每一个有人性的心灵。三位小叔子忽然意识到了什么,都纷纷上前围着小嫂子,关切地问:"你怎么了?"

小媳妇一个劲地哭,拼命地哭,不能自已地哭……此刻,伊所能做的一切就只剩下哭了。

哭声笼罩着整个房间,冲击着每个心灵,弥漫到整个世间……雷老标堂客被媳妇的哭声勾起心中的悲苦,也一边掉着眼泪,一边上前安慰媳妇:"卸娜,莫哭了。快去叫石头来吃饭,一屋子人都在等着呢。你们哥弟也听着,再也莫怪老大了。"

小媳妇不停地哭泣着,随着泪水的倾泻,伊憋闷的心头慢慢地松缓下来。雷老四在众人劝着小嫂子时,走到石头房里,见到大哥可怜巴巴地抱着绑在破床头的一根立柱发呆,顿时一阵心酸。这阵子对大哥的埋怨便顷刻间土崩瓦解了。毕竟是自己血脉相连的哥哥,尽管伊犯下了不能挽回的过错,可那错不是哥哥有意要犯的。哥哥虽脱不了干系，可一当见到哥哥这副样子，老四鼻子酸酸的，眼眶湿湿的。走到老大面前真切地唤了声："大哥——"伊上前挽着石头："你咋老站在这里呢，都寻你吃黄昏呢。"

雷石头口中"噢——"了一下，却没有愿意离开原地的意思。

老四扯了一下大哥的手臂："快去了，到外边吃饭，大家都在等着你呢。"

雷石头傻气地对弟弟一笑："你莫吵，吾在等老鼠呢，吾刚刚见到一个老鼠娘拖着一窝小老鼠，一个拉着一个的尾巴在搬家呢……"

这话在雷老四心头重重地击了一下，伊猛然发现，几天不曾说过话的哥哥变了，变得不像人了，伊大惊失色地叫："你们快来！"

伊的这声咋呼将外边的人都招到石头房里，人们不知发生了啥事。在昏暗的房间里只见到雷石头正抱着床头绑着的一根立柱，看到那样子，众人的心头都跟着紧了。

孔瑞云一眼便看出了问题，忙上前去拉石头："石头，你做啥呢抱着柱子？"

雷石头嘿嘿地笑着："吾在等老鼠。"

伊的这句话叫众人的心都悬了起来。孔瑞云不知哪来的力气，不由分说地将人硬扯到堂前。雷石头在堂前木呆呆地在孔瑞云放手的地方站着，好像对身边的一切都不感兴趣，只见伊的目光一片混沌。孔瑞云的心猛地一沉："完了，这人出毛病了。"

雷石头傻了！伊被自己犯下的错给逼傻了。

接下去的场景证实了孔瑞云的猜想。几个弟弟见到了大哥的样子便不再埋怨人家。雷老二见老大原地站着，便气生生地说："站着做啥，等你吃饭呢。"

雷石头好像聋子一样一点反应都没有。雷老三对人看看，伸手在人眼前晃晃，雷石头还是不言不语、不躁不恼。老三心想，这

人莫不是发癫了？忙说："老大，你这算弄啥呢，叫你吃饭呢！"

雷石头这时有了反应，应了句："噢，吃饭！"便原地打着转，像在寻着啥，口中嘟囔着："碗呢？"

兄弟们见伊没头没脑，老三便压着心中的火气，为老大盛来一碗饭，连带拿来一双箸放到桌子上，一声不响地将人按到桌子边，命令道："坐倒。"

雷石头木讷地坐到凳子上，把上箸头，低着头，不理旁人地只顾自个吃饭。不一会儿，一碗淡饭便吃光了，伊连抬头看一下菜碗都没有。

孔瑞云看不过去，便说道："石头，你做啥不吃菜呢？这一桌好吃的。"

石头道："吾不能吃菜，吃菜要花银子呢。吾把银子弄丢了，吾要省回来。吾吃菜吾爸、吾爷要怪罪的。"

在场的所有人都把目光碰在一起，意思在说，这雷石头到底真傻还是装傻，刚才的话不是说得很有条理吗？可是大家所见到的人，却完全是个不正常的样子。只见雷石头抬起头对着一堂异样的目光说："饭还有不？吾还想吃。"

雷石头媳妇马上凑上前，忙着又去装来一碗饭。雷石头便不管众人，又低头扒空饭碗，小媳妇又给盛了一碗。雷石头又一口气吃光了。一连吃掉了五大碗番米粉混白米的蒸饭，雷石头还想吃，这时，雷老二真的忍不住了："你到底真傻还是装傻，这么一桌好菜你不吃，吃了五碗饭还没吃饱，你到底打算要吃几碗？"

雷石头道："吾才吃了一碗呢，你做啥这样凶，连饭都不让吾吃。"

老四说道："不是不让你吃，糙米饭吃了难消化，怕你吃伤食了。"

雷石头可怜巴巴地对饭碗看看，依依不舍地将目光移开，又不情愿又可怜地"噢"了一声，便再也吱不出一个屁地呆坐着。

本来饭桌上大家的好心情,被雷石头整的这一出掠尽了兴头,一桌人食之无味地吃过了饭。收了碗箸后,四兄弟连同雷家母亲、小媳妇都坐在桌子四边。

一阵寂静后,孔瑞云端起茶碗,只听到伊端茶、吹茶、喝茶的声响,屋里出奇的静,安静的有些叫人生怕。孔瑞云喝了阵茶,终于忍不住开口了:"各位雷侄,你们把吾叫来有啥话就说嘛,都这样不出声,那吾就回了。"

最终是雷老二憋不住,先开了口:"叔啊,今日请你和三叔还有娘舅几个前辈来,吾四哥弟都说好了——要分家。请你们长辈作个中,写个纸。"

老二说过话,老娘舅便接上了口。老娘舅年近六十,精瘦精瘦的一个干老头,一脸的皱纹上爬满了人生的沧桑。伊腰间扎着一条蓝汤布,将一件露了花的棉袍子紧紧地裹在身上。还是四月天,天气时冷时热,穷人家打从一遇冬,那仅有的一件御寒衣衫便没有替换的了。穷人家又要干活劳作,衣袍上不可避免地结了一日更比一日脏的污垢,加上那件棉袍已有年头了,有的地方脏得发亮。那身打扮上,叫人一眼便看出,雷家娘舅也是个穷苦人。可是,四兄弟一直对娘舅很尊重,家里有了大事,会把这个大尊给人家。老娘舅的话,有时兄弟们还能听进去,伊凭着这点,便摆出长辈的架子开腔了:"四个外甥,你们今日把两位孔叔都叫来了,现在大家都在场,先听吾说两句。依吾说,这个家最好不要分,现在家里有了一百个洋钿,算是一笔数目不小的钱财,起座简单的房子是够数的。你们兄弟都到了成家的年龄了,没个栖身的窝,娶回了媳妇连个洞房都没有。这住房是世世代代都离不得的,依吾看,你们最好先合力起屋再说,怎么样?"

长辈发表了看法,四个外甥没有马上接口的,各怀心思,只是

碍于脸面，不好发作出来。一阵冷场后，孔老三开口了："各位侄辈，既然大家都到场了，是分是合你们把心里的想法都说出来，别藏着掖着。自家兄弟没必要藏心眼的。本来有一百两银子啥都好讲，问题是现在就这么个状况。在这里吾说句公道话，石头是给家里造成了损失。可是，你们的兄弟你们清楚，伊绝不是有意造成的。只因为伊太老实不认字、不识数，你们四兄弟吃了这个亏啊。其实，你们兄弟干活都内行的，村坊里大家都公认你们是田地里的行家里手。你们吃这样的明亏，都是因为穷啊，读不起书，自己的眼睛未被洗开啊。要吾看，四位雷侄，你们将来生了儿女后，砸锅卖铁也叫下辈进学堂识几个字……你看，吾都说跑场了。吾也是为你们兄弟可惜啊，像老四这样既聪明又有骨气的后生，要是把眼睛洗开了，还不高人一头？吾总觉得，你们家的日子过成这样，实在是因为你们不认字、少见识，一个个都身强力壮肯吃苦的人，咋就会过成这样的光景呢？"

孔老三越说越跑题了。孔瑞云抬眼瞪了人家一下，叫道："老三。"

孔老三意犹未尽地收住了口。

孔瑞云清清喉咙说："那些过多的闲话，今日就不提了。各位雷侄，一路来孔雷两家交好，吾跟你们老子亲兄弟似的。你们的爷爷吾把伊当长辈看，你们今日把吾请来，也说明你们兄弟看得起吾。那么，今日，吾就在这里倚老卖老地说几句话。各位雷侄啊——"孔瑞云加重了语气，"你们给吾个面子，不要怪石头了。你们都见到了，石头都把自己给逼成这样傻不傻呆不呆了。你们有啥想法，今晚桌面上提出来，大家坐下来用心地商量商量，同一个目标，把日子往好里过——"

孔瑞云话至此打住，对低着头不出一点声息的雷石头道："石头，你是老大，有啥话你先说。"

雷石头毫无反应。大家全把目光聚焦在其身上，见到了石头没有魂灵似的发着愣，数双眼光便从石头身上移开，在石头跟前交织在一起。很显然，石头的情况大家都看出了，交织在一起的眼神里极为复杂——无奈、痛惜、伤心、悲凉……只是各个面部统一的表情是"同情"。

孔瑞云接收到这个信息时，心中一阵宽慰，伊最害怕的是这个家里起内讧。伊从三位弟弟的表情中看出，三个弟弟似乎开始原谅大哥的过错了。这是伊欣慰的，便掠过雷石头向雷老二道："老二，石头已是这样了，那么你就先说吧。"

雷老二拧拧头颈，瓮声瓮气地说："叫吾看，这个家还是分了吧。吾都快三十了，再不成个家怕是错过了，那吾这辈子就打光棍了。"

孔瑞云听后说："是的，你说得没错，你的岁数是不小了。可是这跟分家有关系吗？"

雷老二一听急切起来，高声地叫着："咋没关系呢？老三、老四说要起屋，就一百个洋钿，起了屋还能有剩的？再说，吾又没本领，相个媳妇又相不下来，等到屋起好了，又要挨几年，那吾都几岁了？老三、老四又几岁了？人家也要成家啊。伊俩人比吾能说会说，相媳妇比吾强，吾还不被挤一边去？还是分了吧，有了银子，吾立马到官渡镇找媒人说媳妇去。"

孔瑞云暗暗点头，老二的想法既实际又迫在眉睫。伊不动声色地又问老三："那么老三，你有啥话呢？"

雷老三说道："叫吾说吾就说，吾们兄弟都到了成家的年纪了。过罢年吾都廿八了。谁不想娶媳妇？不想媳妇是傻子呢。反正就这点洋钿，用了这个没那个。老二都说了，要分就分吧，各人自己想办法——洋钿分了，爱起屋的起屋，爱娶媳妇的娶媳妇，

别老混在一起，弄得好像你揩吾的油、吾占你的便宜似的，什么事都干不了。"

孔瑞云听了这些话，心里想道："钱这东西，真不是东西。没钱时兄弟间好好的，一有了几个钱，想法反而就多了。这钱——唉！到底是个啥东西？"

钱这东西既可救人于危难，可也是害人的药啊！

孔瑞云叹息地又问雷老四："老四，该你了。"

老四答道："既然二位大哥决意想分这个家，那就分吧。"

问了一圈，孔瑞云对身边的雷石头仔细地看了一阵，越看越摇头。面对三个弟弟的回话，雷石头事不关己地一直在抠指甲。但真要抠指甲也是有思想的，只见雷石头摆弄着一对拇指头半天，千方百计地要把其对齐，费了九牛二虎之力后总算对齐了。伊却不知在做啥，比画着两个指头，你点吾一下，吾顶你一顶，然后嘻嘻地暗笑。孔瑞云实在无法忍受地又问雷石头："石头呐，三个弟弟都说过了。该你说了，你有啥话就说了吧。"

雷石头木呆呆地待了半天，傻愣愣地瞪着孔瑞云，双眼一眨不眨，瞪得孔瑞云心中有些发毛："石头，问你话呢。"

老半天，雷石头似乎想起了什么，聚精会神地"噢——"了一声，接下去又茫然地对在座的看看，再也没有了下文。大家静等着雷石头说话。这个雷老大，你便是拿棍子也捅不出个屁来。等得不耐烦了，孔三叔道："问问小媳妇，卸娜，石头不说话，那你说吧。"

卸娜面对一堂男人审问的眼神顿时惊惶失措，惶恐不安地转动两个眼球，低声地道："吾不知道。"

孔瑞云顿时心头一堵，伊知道，绕了一晚头的路，最终又绕回到原点了。雷石头的状况说明，就是要分家也不是现在。那个人的灵魂，现在不知游离在何处，如果再硬顶一下，怕是真的要出大问题了。伊心里明镜似的,却没有好的办法挽救。只是,伊尽力控制局面,对三兄弟道:"你们三个都看到了,石头现在魂都丢了。这个时候谈分家有些不妥,你们要是看在亲哥弟的份上,这个家还是缓些日子再分。你们不要再怪石头了,这人都要不行了,你们要像往常一样对待老大。说得难听点,要是没有这个钱,日子难道就不过了? 再说,这钱是你爸一条命换来的,要是真把石头逼疯了,你爸、你爷在地下都要哭出声呢! 你们听吾的,好好地待石头,还有你们的嫂子,别欺侮伊两个老实人。啥时候石头清醒了,吾再来给你们分这个家,你们千万听吾一句劝,这事今日就搁一搁,你们看行不行?"

三兄弟听了孔瑞云的话,一个个都不言语了。

场就这样散了。

散场后,孔家兄弟离开了雷家。一路上兄弟俩一直议论着雷石头,到了孔瑞云门口,孔瑞云还老不放心雷石头的境况,对自家三弟道:"要不,再到家坐坐?"

孔三叔和孔瑞云一道进了孔家大屋。进门后,孔瑞云反身合上房门,到了堂上,泡了两杯茶摆在桌上,示意弟弟坐下。孔三叔坐在桌子边,把积压在心底的一句话说给了哥哥听:"二哥,一晚头,吾都看见石头快发癫了。这人要是不赶快救治,怕是真要癫狂起来,那就毁了。"

"就因为这个,吾才留你到家里再坐坐。雷家现在的状况,要是你吾兄弟不出手帮帮,怕是没人顾得了伊了。只是,这事,吾心中真的一点谱都没有。石头的样子,你都见识了。这人真的经不起啊,稍微一逼,恐怕便成了真疯子了。你有啥好办法没有?"

这话很沉重,两兄弟四眼相对,谁也没有好办法,各自内心都为雷家难过。孔瑞云取下挂在桌子上的旱烟杆吸了一筒烟后,又

装起一筒烟,把烟杆递给弟弟。孔老三默不作声地接过二哥递来的烟杆,点燃吸着,脑子里胡胡乱乱想了许多——只可惜那些念头没有一个靠谱的。这对兄弟,算是地面上的智慧人物,然而,他们还是普通人,没有解救一个濒临疯癫者走向正常的好法子。俩人为自己的力不从心而感到不安和焦躁,各自叹息着:"没福的人,就是没福呀!"

"以前为赚洋钿伤脑筋,而今,有了几个洋钿,却就要发癫了,嘿——"

俩人的谈话叫房里的孔祥和夫妇听见了。听说谁要发癫了,夫妻俩便从房里走出来。孔祥和对两位长辈看看,见到两张严肃的脸孔便问:"是谁要发癫了?"

孔瑞云正好想找人商量商量,见到儿子和媳妇就吩咐:"你们来得正好。刚才吾跟你们三叔从雷家回来。那个雷石头因为自己说错了话在自责,好些日子一句话也没有,都快憋疯了。吾们过去见到伊躲在自己房间里,老半日抱着床头不肯走。叫伊吃黄昏,伊说在等老鼠。吾把伊拖到堂前吃饭,伊在原地旋磨,说是寻碗。别人为伊端来饭,一连吃了五大碗却不夹一箸菜。雷老二怕伊吃伤食了,问伊吃几碗才算饱。你都想不到,伊回说才吃了一碗。一晚头坐在那里比着两个拇指头,一个屁都没有。你们说,这样的人离真疯还有多远?

"这样啊?"孔祥和吃惊不小。

马金凤听着公爹的话心中开始活络起来,立马想起那天公审的场景。伊亲眼见到三个弟弟在等待雷石头从台上下来时那种怒不可遏的样子。伊还见到雷石头一弄清楚一百块洋钿和一百两银子的区别时,人一下子变得怪异起来。伊当时没想过啥,总觉得那人有啥不对头,果真就出事了。马金凤心里道:"这叫发癫。"

癫有两种，一种是"文癫"，像雷石头这样的，把一切责任罪过都揽过来归结到自己身上，等到某一刻承受不住、扛不动了，便疯了；再有一种叫"武癫"，那种人，认识到了自己造成无可补救的过失时，却把一切的愤怒和不满都撒向别人。癫狂者明知道是自己的不是，却竭力回避着现实，凡有触及伊的过错，便会表现出强烈的推脱、耍疯、发狂行为，带有暴力倾向，对社会造成危害。还好雷石头的疯癫属于前者，要是像雷石头这样力大如牛的壮实汉子发起武癫来，那会是一种什么样的场景啊？疯子是什么事都干得出来的，那是一个没有理性的疯狂群体，不能考虑自己所做之事的一切后果。像雷石头这样健硕强壮的汉子，有能力杀死一个人，或在发泄时放上一把火来为自己出气。这种人的行为举动在常人看来大逆不道、违章背德，可疯癫者自己却认为是理所当然。可当他们说出了杀人放火的理由时，会叫你哭笑不得。那些事情说来好笑却令人伤心，曾经有一个疯子把毫不相干人家的房子点燃了，人们扭住伊要把人投进火堆时，那疯子大叫冤枉："是伊瞪了吾一眼才放火的……"像这样的人就是武疯子。

　　而雷石头这样的文癫者，把一切责任罪过全揽向自身，把那种罪恶感在内心放大，把周围人的一切不快都归结于自己的过失。这种人会在自己内心的责难中，自己崩溃消亡的。这种人会关注身边人的一切痛苦与不适，当某一天这种经年累月积压痛苦与不适在其心中不堪重负时，便会毫不犹豫地寻找灭亡之路，结束自己的一生，哪怕最终只是打碎了一个碗，或是弄丢了一只鸡……如此鸡毛蒜皮的小事，都会是压死骆驼的最后一支稻草。马金凤明白这一点，雷石头现在患上了这种疾病——这种现代医学上称作为精神病中一种的——忧郁症。

　　治疗这种毛病最好的方法不是吃什么名贵药材，而是采用什

么方法走进病人的内心,用情感和理智解开患者心头的死疙瘩,只要解开了心结,病便好了一半。马金凤心中有了主意,便开始说话了:"爹,三叔哇,石头大哥的病是伊自己逼出来的。这种病要是不把伊的心结解开了,世上没有啥好的药方。"

在场的三个男人一听,都激动起来。孔祥和说:"就你知道是伊自己逼的,这不明摆着是伊自己逼的嘛?问题是怎样才能救治啊。"

孔三叔朝孔祥和摆摆手,朝马金凤说道:"侄媳妇,你别听祥和的。刚才你说得很有头绪,你再说说可有啥好的办法没有?"

马金凤思索了一阵,答道:"办法呢,吾现在还没有。不过呢,吾想先见见人,再看看是不是有办法?"

孔老三喜笑颜开地盯着马金凤,伊对自己这个侄媳妇很有信心,很是崇拜,一直认为马金凤是个了不起的人。往前的伊不清楚,自那一日上花轿遭强盗,自打痛斥汪狗倪那一场,伊就认定,这个年纪轻轻的小女子是伊这样的男人比不过的。尽管伊听清了马金凤说没有办法,但是伊从马金凤的神色上看来,认为侄媳妇是会有办法的。伊又一次翘起拇指头,对人夸赞道:"侄媳妇你能,吾想你一定会有办法的。"

孔瑞云听了媳妇的话后,一切想说的都留在心中。媳妇的意思想见见人,那么,明日就叫伊见见。这事成不成是两回事,要是真的没有指望,就像是听算命的那样,瞎猫撞上死耗子好了呢?那不是一件好事吗?就吩咐孔祥和:"明日你去雷家,把石头和伊媳妇一块叫家里来,叫你媳妇看看,跟伊谈谈。"

孔祥和听了父亲的话,像得了圣旨似的点点头。

次日日间,孔祥和把人找来了。

马金凤先泡了一团茶,放在八仙桌上,在场的人一人面前摆一杯。伊关注着雷石头的一举一动。只见那人对身边的一切都不感兴趣。马金凤问伊话,伊只是"噢"一下,或者干脆充耳不闻。当一走进孔家,伊的两只眼睛滴溜溜地呆转,眼神里全是担心警惕。那种警觉,旁人一眼便能看穿伊的目的:伊在竭力地保护自己,却把一切毫无保留地展示给别人。马金凤把一切看在眼里,伊内心盘算着,如何才能走进人家的心里。马金凤将茶杯捧起,递到雷石头手中说:"雷大哥,你喝茶呀。"

只见到雷石头的眼睛突然亮了一下,转瞬,那眼里的光又暗了下去。伊木讷地伸出双手,捧住那精致的茶杯,口中机械地应了声:"噢。"

马金凤见人这样,先将人扔一边,招呼石头堂客:"小嫂子,你也喝茶,吾们坐倒说话。"

当大家坐下后,马金凤跟在场的孔祥和、孔月秀、卸娜三人对了一下眼神,然后把目光集中在雷石头身上。只见石头低着头,毫无目的地对着茶杯上的一幅松鹤图案死盯着不放,好像要解剖那只活灵活现的仙鹤一样。其实,伊却是一点目的也没有,头扭过来扭过去,目光始终没有离开过那只仙鹤,完全不管旁人的感受。孔月秀见人那样好奇,就忍不住地问道:"石头大哥,你在看啥呢,那么好看?"

雷石头木呆呆地傻笑一下:"嘿,这上边有只老鼠呢。"

月秀听伊那么说,把头伸过去,凑近茶杯认真地看了好半天,也没发现雷石头所说的老鼠影子,便问:"老鼠在哪里,吾咋就见不着呢?"

雷石头又傻傻地努努嘴:"喏——"

卸娜也凑近茶杯认真地看,看了老半天也没发现茶杯的图案上有什么老鼠的影子。茶杯上除了一棵松树、一块山石,再有的便是一只金鸡独立的仙鹤,哪里有啥老鼠呢?伊便没好气地说:

"这么大的人尽乱说,哪有啥老鼠?"说着就生起自己老公的气来。

马金凤朝伊摆摆手,示意卸娜莫生气。伊把茶杯拿了过来,放在自己的面前仔细地端详起来,老半天后,发现了画面上一枝不起眼的松枝有些像老鼠的样子。当伊发现了这个秘密后,再仔细地看了一番,确认,那松枝真的像一只老鼠,就指着它对大家说:"石头说得没错,这上面是有一只老鼠。喏,在这呢,你们看——"

马金凤说着用手指了指那根松枝。孔月秀一眼望去,便道:"这是松枝,哪是老鼠?"马金凤接口道:"你仔细看。"月秀便夺过了马金凤面前的茶杯,对着那根松枝看了个认真,还真别说,把那松枝单独择出来看,还真的像一只老鼠,就心服口服地说:"这老佛头,还说伊发癫呢,连这么小的地方都能看出来,这哪里有毛病呢?"

一直坐着的孔祥和,谨慎地始终不敢开口。伊不知媳妇葫芦里到底想卖啥药?见大家传着茶杯,议着老鼠,伊一脸的茫然,对媳妇瞪了一阵,又对石头看一看,最终无厘头地观察那只"老鼠"。的确,伊也见到了那只老鼠,但这又能说明什么呢?伊不明白地抬眼询问媳妇。马金凤一脸神秘,嬉笑着对孔祥和道:"你跟吾来。"

马金凤说着,便拔脚离开桌边,径直走向公婆的房里。里边,孔瑞云夫妇正全神贯注地观看着外边的表演,见到了媳妇和儿子进来,十分好奇地想知道媳妇演的是哪一出。打俩小辈跨进了房门,孔瑞云堂客便忍不住地问媳妇:"闺女,你这是弄啥呢?"

马金凤神秘地往房间深处走了几步,有意要避一避外头的耳朵。当一老一少两对夫妻在房里边当面站定后,马金凤压低声音对人道:"待会儿,吾们出去一起骗骗石头。吾也不知管用不管用。吾看出来了,石头一直在责怪自己犯了大错,不肯原谅自己,心中想不开。吾想骗个人——"马金凤对三人看看,有些拿不住主意。

正当三人认真地倾听着，人家却突然打住话头。孔祥和等不及地瞪了媳妇一眼，说道："你想怎么样？怎样骗人？"

马金凤说："吾想，待会儿叫你们帮帮忙，吾出去跟石头说'一两银子就是一块洋钿'。你们也帮着说'一两银子就是一块洋钿'。"

孔瑞云堂客不明白地问："这有啥用吗？"

马金凤心有疑虑地应答："吾也不知有没有用？"

孔瑞云沉思一番说："你的意思是想说石头没有说错话，没有做错事。"

"对！"马金凤肯定地应了一句。

孔祥和插言道："石头这么大的人了，能有这样好骗？再说先前伊不知一两银子和一块洋钿的区别，现在不是都晓得了吗，还能骗得了？你别以为只有自己聪明。"

遭到丈夫的质疑，马金凤开始犹豫起来。不过，伊内心总有一个愿望，总认为应该试一试运气。在伊看来，雷石头是个再老实不过的人，对孔家的信任那是天雷都劈不掉的。伊就想抓住雷石头的这点心理，编一个善意的谎言，哄一哄雷石头。其实，伊自己都不清楚，这到底有没有用。只是，伊的意思，想抓住雷石头对孔家那雷公都劈不了的信任，想咬住雷石头的这个特点，好好地做文章。或许真的能起作用呢？伊内心打定主意，一咬牙，说："不管有没有用，应当试一试，试了再说。"

孔瑞云明白了媳妇的意思，用目光支持儿媳妇，鼓励伊，说道："你想怎么弄，你就弄，吾们到时一块给你帮腔。"

有了这句话，马金凤吃下了定心丸，一下子就来了精神头，对公婆道："吾和祥和先出去，爸妈你们看时机再出来打圆场。"

孔瑞云对媳妇点点头，充满信任地朝媳妇投出鼓励的眼光。

孔瑞云堂客见当家的这种神色,也连忙说:"媳妇啊,你要怎么弄就怎么弄,吾们一定配合帮你,你们去吧。"

这时的马金凤信心满满的。伊对一直抱有怀疑的孔祥和瞪了一眼道:"祥和啊,现在也没别的办法了,吾知你不放心,可不管怎样都得试一试。你跟吾来吧。"

当孔祥和随着马金凤回到堂前桌子边,马金凤抱歉地对雷石头笑笑,神秘地从衣襟里摸出一个银圆来,递给雷石头,问:"石头大哥,这是啥?"

当木呆呆的雷石头瞅见银圆时,眼里顿时一亮,那种久违的光芒又回来了。不过那种反应转瞬即逝,低头说:"洋钿。"

"就是嘛。"马金凤喜笑颜开地说着,"谁说石头不认洋钿呢?人家一眼就认出来了。石头哥,你那天跟官府说过了一块洋钿是一两银子的话,还真没说错。吾刚才把这个洋钿拿去称了。正好是老秤一两平点呢。"

这话把明白人说糊涂了。孔祥和、孔月秀和雷石头的小媳妇头一次听到这样的说法,一时都回不过神来。孔月秀不明白地问:"嫂子,你说这一块洋钿就是一两银子?"

"对呀——一块洋钿差不多是一两银子呀。"

"这怎么可能呢?"孔月秀就是不信。

"怎么不可能呢?"马金凤解释道,"以前的是老秤十六两合一斤,现在的是新秤十两一斤。要不怎么说半斤对八两呢?按照老秤的规矩,一块洋钿差不多就是现下的一两银子那么多。"

马金凤这一说,卸娜突然高兴地叫了起来:"这么说,石头没有说错话?"

"是啊,石头没有说错啊。"马金凤非常淡定地回答,伊目光一刻不离地跟着雷石头。只见雷石头的脸上,从木讷到平静、从平静慢慢变得激动起来,接着雷石头的嘴角抽动几下,那眼眶里的泪水湿润了。

孔祥和没想到媳妇这招还真灵验了。当伊发现了雷石头的变化时,便连忙帮腔:"石头呢,凤说的没错,照老规矩,一块洋钿差不多是一两银子那么多。如是这样说,你跟官府说的一百个洋钿的话一点也没错啊。"

顿时,雷石头的泪水啪啪地滚落下来了。

房里的孔瑞云夫妻,没想到媳妇会唱这一出,大感意外。孔瑞云非常佩服媳妇的聪慧,抑制不住心中的激动,奔出房门,直奔雷石头,十分中肯地对人道:"石头哪,是这么回事,照老秤来说一块洋钿就说是一两银子差不多呢!"

孔瑞云向马金凤投去赞许的目光,伊此刻对媳妇是心悦诚服的。

孔瑞云堂客见到了雷石头的变化,抑制不住心中的欣喜,直奔雷石头,轻轻地拍打了一下伊的肩膀,说:"你这孩子啊,看把自己憋得。吾都说这么大的人了,怎么连数都不晓得呢? 原来是官府弄出这些花样来,吾们小老百姓哪都懂啊。石头,这下你该放心了,一百两银子说做一百块洋钿是一个理,你没有说错,你再也不必自责了。"

顿时,雷石头一下趴在桌子上,痛痛快快地哭了一场,把这段日子的憋屈、心酸通通倾吐了出来。

马金凤长长地吐了口气,将目光从雷石头身上移开,心头却在阵阵作痛。伊将目光对着天井中的日头,用心在说:"老天啊,你保佑保佑老实人吧!"

这种变化,让孔祥和大感意外。这时,伊立马改变了对媳妇的看法。事实摆在眼前,伊无话可说,伊不得不佩服媳妇的聪明,

朝夫人投去无限敬佩的目光……

雷石头终于恢复了神智。几个月后,雷家顺顺当当当地把家分了。

家分后,石头和老四搬出了瓦房,住进了茅棚,一百块洋钿分成五份。这些洋钿,雷石头夫妻都不敢要。到后来,雷石头对一块洋钿是一两银子的说法将信将疑。马金凤跟雷家兄弟说妥了,叫伊们帮着圆谎。大家都是为了石头的好,一致咬住口风说:"照老规矩一块洋钿差不多是一两银子。"当雷石头完全清醒后,想弄清楚这件事都弄不清了。伊对最信任的孔家一门的话咋会怀疑呢? 人家说得那么真实,有鼻子有眼的,哪还会有错呢? 当伊把这种疑虑问别人时,人家说一两银子是一两银子,一块洋钿是一块洋钿,不一般多时,雷石头会疑惑地告诉人家,是孔家新媳妇告诉伊的:一块洋钿合老秤一两银子,这时弄得人家反跟着疑惑起来。想想,这孔家的人都是识文断字的,何况这马小姐是县老爷的千金,有文化、有头脑,那么聪明的人,说出的话哪会有错呢? 莫不是,自己这样的人少见识不懂那些道理,所以不知道那么多的规矩,想想便说道:"那么就是这样了。"

当雷石头以这样的心事去请教自己的丈人时,那个粗人,一拍大腿说:"吾说嘛,叫汪家赔一百个洋钿哪会错的! 都是那些当官的,硬是弄个斤啊两啊的,来混吾们这些不识字的。这不就一样了吗? 马小姐都说了一个样便是一个样,就这么回事。以后啊,你也别再想这想那了。"雷石头转了一圈,从大家的嘴里不断地求证,都得到了差不多的证实,伊也就渐渐释怀了,这个心病也就渐渐消除了。

分家时,雷石头一方面仍有疑惑地对三个兄弟抱有歉意,另一方面也是以一个老大的姿态为几个弟弟着想——自己要求搬到茅棚里去住,那些洋钿也表示不要了。最后,倒是旁人听着过意不去,孔瑞云说出了公道话:"老大的意思是让出瓦房,这么想很好。按照老乡俗,这老大是不出屋的,但是按照你们家的现状来看,石头这么做是体恤三个弟弟。你们家目前只有四间瓦房,三间茅棚。这样的住房条件需要四兄弟好好商量商量。这些房子,莫说分成四家,就是你们现在住在一起都很拥挤了,至于房屋的分配你们商议着。这洋钿好办,可以一块一块地分,这房子就不能拆开来分了。你们看?"

当一触及实际利益时,兄弟间各自打起算盘了,只是碍于情面,不好当面说出来。最终又是孔瑞云一个一个地问,雷石头一开头就表示让出瓦房,伊的意见很明确。那么孔瑞云就从雷老二开始问:"老二你的想法呢?"

触及实质时,雷老二就不客气了:"叫吾说吾就说,吾要住瓦房。吾都三十了,都这么大了,想自己起屋又起不起,要想成家,必须有间瓦房,四间瓦房正好一人一间。"

雷老二的话一出,另两个弟弟都无话可说了。孔瑞云心想,看来这四兄弟真的像兄弟,说出来的话都能相互顾及。伊心想,这举家过日子,莫说一人一间房,就是一人两间房都磨不开。一个家庭吃喝拉撒、烧火做饭,房里堂前的,就是四间房也不够宽敞。伊心中有数,却不表示出来,只是一个换一个地问卜去再听听看。雷老三好像有啥不乐意却还没敢说出来,轮到雷老四说话时,倒痛快:"大哥说要搬到茅棚住,二哥说要一人一间瓦房,三哥好像有啥不乐意。现在要吾说,这样好不好? 吾呢,瓦房也不要了,就和大哥一起搬到茅棚去住,这四间瓦房二哥、三哥你们一人两间。娘暂时也住在瓦房里,二哥、三哥眼前还没成家,总得要有人做饭,这样方便些。大哥说愿意住茅棚,吾还想问问嫂子乐意不乐意?"

卸娜说:"吾听石头的,石头怎么说就怎么做,吾没意见。"

"这就好办了。"雷老四日前还怕分家时兄弟间会吵架,现在伊放心了,就对孔瑞云、孔三叔和老娘舅道,"两位孔叔还有娘舅,你们看这样行不行。就让老二、老三住瓦房,吾跟老大住茅棚。"

这时孔老三抢先接上了口:"老四这样说话,那还有啥不行的? 上次你们兄弟实话滴滴出,吾怕这家分起来要吵破了头脑壳呢,原来你们是这样想的。看来,你们这真是兄弟呀!"

孔瑞云这时完全放心了,这是最好的方案了。老四没说话时,伊就怕老四也会来争这瓦房,要是三兄弟都争起来,伊就不知劝谁了,这样的结果太完美了。伊兴奋地说出公道话:"老大跟老四这样的态度,叫人见到了你们兄弟的情分。房屋就这样定下来了。如有亏欠,这银子上可以找补。"

谈到银子,雷石头又带头表示:"这银子吾就不要了。吾已成家了,不管前头吾有错没错,反正这一百个洋钿就你们分了吧。"

老大总是甘愿吃亏,有了这样好的榜样,孔瑞云感到理起事来就顺畅多了,便大胆地表示了自己的看法,说:"你们四哥弟听着,房屋的事就这样定了。这钱呢,住茅棚应当找补点,吾不知你们哥弟有啥看法? 照吾的意思,住茅棚的一人补个五块洋钿不为过的,你们认为咋样?"

孔瑞云说出了想法,又从头开始一个个地问,伊仍从石头问起。

雷石头答道:"这银子吾就不要了,要补你就补给老四好了。吾和卸娜自己出力挣自己吃的,能养活自己。"

孔瑞云接着又问到雷老二。

老二回答道:"照吾看,这样钿最好按四股平分了。"

老三接口说道:"你们看着办。"

老四最后发言:"这样好不好,这洋钿呢,按五份分,娘得有一份。"

老娘舅终于找到了插话的机会了："对,还是老四想得全。你娘是应当留有一份的。"

综合了大家的意见,孔瑞云就对老二、老三开口说道："老四的话,你们认为行不行?"

老二道："吾随便。"

老三说："吾娘也不娶媳妇,留着洋钿做啥?"

老四说："娘虽不娶媳妇,可是,这样钿是爸拿命换来的,娘留一份应门应分。"

这时,雷老标堂客插言了："这洋钿吾就不要了。只是,现在吾还能动,要是到了哪天吾动不了,养活不了自己时,你们兄弟能给吾碗稀的,莫叫吾饿死了就成。"

这话,孔瑞云听进去了。说白了谁都有动不了的那一天。四兄弟目前看去都能相互体谅,怕是日后都成了家,娶了媳妇回来,这做兄弟的能相互体谅,外来的女人们就两说了。到时,这做老的不留个后路,怕是会落下隐患。孔瑞云便坚持说："老四的话没错,这样钿多少都得给你娘留点,石头说不要洋钿也不合适,这多少也得给几块。莫到时,别人耳里听去了,还道咱们家亏待了石头夫妻。石头目前已经成家了,可伊主动要求到茅棚里去住,前些日子石头身体不适,现在人刚恢复,莫叫旁人生了口舌又把人给伤了。吾给出个主意,你们听听好不好?"

孔瑞云全场扫视了一遍,见人家都竖着耳朵在听,就接着说:"这洋钿呢,给你们娘留十块,给石头留十块,余下的八十块,你们三兄弟怎么分,你们商量商量,怎么样?"

雷老二说："既然孔叔的话说得这么入耳,那这八十块洋钿,吾三兄弟就平分了吧。"

雷老三道："总不能说老四住茅棚要多分几个吧"。

孔瑞云一下子就听出了话中的弦外之音。这次，兄弟分这个家就数老三支支吾吾的最不痛快，伊心里就对老三有看法，憋不住地说道："老四住了茅棚，要是多分几个洋钿也应门应分。要晓得，茅棚跟瓦房是不好比的。三间茅棚也顶不了一间瓦房呢，补贴补贴也有道理呢。"

雷老三顿时不语了，可仍气生生地表示不服。一晚头，孔瑞云都没有出言说过人，自己现在却独独被说了，伊就很不高兴。

雷老四见场面有些难堪，便站了起来，很平静又带着点激动说道开来："各位大哥，二位孔叔还有娘舅、娘和嫂嫂，这分家的事，总有吃亏受益的，十个指头怎么拉都长不到一般齐。吾和你们一起做了廿几年的兄弟，日后还要做一辈子的兄弟。吾们家虽然一直来都很穷，可是吾们四哥弟的情分却是不叫旁人有口舌的。莫因为今日分家，大家把感情伤了。这样吧，孔叔说的娘跟大哥一人十个洋钿，吾没意见。一开头，吾就提议这洋钿分五份，吾只要廿个洋钿就成了。四间瓦房归二哥、三哥和娘住，吾与大哥搬到茅棚里住，三间茅棚吾只住东边的一间。只是，吾有一句话要对三位哥哥说，挨着茅棚东边的那块菜地能贴给吾，吾日后一定给自己搭起几间瓦房，到时把娘也接过来跟吾一起住。余下的田和地还是大家平分，你们看成不成？"

孔瑞云听罢了雷老四的这番话，对人更加敬佩了。这个人有志气，有胸怀，重孝顺，眼光远，不斤斤计较眼前的利益得失，看重日后的生活。

伊这一说，孔三叔也发表了自己的看法："老四的意思是兄弟间莫伤了和气。铜钿银子是身外之物，只有哥弟的情分是血肉相连买不来的。既然老四作出这样的让步，那吾想，老二、老三你们应该再不会反对了吧？"

老娘和娘舅听了老四的话,也很激动,为老四重哥弟的情义所做的谦让而高兴。

雷老四的这番表态,使得老三很不好意思,伊连忙给自己分辩找台阶:"不是吾要占便宜,嫌多嫌少,这么多年家里都穷过来了,吾都没嫌过,既然大哥和四弟能这样照顾着哥弟的情分,那吾也不是不讲情面的人。吾今日表个态,日后要是哥弟需要帮忙时,只要帮得上,吾自当全力相帮,谁叫吾们是哥弟呢!"

"对了!"孔瑞云顺着赞扬了一句,"老三啊,刚刚吾心里还有疙瘩呢,现在你这番话,吾就放心了。吾说啊,吾是从小看你们哥弟长大的,吾会看错了人?你这话才是雷家的根本呢。只要哥弟相互团结,那日子才能往好里过,别人才不敢欺侮呢。吾也分过不少家,今天像你们哥弟这样谦让的真还不多见。老四说得很好,分家总有个吃亏受益的。吾相信你们哥弟的日子会一日更比一日好的。今日,老娘舅也在场。叫吾家老三给写上四份分关,把刚才说好的写成四份,再择个吉日吾们再聚一起吃餐饭,这家就算分妥了。"

几日后,一家人吃过分家饭后,便各自收拾搬家单过了。

当雷石头夫妻在茅棚里住了快有个把月时,一天隔壁那家那条花母狗发情了,一连好几天吠个不停,一群又一群的公狗聚了过来追着那条花母狗转。公狗天天你争吾抢在一起打架,吵得四邻日夜不宁。一日,雷石头正在家吃黄昏粥,那群狗又开始叫了起来。卸娜在门口嚷嚷着:"石头,狗又打架了,把吾们菜园地篱笆都踩烂了。"

石头正吃着粥,一听声音,忙放下碗箸,操了根棍子追了出来。一出门就见到一群狗在菜园旁相互撕咬着。那条花母狗和

一条强壮的黑狗正屁股顶屁股地连在一起，对着身边的另外四五条公狗龇牙咧嘴地吠叫。两条连在一起的狗倚靠着篱笆，把一截篱笆压倒了。雷石头一见非常恼火，舞着木棍就追了上去。四面围攻的公狗们一阵吠叫，夹着尾巴都跑了，唯独那一公一母、一黑一花两条狗，一条往东拉、一条往西扯——双双踩着雷家菜园的篱笆。一见那样子，雷石头便气不打一处来，自己辛辛苦苦种起来的菜都被狗踩倒了半畦，伊口里骂着："你这两个畜生，人家都跑了你们还敢朝人龇牙。看吾的菜让你们糟蹋成啥样了，看吾不打断你们的腿。"

雷石头骂着，举着棍子砸去。两条狗受到了攻击，非但没逃，反而蹲在地上呲着一嘴的犬牙朝人乱叫，这可真把雷石头给激怒了。伊的棍子没头没脑地朝狗捅去。狗挨打后，只是发一阵痛叫，仍没有逃散，只是蹲在地上可怜巴巴地对着雷石头嘤嘤求饶。雷石头奇怪了，平日里，那狗一见到人追来，早就跑得没影了，想打到一棍子，那是相当不容易的事。今日这两条狗咋的了？当伊见到自己辛苦种出来的菜被踩了，心中可惜的同时也可怜起这两条狗来，便不再打，只是用棍子驱赶它们。只见这一母一公两条狗屁股和屁股连在一起，一东一西地总是跑不脱，好像被什么拴住似的。雷石头仔细地往它们身上观察起来……伊突然明白了啥似的，脑门上触电似的一颤，心里想道："原来，生小狗是这样的。"正当雷石头饶有兴趣地观看两条狗在交配时，伊媳妇也挨到了伊身边，一见到两条狗在呲着满嘴的牙伊就害怕，怯生生地朝丈夫身边靠，问："怎么还没赶走啊？"

雷石头好像啥也没听见似的，小媳妇凑到伊跟前雷石头也没感觉到，当小媳妇循着丈夫眼光往前看时，同样见到了那截红红的狗具，顿时满脸羞得绯红，口中叫了一个字："呀——"

顿时,只见到雷石头毛发直立起来,伊啥也不说,一把拽住媳妇往家里拖。到了家里,雷石头直把媳妇往房里抱。小媳妇感到丈夫异常的举动,心想,莫不是丈夫又发病了? 就轻声地叫着:"石头,你要做啥?"

雷石头也不答话,直把人抱进房间里,用脚关了房门,不管三七二十一就把人扔到床上,七手八脚地脱起媳妇的衣裤。小媳妇双眼直直地瞪着丈夫,心中惊恐却不敢反抗,只是惊诧地说:"你要做啥?"

雷石头一边开始脱着自己的衣裤,一边气喘吁吁地说道:"吾要跟你生孩子。"

当这对懵懂的夫妻,明白了夫妻之间的那点事后,就迫不及待了。

几个月后,卸娜的肚子鼓起来了。

就在女人十月怀胎的过程中,孔祥和来到了当时东方最繁华的大都市——上海。

打从上海开埠的半个世纪以来,这块土地就成了一个奇特的地方。各国公使在上海设有租界,建起商行,经营着东西方贸易,探听着中国各地的消息,传播着西方的思想,把个原是一片滩涂的地方营造成一处灯红酒绿、大厦林立、无限繁荣的东方大港。这里停泊着各国的商船、军舰,并立着各国使馆与大清衙门。早在两次鸦片战争时,失败一方的大清朝廷迫于列强的枪炮,丧失了对上海的控制权。从此,上海这个隶属松江府治下的一个海边荒僻小县,似乎一夜间发达了起来。多种文化在同一个地方相互碰撞、相互交融、相互依存、相互发展——这在当时,对于闭关锁国的清王朝来说,是块纸醉金迷的乐土。今天的人们毫不讳言地

说,是当时上海畸形的繁荣,拓宽了人们的眼界。

一些有识之士,都把目光投向这块土地。大清的翰林蔡元培先生眼见百日维新运动被西太后扼杀后,痛心疾首地辞去了官职,先回到了自己的老家绍兴山阴创立私学,传授着自己的学问,传播着自己的思想。两年后,伊又把目光投向了上海,创建了中国第一所女子学堂——爱国女学。伊在这所学校里先后培养出像宋氏三姐妹这样先进杰出的女子,启蒙了一大批中国女性。伊的抱负是:要启蒙一半的中国人,这一半人便是一直被大清皇朝所虐待的中国女性。这群人在身体上被裹了小脚,失去了行动的方便;在心灵上被灌输了三从四德的理念,被奴化成男人们使唤的工具。

其实,在当时的中国,男人们也是被奴役的对象。在上层社会所推崇的社会准则中,僵化了的八股文章,内涵浅窄的四书五经,胆小怕事的中庸之道,冠冕堂皇地成为人们追逐的目标。在这种体制下培养出来的谦谦君子,和西方列强所推崇的扩张侵略思想遭遇上,前者毫无悬念地惨败于后者的手下。因为,在本质上,双方就不是一个量级上的对手。这样的王朝,如果自给自足,还能在温饱中寻求平静的生存;一旦遭遇了列强,便不堪一击。前后的历史,便完全说明了这点。有着四万万民众的庞大国家,却经不了东隅的岛国——小小日本百万军队的攻击。一场甲午战争,大清国一夜间丧失了制海权。清国大门被打开了,夷人便蜂拥而至,洋人腰间别着快枪利刃,来到积弱成病的国度里,耍起了扩张文明的大刀,受欺侮的便是整个大清王朝四万万炎黄子孙……其实,炎黄子孙是一群勤劳聪明、勇敢自强的人,只因为接受了清王朝奴化的摧残,才积弱成病。这当中,有许多有个性的有识之士,满怀着救国热情聚拢到大清王朝权力集团当中,信心满满地要报效国家,振兴中华。然而,最高的统治者却在紫禁城中钩心斗角、玩弄权术,争夺着王朝的控制权。在这场外界看不清的纷争中,西太后慈禧赢了。一个女人掌控着大清王朝半个世纪的命脉,直至于将整个王朝彻底地葬送——连带受到伤害的便是四万万华夏子民。

在西太后掌权的时期,一些接近统治核心的人物看见了政治集团本身的毛病,几次三番地表述了愿望——要推行新政拥推年轻皇帝光绪亲政。伊们轰轰烈烈地进行了百日维新变法,这一集团当中为首的人物是光绪帝本人还有梁启超等。前清举人,后授翰林院编修的蔡元培先生列在其后。待一众文臣闹腾了一阵开始危及慈禧的根基时,这个女人再一次地使出狠招——动用军队捕杀了维新党把六君子推上菜市口断头台,光绪皇帝也被软禁在了瀛台。在这一恶劣形势下,蔡元培回到了老家。

正当衢州经受着朝廷禁科惩戒时,蔡元培却主动地辞官回乡。马同知与蔡自小便是好书友,蔡马之间一直书信联系,他得知蔡元培已在上海开办了爱国女学。马同知在一封信中提到了女婿孔祥和的际遇,蔡元培回信,希望能见见这位老朋友所欣赏的年轻人。几个月后,孔祥和便动身去了上海。

临行前,孔祥和去了一遭江山石门,在江郎山和那位莫逆之交毛家清登山赏景。两人在石门毛家相处了几天后,一同决定到上海去拜会大名鼎鼎的翰林院编修蔡元培先生。从江山回来后,俩人又在黄泥山小住了几日,然后去了衢城,找那几位王姓书友小聚。这几个同乡书友,当谈论时局政事时,一个个都情绪激昂,大骂朝廷昏庸。一行人见不到读书的出路,孔祥和提议到府山上找自己丈人打听往后的努力方向。马同知盛情款待了这几位晚辈,通过自己的关系修书一封,引荐这几个年轻人一同去上海与

蔡元培会面。

一九〇三年秋,孔祥和携书友毛家清带着马同知的举荐信来到了上海。

当时,蔡先生刚创建了爱国女学,急需一批有学问、有思想的年轻人辅助自己,当与俩人交谈后大喜过望,便决定收留俩人,让俩人先教初级班的启蒙。经过一段时间的观察,蔡先生发现,两位来自衢州的年轻人身上有一个致命的弱点——视野不够开阔。孔祥和跟毛家清一直以来未出过浙江,去过最远的地方就算是会考时去的杭城了,故此小地方出来的人难免目光浅显。然而,两个年轻人却有远大的心志,蔡先生有意要栽培这两位有根底的年轻人。有空时,时常约两人到家里喝茶聊天,将自己推崇的教育主张灌输给晚辈。总括有这么五点:其一,云《军国民教育》,其时列强压顶,大清腐朽的教育体制已严重影响到立国之本,伊大声疾呼国之将丧人人自危,于人人当之自卫,学生首当要任不仅要做好学问、并且需要体魄和军事技能,当人人可救国;其二,谓《实利主义》,这个主张将授以人们各种学之有用的技能,致使每一个人能拥有一种或多种学而有用的劳动技艺,而不像四书五经那样空谈误国;其三,谓《公民道德教育》,蔡先生所提倡的道德,并不是仁、义、礼、智、信这些,而是来源于西方的自由、平等、博爱等民主思想。这样的思想,使两个年轻人听得目瞪口呆,这种思想完全背离了俩人长期接受的儒家教诲,就像一颗炸弹爆开了自己封闭的脑袋;这样的观念,指引着年轻人往后的人生轨迹,拓宽了俩人的眼界,改变了俩人的世界观、人生观,为往后践行蔡先生所提倡的"美感教育"奠定了基础。

孔祥和与毛家清在上海待了将近一年时间,思想观念突飞猛进。这一切,蔡先生暗暗地看在眼里,默默地记在心头,伊为两人创造着条件，荐书一封，着俩人上北京，就读当时中国最高等级的半官半民的学府——京师大学堂。这个学堂，便是百日维新仅存的硕果。若干年后，那便是中国最高的高等学府——北京大学。

人生的命运，是由许许多多的偶然所组成的必然。孔祥和的命运从结了婚后遇到了马同知，遇到了马同知而结识了蔡元培，结识了蔡元培……于是产生了一系列的重大改变。伊先在京师大学堂就读了两年，当时的北京风云变幻，各种思潮正在涌动。国门被列强打开后，一些前卫的人士对外面的世界产生了浓厚的兴趣，产生了走出国门的冲动。孔祥和跟毛家清这两个来自衢州乡间的年轻人，同样怀揣着救国求变的思想，代表着五十万衢州民众，第一批闯出了国门，走向了当时先进的东洋帝国——日本。

一九〇六年，冬天——这是一个寒冷的季节。

孔祥和决定要出洋了。

那阵子，孔祥和的心绪波涛汹涌。经过了长时间的思虑，最终决定要留洋学习，伊的内心有一件事一直丢不下——自和马金凤成婚以来，伊还没有给马金凤一个夫妻之实。其实，对马金凤这个女人，孔祥和是十分欣赏的，伊对人家没有半点不满和嫌弃。然而，当俩人在被窝中行夫妻之事时，孔祥和在人家面前表现得是那样的不尽如人意。原先思想上的疙瘩变成了心理上的包袱，心理上的包袱继而成了生理上的病态。当孔祥和这几年在外经受了外来思想的洗礼后，思想当中的那个结已经解开了。伊再也不在意强盗欺不欺夫人的那件事了。当伊回乡后，满怀信心地要和夫人尝试欢娱，不幸的是，生理上伊再也跟不上拍。每每见着妻子姣美的身姿、美妙的胴体，伊的内心产生了冲动，可每到临门一脚时，伊的四肢便变得冰凉。这种情况下，孔祥和变得毫

凤鸣岗上

无斗志,越是这样伊越是害怕,这种状况越使伊产生恐惧,以致伊变得彻底地绝望。一个想法,再一次地从心头涌起,这个想法在伊的心中盘根错节已经滋生出一个大瘤了。打自新娘被强盗抢走花轿那刻起,这个想法便生了根似的,挖也挖不掉。只是在面对马金凤这样一个近乎完美的女人时,孔祥和压逼自己不能生出那个想法,而那个想法已实实在在地在心中埋下了种子。这颗种子,只是伊不给其生长的条件,而这颗种子自从播下后,就再也挖不起它的根了。

面对马金凤,孔祥和是有愧的!

在上海时,孔祥和每每见到穿奇装异服的女人、楚楚动人的佳丽,乃至烟花巷中的妓女,伊都会心潮澎湃,自己的老二都会精神振奋,表现出极大的亢奋。好多时候,孔祥和有过想法,伊曾想背着妻子在外边尝试一下自己的功能,看一看自己到底是不是个男人。有一次,伊独自一人偷偷地来到一条烟花巷里徘徊,一个亮丽的女人从一个石库门的房屋里出来,一把将伊扯住揽在了怀里。孔祥和刚才还信心满满地冲动,一见到妇人如此庸俗生猛、放荡不羁,顿时心中虚了。那女人毫不害臊地将伊拼命地拉入怀中,将高挺的胸脯往伊的身上不停地蹭,口中说出肉麻的话:"小哥哥,到里头欢喜欢喜……"

顿时,孔祥和被吓得魂飞魄散,脸一下子红到了脖颈,心跳得快叫伊窒息了。理智唤醒伊,伊拼命地挣脱了,逃离了这个是非之地。

从此,孔祥和再也不敢有这种念想了。

伊身为男人,却不是一个完全的男人,伊给不了妻子圆满与幸福,伊顶多算是半个男人。这是件多么痛苦的事啊!这是孔祥和致命的弱点——不可触及的死穴——这个弱点毁掉了孔祥和的人生！

伊在媳妇面前变得十分卑微软弱，这种软弱是从肉体到精神的双重折磨。这种折磨，不可告人，不可倾诉，只能默默地一个人心中煎熬独自承受。从肉体到精神受到双重折磨的孔祥和恨不能立马从马金凤身边跑开，跑到天涯，逃到海角，直到永远。伊自知愧对人家，常常自责害了人家，人家这样一个完美的、鲜花一样的女人，就如此栽在自己的手里，想做个完全的女人都不成。伊不知这个结该如何解，一个逃避的想法愈来愈强烈地在心中酝酿，这一刻终于来到了：再过五天，孔祥和就要去日本了，这纠结的日子就要告一段落了。

这五天时间，孔祥和天天魂不守舍，每到夜晚来临，都要挨到很晚才上床，害得马金凤为伊暖了被窝一次又一次地起夜。这个女人，也感觉出孔祥和的变化，伊认为，丈夫这一去日本，不知几年才能相见。既然拜了夫妻，不管孔祥和待伊怎样，伊都不能丢了做妻子的本分。都这么些年过来了，伊对夫妻间的那点事早已淡漠不上心了。刚结婚的那种冲动，随着跟孔祥和这几年同床的种种尴尬变得了无兴致。伊也知道，自己再有冲动那也是痴心妄想。伊知道，自己所嫁的这个男人给不了伊这个完美。伊尽管很伤心、很痛苦，可不敢告人；只有回娘家时，能在母亲的关怀下轻轻地一句带过。伊尽量地为自己的男人长脸，把一切都归结于自己的不幸。伊内心的压力完全不亚于丈夫孔祥和。这对表面上的恩爱夫妻，只能从内心照顾着彼此，维护着彼此，两人承受着多大的煎熬啊。这种煎熬一日比一日更甚，直到临别的前一夜，彼此终于再也忍不住了。

一晚头，孔瑞云俩老夫妻，为儿子准备妥帖了一切后，还是一

遍又一遍地检点着各个行囊。孔瑞云堂客对着准备妥帖的两只牛皮箱子，又自言自语地说道开了："噢——这皮袍子是要带上的，那地方还不比家里冷？这长衫要不要多带点呢？那地方会不会也经常下雨呢？这把纸伞是一定要带的……"

已经出嫁的妹妹孔月秀也专门回娘家住了两天。哥哥这一去，没个三年五载回不了家门。弟弟孔祥胜已经长成大小伙了，伊接着哥哥的班，正在西安县学鹿鸣书院读书，日间也请假回来了。

中午时分，孔家堂上摆了几桌酒，亲家马同知携夫人前来为女婿送行。尽管知道，明日孔祥和起程时一定会来家中拜别的，但是，为了庄重起见，夫妻俩还是亲自来了一趟。不为别的，为的是显示对女婿的器重。酒席中，孔老三兴奋地端起酒碗，一定要敬孔祥和三杯："来啊，祥和老侄，你为孔门争光了。在上海教书不说，还上了京师大学堂，这都是孔门的荣耀。如今就要出洋了，这是老祖宗想都不敢想的事。祥和啊，三叔敬你，祝你前程远大。吾们不在乎朝廷的功名，朝廷不给吾们机会，吾们自己出洋考功名，这样的功名比朝廷的还强呢，都沾上洋气了。时下啥都是洋人的好，朝廷都怕洋人呢。吾们祥和出息了，孔门有光了。干了，三叔敬你——"

今天的孔祥和十分爽快，一碗接一碗地喝酒，吐了一回又一回，吐过后继续喝。伊知道，每一碗酒里都是浓浓的情谊。这情谊是这块土地上浓浓的乡情，这份乡情包括孔家堂中的老小长幼，这份乡情包括自己的姨父和丈人，包括老雷家的四兄弟。

得知孔祥和要去日本了，雷家四兄弟将最好的东西都拿来了：一个提着两只鸡，一个捧着一篮蛋，一个抱着一只河鸭，雷老四连着几夜不合眼，专门到田野里下夹子，终于夹到了三只野兔，一只不留地全拿到了孔家来。面对这一份份情意，孔祥和还能推托吗？这么大岁数来，伊还没醉过酒，今日伊豁出去了，不醉不是人了。

一开始受了三叔的三碗酒，伊便站起来，主动地倒满酒，毕恭毕敬地朝上横坐着的老丈人一鞠躬："岳父在上，受小婿一拜，祥和断不敢忘了岳父的大恩。如是小婿有不到之处，请岳父大人见谅，小婿先干为敬，一切尽在酒中。"话完，孔祥和豪爽地提起碗，一口干了。孔祥和的这碗酒，伊是发自内心地感谢岳父的。伊的心中隐藏着一个对不住人家的秘密，这个秘密会伤害到岳父大人。伊将内心的愧疚放在这碗酒中，将这碗苦酒点滴不漏地饮入心中。这是一杯怎样的苦酒？孔祥和无可告人。

今日，伊百感交集，自己这几年在外，当今日回家之时，猛然发现父母已经衰老了许多。这人就像田地里的庄稼，一到了季节，就毫无法地变老枯黄了。这一切孔祥和默默地看在眼里，悄悄地记在心头。作为家中的长子，本当挑起家中的大梁时，伊却还在依赖父母生存，伊内心愧疚难当。想到这里，不禁给自己倒满酒，将酒碗双手举过头顶，对父亲作了一揖，从心底说："父亲，让儿子敬您一碗。儿子感谢您。"说完一仰头喝下了酒，然后满眼泪花地看着父亲。孔瑞云见到了儿子的样子，眼睛也变红了，非常感慨地端起酒碗，一仰头干了。这气氛让在座的个个心沉眼红，这虽说不上是生离死别，却也是一场不同寻常的离别。

就在大家沉湎于这种特别的氛围当中，门外响起了马蹄声。有一个急切的身影随着马蹄声的停歇冲进门来。只见何团首行色匆匆地从下堂进来，一见到堂中场景，便双手抱拳作揖一路走来，口中说着："恭喜了，恭喜老孔家，恭喜祥和老侄，何某来晚了。"

见到了何团首，孔瑞云连忙从座上迎出："啊呀，何团首呀，怎么敢麻烦你呢？"

"哎——这哪能叫麻烦呢,祥和是官渡镇头一个要出洋的人物。这是我们官渡镇的荣耀,吾作为地方上的小小人物,哪能不来欢送?"

人家的那份热心,孔家还能有啥说的呢? 今日的聚别,孔家只限于自己家里的小聚,并不对外张扬,不知何团首是如何得到讯息的,竟然也赶上了。孔瑞云见人家神情真切,便说:"何团首,只能委屈你一下,坐吾的位子,来一道喝酒。"

孔瑞云说着,自己从上横的座上退开,到一边搬来一条骨牌凳,在一旁搭个角。何团首说什么都不依,强把孔瑞云按回原座上,对孔瑞云抱拳道:"哎呀,孔老兄呀,你坐你的,是何某面厚前来打扰了,吾今日哪有胆量坐上首呢? 这是你家里的私聚,何某断不敢,更有马大人在场,何某哪敢跟马大人平起平坐呢? 能给吾搭个角,老孔家就抬举吾了。"何团首说着从怀里摸出两封大洋交到孔瑞云手上:"哎呀,孔老兄呀,吾今日听到消息也晚了,在团练所里听到黄泥山的一个人在说祥和侄儿要去日本留洋了,吾就匆匆赶过来了。啥也没准备,带着这点心意就来了。"

这可把孔瑞云为难得左右不是。孔瑞云知道,这礼是怎么都不能收的,就说:"何老兄啊,你今日能来,吾很高兴。这说明,何兄看得起孔家,来了就说明心到了,但是这银子吾是断不能收的,你收起来。"

"哎——话不能这么说,要是吾空着手来,哪还能表明吾的心意呢? 你收下,这一点事也没有。好啦,时间也不早了,吾也饿了,能叫吾今日把酒喝高兴了,何某就满意了。"

人家这么说,孔瑞云就不好再有二话了,吩咐道:"老三,拿副碗箸来。"

孔三叔立马添来一副碗箸,倒满酒。

孔瑞云要过了老三手中的壶瓶，将自己碗中的酒添得跟何团首一样满碗，两手捧起，举到何团首跟前："来，何老兄，为了你的心意，啥也别说了，一切尽在酒里。来，请——干了。"

这样的气氛是何团首最喜欢的，伊连忙端起酒碗，跟孔瑞云对了对，说一声："干了!"那酒便像久渴喝水那样被一咕噜饮了。完后伊一抹嘴，大喜道："这酒真爽!"

说话间，蹲壶瓶的孔三叔便把空碗续满了酒。何团首一见酒满了，便又站起来，对旁边的马大人关照一句；"马大人，你莫见怪，今日虽坐在大位，可主角是祥和老侄，叫吾先敬了祥和，再来敬你，你莫气。"

马大人对人笑笑："你敬你的。"

有了这句话，何团首便放手了，提着酒碗，伸向下座的孔祥和。孔祥和今日主动地从座上起身，不用邀请便端起酒碗，说："还是吾来敬团首吧。"

何团首道："好好，来一道喝了，干!"

当在座的听得"当"的一声响后，两碗酒同时被人饮光了。顷刻，两个酒碗里又装满了酒，是孔祥和先提起酒碗，高举胸前，对何团首道："何叔这样看重小侄，小侄就无论如何要回敬何叔三碗了。哪怕吾当场躺下，这份心意吾都要到的。"

"好! 太痛快了。这才是大丈夫的气概。祥和老侄，往后，吾们官渡镇就看你的了，来干了!"

酣畅的酒桌上彼此一连三碗下去，孔祥和当场就吐了。

见到人家那肚肠都要吐出来的样子，何团首指手画脚道："好，好，这才是要成大事的样子。酒醉怕啥，吾当年还不是天天当堂醉，可现在，吾再也没醉过了。是男人，干事就不能畏首畏尾，要干的事，哪怕是明摆着的刀山，就是死也得往前闯。只有闯

凤鸣岗上

过去了,那才是强者,受点伤算个啥,闯成功就划算了。"

像何团首这种在小地方成长起来的成功者,凭的便是这样的为人处世哲学。在这方土地上,伊说得上是个成功人士。伊的处世作风便是酒桌上的哲学,这样的哲学在我们身边随处可见!

孔祥和吐过后,复又回到酒席上。今日,伊要敬一敬在座的每一个人。伊先敬了自己的姨父后再敬大伯和三叔,再敬雷家四兄弟。当勉强地又喝了七碗酒后,伊再次跑到天井里狂吐不止,直吐得脸发青、气发短,看看实在不能支撑时,被马金凤心疼地扶到了房里,服侍脱去外边的衣衫睡到床上。那一觉睡到了子夜。

当夜深人静时,马金凤孤孤单单地倚靠在被窝中,对着鼾声香甜的丈夫,默然地流着眼泪。丈夫明日就要离开自己了,这一去要等个三年五载。尽管这几年伊过惯了单身独居的生活,可是,伊心中期盼着能和丈夫甜甜蜜蜜地相厮相守。伊是一个眼界开阔的女人,伊尽管舍不得丈夫离开,然而,伊明白,丈夫是个男人,是个想成大器的人。想成就大的事业必须到天涯海角里去闯,去实现。儿女私情与丈夫的事业相比便不再那么重要了,何况……伊只能独自一人忍受着孤独,这样的孤独从结婚以来到现在将近九年生活中,伊差不多挨了近七年了。每夜独守空房,难以排遣的寂寞。伊不是绣花便是剪着一个个窗花。那些绣工、剪纸一叠一叠地被压在箱底,挨着时间一天天度过……

当客人散尽人去屋空之时,伊独自一人在房间里来回走动。伊多么希望丈夫能和自己说说话。这一去日本,伊心中有许多话想和丈夫说啊。伊的思绪乱七八糟,好多时候伊常常想自己要是有个儿女,那该多好啊。有了孩子便可以排解身边的一切孤独,可是眼下……

一个婚后的女人,最不幸的莫过于独居空房、形影相吊了。在孔家,伊说是孔家的媳妇,还不如说是孔家的女儿。就是女儿也不如啊,要是个女儿,孔家还不给伊找个人家嫁了? 伊现在囡不囡、媳不媳地生活着,伊有苦只能默默地承受着。好长一段时间了,伊心中有个想法,这个想法今天必须抓住时机和丈夫说了。只是每每听到丈夫香甜的鼾声,伊便忍住了。伊在房里踱来踱去,往返来回走了一圈又一圈。有时故意弄出响动,希望能惊醒丈夫,可是那些举动都是白费的。孔祥和醉酒后睡得死猪一样。这些日子说实话,伊并没有睡过安稳觉。在妻子的身边伊真的感到不安、难堪,和妻子同睡一被窝,伊不敢招惹妻子,甚至连碰一下都害怕,生怕引起妻子的欲望。

　　在漫长的寒夜中,马金凤怅怅地坐到被窝中。伊独自一人坐了一阵,等着孔祥和醒来。左等右等就是等不醒,伊实在忍受不了了,便推推身边的丈夫。丈夫像是睡在摇篮里的婴孩,流着口水,说着梦话。马金凤便不忍心了,默默地想着自己的境遇,那泪水便悄悄地来了。马金凤禁不住哭了,伊咬着嘴唇任由泪水流过脸颊。伊越哭越伤心,越伤心越哭。伊生怕哭声惊动别人,用双手紧紧地捂住嘴巴。那哭声在寒冷的冬夜里透过了伊的十指,一点一点地在房间里扩散扩散、聚集聚集。当睡梦中的孔祥和在做着美妙的甜梦时,一滴一滴冰凉的泪珠将伊惊醒。伊仿佛在睡梦中听到了有人哭泣,睁开眼时,见到了妻子的惨状,慌忙一头从被窝中坐起:“凤,你怎么了?”

　　马金凤终于承受不住了,纵情地扑向孔祥和怀中,趴在孔祥和的怀里呜呜地痛哭开来。

　　孔祥和轻轻柔柔地拂着妻子的秀发,伊不知该怎样安慰妻子,默默地也赔上了眼泪,这泪水一半是为夫人的,另一半是为自

己的。有一句话憋在孔祥和心里很长时间了,想说却不敢说出来。伊想跟妻子离婚,这意思不是说嫌弃人家,而是内心愧疚。自己占着茅房不拉屎,耽误了人家青春妙龄的好年华。伊的目的是想放人家自由,然而,这种想法伊怕旁人不理解,怕伤害到马金凤及马大人。这个想法伊想了好久,却始终不敢说出口。今日,伊本想和妻子商量商量,猛然见到妻子这样的伤心,不知不觉中暗自伤神。有一句话从伊的心底升起:"凤啊——吾对不住你呀!"

马金凤从话中听清了丈夫那无比愧疚的内心时,心中无限地感动。伊伏在丈夫的胸膛上,鼓足勇气说出了一句话:"祥和,吾们领个儿子养吧——"

那句话——充满可怜、悲伤,无可奈何又满怀希望。孔祥和突然不知该如何是好。伊了解妻子的孤独,伊同情妻子的境遇,可是,伊并不想这么做。妻子的这个请求,伊曾经想过。可这个想法,很快又被自己给否决了。一个健全的女人,一辈子没有夫妻之实,那是多么吃亏的一件事啊。如是三年五载能够改变这个状况,孔祥和也许会答应人家。可如今,孔祥和曾偷偷地在上海和京城这样的大地方求过医,人家开的那些药方对伊都不曾有效。伊一日更比一日地"痿"靡不振。伊知道,妻子已铁了心要牺牲一生和自己过一辈子这样痛苦的生活。妻子的这个请求更加说明其内心的痛苦悲凉和坚决。伊不能这样啊!自己是个男人,不应该这样自私地拖累人家——孔祥和的内心十分复杂矛盾。那句想离婚的话被堵在了口中。伊只是紧紧地拥着夫人,一直挨到天明。

…………

孔祥和起程了。

当要走出房门之际,马金凤将一团东西塞进了伊的衫里。两眼是泪地盯着夫君,说一句:"保重!"又吞吐了一阵,再叫一声:"夫君——"

孔祥和情不自禁地拉起人家的纤纤玉手,回应一句:"凤,你也保重!"就毅然地转身大步地走向门外。伊这一去,自己前途未卜,更不知何时是归期。伊挺起胸膛,摆出一副壮士出征的英武。身后,母亲不住地挥手,叮咛着:"祥和呀,在外边冷暖自知,要是受那洋人欺侮,就回来吧,家里挂记着呐,多通通信……"见着儿子远离的身影,一位慈母的眼眶湿润了。

村头,已等着黄泥山的众多乡亲,人们将心中美好的祝愿一一送给这位故乡的游子,祝伊一路平安。孔瑞云替儿子拜谢乡亲们的好意:"多谢了!各位邻舍乡党,孔家谢你们了。"

孔祥和停下脚步立住了,对着围上来的房中兄弟以及四邻深深地弯腰鞠躬:"乡亲们,祥和永远不会忘记黄泥山的,永远是黄泥山的人,不管走到哪里,吾永远都是孔家的子孙……"

当孔家父子难舍难分地和乡亲们拜别之后,人们久久地遥望着孔祥和的背影——那个一袭长衫、中等身材、一条大辫的书生身影,迈着自信的步伐,一步一步地走向远方——黄泥山人记住了这个身影,那是黄泥山千百年来头一个远征的游子,大家都在祝福伊!

在冬日的朝阳里,孔祥和走在最前头。伊父亲孔瑞云在身后陪送着,弟弟孔祥胜顺道去城里复课,雷家老四挑着一担皮箱,四个人像是西天取经的唐三藏一行。

当伊四个到了衢城水亭门码头时,书友毛家清已等在那里了。那里已备下了一条木船,码头上站着几位城里的书友,以及孔庙里的五经博士孔庆仪。今年,孔庆仪正遇上三年一期上紫禁城述职的当口,双方相约租同一条船结伴到杭州。孔祥和到地方

与书友、长辈寒暄之后,叫别人在码头稍等等,伊到马家去道个别。其他人在码头上等着时,孔祥和跟父亲一起到了马家。自然地伊受到马大人一串话语的关照,伊匆匆喝了口茶,不敢耽搁便返回了。

马大人跟着来到水亭门码头。当孔祥和就要登船之际,伊将自己的那个王姓书友王敏章叫到一旁神秘地说了几句话,将一包东西交给人家,然后,登上船。这时,艄公解下了船缆"啪"地一撑篙,将船支出了岸边。孔祥和与毛家清以及孔庆仪三人同时朝岸上挥手,只见马大人立在岸头,高声地对船上说:"不管到哪里,都不能忘了根本啊——"

那句话被抛在河谷山川,在孔祥和身边经久不绝,在伊心头永远缭绕。

"不管到哪里,都不能忘了根本啊——"

"不管到哪里,都不能忘了根本啊——"

…………

大清光绪三十四年腊月初七夜。

孔祥和搭上了一艘叫大力丸的洋轮出海了。

在一望无际的大海上,伊在船头顶着凛冽的海风伫立着。

黑夜里,伊分不清哪里是东西南北,只有内心的燥热,那份前途未卜的惴惴不安。伊的心脏一直狂跳不已。

伊乘坐的是一艘洋人的船,这条船向着前方的目的地前行。可是,伊的身后却有一艘大船在漫无目标地左躲右闪——这条大船就是大清皇朝。

这条破旧的大船早已迷失了方向,把握方向舵的叶赫那拉氏——慈禧,已日趋昏迈,航行在漫漫长夜里的这条船随时都有可能触礁翻船。

孔庆仪过了年才到了京城,伊将奏章递到紫禁城后,得到了太监传出慈禧老佛爷的一句口谕:"皇帝身体不适,一切免了。"

一切免了,皇帝不适了!

确实,一切也就这样了。

大清这条航船,在太祖努尔哈赤拼死打造出来时是多么的光鲜,经康、雍、乾三代曾金光四射。然而,在十九世纪后半叶中,这艘大船在叶赫那拉氏慈禧的掌舵下,被列强用枪炮轰开了国门,便慢慢开始沉沦了。

船长室里,一群人嚷嚷着要把船往不同的方向航行,这群人始终没有统一的意见。船长慈禧,死死地占着驾驶舵,她竭力地想将这艘大船驶离一个个大小漩涡。实在讲,就慈禧本人来说,这个女人是一个强悍的女人。一个女人能够掌控着大清皇朝半个世纪的命脉,光这一点那就万分地不易了。如果拿一个普通人的标准来衡量她,这个女人是个饱经风雨、值得同情的人。然而,对于一个掌控国家命运的最高领导者来说她是失职的。她具备一个小女人的智慧,却不具备一个大统治者的谋略,左顾右盼,始终甩不掉一个女人的软弱,每到关键的时候便抛出一个"和"字。这个和字本身并没有错。这是世人谁都希望实现的一个字。可是,这个和字却难写啊,列强们不答应啊,就算是列强答应了,那也得大清帝国付出代价,那代价便是一次又一次的割肉喂鹰。待将自己的肌肉割得差不多了,鹰也喂强大了,最终,强大的老鹰对着遍体流血的垂暮老人一头俯冲下去,那个老人便倒在地上,再也起不来了。

大清这条大船散架了。这条大船上的四万万乘客也跟着落入到四处漩涡的激流当中⋯⋯

　　想当年努尔哈赤统一女真之初,叶赫那拉家族发誓要报仇雪恨,没想到一切都应验了。大清两百六十多年的基业彻彻底底地败在了叶赫那拉氏手里。

　　一九一一年,大清这艘航船,经历了二百六十多年的沧桑历程.在十九世纪最后的几十年里,它一直行驶在茫茫的黑夜中。掌舵者希望能避开一个个暗礁险滩,绕过一道道急流漩涡,然而,最终却是一头撞在了列强的冰山上,彻底地散架沉没了!

　　…………

　　孔祥和在另一条船上。祝愿远行的年轻人一路好走!

第 一部完

图书在版编目（CIP）数据

凤鸣岗上 / 周雨清著. -- 北京：北京时代华文
书局，2025.5. — ISBN 978-7-5699-5969-7

Ⅰ. I247.5

中国国家版本馆CIP数据核字第2025VX9559号

FENG MING GANG SHANG

出 版 人：陈　涛
责任编辑：张雨嫣
封面设计：书道闻香
责任印制：刘　银

出版发行：北京时代华文书局　http：//www.bjsdsj.com.cn
　　　　　北京市东城区安定门外大街138号皇城国际大厦A座8层
　　　　　邮编：100011　电话：010-64263661　64261528
印　　刷：三河市中晟雅豪印务有限公司
开　　本：880mm×1230mm　　1/32　　成品尺寸：145mm×210mm
印　　张：12.75　　　　　　　　　　字　　数：320千字
版　　次：2025年5月第1版　　　　　印　　次：2025年5月第1次印刷
定　　价：99.80元